कुन्दन यादव

कुन्दन यादव का जन्म 4 नवम्बर, 1977 को वाराणसी में हुआ।

इलाहाबाद विश्वविद्यालय से स्नातक, जवाहरलाल नेहरू विश्वविद्यालय से एम.ए., एम.फिल. व पीएच.डी. की उपाधि।

फुलब्राइट स्कॉलर के तौर पर इलिनॉय विश्वविद्यालय, शिकागो में हिन्दी और भारतीय संस्कृति का अध्यापन।

विभिन्न पत्र-पत्रिकाओं में कहानी व कविताएँ प्रकाशित।

भारतीय राजस्व सेवा में 2007 बैच के अधिकारी।

सम्प्रति : कस्टम व अप्रत्यक्ष कर विभाग में एडिशनल कमिश्नर के पद पर कार्यरत।

सम्पर्क : kundanyadav@gmail.com

गँड़ासा गुरु की शपथ

कुन्दन यादव

राजकमल पेपरबैक्स

राजकमल पेपरबैक्स में
पहला संस्करण : 2021
चौथा संस्करण : 2024

राजकमल पेपरबैक्स : उत्कृष्ट साहित्य के जनसुलभ संस्करण

राजकमल प्रकाशन प्रा.लि.
1-बी, नेताजी सुभाष मार्ग, दरियागंज
नई दिल्ली-110 002
द्वारा प्रकाशित

शाखाएँ : अशोक राजपथ, साइंस कॉलेज के सामने, पटना-800 006
पहली मंजिल, दरबारी बिल्डिंग, महात्मा गांधी मार्ग, प्रयागराज-211 001
1, अनमोल सोराबजी संतुक लेन, धोबी तलाव, मरीन लाइंस, मुम्बई-400 002

वेबसाइट : www.rajkamalprakashan.com
ई-मेल : info@rajkamalprakashan.com

बी. के. ऑफसेट
नवीन शाहदरा, दिल्ली-110 032
द्वारा मुद्रित

मूल्य : ₹ 250

GANDASA GURU KI SHAPATH
Short Stories by Kundan Yadav

ISBN : 978-93-90971-90-9

माँ को समर्पित

क्रम

कोतवाल रामलखन सिंह

कोतवाल रामलखन सिंह अपने कमरे में कुछ उदासी-भरी सोच की मुद्रा में बैठे थे। उन्होंने सपने में भी न सोचा था कि जरा से बवाल से कप्तान उन्हें लाइन हाजिर कर देगा। ऐसा भी नहीं था कि वे पहले निलम्बित या लाइन हाजिर नहीं हुए थे। कई बार तो उन्होंने सिर्फ कोतवाल बने रहने के लिए और डीएसपी के प्रमोशन से बचने के लिए भी कोई-न-कोई कांड करवा दिया जिससे वे थानेदार या कोतवाल ही रहें।

कोतवाल के पद को लेकर उनके मन में मुगलकालीन भारत के कोतवाल जैसी छवि उतर आती थी। अक्सर वे अपनी इस मान्यता को कोतवाली में किसी खाली शाम को लोकल पत्रकारों के बीच साझा करते, "यार, देखो, पुलिस में सबसे पुराना असरदार पद कोतवाल का ही है। ये सब डीआईजी, पीआईजी, एसपी-टेसपी तो बाद में आए।"

अवध में नवाबों के जमाने से कहावत चली आ रही है कि कोतवाल का ओहदा फौलाद का होता है। कहावत तो यहाँ तक है कि कोतवाल के पेशाब से चिराग जला करते हैं। इतनी ताकत है इस पद में।

उनके बाप-दादा भी उत्तर प्रदेश पुलिस में ही दारोगा थे। अपने बेटे को भी दारोगा-भर्ती में पास करवा देने के बाद उन्होंने महान जैव-विज्ञानी लेमार्क के सिद्धान्त को बदल डाला था जिसमें लेमार्क की स्थापना है कि पहलवान का बेटा पहलवान नहीं होता है।

वैसे उन्हें पिछले महीने से ही शक था कि नया कप्तान उनको पसन्द नहीं करता है। दो महीने पूर्व अपनी पहली ही क्राइम मीटिंग में कप्तान ने निर्देश दिया था : "मेरे आने से पहले यहाँ जो भी सट्टा, हवाला आदि सब उलटा-सीधा चल रहा था, बन्द हो जाना चाहिए। कोई शिकायत मिली तो खैर नहीं। हम शासक नहीं बल्कि जनता के सेवक हैं।"

'सेवक' शब्द सुनते ही रामलखन सिंह ने अधरोष्ठों में ही मुसकाते हुए अपने समकक्ष को देखा और त्योरियों से हल्का इशारा किया। इस हरकत को कप्तान ने भी देख लिया। उसने तुरन्त रामलखन सिंह को उठाया और पूछा, "क्या नाम है तुम्हारा? कहाँ तैनाती है?"

"सर, रामलखन सिंह वल्द राणा समर बहादुर सिंह। इंस्पेक्टर सारनाथ।"

"क्या इशारा कर रहे थे?"

"कुछ नहीं साहब।"

रामलखन के नकारते ही कप्तान ने उस दूसरे इंस्पेक्टर से पूछा, "क्या कह रहे थे ये?"

दूसरे ने हड़बड़ी में कहा, "जनाब, मैं इन पर ध्यान नहीं देता हूँ। मैं तो आपके निर्देश नोट कर रहा था कि अब सब पुराना धन्धा बन्द।"

कप्तान ने फिर रामलखन सिंह से पूछा, "इसमें इशारे वाली क्या बात है? मीटिंग को मजाक समझ रखा है?"

यद्यपि रामलखन सिंह ने कहा, "जनाब, भूल हो गई, क्षमा करें।"

लेकिन कप्तान गुस्से में लगभग चीखने लगा, "तुम लोग मेरी बातों को इस तरह हल्के में लेकर इशारे कर रहे हो तो पब्लिक का क्या हाल करते होगे? मैं कह रहा हूँ, सारे गैरकानूनी काम बन्द आज से, तो इंस्पेक्टर सारनाथ को मजाक सूझ रहा है। ज्यादा चर्बी चढ़ गई है?"

क्षमा माँगने के बावजूद कोई असर न देख रामलखन सिंह से न रहा गया। अचानक वे खड़े हो गए।

कप्तान ने अचानक खड़े देख डपटकर कहा, "क्या हुआ? खड़े क्यों हो गए? मीटिंग में मन नहीं लग रहा तुम्हारा?"

"सर, एक बात कहनी थी। अगर आप इजाजत दें तो अर्ज करूँ?"

"बैठो चुपचाप। आई डोंट लाइक इंटरफियरेंस इन बिटवीन सीरियस मैटर्स। बैठो चुपचाप। जो कहना है, लास्ट में कहना।"

लगभग पौन घंटे तक मीटिंग चलती रही। मीटिंग के बाद कप्तान ने रस्मी तौर पर पूछा, "कोई शक या सवाल?"

सबने एक स्वर में कहा, "नो सर।"

तभी कप्तान की नजर रामलखन सिंह की तरफ गई। वे तुरन्त बोले, "हाँ, तुम कुछ कहना चाहते थे?"

रामलखन सिंह ने इतना ही कहा, "जनाब, मैं आपकी बातों को हल्के में नहीं ले रहा था, लेकिन आपका हुक्म तामील होना सम्भव नहीं है। पिछले साहब भी इसी चक्कर में छह महीने में ही पीएसी में चले गए। इधर और कुछ तो है नहीं। बस, हवाला और सट्टा का ही हिसाब-किताब है। मान लीजिए, हम लोग तो आपके आदेश से सन्तोष कर लेंगे लेकिन सत्ता पक्ष के बहुत बड़े लोगों की शह है इन चीजों में। अगर हुजूर ने ज्यादा कड़ाई की तो ई लॉबी बहुत पउवा वाली है। समझ लें कि आज की तारीख में उनका कोई कुछ उखाड़ नहीं सकता। इसलिए साहब, थोड़ा व्यावहारिक योजना रखी जाए।"

यह सुनते ही कप्तान आगबबूला हो गया। बोला, "गेट आउट! दलाली करते होगे तुम लोग, मैं नहीं करता।" फिर उसने स्टेनो को बोला, "शर्मा, लगता है, इनका मन सारनाथ में ज्यादा शान्त हो गया है। एक ऑर्डर निकालो इनका लाइन हाजिर के लिए। ओके, आप सब जा सकते हैं।"

सभी 'जय हिन्द' करके बाहर निकलने लगे। कुछ लोगों ने कहा, "अरे भाई, क्या जरूरत है ऐसी बातें करने की?"

रामलखन सिंह बोले, "तो ठीक है, तुम लोग अपने इलाके में आदेश तामील करके दिखाना।"

एडिशनल एसपी और सीओ सिटी ने किसी तरह कप्तान को मनाया, "साहब, इसको माफ कर दें। यह मूर्ख है लेकिन स्वामिभक्त है। थोड़ा बड़बोला है लेकिन एकदम अनुशासित और आज्ञाकारी। मेहनत भी बहुत करता है। हमेशा गश्त करता है। क्राइम भी कंट्रोल रखता है। थोड़ा दबंग है और भाषा खराब लेकिन आदेश का पालन करने में कहीं भी देर नहीं करता।"

कप्तान ने भी माफ कर दिया, इस ताकीद के साथ कि आदेश के पालन में कोई कोताही नहीं होनी चाहिए। और जल्दी ही सारनाथ थाने का दौरा करेंगे।

रामलखन सिंह पुलिसगीरी के तरीके की अपनी मुगलकालीन मान्यता पर ज्यादा यकीन करते थे। भारतीय दंड संहिता और मानवाधिकार आयोग के निर्देशों को वह पुलिस के कामकाज में बिना वजह का हस्तक्षेप मानते थे। उनके थाने में घुसते ही एक बड़ा बोर्ड लगा होता था जिस पर लिखा होता था : 'मैं वादी को तुरन्त एफआईआर दर्ज करने और उसकी अनुज्ञप्ति के बाद एक प्रति प्राप्त किए जाने का भी वचन देता हूँ—आज्ञा से रामलखन सिंह, कोतवाल'।

जब कप्तान ने उनके थाने का निरीक्षण किया तो पाया कि एफआईआर रजिस्टर में पिछले तीन महीनों से एक भी केस दर्ज नहीं है। उसने तुरन्त रामलखन सिंह को तलब किया, "यह क्या मजाक है?"

रामलखन सिंह ने कहा, "हुजूर, यहाँ पर महात्मा बुद्ध ने आज से सैकड़ों साल पहले शान्ति और प्रेम का प्रवचन दिया था। उसका थोड़ा-बहुत तो असर होगा ही और आप पता कर लें, इस इलाके में लोग बड़े मिलनसार और आपसी सद्भाव से रहते हैं। तारीख गवाह है कि कभी भी कोई दंगा नहीं हुआ। वैसे भी हिन्दू और बौद्ध आबादी ज्यादा है जिससे कि किसी प्रकार का साम्प्रदायिक तनाव पैदा नहीं होता। और इस इलाके में अधिकतर खेती-बारी करनेवाले ग्रामीण हैं। ज्यादा शहर का इलाका नहीं पड़ता तथा बौद्ध धर्म के अध्ययन केन्द्र तथा संग्रहालय हैं। ऐसे में अपराध की सम्भावना कम हो जाती है और सबसे बढ़कर सारनाथ स्टेशन से उतरते ही हर तरफ लिखा हुआ है : 'बुद्धं शरणं गच्छामि' तो इसलिए भी थोड़ा-बहुत फर्क पड़ता है।"

कप्तान ने भड़ककर कहा, "व्हाट नॉनसेंस आर यू टॉकिंग? सारे बनारस में एफआईआर रजिस्टर भरे पड़े हैं और तुम्हारा इलाका सत्यवादी हरिश्चन्द्र का हो गया है? जरूर तुम गड़बड़ कर रहे हो। मैं पता कर लूँगा और अगर मुझे किसी भी धोखाधड़ी का पता चला तो तुम्हारे खिलाफ मुकदमा दर्ज कराऊँगा।"

रामलखन सिंह का मन किया कि कप्तान को उलटा जवाब दें, लेकिन उन्होंने सिर्फ इतना ही कहा, "आप सरकार हैं साहब, जो आज्ञा लेकिन आपको कुछ ऐसा नहीं मिलेगा कि सेवक के खिलाफ यह जहमत उठानी पड़े।"

वापस आकार कप्तान ने एलआईयू इंस्पेक्टर को बुलाकर कहा, "पता करो, रामलखन सिंह कैसे मैनेज करता है कि उसके थाने में कोई एफआईआर दर्ज नहीं है, जबकि थाने के मेन गेट पर रुपये में रिजर्व बैंक के गवर्नर के वचन की भाषा में उसने एफआईआर दर्ज करने की गारंटी दे रखी है।"

एलआईयू इंस्पेक्टर ने जो कथा सुनाई, उसके बाद कप्तान ने सिर पकड़ लिया।

इंस्पेक्टर ने बताया, "जनाब, रामलखन सिंह अपने तरीके के अलग ही कोतवाल हैं। जब भी कोई केस आता है, पहले उसको नैतिक शिक्षा का पाठ पढ़ाते हैं और इतना दिमाग चाट लेते हैं कि आदमी मुकदमेबाजी के बजाय मेल-मिलाप करके चला जाता है।

"जैसे भाई-भाई के बीच का झगड़ा हो, तो वह रामायण सीरियल की सीडी लगवाकर दोनों को दिनभर दिखाते हैं और बीच-बीच में अपने दो-चार चेलों को लेकर बोलते रहते हैं कि एक वह देखो, भाई थे। कितना प्रेम और एक दूजे की चिन्ता! एक हरामजादे तुम लोग हो। भगवान का कोई डर है कि नहीं? ऊपर पहुँचकर क्या जवाब दोगे? खाली माया के चक्कर में एक-दूसरे के दुश्मन बने हुए हो अभी। एक माँ के पैदा हुए, एक ही माँ ने दूध पिलाया, फिर ऐसा क्या हो गया कि तुम लोग एक-दूसरे के खून के प्यासे हो गए? चलो, अभी तुम लोग थोड़ा मेडिटेशन करो। अपने कर्म और व्यवहार पर विचार करो और अपनी अन्तरात्मा की आवाज सुनो। फिर मुझे बताओ कि अन्तर्मन का कलुष धुला कि नहीं? और अगर अपने-अपने मेहरारू के इशारे पे नाचना ही है तो बोलो, अभी एफआईआर करता हूँ। मैं तो इसलिए समझा रहा हूँ क्योंकि अगर एक बार मुकदमा दर्ज हो गया तो साले, कोर्ट-कचहरी के चक्कर और तुम लोग तो खत्म ही हो जाओगे और तुम्हारी दुश्मनी में तुम्हारे बेटे-पोते भी बर्बाद हो जाएँगे। देखो, भारत और पाकिस्तान में चार बार भयंकर लड़ाई हुई। हजारों सैनिक शहीद हुए। फिर भी हर बार बातचीत का दौर चलाया जाता है, क्योंकि हमारे नेतागण और बड़े-बड़े सचिव और अधिकारी लोग समझदार हैं। तुम लोगों की तरह जाहिल होते तो एक-दूसरे पर परमाणु बम फेंक दिये होते। सत्यानाश हो गया होता पूरी धरती का। तो बोलो, क्या चाहते हो—सत्यानाश या आगे आनेवाले दिनों में अपने परिवार की खुशहाली?"

एलआईयू इंस्पेक्टर बोलता रहा, "सर, उनके इलाके में गैंगवार होता नहीं है क्योंकि अब तक साठ से अधिक एनकाउंटर कर चुके हैं। बड़े-बड़े डकैतों की वैसे ही उनसे हालत खराब रहती है। दलित-उत्पीड़न की कोई घटना नहीं होती। क्योंकि जब रामलखन सिंह चकिया में थे तो वहाँ एक ठाकुर साहब ने किसी दलित का घर जलवा दिया था। ठाकुर साहब निश्चिन्त थे कि कोतवाल अपनी बिरादरी के हैं इसलिए कुछ नहीं होगा। लेकिन शिकायत मिलने पर रामलखन सिंह ने न केवल उस ठाकुर को गाँव के बीच में बेटों सहित लाठियों से पीटा और मूँछें उखाड़ लीं बल्कि दलितों से पिटवाया भी और जिस दलित का घर जलाया था, उसको बोला, अपनी चप्पल पर थूको। फिर उस थूक को ठाकुर को चटाया भी। इसके बाद घुटन और शर्म के मारे ठाकुर परिवार औने-पौने दाम पर घर बेचकर कहीं और बस गया। और सेड्यूल कास्ट का ऐसा समर्थन उनको मिला कि चकिया से अचानक ट्रांसफर होने पर जनता ने जीटी रोड जाम कर दिया। जनता तभी मानी जब रामलखन सिंह खुद माइक लेकर पब्लिक से आग्रह किए कि भाई, ट्रांसफर होना जरूरी है और मेरी मर्जी से हुआ है। अब आप लोग की बहुत सेवा कर ली, दूसरों का भी करने दें। तब जाम खत्म हुआ और बिदाई में तो पूछिए मत। चकिया से मुगलसराय तक लोग रोक-रोक के माला-फूल बरसा रहे थे।"

कप्तान ने इस तारीफ से कुछ झुँझलाकर कहा, "ये सब छोड़ो, तुम यह बताओ कि और क्या करता है रामलखन सिंह घटना की खबर दबाने के लिए? आखिर कोई तो खिलाफ बोलता होगा। सबको कैसे मैनेज कर सकता है कोई?"

इंस्पेक्टर ने कहा, "हुजूर, उनकी सजा देने के तरीकों पर जनता का पुरजोर समर्थन रहता है। जैसे आजमगढ़ में एक बार उनके इलाके में बलात्कार की घटना हुई। दोनों आरोपी पकड़ भी लिये गए। उसके बाद उन्होंने उनको भीड़ के हवाले कर दिया और भीड़ को सलाह दी कि 'इन पापियों को जान से मार दोगे तब तो इनको मुक्ति मिल जाएगी। मारने की जगह इन सालों का गुप्त अंग ईंट से कूँच के बधिया कर दो ताकि जिन्दगी भर इनको देखकर बहू-बेटियों पर गलत नजर डालनेवालों की फट के हाथ में आ जाए। और उसके बाद दस साल के लिए बड़े घर भेजने का इंतजाम मैं करता हूँ।' और भीड़ ने वही किया। तब से रामलखन सिंह के इलाके में बलात्कार की कोई घटना नहीं हुई।"

कप्तान ने चौंकते हुए पूछा, "मामला क्या अखबारों में नहीं आया या आजमगढ़ के एसएसपी तक बात नहीं पहुँची?"

इंस्पेक्टर ने उत्तर दिया, "जनाब, किसी पत्रकार की औकात नहीं है कि रामलखन सिंह के खिलाफ कुछ लिख दे। और ये बात कौन साबित करता कि पुलिस ने उन बलात्कारियों को भीड़ को सौंपा? एक बार किसी छेड़खानी की घटना में जब वह चेतगंज में थे तो उन्होंने उस लड़के को गधे पर बैठाकर, सिर मुँड़ाकर,

चेहरा काला-सफेद करके घुमाया था। तब एक वरिष्ठ पत्रकार ने मानवाधिकार की दुहाई देते हुए उनके खिलाफ काफी कुछ लिखा, जिस पर तत्कालीन कप्तान साहब ने उनकी जमकर क्लास लगाई थी। उनको लिखित चेतावनी भी मिली थी। रामलखन सिंह ने इसका बदला इस प्रकार लिया कि अपने किसी आदमी को उस पत्रकार की बेटी के आर्य महिला डिग्री कॉलेज से निकलते हुए उसका दुपट्टा खींचकर और उसके साथ अश्लील हरकतें करते हुए बेनियाबाग की तरफ भागने को कहा और रास्ते में उसे पकड़ लिया। उसका चेहरा भी कवर करवा दिया। मौके पर जब जनता, नेता और पत्रकार इकट्ठे हुए तो लोगों ने माँग की कि उसको नहीं ले जाने देंगे, पहले हमारे हवाले करिए। तब उन्होंने उसी पत्रकार की तरफ इशारा करते हुए कहा कि नहीं-नहीं, मानवाधिकार का मामला है। कोई मारपीट नहीं। हम इसकी काउंसलिंग करेंगे और अपने ही लोगों से जो कि पहले से भीड़ में घुसे हुए थे, धक्का-मुक्की करवाई और उस चक्कर में छेड़खानी करनेवाले बन्दे को धीरे से भगा दिया। उसको भगाने के बाद उस पत्रकार और पचास लोगों के खिलाफ पुलिस के कामकाज में बाधा डालने और अपराधी को भगाने में सहयोग करने का मुकदमा अलग दर्ज कर लिया। समूचे घटनाक्रम की रिकॉर्डिंग की व्यवस्था पहले ही उन्होंने कर रखी थी। इसके बाद थाने में भयंकर पिटाई की बात तो छोड़िए, कोर्ट में सबूत सहित अभियोजन अधिकारी के साथ जाकर उस पत्रकार को एक साल की सजा करवाकर ही माने। उस बेचारे की नौकरी गई और इज्जत भी। इसके बाद से कोई भी पत्रकार रामलखन सिंह के खिलाफ लिखने से पहले हजार बार सोचता है।"

कप्तान ने फिर झुँझलाकर कहा, "यार, फिर भी कुछ तो चोरी, पॉकेटमारी की घटना होती होगी इतने बड़े थाने के इलाके में? ऐसे कैसे मैनेज कर लेता है वो?"

इंस्पेक्टर ने कहा, "जनाब, आप नाराज न हों लेकिन उनका तरीका ही ऐसा है। छोटे-मोटे चोरों, जेबकतरों की तो बात न पूछिए। कोई पकड़ में आ गया तो पूरे थाने भर के स्टाफ के कपड़े-लत्ते, झाड़ू-पोंछा, और माली का काम करने के बाद रात में उससे सभी लोग मालिश अलग से करवाते हैं। बड़े-बड़े पहलवानों का दो दिन में काम कराकर कचूमर निकाल देते हैं। तीसरे दिन किसी पेंडिंग केस में नाम डालकर कोर्ट में पेश करवा देते हैं। अब ऐसे में कौन हिम्मत करेगा चोरी-चकारी की? एक बार तो दस-बारह बदमाशों की जबर्दस्ती नसबन्दी करवा दी, यह कहते हुए कि इन सालों की सन्तानें भी एंटीसोशल ही होंगी। और मानवाधिकार उसके लिए है जो मानव वाला काम करे। लोगों ने भी सपोर्ट किया।"

कप्तान ने माथा पकड़ लिया। फिर पूछा, "क्या पैसे नहीं लेता है रामलखन सिंह?"

अबकी बार एलआईयू इंस्पेक्टर चुप रहा। "सर, इसकी जानकारी नहीं है।"

कप्तान ने कहा, "तब किस बात के एलआईयू इंस्पेक्टर हो? सारी कथा सुना रहे हो और असली मर्ज का पता नहीं, हुँह!"

इंस्पेक्टर ने थोड़ा सकपकाते हुए कहा, "सर, अब कहाँ-कहाँ तक कहें! बस, समझ लें कि बालू का भी तेल निकाल लें रामलखन सिंह। सत्ता पक्ष के किसी नेता की हिम्मत नहीं कि उनसे मनमानी करा लें और विपक्षी पार्टियों की सिफारिश सुनने के पैसे खूब लेते हैं। सीधे कहते हैं कि तुम लोगों की नेतागीरी हम मुफ्त में चमकने थोड़े देंगे। और भंडारे के नाम पर जिनका समझौता कराते हैं, उससे चन्दा भी जम के लेते हैं। ज्ञानपुर तहसील के वकीलों ने तो एक बार प्रदर्शन भी किया था इनके खिलाफ कि सारे मामले थाना स्तर पे ही सुलझा देते हैं जिससे कोई मामला कोर्ट में जाता ही नहीं था। वकीलों की रोजी-रोटी पर आफत आ गई थी।"

कप्तान ने सिर पकड़ लिया। एलआईयू इंस्पेक्टर से कहा, "अच्छा, जाओ। मैं इस रामलखन को देखता हूँ, क्या चीज है ये।"

इंस्पेक्टर ने चलते हुए कहा, "जनाब, एक विनती है। जाने भी दें ऐसे लोगों को। अब पके घड़े पे मिट्टी चढ़ना तो सम्भव नहीं है। बाकी जो आज्ञा जनाब की। जय हिन्द!"

इसके महीने भर बाद ही दूसरी घटना घटी जिसने कप्तान को और नाराज कर दिया। एक दिन रामलखन सिंह चिरई गाँव के पूर्व ब्लॉक प्रमुख नेता शमशाद अली के ईंट के भट्ठे पर बाटी-चोखा-मटन की दावत पर गए थे। भोजन से पहले व्हिस्की का दौर चल रहा था। रामलखन सिंह चार-पाँच पैग के बाद आँखें रतनार कर चुके थे। भाषा भी कुछ बहकने लगी थी। नेताजी अब शमशाद भाई से होते हुए 'समसदवा' में बदल चुके थे। शमशाद अली भीतर-ही-भीतर आशंकित थे कि कहीं रामलखन सिंह इसके आगे बढ़कर असंसदीय शब्दावली तक न बढ़ जाएँ! इसलिए उन्होंने अपने सम्बोधन को कोतवाल साहब से बदलकर ठाकुर साहब किया। फिर उनको याद आया कि ठकुरैती के ताव में कहीं कोतवाल महोदय मुसलमानों के लिए ठाकुरों की परम्परागत शब्दावली तक न पहुँच जाएँ, इसालेए उन्होंने रामलखन सिंह को अपना बड़ा भाई घोषित किया, "देखिए भाई, कोतवाल साहब हमारे बड़े भाई हैं। इनके नाम में भले ही लखन लगा हो लेकिन इनके लखन हम ही हैं," यह कहते हुए शमशाद अली ने उनके चरण छू लिये।

शायद इस दास्य-भाव वाली भक्ति का परिणाम था कि नशे का सुरूर दब गया और रामलखन सिंह ने शमशाद अली के लिए उन शब्दों का प्रयोग नहीं किया जिनसे अन्य मेहमानों को नवाजा जिनमें कुछ छुटभैये नेता, पत्रकार और एक डॉ. साहब भी थे। महफिल अपने रंग पर थी कि 9:40 बजे के आसपास जिला नियंत्रण कक्ष से सूचना वायरलेस पर प्रसारित हुई। भट्ठे पर उनकी जीप का

वायरलेस रह-रह कर सन्देश दे रहा था। हमराह सिपाही ने तुरन्त रामलखन सिंह को बताया, "सर, कंट्रोल रूम से मैसेज है कि लालपुर पेट्रोल पम्प से कुछ बदमाश कैश लूटकर पांडेयपुर की तरफ भागे हैं। तुरन्त नाकाबन्दी की जाए।"

लालपुर रामलखन सिंह के इलाके में नहीं आता था लेकिन भट्ठे से लालपुर बहुत ज्यादा दूर न था। लालता प्रसाद पत्रकार ने कहा भी कि 'कोतवाल साहब, बस मीट तैयार है, खाकर निकलें', लेकिन रामलखन सिंह ने अपने फर्ज को तरजीह दी। कड़क स्वर में बोले, "अबे, चार पीढ़ी से पुलिस का खून दौड़ रहा है। रुका न जाएगा। तुम भकोसो साले, परजीवी पत्रकार। हम तो चले फर्ज निभाने," कहकर खड़े हुए।

बेल्ट ठीक करते हुए वे जीप की तरफ बढ़ रहे थे कि मीट के भगोने से खुशबू का झोंका आया। शमशाद अली ने भी कहा, "पता नहीं, क्या किस्मत है! इतना मजा आ रहा था भइया के साथ। अब बिना खाए भइया जा रहे हैं तो बड़ा बुरा लग रहा है। खैर, क्षत्रिय खून है, ललकार पर चुप नहीं बैठ सकता। भइया, अगर रास्ते में मिलें बदमाश न, तो वहीं एनकाउंटर कर दीजिएगा सालों का।"

सब रामलखन सिंह को जीप तक पहुँचाने के लिए चले ही थे कि उन्होंने अपने हमराह को आवाज लगाई, "अबे जनार्दन?"

"जी साहब।"

"अबे, गाड़ी में टिफिन वगैरह है?"

"हाँ, सर, है। मेरा और रमाशंकर का भी है।"

"तो ऐसा करो, थोड़ा खाना रख लो टिफिन में। बाद में खा लिया जाएगा। इतने मोहब्बत से समसदवा इन्तजाम किया है तो उसको उदास नहीं करेंगे। और हाँ, थोड़े पीस ज्यादा रख लेना। सीओ साहब को भी चखाया जाएगा। चावल वगैरह रहने देना, किसी होटल से ले लेंगे।"

इशारा मिलते ही दोनों जवानों ने बड़े-बड़े चार खानेवाले टिफिन के खानों में पर्याप्त सामग्री और मटन के मनपसन्द पीस उदारता से भर लिये।

इसके बाद रामलखन सिंह रवाना हुए। उनके जाते ही शमसाद ने कहा, "देख रहे हैं, डॉ. साहब। ई पुलिसवालों को जरा भी लाज-शरम का एहसास नहीं है। सारा बढ़िया पीस उठा ले गए। हमारे लिए तरी छोड़ गए हैं। और ड्राइवरवा तो साला बची हुई बोतल भी दबा ले गया।"

लालता पत्रकार ने समर्थन किया, "सही बात नेताजी। ये तो फर्ज निभाने के नाम पर साक्षात् डकैती है। बाटी भी घी में डुबा के लेने के बजाय टिफिन में ही घी भर लिया। दाल-भात नहीं ले गए। होटल का नाम सुना रहे थे। अगर मैंने कल पेपर में नहीं छापा कि फर्ज के लिए भोजन छोड़कर भागे कोतवाल सारनाथ तो मौका मिलते ही पीकर गरियाएँगे।"

डॉ. साहब बोले, "अब जाने दीजिए। 'बला टली' मान कर भोजन कीजिए। चोखा और खीर तो छोड़ गए हैं न, हो जाएगा। मटन भी दो-दो पीस हो जाएगा। बाकी दाल है ही।"

इधर रामलखन सिंह मौका-ए-वारदात पर सबसे पहले पहुँचे। पेट्रोल पम्प पर पहुँचते ही उन्होंने वायरलेस पर सन्देश दिया : 'डीसी वाराणसी कंट्रोल रूम। इंस्पेक्टर सारनाथ घटनास्थल पर पहुँच चुके हैं। बदमाशों के हुलिये की पहचान नोट करें। चश्मदीदों के अनुसार दो बदमाश हीरो होंडा पर हैं। पीछे वाले बदमाश की दाढ़ी है और आगे वाले ने पीली कमीज पहनी है। गाड़ी नं. 8278 लाल हीरो होंडा, ओवर।'

सूचना पूरे जिले में प्रसारित कर दी गई। तब तक मैनेजर भी आ गया था। लूटे हुए कैश का विवरण लेने के बाद उसको दो-चार गालियाँ दीं कि दुनिया सीसीटीवी लगा के बैठी है और तुम बदमाशों को न्योता दे रहे हो? फिर पूछा, "अबे एक बन्दूकधारी प्राइवेट गार्ड नहीं रख सकते?"

"सर, दो साल से रखे थे। कोई वारदात हुई नहीं। वैसे ही इधर चहल-पहल रहती है और इधर सेक्योरिटी एजेंसी वाले बन्दूकधारी गार्ड के 20 हजार माँग रहे थे। कमीशन अलग। इसीलिए दो महीने पहले हटा दिये। मालिक के पास लाइसेंसी पिस्तौल है ही।"

"बेवकूफ कहीं के! वारदात नहीं हुई तो सुरक्षा हटा दिये? साले, तुमको रक्षा मंत्री बना दिया जाए तो दस-बीस साल युद्ध न होने पे सेना ही हटा दोगे। अब बोलो, सावधानी हटी, दुर्घटना घटी।"

इतने में एक और पुलिस जीप आई। थानाध्यक्ष लालपुर की। आते ही एसओ लालपुर ने 'जयहिन्द' किया और पूछताछ की कमान सँभाल ली। बेमन से उसने रामलखन सिंह के मौके पर तुरन्त पहुँचने की तारीफ की। लेकिन मन इसी सवाल में उलझा रहा कि इतनी जल्दी यहाँ कैसे पहुँच गए?

एसओ लालपुर के आने के बाद रामलखन सिंह की कोई भूमिका नहीं थी। वे चलने को ही थे कि मैनेजर को बुलवाया और बोले, "हाँ, बेटा, सुन, जरा जीप की टंकी फुल करवा दे। हमारे थाने का खाता तो आशपुर के राधाकृष्ण बिमलकुमार के यहाँ है। खबर मिलते ही भागे आए। जीप अब रिजर्व में आनेवाली है। हाँ, जरा जल्दी करा दे।" फिर ड्राइवर को आवाज देकर बोले, "मोहन सिंह, प्रापर पर्ची ले लेना।"

टंकी फुल होने के बाद जीप में बैठते हुए उन्होंने ड्राइवर से तसदीक की, "पर्ची ले लिए हो न?"

तब एसओ लालपुर ने कहा, "अरे, सर, रहने दें। अपने चेले को भी कुछ सेवा का मौका दें। अगले हफ्ते आइए, थाने पे मुर्गा बनवाता हूँ। भाई साहब आर्मी में हैं, आपके लिए कुछ विलायती सामान भेजे हैं," कहते हुए एसओ मुस्कुराए।

रामलखन सिंह ने फिर रीझते हुए कहा, "अरे नहीं यार, कोई और दिन होता तो बात अलग थी। आज ही इसके यहाँ लूट हुई है और आज ही टंकी फुल करवाना बिना पर्ची कुछ जम नहीं रहा।"

अबकी मैनेजर बोला, "अरे सर, शर्मिन्दा न करें। एक तो आपकी तेजी से हम सब बहुत सेफ महसूस कर रहे हैं। और इतना तेल तो ट्रकवाले ऑइल कम्पनी से आने-जाने में छलका देते हैं। पर्ची की बात मालिक ने सुन ली तो, हमारी तो खटिया खड़ी कर देंगे।"

रामलखन सिंह कुछ बोलते, उसके पहले ही ड्राइवर मोहन सिंह बोल पड़ा, "सर, ई लोग खानदानी लोग हैं। इनके मालिक तो बहुते व्यावहारिक हैं।"

तभी वायरलेस पर सन्देश आया कि बदमाश पिसनहरिया तिराहे के आगे पंचकोशी रोड पर पकड़े गए हैं। रामलखन सिंह ने एसओ से कहा, "बधाई हो यार। तुम्हारा केस सॉल्व हो गया। चलो, मुलजिम बरामद करो।"

मैनेजर ने जोशीले अन्दाज में नारा लगाया, "कोतवाल साहब, जिन्दाबाद!"

पेट्रोल पम्प कर्मियों ने उत्साहपूर्वक इसे तब तक दोहराया जब तक कोतवाल साहब ने स्वयं न कह दिया, "अरे भाई, बस करो। इ टीम वर्क का नतीजा है और तुम लोग भी गाड़ी का नम्बर नोट न किए होते तो साले नौ-दो-ग्यारह हो जाते।"

एसओ ने खुश होकर पीक कैप उतारा और रामलखन सिंह के घुटनों को छूते हुए कहा, "सर, आपने जो निशानदेही की कि कहाँ जाते इसकी माँ की साले सब। चलिए, चला जाए।"

रामलखन सिंह ने कहा, "अब चलो, खाना खाकर ही चलते हैं।"

तब तक ड्राइवर ने पेट्रोल पम्प के एक कर्मचारी से हाइल्यूब इंजिन ऑइल का एक गैलन भी मँगा लिया था।

भोजन के बाद दोनों जीपें चलीं। वायरलेस पर एसओ लालपुर ने मैसेज प्रसारित किया कि 'हम और कोतवाल साहब पिसनहरिया आ रहे हैं मुलजिम बरामद करने।'

चार-पाँच पैग का सुरूर, अपनी कोशिश की सफलता और स्वादिष्ट भोजन के असर से रामलखन सिंह बहुत खुश थे। दूसरे थाने के इलाके में अपने लिए जिन्दाबाद के नारों से उनकी छाती चौड़ी हुई जा रही थी। सायरन बजाते हुए दोनों गाड़ियाँ आधा रास्ता तय कर चुकी थीं कि पुनः वायरलेस पर सन्देश आया : 'डिस्ट्रिक्ट कंट्रोल रूम, ओवर। टाइगर महोदय अर्थात कप्तान साहब का आदेश नोट करें एसओ लालपुर के लिए कि घटनास्थल पर पहुँचें और कोतवाल साहब को आने की जरूरत नहीं। वे अपने इलाके में ही रहें, वहीं गश्त करें, ओवर।'

यह सुनते ही एसओ लालपुर ने कहा, "अरे सर, ये क्या आदेश है? आपके साथ चलता तो मेरा भी मनोबल बढ़ता। अब लगता है, कप्तान साहब क्लास लेंगे

कि तुमसे पहले इंस्पेक्टर साहब कैसे पहुँचे। अब बस जलील ही होना है। ठीक है सर, हम अपनी गाड़ी में चलते हैं। गाड़ी रोको मोहन।"

एसओ के जाने के बाद रामलखन सिंह की जीप वापस लौटने लगी। रामलखन सिंह को यह अपमान-सा लगा कि घटनास्थल पर जाने के लिए तो आदेश दिया गया लेकिन जब प्रेस के सामने तारीफ बटोरने का वक्त आया तो उनको वापस कर दिया गया। उन्होंने वायरलेस का माइक लिया और बोले, "डीसी बनारस फ्रॉम कोतवाल रामलखन सिंह ओवर।"

डीसी से वायरलेस ड्यूटी कांस्टेबल की आवाज आई, "जयहिन्द सर! बताएँ, क्या खबर है? ओवर।"

"कहना है कि टाइगर महोदय को सूचित किया जाए कि कोतवाल का कोई इलाका नहीं होता। इलाका तो हिजड़ों का, कुत्तों का, भूतों का या गुंडे-माफियाओं का होता है। कोतवाल अपनी मर्जी का मालिक होता है। जहाँ उसकी जरूरत होती है, पहुँच जाता है। सजनों का सजन मेरा नाम है लखन, ओवर।"

इस प्रसारण को यद्यपि कप्तान ने नहीं सुना लेकिन बात किसी-न-किसी तरीके से उन तक पहुँच गई। कप्तान को बहुत गुस्सा आया।

इधर महकमे के लोग भी रामलखन सिंह के ऊपर गाज गिरने की राह देखने लगे।

तीन हफ्ते तो ठीक-ठाक बीते। इस बीच रामलखन सिंह का कप्तान से दो बार सामना हुआ। एक बार श्रीलंका के राष्ट्रपति के सारनाथ दौरे पर और दूसरी बार अंबेडकर प्रतिमा के क्षतिग्रस्त होने पर हुए चक्का जाम के सम्बन्ध में। दोनों ही अवसरों पर कप्तान ने सीओ से ही बातचीत की। रामलखन सिंह के अभिवादन का उत्तर भी इशारे से ही दिया।

लेकिन आज पहड़िया फल व सब्जी मंडी के सामने गाजीपुर रोड पर विपक्षी पार्टी के चक्का जाम और लाठी चार्ज के कारण उनको दोषी मानकर लाइन हाजिर कर दिया, और कोतवाली का चार्ज एसएसआई को दे दिया। कोई सही वजह होती तो रामलखन सिंह बुरा न मानते। अपने सेवाकाल में बीसियों बार वे लाइन हाजिर हो चुके थे। लेकिन आज इस लाइन हाजिर का कारण उनको कचोट रहा था। थोड़ी ही देर में उनकी मंडली के शुभचिन्तक थाने पर पहुँचने लगे।

पुलिस लाइन में आमद से बचने के लिए उन्होंने उसी भट्ठे वाली मंडली के डॉक्टर से बीमारी का एक प्रमाणपत्र ले लिया जिसमें एक हफ्ते का बेड रेस्ट था।

कुछ देर में शमशाद अली आए और उनके साथ सत्ताधारी पार्टी के नगर महामंत्री प्रेमचन्द, लालता पत्रकार, डॉक्टर साहब आदि थे। सबने अपनी-अपनी योजना प्रस्तुत की कि कैसे तबादला निरस्त कराया जाए। किसी ने डीआईजी से तो किसी ने कमिश्नर से, किसी ने जिले के प्रभारी मंत्री से सिफारिश की बात की।

रामलखन सिंह ने शमशाद अली को सम्बोधित करते हुए कहा, "नेताजी, ई सब टिटिहरी प्रयत्न छोड़िए। ठोस जुगाड़ भिड़ाइए। आपको पता ही है, कप्तनवा सिस्टम में है नहीं। नगद नारायण से परहेज है साले को। हमेशा सर्विलान्स रूम में बैठा रहता है। याद है, सांसद जी के भाई को नकली दवा वाली एजेंसी वाले केस में जेल भेज के ही माना। कई बार तो एफआईआर बदलवा देता है अगर सही धारा नहीं लगी तो। और पन्द्रह दिन बाद निकाय चुनाव की आचार संहिता लागू हो जाएगी। फिर तबादला लम्बा लटक जाएगा। बिना हाईकमान के फोन से बात नहीं बनेगी। चलेंगे लखनऊ आप लोग मेरे लिए?"

प्रेमचन्द बोले, "जरूर चलेंगे भाई साहब। आपके लिए लखनऊ क्या, दिल्ली तक चलेंगे।"

"लालता बाबू, आप देखिए अपने लखनऊ वाले ब्यूरो चीफ या क्राइम रिपोर्टर से अगर कुछ बात बने तो। और हाँ, डॉ. साहब, आप मेरी किसी बीमारी का हवाला देकर मुझे संजय गांधी पीजीआई लखनऊ रेफर कीजिए, नहीं तो अगर मैं बेड रेस्ट के नाम पे लखनऊ गया तो कप्तनवा मेडिकल बोर्ड बैठा देगा और आपकी भी छीछालेदर हो जाएगी।" रामलखन सिंह फिर बोले।

"अगर अब तक आप अशोकनगर वाला मेरा मकान खाली करा दिये होते तो मैं एक हॉस्पिटल खोलता और वहीं रिपोर्ट बनाकर लखनऊ रेफर कर देता।" डॉ. साहब ने कहा।

"अरे भाई, चिन्ता काहे कर रहे हैं? 30 सितम्बर की शाम तक कोर्ट का स्टे है किराएदारों के पास। रात को ही आपका कब्जा। वादा रहा।" रामलखन सिंह ने जवाब दिया।

"वो तो मैं यूँ ही कह रहा था। आप चिन्ता न करें, मैं कबीरचौरा हॉस्पिटल के न्यूरोलॉजी वाले दुबे जी से रेफर करवाता हूँ।" डॉ. साहब बोले।

अन्तत: तय हुआ कि रामलखन सिंह के साथ लालता, शमशाद व प्रेमचन्द—तीनों कल शाम लखनऊ चलेंगे। तब तक वहीं रहेंगे जब तक मुख्यमंत्री से मुलाकात नहीं हो जाती। साथ में उनका कारखास सिपाही परमहंस राय भी चलेगा।

उनके जाने के बाद रामलखन सिंह ने परमहंस को एक आठ सीटर गाड़ी की व्यवस्था के लिए कहा। जैसे ही परमहंस ने कहा कि 'साहब, हम कुल पाँच लोग हैं, स्कॉर्पियो में आ जाएँगे', तो रामलखन ने जोर देकर कहा, "नहीं, इनोवा या टवेरा ही रखो। लाइन पार मस्जिद से एक मौलाना और एक थाइलैंड वाले बुद्ध-मन्दिर के लामा को भी ले चलेंगे। माइनॉरिटी का असर गहरा पड़ता है।"

उधर कोतवाली से निकलते ही तीनों सज्जन आपस में बात करने लगे। शमशाद अली ने कहा, "देखिए, आज कैसे चूहे की तरह बात कर रहा है—नेताजी-नेताजी! उस दिन 'समसदवा' कह रहा था और आज लालता भाई को भी 'लालताजी' कह

रहा है जबकि दावत वाले दिन परजीवी पत्रकार और न जाने क्या-क्या बोल रहा था। अब औकात पता चली है ससुरे को। जिस तरह से उस दिन इसने सारी दावत का मजा खराब कर दिया, जी तो करता है कि भाड़ में जाने दें साले को लेकिन पुलिस की जात ही ऐसी है। और हम सबको किसी-न-किसी रूप में थाने से काम पड़ना ही है इसलिए समझ लीजिए कि जीती मक्खी निगल रहे हैं। चलिए, ट्रांसफर रुके या न रुके, भाड़ में जाए रामलखन सिंह। असली मुद्दा यह है कि तीन दिन तक लखनऊ भ्रमण और खातिर-भाव का एक अलग ही मजा रहेगा। मुख्यमंत्री जी से मुलाकात होती है तो ठीक, उसका अपना अलग फायदा है और नहीं होती है तो रामलखन की किस्मत जाने।"

लालता प्रसाद ने सुर में सुर मिलाया, "सही कह रहे हैं प्रमुख जी, हमारे तो दोनों हाथों में लड्डू है। ट्रांसफर रुकेगा तो हमारा चेला बनकर रहेगा और अगर नहीं रुका तो भाड़ में जाए। नया जो आएगा, उससे नाता जोड़ लिया जाएगा। सरकार तो अपनी है ही। कहो प्रेमचन्द भाई, गलत कह रहे हैं?"

प्रेमचन्द ने भी पुरजोर समर्थन किया, "नहीं भाई साहब, बिलकुल सही कह रहे हैं। वैसे यह जान लीजिए कि अपने इलाके का कोतवाल अगर आपका एहसानमन्द हो तो बात ही कुछ और होती है। छोटी-मोटी चीजों को तो फोन पर ही हल किया जा सकता है। अब देखिए न, स्कूटर-मोटरसाइकिल छुड़वाने के लिए भी थाने पर आना पड़ता है। अगर कोतवाल कब्जे में रहेगा तो फोन से आदेश दीजिए। वहीं बैठे-बैठे काम करेंगे। जनता में भी मैसेज जाएगा कि नेताजी की कितनी चलती है।"

अगले दिन 11 जुलाई की सुबह कचौड़ी-सब्जी-जलेबी का नाश्ता करने के बाद एक टवेरा गाड़ी में सवार होकर सभी लोग लखनऊ के लिए निकल पड़े। रास्ते में सुल्तानपुर के ढाबे पर सबने दोपहर का भोजन किया और शाम तक लखनऊ पहुँच गए। विधान सभा के पास ही रॉयल होटल में चार कमरे लिये गए।

रामलखन सिंह प्रेमचन्द से एक मुलाकात के लिए प्रार्थनापत्र लिखवाकर कालिदास मार्ग पर मुख्यमंत्री आवास के दफ्तर गए। वहाँ सुरक्षा में तैनात एक इंस्पेक्टर से सिफारिश लगवा करके और बड़े बाबू को एक लिफाफा पकड़ाकर यह कहते हुए कि बिटिया की शादी में आ नहीं पाया था, सो उसका सगुन है, उन्होंने 13 तारीख को 11 बजे दिन में मुलाकात का समय पा लिया। इसके बाद वे होटल लौटकर देखते हैं कि उनका कारखास परमहंस लॉबी में कुछ परेशान बैठा है। उसने बताया कि लामा और मौलाना को छोड़कर बाकी तीनों होटल के बार में व्हिस्की और काजू लिये सिगरेट की कश लगा रहे हैं।

परमहंस ने धीरे से कहा, "साहब बनारस से दो बोतल ले के चले थे कि जरूरत पड़ेगी तो कमरे में कुछ चखना वगैरह मँगाकर काम हो जाएगा। लेकिन ई ललतवा, इसकी बेटी की, सबको लेकर बार में बैठ के पी रहा है। भुक्खड़ साला

पत्रकार। चार पैग में तो बोतल के दाम के बराबर हो जाएगा। और साले दबाकर चिकन अ मटन-टिक्का खा रहे हैं, जैसे यही भोजन हो!"

रामलखन सिंह बोले, "कोई बात नहीं। धीरज रखो। एक-एक चीज का हिसाब होगा। सेती की गंगा तो हरामी का गोता। खैर, लमवा और उ मौलनवा कहाँ हैं?"

"सर, लमवा तो शाम को खाता नहीं। डमरू घुमाके कुछ पूजा-पाठ कर रहा है शायद चाइनीज भाषा में। और मौलाना की बहन नखास पे रहती है, वहीं मिलने गया है। खा के आएगा। सौ ठो रुपया दे दिये थे आने-जाने का किराया।" परमहंस ने बताया।

"चलो, ठीक है। उस मियाँ से कह देना, शेरवानी वगैरह प्रेस कराके और जूता पॉलिश करवा के रखेगा, परसों सुबह का टाइम है मिलने का।" रामलखन सिंह बोले।

फिर बार की तरफ बढ़कर उन्होंने शमशाद अली की तरफ मुखातिब होते हुए कहा, "आहा, महफिल पूरे रंगत पर है!"

तभी लालता प्रसाद बोल पड़े, "अरे कोतवाल साहब, बस, आपका ही इन्तजार कर रहे थे। लेकिन उस दिन भट्ठे पे जो महफिल थी, उसका कोई जवाब नहीं। लीजिए आप भी।"

रामलखन सिंह ने दो पैग लिये। फिर सबने खाना खाया। तीनों सज्जन मटन जहाँगीरी, रोगन जोश, नरगिसी कोफ्ते, दाल बुखारा, गलौटी के कबाब, चिकन अफगानी, कीमा पराँठा, नॉन और मिस्सी रोटी के अलावा शीरमाल फीरनी, कुल्फी का बेहिचक और बेधड़क ऑर्डर देते रहे। भोजन के उपरान्त बिल साइन करते हुए रामलखन सिंह ने देखा, लगभग साढ़े चार हजार की रकम लिखी थी।

भोजन के बाद कमरे के लिए चलते हुए प्रेमचन्द ने एक वेटर को बोला, "ऊपर कमरे में पानी भिजवा दीजिए।"

वेटर ने पूछा, "सर, रेगुलर या बोटल्ड?"

लालता तपाक से बोल पड़े, "अरे भाई, मिनरल वॉटर नहीं जानते? वही भेज दो। और साढ़े पाँच बजे हम लोग बेड टी लेंगे।"

रामलखन सिंह कमरे में आकर परमहंस से उन तीनों की ऐयाशी पर चर्चा कर ही रहे थे कि दरवाजे की घंटी बजी। परमहंस ने दरवाजा खोला। सामने वेटर था। उसने भीतर आकर बताया कि बगल के लोगों ने चार बोतल हिमालय मिनरल वाटर ऑर्डर किया और बिल पे साइन करने के लिए आपके पास भेजा है।

बिल साइन करते हुए परमहंस लगभग चीख पड़ा, "ये क्या लूट है भाई? पानी मँगाया है न, कोई दूध की बोतल या बीयर तो नहीं मँगाई है? चार बोतल का 240 रुपया? मजाक है?"

वेटर ने जवाब दिया, "सर, ये मिनरल वॉटर है, पैकेज्ड ड्रिंकिंग वॉटर नहीं है जो आप सोच रहे हैं कि 15-20 रुपया बोतल मिलता है। ये हिमालय की चोटियों से पैक होकर आता है। लोकल वॉटर नहीं है।"

इस बार रामलखन सिंह ने चुप्पी तोड़ी, "अबे, सारा पानी ही हिमालय से आता है। सब लूट है हरामखोर कम्पनियों की। चलो, अब साइन कर दो यार। ई साले घर में हैंडपम्प का पानी पीते हैं, इहाँ मिनरल वॉटर माँग रहे हैं। एक बार तबादला रुक जाए फिर इस लालता के बच्चे की पत्रकारिता हम उसके अमुक में डाल देंगे।"

परमहंस ने फिर चिन्ता व्यक्त की, "सर, सीएम साहब से परसों भेंट है। अगर ई साले ऐसे ही खर्च कराते रहेंगे तो फिर कहीं पैसा कम न पड़ जाए। और ई लालता पत्रकार रिसेप्शन पे पूछ भी रहा था कि बढ़िया चिकनक़ारी वाले कपड़े कहाँ मिलेंगे? ये प्रेमचन्द भी कुछ खुसुर-फुसुर कर रहा था।"

रामलखन सिंह ने कहा, "ओह, साले भट्ठा बैठा देंगे ऐसे तो! रुको, कुछ जुगाड़ करता हूँ।" फिर छत की तरफ देखते हुए दो-तीन मिनट तक कुछ सोचते रहे, फिर अचानक बोले, "परमहंस, सुबह का नाश्ता तो होटल के चार्ज में शामिल है न?"

"जी हाँ, सर। 'ब्रेकफास्ट कम्प्लीमेंटरी' है।"

रामलखन सिंह ने तुरन्त रिसेप्शन को फोन मिलाकर शमशाद के कमरे से कनेक्ट करने को कहा। शमशाद अली की आवाज आते ही वे बोले, "अरे नेताजी, सीएम साहब से मिलने का समय तो परसों है। क्यों न कल ग़ाज़ी मसूद सालार साहब की दरगाह तक माथा टेक आते हैं? ढाई घंटा जाना, ढाई घंटा आना। आप जानते ही हैं, पुलिस की नौकरी में समय मिलता कहाँ है। लगता है, गाजी बाबा का बुलावा आया है इस बहाने।"

शमशाद ने कहा, "खयाल तो अच्छा है। रुकिए, लालता जी से पूछ लूँ। प्रेम भाई तो सो गए।"

रामलखन सिंह तुरन्त बोले, "अरे, पूछने का क्या है! मौलाना तैयार हैं ही। गाजी साहब का बुलावा आने पर कोई रुकता है भला? कल इन लोगों को भी ले चलिए। सब मिलकर चादर चढ़ाते हैं।" और गुड नाइट कहते हुए फोन रख दिया। फिर परमहंस की ओर मुखातिब हुए, "देखो, दरगाह के नाम पे शमसदवा और मौलनवा मना करेंगे नहीं। लामा कुछ बोलेगा नहीं। फिर ई दूनों साले इहाँ रह के घंटा उखाड़ेंगे। इनकी माँ की, साले चिकनकारी का सूट लेंगे? और ढाई घंटा नहीं, कम-से-कम एक तरफ से साढ़े तीन घंटा लगेगा। रास्ते में कैसरगंज के पास एक अपने चेले का दशहरी आमों का बाग है। उसके यहाँ बाग में ही लंच कर लिया जाएगा। शाम को थक-थका कर आएँगे तो बाजार जाने की हिम्मत नहीं रहेगी। कल सालों को कमरे में ही पिया-उवा के सुता दिया जाएगा। हरामखोर साले भिखमंगे। सब 'माले मुफ्त, दिले बेरहम' बन रहे हैं।"

अगली सुबह नाश्ते के दौरान लालता और प्रेमचन्द ने न जाने की थोड़ी-बहुत कोशिश की। प्रेमचन्द ने जैसे ही कहा कि 'ज़रा इमामबाड़ा देखना था और दारुलशफा और पार्टी दफ्तर भी जाने की सोच रहा था' कि रामलखन सिंह बोल

पड़े, "अरे नेताजी, एक बार गाजी मियाँ की रहमत हो गई, फिर अगले चुनाव में एमएलए या एमएलसी बनके यहीं विधायक निवास में रहिएगा और इमामबाड़ा में बैठ के शतरंज खेलिएगा नवाबों की तरह!"

वाक्य पूरा होते ही मौलाना और शमशाद ने एक सुर में कहा, "आमीन!" फिर कोई मना करने की हिम्मत न कर सका।

नाश्ते के बाद सभी बहराइच के लिए निकले। दरगाह में चादर चढ़ाने और ज़ियारत करने के बाद वापसी में सभी कैसरगंज के पास घाघरा नदी के किनारे रामलखन सिंह के चेले कौशलकिशोर के यहाँ रुके। दोपहर का भोजन सामान्य ही था लेकिन बाल्टी भर खुशबूदार दशहरी आमों ने सारी कमी पूरी कर दी। रामलखन सिंह के अलावा सभी ने जी भर आम खाए। थोड़ा आराम किया और चलने से पहले चाय पी रहे थे कि परमहंस ने रामलखन सिंह को अलग बुलाया।

अलग होते ही उसने कहा, "साहब, अभी तो तीन ही बज रहे हैं। दो-ढाई घंटे में लखनऊ पहुँच जाएँगे। फिर ससुरे आम खाकर ताजा हो गए हैं। कहीं मार्केटिंग के लिए बोलने लगे तब?"

रामलखन सिंह बोले, "हाँ, यार, हमको क्या पता था कि फोर लेन सड़क बन गई है और इतनी जल्दी बहराइच पहुँच जाएँगे! मन्दिर होता तो रुद्राभिषेक आदि में एकाध घंटा और निकल जाता। दरगाह में तो चादर चढ़ाए, काम खत्म। मंत्र भी ज्यादा है नहीं। खैर, रुको, कुछ दिमाग लगाते हैं। ऐसा करो, ड्राइवर से कहो, गाड़ी में कोई खराबी बता दे। हम सब यहीं आराम करते हैं।"

"सर, ये गाड़ी वाला डॉ. साहब का पड़ोसी है। बात को 'कॉन्फिडेंशियल' रखेगा, इसमें शक है। कुछ और सोचिए। क्यों न हम चलते समय अंबेडकर पार्क वगैरह में टाइम काटें?"

रामलखन बोले, "नहीं, यार, इस उमस में कौन बैठेगा? रुको, कुछ सोचता हूँ। फिर वे दोनों वापस वहीं आए, जहाँ बाकी लोग बैठे उत्सुकतापूर्वक उन्हीं की तरफ देख रहे थे। तब तक एक आइडिया उनके दिमाग में आ गया और मुख पर चिन्ता की बजाय आत्मविश्वास झलकने लगा।

लालता ने पूछ ही लिया, "क्या बात है कोतवाल साहब, जो दीवान जी आपको उधर ले जाकर बता रहे हैं?"

रामलखन सिंह पहले थोड़ा हँसे, "हँ हँ हँ! अरे, कुछ नहीं, परमहंस कह रहा है कि लौटते हुए बाराबंकी के बजाय देवा शरीफ की तरफ से दर्शन करते हुए चला जाए। कहीं मैं सबके सामने मना न कर दूँ इसलिए अलग से कह रहा था। लेकिन आप लोग थक गए होंगे इसीलिए मैंने ये प्रस्ताव अभी तय नहीं किया।"

लालता कुछ कहने ही जा रहे थे कि कौशलकिशोर ने उनकी बात काटते हुए कहा, "बिलकुल नेक खयाल है। देवा शरीफ से कोई खाली हाथ नहीं लौटा है आज

तक। वहाँ से जाने में महज आधे घंटे का फर्क समझें। समझ लीजिए, बाइपास वाले पुल में मेरे बगीचे का कुछ हिस्सा एनएचएआई वाले माँग रहे थे। सर्वे भी कर गए। बस, हमने देवा शरीफ सरकार के यहाँ गुहार लगाई और आप मानें न मानें, एनजीटी ने पर्यावरण की मंजूरी नहीं दी, वरना आज इस पेड़ वाला आम न खा रहे होते।"

तब तक मौलाना ने भी सहमति दी, "एकबारगी तो यह खयाल मेरे मन में भी आया लेकिन कुछ हिचक-सी हो रही थी कहने में। बहुत ही नेक खयाल है।"

शमशाद ने भी सुर मिलाया, "दीवान जी, मान गए आपको। आपने दिल जीत लिया।"

परमहंस कभी रामलखन सिंह को तो कभी लालता पत्रकार को देख मन-ही-मन मुस्कुरा रहा था।

जैसे ही वे लोग कुछ आगे बढ़े, पीछे की सीट पर से परमहंस ने आवाज दी, "अरे ड्राइवर साहब, थोड़ा धीमे चलाओ गाड़ी, बहुत उछल रही है।"

आगे बैठे रामलखन सिंह ने तुरन्त कहा, "जल्दी किस बात की है बे? कहीं लड़-भिड़ गए तो इस इलाके में सीधे गाड़ी फूँक देते हैं। कुटाई अलग से। हम भी बचा न पाएँगे।"

और गाड़ी की रफ्तार अस्सी से पचपन आ गई।

फिर रामलखन सिंह ने मौलाना को पहली बार इज्जत देते हुए कहा, "मौलाना साहब, कोई ऐसी पूजा नहीं होती आपके यहाँ जिसमें काम सिद्ध होने के लिए संकल्प किया जाए?"

मौलाना ने कहा, "जी, जनाब, बहुत-सी दुआएँ हैं। दुरूद शरीफ, सूरा-ए-फातिहा, आयतल-कुर्सी, चार कुल, लाहौल हैं इनके साथ या हफ़ीज या सलाम और कई सूरतें भी हैं। मैंने सालार साहब की दरगाह में पढ़ी थी। आप चिन्ता न करें, इस बार पूरे तरीके और अमल से पढ़ूँगा।"

रामलखन सिंह ने कहा, "भाई, सभी के लिए पढ़िएगा। सबको दुआ चाहिए।"

मौलाना बोले, "बेशक।"

देवा शरीफ में ज़ियारत आदि करने में शाम हो गई। सूरज डूब चुका था। रामलखन सिंह और परमहंस मन-ही-मन प्रसन्न थे।

ड्राइवर ने फिर तेज गाड़ी भगाना चाहा तो अबकी उसको न टोककर रामलखन सिंह ने फ्लाइओवर के बजाय बादशाह नगर की क्रॉसिंग वाला रास्ता बता दिया जो कि एक बार बन्द होकर आधे-आधे घंटे बन्द ही रहता है।

फिर शाम की भीड़ में धीरे-धीरे चलते साढ़े आठ बजे वे सब होटल पहुँचे। नहा-धोकर लगभग नौ बजे मौलाना के अलावा तीनों रामलखन के कमरे में आए। दिन-भर दरगाह और कल समय से मुख्यमंत्री के यहाँ पहुँचने के कारण बोतल नहीं खोली गई।

तेल-मसाले के अधिक इस्तेमाल पर होटल को कोसते हुए रामलखन सिंह ने कमरे में ही एक दाल, दो सब्जी, चावल और फुल्के मँगा लिये।

परमहंस ने खबर दी कि सामने बहुत अच्छा घेवर और कड़ाही का दूध मिलता है। खाना आने पर बिल साइन करते हुए परमहंस बहुत खुश था। रकम हजार तक भी न पहुँच सकी थी।

प्रेमचन्द के लेटरहेड पर सारा मजमून रामलखन सिंह ने पहले ही टाइप करा रखा था।

अगली सुबह परमहंस ने हजरतगंज कोतवाली के अपने एक जानकार सिपाही को सुबह नाश्ते पर बुला लिया था, जिसने होटल बिल में कुछ और डिस्काउंट करवा दिया।

सब लोग जल्दी नाश्ते के बाद होटल से चेक आउट करके कालिदास मार्ग के लिए रवाना हुए। रामलखन सिंह आज कुर्ता-पाजामा और सदरी पहने हुए थे। चूँकि सीएम साहब सिर्फ पाँच मिनट देते और इतने कम समय में कौन सारी बातें बताएगा, इस बात पर विचार चल रहा था।

लालता एक चिट पर नोट कर रहे थे कि रामलखन सिंह ने टोका, "अब आप सीएम साहब के सामने चिट निकालेंगे?"

सीएम के सामने सीधे जाने में प्रेमचन्द का भी हलक सूख रहा था। वैसे कई रैलियों में वे सीएम साहब का माल्यार्पण कर चुके थे। इधर शमशाद अली भी बोलने की प्रैक्टिस में लड़खड़ा रहे थे। मौलाना और लामा को चुपचाप रहना था। सिर्फ हाँ-में-हाँ मिलाना था।

मुख्यमंत्री आवास के आगन्तुक कक्ष में सभी छह लोग शान्त बैठे थे, जैसे किसी परीक्षा का साक्षात्कार देने आए हों! अचानक रामलखन सिंह बोले, "ऐसा है कि आप लोग गड़बड़ा देंगे इसलिए मैं बोलूँगा। बस, आप लोग हाँ-में-हाँ मिलाइएगा। और हाँ, बुके प्रेमचन्द जी और शमशाद भाई देंगे। और चलते समय मैं और प्रेमचन्द जी लिखित प्रार्थनापत्र देते हुए उनके पैर छुएँगे। समय कम होगा इसलिए थोड़ा तेजी से काम करिएगा।"

जैसे ही भीतर जाने का बुलावा आया, रामलखन सिंह तेजी से सबसे आगे बढ़े। उनके पीछे शेष सभी मुख्यमंत्री के कक्ष में दाखिल हुए। रामलखन सिंह ने बिजली की तेजी से सबका परिचय कराया :

"परम माननीय आदरणीय नेताजी को नमस्कार और सादर चरण-स्पर्श। माननीय, ये बनारस में पार्टी के जिला महामंत्री प्रेमचन्द जी, ये चिरईगाँव ब्लॉक के प्रमुख शमशाद अली जी हैं। इनके दादा जी स्वतंत्रता संग्राम सेनानी थे। सन् बयालीस आन्दोलन में जेल गए थे और खान अब्दुल गफ्फार खाँ साहब के बहुत खास थे। ये लालता प्रसाद जी हैं। 'इंडिया टुडे' ग्रुप के बनारस के ब्यूरो चीफ।

आप मौलाना रहमत उल बुखारी हैं। शाही इमाम के खानदान से आप ताल्लुक रखते हैं। और आप श्री लामा जी हैं। इनका नाम थोड़ा कठिन है जनाब।"

इस पर सीएम साहब थोड़ा मुस्कुराए।

"आप बोधिसत्व सोसाइटी के महासचिव और परम पवित्र दलाईलामा जी के बड़े खास शान्तिदूत हैं।"

"मैं अपनी पार्टी के अधिवक्ता प्रकोष्ठ के वाराणसी जनपद का संयुक्त सचिव रघुनाथ सिंह हूँ।"

बुके और नमस्कार के बाद सभी बैठे। सभी अपने-अपने अजीब और झूठे परिचय को लेकर सकपकाए हुए थे। रामलखन सिंह ने आगे बात शुरू की :

"माननीय महोदय, हम सभी बनारस के पुलिस कप्तान के अत्याचारों से दुखी होकर आपकी शरण में आए हैं। कप्तान का रुख शुरू से ही पार्टी-विरोधी है। विपक्षियों की हर सिफारिश सुनी जाती है और हमें जनता के सामने नीचा देखना पड़ता है। महोदय, अभी कुछ दिन पहले सारनाथ में विपक्षी पार्टी ने कुछ उलटे-सीधे मुद्दे लेकर चक्का जाम किया। आपका पुतला फूँकने की कोशिश कर रहे थे कि अपने कोतवाल साहब रामलखन सिंह ने पहले अनुरोध किया कि भाई, और चाहे जो करो लेकिन माननीय मुख्यमंत्री जी का पुतला नहीं जलाने देंगे। प्रेमचन्द जी और शमशाद भाई ने भी रोकने की कोशिश की तो उन लोगों ने पथराव कर दिया। मजबूरी में कोतवाल रामलखन सिंह को लाठी चार्ज करना पड़ा। कुछ लोगों को मामूली चोटें आईं। लेकिन कप्तान ने एकतरफा कार्रवाई करते हुए अपने कोतवाल साहब को लाइन हाजिर कर दिया। हम लोग मिलने गए तो समय नहीं दिये जबकि विपक्षी पार्टी के नेताओं को अपने कमरे में बैठाकर लस्सी पिला रहे थे। हुजूर, ये वही रामलखन सिंह कोतवाल हैं जिन्होंने सकलडीहा उपचुनाव में पार्टी की बहुत मदद की थी। हुजूर, कुछ कीजिए वरना पार्टी का जनाधार बहुत कम हो जाएगा। यही प्रार्थना लेकर हम आए हैं।" यह कहते हुए रामलखन सिंह उनके चरण की ओर झुक गए।

सीएम ने कहा, "अरे उठिए-उठिए।" फिर उन्होंने तुरन्त फोन पर डीजीपी को तलब किया। लाइन मिलते ही कहा, "डीजीपी साहब, एसएसपी बनारस को अन्तिम चेतावनी दे दीजिए कि अगर हमारे कार्यकर्ताओं की बात न सुनी गई तो गम्भीर परिणाम होंगे। और सारनाथ के कोतवाल रामलखन सिंह को तुरन्त वापस वहीं पदस्थापित करके मुझे शाम तक रिपोर्ट दीजिए। यदि रामलखन सिंह ने शाम तक सारनाथ का चार्ज नहीं लिया तो मैं बख्शूँगा नहीं।"

इसके बाद सीएम बोले, "अब आप लोग इत्मीनान रखिए। बार-बार एसएसपी बदलना ठीक नहीं होता। मीडिया में बातें उठती हैं। लेकिन अब वह सुधर जाएगा। और हाँ, निकाय चुनाव के लिए अभी से कमर कस के लग जाइए। इस बार बनारस

का मेयर अपनी पार्टी का होना चाहिए। और रघुनाथ, तुम कोई बात हो तो मेरे पीए को रिपोर्ट देते रहना। अपनी सीवी भेजना। देखता हूँ, कहीं सरकारी वकील के लिए जगह हुई तो। ठीक है फिर।"

रामलखन सिंह के साथ सब बाहर आए। मौलाना ने पहला सवाल दागा, "कोतवाल साहब, आपने झूठ-मूठ इतना बढ़ा-चढ़ा कर परिचय क्यों दिया?"

लालता ने भी कहा, "और मुझे 'इंडिया टुडे' ग्रुप का ब्यूरो चीफ बता दिया?"

रामलखन सिंह वापस अब अपने पुलिसिया ताव में आकर बोले, "तो का बताते बे? कि सर, ये सड़क छाप मौलवी है। कुँजड़ों की बस्ती के मदरसे में अलिफ बे ते सिखाता है? और तोहें बताते कि ई बिना मान्यता वाले फ्रीलांसर पत्रकार हैं, इनको 'दैनिक जागरण' से निकाल दिया गया? देखो, उनको प्रेमचन्द की पहचान थी। इसलिए हम केवल नगर मंत्री को जिला मंत्री कर दिये। और अगर ऐसा परिचय न देते तो सीएम आप लोगों की तरफ देखते भी नहीं। चलिए, चला जाए। बनारस से पेशकार साहब का फोन भी आ रहा है।"

यह कहते हुए वे लघुशंका हेतु आगे बने सुलभ शौचालय की ओर बढ़े। फारिग होकर हाथ धोने के लिए वाशबेसिन पर गए तो देखा, परमहंस गमछा लेकर उनका इन्तजार कर रहा था।

हाथ धोते समय उसने कहा, "साहब, ई हरामखोर सब शाने-अवध होटल में लंच करके चलने का प्लान बना रहे हैं। अगर इजाजत हो तो सीधे-सीधे कह दूँ कि जऊन तुम लोग ई होटल के बार में बैठ के पैग लगाए हो और रूम में मँगाकर चिकन-मटन, अटर-पटर खाए हो, तो होटल का बिल देने में हमारा सब पैसा खत्म हो गया है। इसलिए लौटने में जहाँ भी खाना-पीना हो, अपनी-अपनी जेब देख के खाना-पीना। हमारे भरोसे मत रहना।"

"नहीं-नहीं, अभी नहीं। शाने-अवध चलो। भकोसने दो सालों को, फिर ये बात बोली जाएगी। अभी कहोगे तो चोट उतनी गहरी नहीं लगेगी।" रामलखन सिंह कुटिलता से बोले।

रास्ते में मौलाना ने कहा, "जनाब, मुझे चारबाग के सामने उतार दें। मैं कुछ रिश्तेदारों से मिलकर एक-दो दिन में आऊँगा।"

परमहंस ने मौलाना की शेरवानी में 500 का एक नोट डाल दिया।

लामा ने भी वहीं उतरकर कहा, "श्रीमान, मैं भी श्रावस्ती और कुशीनगर होते हुए सारनाथ आऊँगा।"

उतरते हुए परमहंस ने लामा को भी 500 रुपये देने चाहे लेकिन लामा ने विनम्रतापूर्वक इनकार कर दिया। बोला, "साहब, जरूरत होगी तो माँग लेंगे। हम संचय नहीं करते।"

उसके बाद शाने-अवध रेस्तराँ में पहुँचकर रामलखन सिंह ने घोषणा की, "भाई, आप लोग भोजन करें। सुबह नाश्ता बहुत हो गया। पेट कुछ ठीक नहीं है और सफर भी करना है। और यहाँ तो बहुत रिच खाना है। परमहंस, तुम साथ दो।"

परमहंस ने कहा, "सर, हमारा मंगल व्रत है।"

रामलखन सिंह उठे और बोले, "आप लोग भोजन करें। मंगल का दिन है इसलिए हम लोग मीट-मुर्गा से थोड़ा-सा हट के बैठते हैं।"

तीनों सज्जनों ने पहले दो-दो पैग बेशकीमती व्हिस्की ब्लू लेवल के लिये और फिर विभिन्न प्रकार के व्यंजनों का चटखारे ले-लेकर आनन्द लिया।

वे लोग 'फिंगर बोल' में उँगलिया साफ कर ही रहे थे कि वेटर ने बिल प्रस्तुत किया। लालता प्रसाद ने वेटर को इशारा करते हुए कहा, "वो जो क्रीम कलर का कुर्ता और ब्राउन सदरी में बैठे टीवी देख रहे हैं, उनको दे दो। वही पे करेंगे और सौंफ और इलायची की जगह मीठा पान हो तो ले आओ।"

रामलखन सिंह कनखियों से यह सब देख रहे थे और परमहंस भी उत्सुक था। वेटर ने जैसे ही बिल प्रस्तुत किया, उन्होंने तीनों को सुनाकर कहा, "का बे, हम कुछ खाए हैं? कोई ऑर्डर किए हैं? त बिल का इहाँ बैठने का दें? जो खाया है, उससे लो कि हमसे लोगे? और चलो परमहंस, चला जाए," कहते हुए उठ खड़े हुए।

लालता पत्रकार ने प्रतिवाद किया, "ये क्या कोतवाल साहब? काम निकल गया, फायदा हो गया तो नीयत बदल गई?"

रामलखन सिंह ने उत्तर दिया, "तुम सबका तीन दिन का खर्चा और होटल और बार के बिल में जो लाए थे, सब खतम हो गया। अब तुम लोग भी कुछ शेयर करोगे कि नहीं? और का ई हमारा अकेले का फायदा हुआ है? तुम लोगों का फायदा नहीं है? तुम लोग थाने पे दलाली नहीं करोगे? हमारे नाम का फायदा नहीं उठाओगे? और हमारी बात बुरी लगे तो जाके वापस सीएम साहब से बोल दो कि ई सब हम झूठ बोले हैं। चलो, मिल-जुल के बिल चुकाओ। हम खाए होते तो कुछ सहयोग जरूर करते। जल्दी करो, निकलना भी है।"

परमहंस ने भी मोबाइल से ड्राइवर को आवाज दी, "हाँ बे, सरपट गाड़ी लगा ले। साहब को चार्ज लेना है सवा पाँच बजे से पहले, उसके बाद राहुकाल लग जाएगा।"

इसके बाद लखनऊ से चली गाड़ी सारनाथ ही रुकी।

आवभगत

बनारस शहर के दक्षिणी हिस्से में लंका से सामने घाट होते हुए गंगा नदी के ऊपर बने पीपे के पुलवाले रास्ते में ही शिवधनी सरदार का घर था। खाते-पीते परिवार के स्वामी थे। स्वयं विश्वविद्यालय में तृतीय श्रेणी कर्मचारी थे। एक बाँस-बल्ली की दुकान थी जहाँ निर्माणाधीन मकानों के लिए किराये पर बल्ली-पटरे उपलब्ध थे। इसके साथ ही दो-तीन जगह पुश्तैनी जमीन थी। अधिकतर को उन्होंने कई साल पहले बँटाई पर दे रखा था। बँटाईदार भी सालों से फसल कटने के महीने-दो महीने के भीतर शिवधनी का हिस्सा पहुँचा देते थे। यद्यपि शिवधनी जानते थे कि बँटाईदार हिस्से में बेईमानी कर रहे हैं लेकिन वे उसको परमात्मा की कृपा मान हील-हुज्जत नहीं करते थे। पत्नी फसल के दिनों में ही बार-बार कहती कि जाकर देख आओ कि कितना अनाज हुआ है। कहीं बेईमानी से कम तो नहीं दे रहे हैं सब? शिवधनी भी योजना बनाते, पर कभी जा न पाते।

अपना दफ्तर, सुबह-शाम मित्र मंडली के साथ गप-शप की आदत और सबसे बढ़कर आवागमन की परेशानी। सभी खेत महज पच्चीस-तीस किलोमीटर के दायरे में थे और वहाँ पहुँचने के लिए कई बार अनेक साधन बदलने के कारण काफी वक्त लग जाता था जिसे वे समय की बरबादी मानते थे। शायद यही वजह है कि वे कभी फसल पक जाने के समय निरीक्षण के दौरान अपने किसी खेत के बँटाईदार से ताकीद करने नहीं गए। ऐसा भी नहीं कि वे आने-जाने में आलस करते हों क्योंकि ऐसी ही जगहों पर बिना किसी ठोस वजह या फायदे के भी वे लगातार आते-जाते थे लेकिन फसल के लेन-देन में उनका वही सिद्धान्त चलता था जो वे सभी को गाहे-बगाहे बताया करते थे, 'चना-चबेना गंगजल जो पुरवे करतार, काशी कबहुँ न छाँड़िए विश्वनाथ दरबार।'

पिछले साल पहली बार ऐसा हुआ कि सालों-साल से निरन्तर आनेवाला बँटाई का अनाज रुपौंधा से नहीं आया। डगमगपुर, पहाड़ा, कैलहट आदि जगहों से सभी बँटाईदार देर-सबेर लेन-देन करके फारिग हो चुके थे लेकिन रुपौंधा से कैलाश ने न तो कोई खबर दी और न ही खबर का जवाब दिया। पहले घर से पैदल लंका,

फिर टेम्पो से रामनगर, फिर वहाँ से बस या जीप से नारायणपुर, नारायणपुर से पुनः किसी साधन से अदलहाट और वहाँ से किसी आते-जाते से मदद माँगकर या पैदल तीन-चार कि.मी. चलकर रुपौंधा पहुँचा जा सकता था। चूँकि पिछले साल बारिश भी कम हुई और फसल पकने के दौरान काफी ओले भी पड़े इसलिए शिवधनी ने अनुमान लगाया कि हो सकता है, कैलाश फसल बरबाद होने के सदमे के कारण हिसाब नहीं दे गया। लेकिन इस बार तो मानसून किसानों पर मेहरबान था। औसत से अधिक बारिश हुई और समय-समय पर हुई। खरीफ की फसल तो ऐसी थी कि जमीन का कोई भी टुकड़ा ऐसा न था जो हरा-भरा न हो। ऐसे में रुपौंधा की जमीन से कुछ न आना शिवधनी के लिए जहाँ आश्चर्य का विषय था, वहीं उनकी पत्नी के लिए रुपौंधा के बँटाईदार के लानत-मलामत करने का एक मौका।

वे कहतीं, "हमने पहले ही कहा था कि कैलशवा के अबकी बार मत जोतने दो, लेकिन मेरी कौन सुनता है? यहाँ तो काशी नरेश के खानदान से मुकाबला करना जो है।"

शिवधनी खीजकर कहते, "अरे आ जाएगा, काहे मरी जा रही हो? इतना अनाज-पिसान आया है, उसको तो साफ करने-रखने की ताकत नहीं है, खाली कैलाश के पीछे पड़ी रहती हो। हमको मालूम है, जब से खनमन के यहाँ से उसने रिश्ता ठुकराया है, तभी से उसके साथ छत्तीस का आँकड़ा है।"

दरअसल खनमन शिवधनी की पत्नी के मायके से ताल्लुक रखते थे और कैलाश के मझले बेटे से अपनी पुत्री की शादी के लिए कोशिश में थे। कैलाश का पुत्र वैसे तो दसवीं में छह साल फेल होने के बाद अदलहाट कस्बे में केबल चलाता था और नई-पुरानी हिन्दी-अंग्रेजी फिल्मों की 'पाइरेटेड' सीडी बेचता था। लगन के दिनों में शहर में शादी-विवाह-समारोह आदि में वीडियोग्राफी भी करता था। अब न जाने इस शहर की हवा का असर था या कि लगातार फिल्म देखने का या इसमें केबल टीवी का योगदान था—उसने खनमन की पुत्री, जो कि बारहवीं तक पढ़ी थी, के रिश्ते को उसे काली कहकर ठुकरा दिया था। खनमन इस नकार को दहेज बढ़ाने का संकेत मानकर रकम दूनी करने के साथ दो जोड़ी भैंसें और स्कूटर को बढ़ाकर बुलेट करने पर भी राजी थे। कैलाश की भी अर्द्ध सहमति क्रमशः सहमति बनते हुए पहले से प्रबल होने लगी थी, लेकिन लड़का अपनी नकार पर कायम रहा। यह बाद में पता चला कि वह शोभा के बहकावे में आ गया जो कि उन दिनों बम्बई से गाँव आए थे और कैलाश के मँझले बेटे को अपनी सबसे छोटी साली के लिए उपयुक्त समझने के बाद उसे बम्बई के सपने दिखाने लगे थे।

लेकिन इस रहस्योद्घाटन के बाद भी शिवधनी की पत्नी की चिढ़ कैलाश से कम न हुई। क्योंकि कैलाश से खनमन की बेटी की सिफारिश उन्होंने भी की थी। उन्हें अन्दाजा भी न था कि उनका बँटाईदार उनकी बात का मान न रखेगा। उनका

तर्क था कि 'बेटे की इतनी हिम्मत जो बाप को मना कर दे? यह कैलाश का ही किया-कराया है जो उसने मेरी सिफारिश भी नहीं मानी।'

अब कैलाश द्वारा हिसाब न किए जाने से उन्हें भरपूर मौका मिल गया था। शिवधनी जब भी घर आते या दफ्तर जा रहे होते, उनका निन्दा-पुराण चालू हो जाता।

उन्हीं दिनों शिवधनी के कार्यालय में कर्मचारी संघ के चुनावों की घोषणा हुई। शिवधनी कई वर्षों तक कर्मचारी संघ के पदाधिकारी रह चुके थे। स्थानीय होने के नाते कर्मचारियों के बीच उनकी अच्छी पकड़ थी। उनके गुट के समर्थन के बिना कोई भी उम्मीदवार चुनाव जीतने की सोच भी नहीं सकता था। इसी कारण आजकल उनके घर मिलने-जुलनेवालों और भावी प्रत्याशियों का आना-जाना बढ़ गया। कभी-कभी तो इतने लोग आ जाते कि चाय पिलाते-पिलाते घर में दो भैंसों का दूध भी कम पड़ जाता।

एक दिन पगहा तोड़कर भैंस के बच्चे ने सारा दूध पी लिया। शाम को जब दूध दुहने के लिए बड़ा बेटा बाल्टी, रस्सी लेकर पहुँचा तो पिन्हाने के बाद एक भी बूँद दूध नहीं। रात को बिना दूध सभी ने भोजन किया लेकिन उसके आधे घंटे बाद जब शिवधनी दूरदर्शन पर हिन्दी समाचार देख रहे थे और उनकी पत्नी ईंट के टुकड़े से तवा चमका रही थीं, दरवाजे पर दस्तक हुई।

लुंगी को दोबारा कसकर बाँधते हुए शिवधनी ने दरवाजा खोला। बाहर तीन लोग खड़े थे : उनके साथी कर्मचारी और मित्र संकठा पांडे, उम्र करीब 55 साल। एक तथाकथित युवा नेता राजेश, उम्र करीब 45 साल और मोहल्ले के झंटू पहलवान, उम्र करीब 50 साल। तीनों को उन्होंने सादर अन्दर बुलाया।

कहने की जरूरत नहीं, संकठा के समर्थन के लिए शिवधनी से आग्रह करने तीनों आए थे। संकठा थे तो शिवधनी के मित्र लेकिन हमेशा विरोधी गुट से खड़े होते और चुनाव हार जाते।

इसी बीच छोटा बेटा गुड़ के साथ पानी रख गया। सबने पिया। मेहमाननवाजी के निर्वाह के लिए शिवधनी ने तीनों से भोजन करने के लिए कहा।

पत्नी पीछे से सुन रही थीं। सारी रसोई निबटाकर अभी उठी ही थीं कि ये तीनों सज्जन आ गए। भोजन के लिए मनुहार की आवाज आते ही जैसे उनके तन-बदन में आग लग गई। मन-ही-मन इष्टदेव को याद किया कि भगवान, कृपा करो!

और कृपा हो गई। तीनों ने भोजन से साफ इनकार कर दिया। पत्नी ने राहत की साँस ली।

लेकिन शिवधनी अतिथि-सत्कार में इस कदर डूबे हुए थे कि संकठा से बोल पड़े, "गुरु जी, भोजन की इच्छा नहीं है तो कोई बात नहीं लेकिन चाय के लिए आप मना मत करिए," और इसी के साथ आदेशात्मक स्वर में छोटे बेटे को आवाज दी, "चाय ले आओ"।

पत्नी का क्षणिक सुख फिर से संकट में पड़ गया। रात के दस बजे दुकान बन्द। अगर दूध के लिए बेटे को गोदौलिया सट्टी भेजें तो घंटा भर से कम न लगेगा। पड़ोसी से कैसे माँगें? अभी कल ही सिंटू की डबल्यू से मारपीट के चक्कर में उसकी मम्मी से लड़ाई हुई है। अब किस मुँह से दूध माँगें? और क्यों माँगें? जिसके घर दो-दो भैंसें बँधी हों, वह क्या दूध माँगेगा? अभी वे इसी उधेड़बुन में ही थीं कि शिवधनी ने चाय के लिए दोबारा आवाज लगाई। पत्नी को यह बात खल गई कि यह जानते हुए कि आज दूध नहीं है, शिवधनी बार-बार चाय के लिए क्यों जोर दे रहे हैं? उन्होंने अन्तिम बार मर्यादा का पालन करते हुए दरवाजे से हर सम्भव विनम्र आवाज से कहा कि आज शाम को भैंस लगी नहीं। कहिए तो शर्बत घोल दें?

शिवधनी को यह अपमान लगा और वे आपा खो बैठे। घर के प्रबन्ध-कौशल की कमी से होते हुए, लड़कों के पढ़ाई में ध्यान न देने आदि के विषय शामिल कर लिये गए और धीरे-धीरे बात में पत्नी के मायके के कुप्रबन्धन का जिक्र कर बैठे।

बस, अब क्या था! पत्नी का गुस्सा फूट पड़ा। इस बहस को तीनों आगन्तुक जितना रोकने का प्रयास करते, बहस नई दिशा में मुड़ जाती। कुछ देर बाद शिवधनी ने सम्पन्नता की ठसक के साथ एक निर्णयात्मक स्थापना दी, "गुरु जी, घर में कौनों चीज की कमी नहीं है, लेकिन इन काहिलों के चलते बरकत नहीं है।"

पत्नी ने ईंट का जवाब पत्थर से दिया, "बस कीजिए, बहुत बोल चुके। एक-एक चीज सहेजकर रखते हैं हम। आपकी तरह लुटाते रहते तो न जाने क्या हाल होता इस घर का!"

और इसके साथ ही उन्होंने कैलाश-पुराण की व्याख्या कुछ इस तरह से की कि तीनों मेहमानों और स्वयं शिवधनी को भी यह सम्प्रेषित हो गया कि कैलाश भले ही बेईमान और धूर्त है लेकिन शिवधनी निहायत डरपोक, दब्बू और आलसी व्यक्ति हैं। बात और आगे बढ़ती लेकिन अचानक बिजली चली गई और तीनों मेहमान भी चले गए।

इसके बाद शिवधनी और उनकी पत्नी के बीच जमकर झगड़ा हुआ। एक-दूसरे के खानदान से लेकर व्यक्तिगत व्यवहार तक सभी मुद्दे गिनाए गए। बड़े बेटे ने जब बीच-बचाव की कोशिश की तब उत्तेजना के मारे शिवधनी ने उसे एक अमर्यादित गाली दे दी। और यहीं वह गलती कर बैठे। अब तो पत्नी आग उगलने लगीं और उन्हें भी अपनी गलती का एहसास हुआ। वह झगड़े से पीछे हट ही रहे थे कि उनकी कमजोरी देख पत्नी का जोश बढ़ गया और उन्होंने सरेआम चुनौती दे दी कि अगर हमसे मन पक गया है तो जाकर दूसरी औरत ले आओ। उन्होंने यह भी घोषणा कर दी कि कल वे मायके जा रही हैं।

अगली सुबह वे सच में मायके चली गईं। यह बाद में पता चला कि मायके जाने की वजह शिवधनी से झगड़ा कम बल्कि लल्ला सुनार के यहाँ से पुरानी पायलें बदलकर नई लेना ज्यादा थी।

पत्नी के जाते ही शिवधनी पर काम-काज का बोझ बढ़ गया। भैंसों को चारा देना, दुहना, दफ्तर के लिए तैयार होना, घर की सफाई आदि का प्रबन्ध करते-करते सुबह के नौ बज जाते और खिचड़ी खाकर कितने दिन गुजारा करते। चौथे दिन ही वे दोपहर का भोजन दफ्तर की कैंटीन में लेने लगे। जब उनके साथी कर्मचारियों ने देखा कि वे दो-तीन दिन से लगातार कैंटीन में खा रहे हैं तब दफ्तर में खुसफुसाहट शुरू हुई। लगातार कैंटीन का भोजन अपने-आपमें इस बात का संकेत था कि घर से भोजन नहीं मिला। कैंटीन में वही खाता था जो या तो परिवार से दूर था या अविवाहित। तीसरे दिन संकठा पांडे ने उन्हें घेर लिया। शुरुआती ना-नुकर के बाद शिवधनी ने सारा आख्यान सुना दिया।

संकठा ने उन्हें साफ-साफ कहा कि कैलाश की नीयत में खोट है। या तो उसको खबर दी जाए कि यहाँ आकर हिसाब करो या फिर वहीं चलकर कड़ाई से वसूली की जाए। इस क्रम में उन्होंने रुपौंधा के आसपास के रसूखदार लोगों के नाम बताए और उनसे अपने गहरे सम्बन्धों का दावा भी कर दिया।

शिवधनी के लिए संकठा की ऐसी डींगें नई न थीं परन्तु उन्हें यह योजना पसन्द आ गई। तय हुआ कि पहले कैलाश को बुलाया जाए।

नब्बे के दशक में टेलीफोन हर जगह नहीं पहुँचा था। इसलिए कैलाश को खबर करने का मतलब था—किसी को भेजना या खुद जाना। अन्तर्देशीय या पोस्टकार्ड भी लिखा जा सकता था। लेकिन महज इक्कीस किलोमीटर की दूरी के लिए पत्र लिखना व्यावहारिक न था और इस बात की कोई गारंटी न थी कि पत्र का जवाब आएगा भी।

एक सप्ताह बाद ही शाम को शिवधनी अपने घर के चबूतरे पर बैठे चाय पी रहे थे। बड़ा बेटा दो दिन पहले ही अपने ननिहाल से माँ को ले आया था। आखिर माँ का दिल बच्चों के खाने-पीने की दिक्कत देख पिघल गया और वे बिना मान-मनौवल मायके से वापस आ गईं।

झंटू पहलवान उधर से गुजरे। दुआ-सलाम के बाद पूछ बैठे कि भौजी अभी आ गईं या नहीं? सकारात्मक उत्तर देने के साथ ही शिवधनी ने यह भी बताया कि अभी भी बोलचाल बन्द है।

झंटू दूध के कारोबारी थे। एक बड़े तबेले के मालिक और पहलवान भी। बनारस में दूर-दूर से आनेवाले बल्टहे उन्हें जानते थे और इज्जत करते थे। दूधियों को बनारस की आम भाषा में बल्टहा कहा जाता है। उन्होंने सुझाया कि रुपौंधा से आनेवाले बल्टहों के द्वारा कैलाश को इत्तला की जाए। मौखिक, फिर लिखित। उन्हें

अनुमान था कि बल्टहों के माध्यम से खबर गाँव में पहुँचेगी तो कैलास खुद-ब-खुद हिसाब कर जाएगा। शिवधनी को यह तरकीब भा गई।

लेकिन कैलाश किसी और ही मिट्टी का बना था। उसने किसी भी सन्देश पर कोई तवज्जो नहीं दी। जैसाकि मानवीय स्वभाव की कमियाँ हैं, शिवधनी के पूछने पर बल्टहे कैलाश के काल्पनिक उत्तर को बहुत अतिशयोक्ति से नमक-मिर्च लगाकर बताते। सच कहें तो बल्टहों को मजा भी आने लगा क्योंकि शिवधनी के घर चाय-पानी का आसरा भी हो जाता था। बीस-पचीस किलोमीटर साइकिल से दूध ले जाने में एक ब्रेक के तौर पर यह उनके लिए आकर्षक प्रस्ताव था।

एक दिन हद हो गई जब भोनू नामक बल्टहे ने कैलाश के अनकहे शब्दों की सूचना देते हुए उसमें चुनौती का स्वर भर डाला, "अगर अमुक अंग में दम हो तो शिवधनी यहाँ से एक दाना ले जाकर दिखाएँ।"

यह चुनौती शिवधनी, झंटू सरदार, राजेश नेता आदि को बहुत नागवार गुजरी। तय हुआ कि 'भय बिनु होइ न प्रीति'।

अगली शाम ही शिवधनी के घर एक बैठक हुई। बकाया तगादे की वसूली की योजना पर बातचीत के लिए शिवधनी, झंटू सरदार, राजेश नेता के साथ संकठा भी थे। बात राजेश नेता ने शुरू की, कि पहले किसी बहाने से कैलाश को यहाँ बुलाया जाए और बन्धक बनाकर उसकी जमकर पिटाई की जाए। जब तक उसके लड़के सारा अनाज या रकम नहीं पहुँचाते, तब तक उसको छोड़ा न जाए।

झंटू पहलवान ने पुरजोर समर्थन किया।

शिवधनी अभी कुछ कहते कि संकठा पांडे बोल पड़े, "अबे, घर बुलाकर मारपीट करना कायरता है और मर्यादा के खिलाफ भी।"

तब राजेश ने कहा, "क्या उसके गाँव जाकर पीटें?"

फिर यह तय हुआ कि मारपीट, थाना-पुलिस आदि से नया बखेड़ा खड़ा होगा। कुछ ऐसा किया जाए कि साँप भी मर जाए और लाठी भी न टूटे और कैलाश डर भी जाए। बहुत देर तक बहस चलती रही। एक से एक खतरनाक हल प्रस्तुत किया गया, यहाँ तक कि खलिहान में आग लगा देने से लेकर कैलाश के परिवार पर भूत-प्रेत का साया चढ़ा देने तक की योजना बनाई गई। फिर तय हुआ कि कुछ लोगों को लेकर उसके गाँव चला जाए। वहाँ के भी मानिन्द और रसूखदार लोगों को बुलाकर फैसला कराया जाए। लेकिन इतने लोगों को एक साथ बुलाना कम मुश्किल काम न था। सबके आने-जाने, खाने-पीने का खर्च उठाने को शिवधनी हिचक रहे थे। फिर झंटू पहलवान ने एक नायाब सुझाव दिया जिस पर सभी ने हामी भर दी।

सुझाव यह था कि किसी दिन बिना बताए शाम को चलें जिससे कि कैलाश घर पर ही मिल जाए। बातचीत से माने तो ठीक, अन्यथा थाने में मुकदमा लिखवा

दिया जाए। सभी को मालूम था कि शाम के समय वह गाय-भैंसों की सानी-पानी के लिए घर पर ही मिलेगा। चूँकि शाम के बाद सवारियाँ नहीं मिलतीं इसलिए अपने साधन से ही जाया जाए। कम-से-कम दो मोटरसाइकिलों पर 4-5 लोग चलें जिसमें कम-से-कम एक बन्दूकधारी हो।

इसके लिए झंटू के बड़े बहनोई जो कि पुलिस विभाग के रिटायर्ड हवलदार थे, उपयुक्त व्यक्ति थे। और तो और, शान बढ़ाने के लिए उनके पास एक दोनाली बन्दूक और एक पुरानी बुलेट मोटरसाइकिल थी जिसके आगे और पीछे की नम्बर प्लेटों पर पुलिस भी लिखा था।

बैठक के पीछे से जैसे ही शिवधनी की पत्नी ने उनका नाम सुझाया, संकठा बोल पड़े, "वाह, सरदारिन, क्या दिमाग लगाया है!"

इस तारीफ से शिवधनी की पत्नी इतनी खुश हुईं कि बिना देर किए घोषणा कर दी, "अब सब लोग यहीं खाना खाकर जाएँगे, मैंने पूड़ी का आटा सान दिया है।"

दूसरा वाहन संकठा की 1978 मॉडल प्रिया स्कूटर थी। चलने का दिन अगला शनिवार की दोपहर बाद का रखा गया जिससे संकठा और शिवधनी को दफ्तर से छुट्टी न लेनी पड़े। बाकी दोनों अपनी मर्जी के मालिक थे।

शनिवार को शिवधनी के घर सबसे पहले दोपहर एक बजे के करीब बुलेट पर सवार, कन्धे पर दोनाली बन्दूक लटकाए झंटू के बहनोई दाखिल हुए। सफेद शर्ट के साथ खाकी पैंट और काले जूतों के साथ मोजा भी खाकी था, ताकि पुलिसिया रोब-गालिब रहे।

चाय-नाश्ते के बाद थोड़ी ना-नुकर के साथ उन्होंने भोजन भी किया और बीच-बीच में अपना बखान भी करते रहे, कि बहुत दिनों से किसी को धमकाया नहीं। फलां थाने पर फलाँ विधायक के भतीजे को कैसे पीटा था या फलाँ डकैत को कैसे काबू में किया था, आदि-आदि। लोग हाँ-में-हाँ मिलाते रहे।

कुछ देर बाद सफेद कुर्ते-पाजामे में लक-दक राजेश नेता भी आ गए और हवलदार साहब को डींग हाँकते देख उन्होंने भी अपनी शान में कसीदे पढ़ने शुरू किए। परिणाम यह हुआ कि यात्रा शुरू करने से पहले ही दोनों में एक अनचाही दूरी बन गई।

कुछ देर में झंटू पहलवान और संकठा भी आ गए। तब तक काम शुभ होने की कामना के साथ शिवधनी की पत्नी ने सभी को बड़े कटोरे में दही और ऊपर से मुट्ठी भर चीनी डालकर पेश किया। इसके बाद लोगों ने प्रस्थान किया। बुलेट पर हवलदार के साथ राजेश नेता और झंटू बैठे। स्कूटर पर संकठा और शिवधनी सवार हुए।

घर से निकलते ही पेट्रोल पम्प पर शिवधनी ने दोनों वाहन मालिकों के बहुत मना करने के बावजूद लगभग पचास किलोमीटर का अन्दाजा लगाकर पाँच-पाँच

लीटर पेट्रोल भरवा दिया। यद्यपि हवलदार ने पेट्रोल भराने से पहले बहुत मना किया लेकिन स्कूटर में भी बराबर का पेट्रोल डाले जाने से वे कुछ उदास हो गए। उनका मानना था कि दोनों वाहनों के माइलेज में काफी अन्तर है।

चूँकि शिवधनी के पास न तो कोई दुपहिया थी और न ही उन्हें चलाना आता था, इसलिए उन्होंने संकठा को ही इस निर्णय का जिम्मेदार माना। यही कारण है कि पेट्रोल पम्प पर जब संकठा ने कोई मजाक किया तो उन्होंने कोई तवज्जो न दी। इसके बाद दोनों वाहन रुपौंधा की तरफ बढ़ चले।

लंका के 2 कि.मी. बाद ही गंगा नदी पर बना रामनगर के पीपे का पुल था। बुलेट तो रेत पर बिछी लोहे की चादरों और लकड़ी के तख्तों से होते हुए मिनटों में गंगा पार की चढ़ाई पर पहुँच गई लेकिन स्कूटर इसी पार लोहे की चादरों की लाइन में जहाँ से चादर गायब थी, वहीं फिसलकर रेत में फँस गई। उस पार करार पर पहुँचकर बुलेट सवारों ने स्कूटर को देख मजाक उड़ाया। हवलदार को सन्तोष मिला और पेट्रोल वाले अन्याय की तपिश कुछ कम हो गई। जब तक स्कूटर सवार इस पार करार तक आते, उन्होंने एक गुमटी वाले को तीन पान लगाने का आदेश दे दिया।

लगभग दस मिनट बाद स्कूटर भी वहाँ आया। हवलदार ने शिवधनी से मुखातिब होकर स्कूटर पर फब्ती कसी। झंटू ने भी उसको सेकेंड हैंड बिकवाने का जिम्मा ले लिया। संकठा चुप ही रहे। यद्यपि बुलेट सवार पान खा चुके थे लेकिन मर्यादा स्वरूप उन्होंने स्कूटर वालों के लिए भी पान लगाने का आदेश दिया और पान के पैसे देने के लिए भी हवलदार और संकठा के बीच एक स्पर्धा हो ही रही थी कि शिवधनी ने पानवाले को बीस का नोट थमा दिया। यह तय हुआ कि अब दोनों वाहन साथ ही रहेंगे। कोई दूसरे को छोड़कर आगे नहीं भागेगा और न ही रेस लगाएगा। अब राजेश नेता बुलेट से स्कूटर पर आ गए थे और दुनाली अपने कन्धे पर रख लिया जिससे बुलेट सवारों को कुछ आराम मिल गया था।

रामनगर से लगभग पौन घंटे में दोनों वाहन अदलहाट बाजार पहुँचे। शाम के साढ़े चार बज रहे थे। धूप कुछ कम हो गई थी। कैलाश के बहनोई की खली-भूसे की दुकान बाजार के आखिरी छोर पर थी, जहाँ शाम के वक्त अक्सर कैलाश खली-चूनी के लिए आ जाता था। यद्यपि यह वक्त दूध दुहने का था, फिर भी ये लोग कोई चूक न हो इसलिए एक बार दुकान पर नजर मार लेना चाहते थे। तय हुआ कि एक वाहन दुकान के सामने से बिना रुके एक चक्कर मारकर आ जाए। चूँकि बुलेट पर सबकी नजर पड़ जाती है और कैलाश के बहनोई की दुकान को शिवधनी के अलावा झंटू ही जानते थे इसलिए झंटू को संकठा के साथ भेजा गया और बाकी तीनों एक चाय की दुकान पर रुक गए।

शिवधनी ने दुकान से पानी का जग लेकर पान थूकते हुए कुल्ला किया, चेहरा धोया, धूल साफ की और चायवाले को पाँच चाय बनाने को कहा। तब तक स्कूटर वापस आ गया। झंटू ने कैलाश के न होने की सूचना दी। सब चाय पीने बैठे।

राजेश नेता की सबसे बड़ी समस्या यह थी कि लोग उन्हें नेता समझें। इसलिए उन्होंने कन्धे से दुनाली उतारकर बेंच पर खड़ी करते हुए चायवाले को, जो कि किशोरवय था, आदेश दिया, "अबे, देख! तईं कड़क पत्ती, धुआँधार, छनाका मार के चाय बनाव तअ। अगर बढ़िया नहीं बनी तो एक पैसा नहीं मिलेगा और पान ठे समोसा भी दे।"

चायवाले ने अपने ही तरीके से दोयम दर्जे की चाय बनाई। शिवधनी और संकठा ने आधी छोड़ भी दी, लेकिन राजेश नेता अपने चेतावनी की इज्जत का असर दिखाने के लिए बोल पड़े, "देख, अब बनी है मस्त चाय।"

इस पर बाकी तीनों कुढ़कर रह गए।

चाय पीकर तरोताजा होने के बाद सभी ने गोपाल जर्दा और भोला जाफरानी युक्त मगही पान का बीड़ा मुँह में दबाया और रुपौंधा की तरफ बढ़ चले। अभी लगभग पाँच कि.मी. और जाना था।

सड़क निहायत कच्ची और टूटी हुई थी इसलिए गति भी धीमी थी। गाँव के आधा कि.मी. पहले ही चकरोड के बगल से शिवधनी की जमीन शुरू होती थी। कुल चौदह बीघे से थोड़ी अधिक जमीन थी। रबी की फसल के लिए जुताई भी हो चुकी थी लेकिन अभी बुवाई नहीं हुई थी। शिवधनी के इशारे पर दोनों वहाँ रुके और गाड़ी पर बैठे-बैठे ही उन्होंने एक नजर उनके खेतों को देखा। शिवधनी ने खेत की चारों सीमाओं से बाकी को अवगत कराया।

खेत का आकार देख हवलदार बोल पड़े, "बताइए, यह साला इतने बड़े रकबे पर ऐयाशी कर रहा है और आप वहाँ उल्लू बने बैठे हैं!"

वैसे तो कैलाश का पुश्तैनी मकान गाँव के भीतर जाकर था लेकिन दो फर्लांग पहले ही उसने अपना अड़ार बना रखा था। अड़ार यानी ठीहा। इस अड़ार में एक कच्चे कमरे से लगी दो झोंपड़ियाँ थीं। झोंपड़ी के बरामदे में एक खँचिया पलटी हुई थी, जिसके ऊपर एक कठौता और उसके ऊपर सिल-लोढ़ा रखा हुआ था। पहली झोंपड़ी में दो-तीन खाट और दूसरे में भूसा भरा था। बगल में ही कुआँ था। कुएँ के दूसरी तरफ दो बैल, एक गाय और एक भैंस बँधी थी। बीच की जगह में पुआल का एक बड़ा-सा ढेर था। दोनों गाड़ियाँ यहीं रुकीं। वहाँ एक चौदह-पन्द्रह साल का बच्चा चारे की मशीन से चारा काट रहा था।

स्कूटर से उतरते ही राजेश नेता ने दुनाली बन्दूक को कन्धे से उतारकर इस तरह हाथ में लिया कि उसकी नली सामने की ओर कुछ झुकी रहे और बच्चे से पूछा, "अबे, कैलसवा कहाँ है?"

बच्चे ने अन्यमनस्क भाव से बताया, "दादा नहीं हैं।"

अबकी शिवधनी ने पूछा, "कहाँ गए और कब तक आएँगे?"

तब बच्चा जो कि शिवधनी को पहचानता था, चारे की कटाई छोड़ उनके पास आया, पाँव छुए और बोला, "अभी घंटे भर पहले यहीं थे, मालूम नाहीं कहाँ गए।" इतना कहकर उसने झोंपड़ी से दो चारपाइयाँ निकालीं और दोनों पर पुराने से गद्दे बिछा दिये। इसके बाद वह साइकिल उठाकर सम्भवत: घर पर बताने के लिए चला गया।

पाँचों सज्जन चारपाइयों पर बैठे थे। कुछ हताश भी थे। राजेश नेता ने चुप्पी तोड़ी, "लगता है, ससुरे को हमारे आने की खबर लग गई और भाग गया। चलिए, अब वापस चला जाए। बड़ा बेटा भी अब गाँव में रहता नहीं तो क्या अब पतोहू से हिसाब किया जाएगा?"

झंटू पहलवान बोले, "अभी रुक जाते हैं। लड़कवा घर गया है चाय-पानी लेने। जब आ जाए तब बिना पानी पिये चल पड़ेंगे, ताकि कैलसवा को मालूम हो कि हम लोग गुस्से में लौटे हैं।"

यह सुनते ही हवलदार साहब भड़क गए, "सब आप लोगों के कारण हुआ है। घर से निकले नहीं कि गंगा पार होते ही पान चाहिए। फिर क्या जरूरत थी बाजार में चाय-नाश्ता करने की? जब पता है कि रुपौंधा के बल्टहे दूध देकर बनारस से दोपहर बाद इसी रास्ते से लौट रहे होंगे तो बार-बार रुकने का कोई मतलब ही नहीं था। भला कोई बीस कि.मी. के सफर में, वो भी गाड़ी से दो-दो बार रुकता है? अब खोजिए कैलसवा को। हमको पूरा शक है कि किसी बल्टहे ने ही खबर की है।"

हवलदार के गुस्से का किसी ने प्रतिवाद न किया। सूरज अब डूबने ही वाला था। सब शान्त बैठे थे और गाँव की तरफ देख भी रहे थे कि कौन आता है।

लगभग दस मिनट बाद पीछे से साइकिल की घंटी और एक आवाज आई, "पाँय लागी भइया!"

सभी ने सड़क की दूसरी तरफ देखा और स्तब्ध रह गए। साइकिल सवार कैलाश था। कन्धे पर गन्दा-सा गमछा, आधी बाँह का कुर्ता, चारखाने की लुँगी और पैरों में प्लास्टिक की बहुत पुरानी कई बार मरम्मत हो चुकी चप्पल। साइकिल के हैंडिल पर एक झोला लटका हुआ था।

कैलाश ने कुएँ के सहारे साइकिल खड़ी की, झोले को झोंपड़ी की खूँटी से टाँगा, दो-तीन तकिये उन लोगों के पास रखे, और बाल्टी उठाकर कुएँ से ताजा पानी भरने लगा।

इन पाँचों सज्जनों में से कोई कुछ बोल पाता, इससे पहले कैलाश ने बोलना जारी रखा, "भइया, पानी निकाल देता हूँ, आप लोग हाथ-मुँह धो लें। हमको तो तीनई बजे मालूम हो गया था कि आप लोग आ रहे हैं।"

राजेश नेता टोक पड़े, "गजब जासूस फिट किए हो यार!"

कैलाश कहता गया, "अरे उ रमेसरा का लड़का दसासुमेध से बंधी निपटा के लौट रहा था, उसी ने बताया कि भइया लोग इधरै आ रहे हैं। हम सोचे कि अभी चले हैं तो डेढ़-दू घंटा लगेगा तब तक शाम हो जाएगी। और पहली बार पांडे जी, पहलवान, बहनोई और नेताजी हमरे दुआर पे आ रहे हैं त बिना जूठा गिराए जाने थोड़े देंगे। इसलिए भाग के इमिलिया चट्टी गए, आ प्रधान जी के यहाँ से दू ठो देसी मुर्गा ले आए।"

इस वाक्य के खत्म होने तक शिवधनी के अलावा चारों व्यक्तियों की कैलाश के प्रति अवधारणा कुछ-कुछ बदलने लगी थी। ये चारों बँटाई और तगादे के प्रति तटस्थ से होने लगे थे।

कैलाश बोलता रहा, "उसके बाद अदलहाट गए। थोड़ा मर-मसाला, बिलइती भिस्की और पान-सिगरेट लेकर बाजार से चले ही थे कि पांडे जी का स्कूटर दिखा। हम हाथ भी दिये लेकिन पांडे जी ने अचानक वापस मोड़ लिया। तब हम जल्दी-जल्दी खेत-खेत होते हुए मेड़ों के रास्ते साटकट भागे, लेकिन भइया, अब बुलेट और स्कूटर का साइकिल से बराबरी कैसे होगी!"

तब तक कैलाश दो बाल्टी पानी निकाल चुका था और घर से जलपान की सामग्री आ गई थी। थाली भर सूजी का गरम हलवा, एक थाली पकौड़ी, लोटे में चाय और कुछ बँधे हुए पान।

राजेश और झंटू कुएँ की जगत पर हाथ-मुँह धो रहे थे। जलपान करते हुए इधर-उधर की बातें होने लगीं तभी शिवधनी थोड़े चिढ़े हुए बोले, "अरे हम लोग रुकेंगे नहीं। क्या जरूरत थी इस भाग-दौड़ की?"

लेकिन शेष चारों ने उनकी बात पर कोई ध्यान न दिया।

तब तक कैलाश ने खँचिया पर रखे कठौते और सिल-बट्टे को हटाकर खँचिया के नीचे से दो मुर्गों को निकाला और उनके पैर बाँधकर झोंपड़ी के बरामदे में सबके सामने लटका दिया। यद्यपि सूरज डूब चुका था पर अभी भी उजाला पर्याप्त था।

ऐसे रंग-बिरंगे देसी मुर्गों को देख संकठा बोल पड़े, "अरे भइया, शहर में ई सब माल कहाँ मिली?"

शिवधनी फिर बोले, "ई सब रहने दो। एतना टाइम नहीं है हम लोगों के पास।"

अक्टूबर की ढलती शाम, पितृ-पक्ष आरम्भ होने से महज दो दिन पहले का दिन और देसी मुर्गा, बिलइती भिस्की, जूठा गिराना जैसे शब्दों का गुंफन और सबसे बढ़कर कैलाश की अतिशय विनम्रता—इन सबके मिले-जुले प्रभाव के बीच किसी ने शिवधनी की बातों का समर्थन तो दूर, हाँ-में-हाँ तक न मिलाया। हवलदार को अपनी दुनाली गैरजरूरी महसूस होने लगी।

कैलाश अचानक साइकिल लेकर कहीं लपका। झंटू ने आवाज दी, "कहाँ यार?"

कैलाश ने उत्तर दिया, "पहलवान, बस दो मिनट में आए।"

शिवधनी ने दोबारा समय न होने की बात दुहराई, तो अब संकठा बोल पड़े, "अब कैलसवा एतने मन से इन्तजाम किया है, त तोहें टाइम नाहीं हव? अरे भाई, जब भगवान भी प्रेम और श्रद्धा के आगे कुछ नाहीं कर पाए, त हमार-तोहार कौन औकात?"

शिवधनी समझ गए कि देसी मुर्गे और व्हिस्की देख इन लोगों ने पाला बदल लिया है, लेकिन बहस की मुद्रा में बोले, "अरे गुरु, भगवान प्रेम के आगे बेबस होते हैं लेकिन प्रेम सच्चा होना चाहिए। ई कैलसवा जइसे मक्कार के घड़ियाली और दिखावटी प्रेम से भगवान थोड़े ही प्रसन्न होंगे।"

यद्यपि संकठा और शिवधनी गहरे दोस्त थे लेकिन शिवधनी का यह उत्तर संकठा को अपने कुल, जाति और शिक्षा पर प्रश्नसूचक महसूस हुआ। रही-सही कसर राजेश नेता ने पूरी कर दी, "कहिए पांडे जी, है कोई जवाब कि अब इहाँ से घोड़ी बढ़ाई जाए?"

संकठा ने इसे चुनौतीपूर्ण शास्त्रार्थ के रूप में लिया और बोले, "देखो भाई, प्रेम और श्रद्धा का कोई मुकाबला नहीं है। अब ई जितने रावण, बाणासुर, भस्मासुर भगवान से वरदान पाए, उ अपने तपस्या और प्रेम से ही न पाए। और क्या भगवान को पता नहीं था कि ये साले आगे जाकर नंगा नाच करेंगे? लेकिन फिर भी भगवान ने राक्षसों को वरदान देने से मना नहीं किया।" और शिवधनी की ओर इशारा करते हुए बोले, "एक ठे ई हउवन कि एनके पास टाइम नाहीं हव!"

इस बात पर सभी ने जोरदार ठहाका लगाया। शिवधनी भी निरुत्तर होकर मुस्कुराने लगे।

तब तक कैलाश लौट आया। साइकिल पर एक बीस-बाईस साल का लड़का था। कैलाश ने दो-तीन गमछे और लुंगी लाकर चारपाई पर रखे। और बोला, "भइया, आप लोग थोड़ा कपड़ा बदलकर आराम से बइठें, तब तक ई लड़का शिकार बनाने की तैयारी करता है।" इसके साथ ही उसने प्याज, लहसुन और मसाले आदि से भरा झोला खाली कर दिया।

हवलदार पुलिस की नौकरी के दिनों से ही मीट-मुर्गा बनाने में अपना सानी नहीं रखते थे। इसलिए वे लड़के से पकाने का उसका तरीका पूछने लगे। राजेश नेता ने लोटे में पानी भरा और बिना किसी लाग-लपेट के गमछा लपेटकर खेतों की ओर बढ़ गए। कैलाश ने प्याज-लहसुन आदि छीलना शुरू किया कि शिवधनी पूछ बैठे, "कैलाश, आजकल राती के घर नाहीं जइता?"

कैलाश ने उत्तर दिया, "नहीं भइया, अब यहीं रात गुजरती है। घर से खाना-पानी आ जाता है। जब से नील गाएँ पिछली फसल चर गईं, तब से रात में अगोरना पड़ता है।"

इस बीच लड़के ने मुर्गों को शहीद करके पकाने के लिए टुकड़ों में काट लिया था लेकिन ऐन वक्त पर हवलदार साहब ने कमान सँभाली और लड़के को यह कहते हुए वापस कर दिया कि तुम जाओ, हम लोग आराम से बनाएँगे और तुम्हें रात में गाँव लौटने में देर होगी। यद्यपि लड़का लौटना नहीं चाहता था लेकिन कैलाश ने उसे भेज दिया।

राजेश निबटकर लौटे और कुएँ पर नहाने लगे। कैलाश ने तुरन्त झोले से निकालकर मोती साबुन की बट्टी दी। झंटू ने भी मोती साबुन देख आश्चर्य व्यक्त किया और शायद साबुन के कारण ही नहाने चले गए।

इधर चूल्हे पर आग सुलगाकर हवलदार मसाला भूनने में लगे थे और उधर संकठा का इशारा पाकर कैलाश ने चारपाई पर एक तख़्ता टिकाया और उस पर 'बैग पाइपर' की एक बड़ी बोतल और नमकीन के पैकेट और मिक्स भूजे के ठोंगे के साथ पाँच गिलास जमा दिये। पाँचों गिलास अलग-अलग आकार के थे।

संकठा ने बगल में रखा प्रीतम दालमोठ का एक बड़ा पैकेट खोलकर जलपान के लिए आई पकौड़ियों की थाली में पलट दिया और हलवे की थाली को धुलवाकर उसमें सलाद काटने लगे। चूँकि इस दल में संकठा सबसे वरिष्ठ थे और बाकी लोग उन्हें गुरु कहकर सम्बोधित करते थे, इसलिए मदिरा वितरण में साकी की भूमिका उनका 'डीफैक्टो' अधिकार था।

यह एक स्वत:स्फूर्त परम्परा है कि जब कुछ लोग एक साथ पीते-पिलाते हैं तो वरिष्ठ व्यक्ति ही अधिकतर पैग बनाता है। हवलदार मसाला भूनकर बर्तन ढकने के बाद आँच धीमी कर चुके थे। राजेश और झंटू का नहाना-धोना भी समाप्त हो गया था। आकाश में चाँदनी कुछ गहरी हो गई थी। तभी संकठा ने आवाज दी, "का सरदार, तब महफिल जमै?"

वैसे प्रश्न शिवधनी को देखते हुए था लेकिन राजेश बोल पड़े, "'त अउर का!'

बस, सभी लोग चारपाइयों पर जम गए। कैलाश नीचे ही बैठा रहा। गिलास पाँच ही थे, कैलाश के लिए गिलास नहीं था।

संकठा ने पूछा, "कैलाश, तू कौने चीज में लेबा?"

कैलाश ने हाथ जोड़कर कहा, "अरे भइया, आप लोग लें। अगर बची त हम बाद में ले लेब।"

इस विनम्रता पर झंटू लगभग रीझते हुए बोले, "अरे, नाहीं यार, लियाव कौनों गिलास-उलास अगर होय त।"

कैलाश ने पुन: मना कर दिया, "नहीं, आप लोग लें।"

यह मान-मनौवल कुछ देर और चलती अगर शिवधनी ने इसका कुछ कठोर स्वर में पटाक्षेप न कर दिया होता, "अबे लियाव एक ठे गिलास, तेल लगवावत हउवन...डी के।"

चूँकि गिलास उपलब्ध न था, इसलिए चाय के एक जूठे कप को धोकर कैलाश ने संकठा को दे दिया।

संकठा की एक आदत बाकी सभी को खटक रही थी लेकिन गुरु-परम्परा का सम्मान करते हुए किसी ने आपत्ति न जताई। यह आदत कुछ ऐसी थी कि दूसरों का पैग बनाते वक्त संकठा बोतल से व्हिस्की ऐसे डालते थे, जैसे किसी को होमियोपैथी की दवा दे रहे हों! लेकिन खुद के पात्र में सहसा किसी प्रसंग को याद करते हुए दूसरों से दूनी या तिगुनी मात्रा डाल देते थे। इसके बाद यों स्वाँग करते थे कि ओह, गलती हो गई, ज्यादा चला आया। सब थोड़ा कुढ़ते लेकिन कोई-न-कोई बोल पड़ता, 'अरे चढ़ा जा गुरु, सब भगवत कृपा हव।'

इसके बाद कई दौर चले। चखना खत्म होने पर जाँच के बहाने पक रहे मुर्गे के कुछ पीस निकाले गए। कैलाश के घर से चावल, रोटी, देसी घी और पत्तल इत्यादि लेकर उसका पोता आ चुका था। व्हिस्की खत्म हो चुकी थी। सुरूर में झूमते हुए शिवधनी और संकठा तरोताजा होने के लिए खेतों में चले गए। खाना एकदम तैयार था।

राजेश ने उनको जाते देख आवाज दी, "गुरु, ज्यादा दूर मत जाइएगा। अँधेरा काफी है। इधर ही...।"

खेत से आने के बाद लोटा माँजते हुए संकठा ने शिवधनी से कहा, "एक बात हव शिवधनी, ई कैलसवा भले केतनों धोखेबाज हो लेकिन साला दिलेर है। कोई और होता तो हमारे आने की खबर पाकर मुँह न दिखाता, झूठ-मूठ का बहाना करके कहीं भाग गया होता, लेकिन ई ससुरा यहीं डटा हुआ है। मरजाद भी बहुत कायदे से निभा रहा है। कुछ भी कहो, है तो सरवा नम्बर एक का बेईमान लेकिन खानदानी है। आज के जुग में कउन 'एकरी...की' ऐसी आवभगत करता है?"

शिवधनी ने उत्तर दिया, "गुरु, हम भी इसका ऐसा रूप पहली बार देख रहे हैं।"

इसके बाद सभी ने बड़े धैर्य से देसी मुर्गे का लुत्फ लिया। खाना खत्म होने के बाद लोगों ने पान इत्यादि लिया। शिवधनी के घर के लिए एक बड़े झोले में कुछ ताजी सब्जियाँ कैलाश ने भर दीं लेकिन कौन पकड़ेगा, यह कहकर उसे लौटा दिया गया।

रात के साढ़े दस बज चुके थे। इसके बाद दोनों वाहन स्टार्ट हुए। हवलदार बुलेट की किक लगाते हुए सोच रहे थे कि अब शायद शिवधनी कैलाश से कुछ

तगादा करेंगे। लेकिन इसके उलट शिवधनी ने उनके पोते को, जो जूठे बर्तन आदि समेट रहा था, बुलाया और एक बीस का नोट उसे देते हुए बोले, "ले बे, मिठाई खा लेना।"

संकठा ने हवलदार से ताकीद की, "बहनोई, थोड़ा धीरे ही चलिएगा।"

इस पर हवलदार अपनी खुन्नस भूलकर बोले, "गुरु जी, आपै आगे रहँय।"

इसके बाद दोनों वाहन बिना कहीं रुके सीधे बनारस पहुँचे। राजेश अपने घर के पास उतरे। हवलदार की दुनाली अब झंटू ने ले ली। कुछ और आगे झंटू और उनके बहनोई अपने घर के रास्ते की ओर अलग दिशा में मुड़ गए। शिवधनी का घर आने ही वाला था कि संकठा पांडे ने अचानक स्कूटर रोका और बोले, "कहो सरदार, का बतइबा सरदारिन के?"

शिवधनी दो पल सोच में पड़े और बोले, "गुरु, उ सब हम देख लेंगे लेकिन आप लोग माहौल ठंडा होने तक एकाध हफ्ता हमारे घर मत आइएगा।"

संकठा ने शिवधनी को सायास उनके मकान से पाँच-सात घर आगे बढ़ाकर अकालू गुरु के मकान के सामने उतारा और तेजी से स्कूटर बढ़ा दिये।

अंवरागेटा और सिरी

बात करीब दस-बारह साल पहले की है, जब गोपाल होली की छुट्टियों में अपने पुश्तैनी घर आया था। उसके जन्म से पहले ही उसके पिता प्रभुनाथ सीआरपीएफ में कम्पनी कमांडर हो गए थे। साल में एकाध बार ही घर आ पाते।

बनारस कचहरी से लगभग दो फलांग बढ़ते ही गाजीपुर रोड पर सय्यद बाबा की मजार से बाएँ मुड़ती सड़क पर 200 मीटर बाद 25-30 घरों का पहाड़पुर मोहल्ला था। मोहल्ले की बसावट लम्बाई में थी जो कि एक तरफ पुलिस लाइन और दूसरी तरफ एलटी कॉलेज की चहारदीवारी के बीच सैंडविचनुमा लगती थी।

फागुन की दोपहर ढल रही थी। मोहल्ले की आधी जनसंख्या मतलब पुरुष काम-धन्धे पर गए थे और महिलाएँ गोबर पाथने और होली के पापड़ आदि सुखाने में व्यस्त थीं।

दोपहर का भोजन करके गोपाल अपने घर की ऊपरी मंजिल पर लेटा ही था कि एक शोर सुनाई दिया। उसने खिड़की से देखा, सतेन्द्र और गुड्डू भागते हुए आ रहे थे।

'अबे, जल्दी से गाड़ी निकाल। खोल किवाड़ी,' कहकर मोटरसाइकिल निकाली और जो भी मिला, उसको बैठाकर यह बताते हुए कि 'मजार पे भयंकर एक्सीडेंट हो गयल हव,' कहकर निकल गए।

अचानक इस हरकत से मोहल्ले के अधिकतर लड़के मज़ार की तरफ चल दिये। मज़ार के पास गाजीपुर जानेवाली सड़क पर काफी भीड़ जमा थी। एक साइकल सवार को कुचलते हुए एक सफेद रंग की कार तेजी से पांडेपुर की तरफ भागी थी जिसका पीछा करने के लिए सतेन्द्र और गुड्डू अपने-अपने दोपहिए से निकल पड़े थे।

गोपाल भी तब तक नीचे आ गया।

कुछ बच्चे अब बड़े हो रहे थे। कुछ नई भाभियाँ भी आ गई थीं। मोहल्ले की सड़क पर औरतों का एक झुंड खड़ा होकर बहस और आशंका में जुटा ही था कि श्रीनाथ उर्फ सिरी वापस आते दिखाई पड़े।

"का भयल सिरी, कौनो मार-पीट हो गयल हव का?" कन्हैया बो ने पूछा।

"अरे नाहीं भउजी, एक मिला के कचर के कार वाला गाजीपुर ओरी भागल हव।"

"ओहि त हम कहली कि बिना गोजी-गँड़ासा कुल लड़कन कहाँ केकरे पीछे भागत हउवन।"

"कहो, तू त एही ठियन रहला, उहाँ कब पहुँचला?" नन्दू बो ने फिर पूछा।

"अरे बड़की, जैसही न गुड्डुवा गाड़ी निकाले बदे चिल्लायल, हम कुइयाँ पे कपड़ा धोवत रहली। कुल काम छोड़ के तनतनायल एकदम लप्प से मजारी पे भगली, तब से एक ठे टेम्पू पे कुल लाद के ले जात रहलन। लगत हव कौनो कबाड़ी रहल, काहे कि सइकिलिया पे तराजू, बटखरा और भोंपू लगल रहल। तुरन्तय कुल कबड़िया के ले के कपिलचौरा अस्पताल भगलन, लेकिन बची न।"

महिलाओं ने समवेत स्वर में कहा, "च्च च्च च्च च्च। अरे मोरी माई!"

अचानक रमजीउवा बो की आवाज आई, "हे गंगा माई, बचा ले तू बेचारा कबड़िया के!"

सिरी तुरन्त बोल पड़े, "बच जाए तअ बढ़िया हव। कहीं और पहिया चढ़ल रहत त कौनो उम्मीद रहल, लेकिन सरवा एकदम अंवरागेटा पे चढ़त चल गयल। एसे बस भगवाने मालिक हउवन। अस्पताल न पहुँच पाई।"

बड़की भउजी ने फिर कहा, "का कहलअ? केकरे ऊपर पहिया चढ़ गयल?"

श्रीनाथ ने तुरन्त जवाब दिया, "अरे तू सब न जनबी! ई जऊन खोपड़ी और गरदन के बीच का पोरशन हव न, अरे जहाँ खोपड़ी क हड्डी खतम होत हव, एके अंवरागेटा कहल जाला मेडिकल में। ई समझ लअ जा कि एके अगर सुन्न कर देवल जाए, त जऊन तू सब लोग एहर-ओहर का चुगलखोरी बतिया के मोहल्ले भर में झगड़ा-लड़ाई फनले रहलू, ऊ सब न कर पइबू जा। सबके शान्ति मिल जाई।"

सोनारी बुआ ने यह सुनते तपाक से कहा, "चल हट बाई, चढ़ऊना खाली हमने के पीछे पड़ल रही। जइसे हमने खाली झगड़ै करीला!"

गोपाल भी 'अंवरागेटा' के अजीब उच्चारण पर हैरान रह गया।

महिलाओं में से किसी ने कहा, "डढ़िजरौनू, बड़का आयल हउवन डगडरी पढ़ावे! माई करे कुटौनी-पिसौनी, बेटवा क नाम हव दुरगादास। ई नाहीं कि सोझे-सोझे बताईं कि नटई पे गाड़ी क चक्का चढ़ गयल, त एनके अंवरागेटा भयल हव, फुकौनू नाहीं तअ।"

इस वार्तालाप में कोसे जाने के बाद भी अपने बायोलॉजिकल ज्ञान पर मुस्कुराते हुए श्रीनाथ ने बस इतना कहा, "अब के तोनहने के समझावे, एही से हम ई गोबरपाथ कम्पनी के मुँह नाहीं लगाइत; तू लोगन के का समझ में आई

अंवरागेटा क मतलब? चल, तोन्हने चिपरी पाथ; हुँ:!" और रतन की दुकान की तरफ बढ़ गए।

गोपाल अब समझ गया कि यह अंवरागेटा वास्तव में मस्तिष्क का निचला भाग मेंडुला ओब्लोंगेटा है।

श्रीनाथ के जाने के बाद उसने पास खड़े बंटी से कहा, "यार, श्री चाचा पाँचवीं फेल हैं, इनको ये सब बायोलॉजी के टर्म्स कैसे पता हैं?"

बंटी से पहले ही राजू बोल पड़ा, "भैया, आप तो जानते ही हैं कि सिरी चाचा चित्र सुन्दर बनाते हैं और मोहल्ले के सब लड़के-लड़कियाँ हाईस्कूल के प्रैक्टिकल का डायग्राम उन्हीं से बनवाते हैं। वहीं से रट लिए होंगे। जब देखिए, तब खाली भौकाल बनाने के चक्कर में रहते हैं। अभी पिछले साल जब दाल महँगी हो गई थी तब इन्होंने अखबार में पढ़ लिया कि भारत में अफ्रीका से दाल आ रही है। बस, कुछ दिन बाद इनके बहनोई आए तो उनको खाना खिलाते हुए जब वो दोबारा दाल नहीं ले रहे थे, लगे बोलने, 'लअ बहनोई, और दलिया ल। नुकसान न करी, एकदम इम्पोर्टेड दाल हव।' इसी तरह अनिल चाचा ने स्विस मिलिटरी का एक चाकू दिया था, उसको तेज कराते हुए सान धराने वाले को फालतू हड़का रहे थे, 'अबे ठीक से धार बनाव। जानत हउवे, इ चक्कू जापानी स्टील से बनल हव, जउने से समुराई वाला तलवार बनावल जा ला। एक्कै दाईं में काम तमाम'।"

तब तक पिंटू भी बताने लगा, "भैया, अब देखिए न, साँड को प्रीमिजीनियस टौरस, गुड़हल के फूल को हिबिस्कस, मेढक को भी राना टिगरीना और टोड बोलते हैं। पहले आराम से फीगर बना देते थे, अब बहुत भाव खाते हैं। लड़कियन का तो तुरन्त बनाते हैं। कहते भी हैं, साबस बिटिया, खूब मन लगा के पढ़-लिख और डॉक्टर बन। और हम लोग से पहले गाड़ी धुलवाएँगे, फिर मालिश कराएँगे और कुछ-न-कुछ पूछकर बेइज्जती अलग। कई बार तो मम्मी-पापा से बोल भी देते हैं—तोहार लड़का हाथ से निकलत हव। लगत हव, एकरे ऊपर आर्किमिडीज़ क सिद्धान्त लागू हो गयल हव।"

गोपाल ने पूछा, "आर्किमिडीज़ का सिद्धान्त स्टूडेंट्स पे लागू?"

सभी लड़के हँसने लगे।

पप्पू ने बताया, "भैया, श्रीनाथ चाचा का आर्किमिडीज़ सिद्धान्त ये है कि जब कोई लड़का किसी लड़की के चक्कर में पड़ जाता है तो उसकी पढ़ाई में कमी की मात्रा उसके भटकाव के बराबर होती है।"

गोपाल अब हँसी न रोक सका। हँसते-हँसते उसके पेट में बल पड़ गए।

श्रीनाथ वैसे तो सूचना विभाग में अपर निदेशक कार्यालय में जीप चलाते थे। छहफुटा कद, रोबीला चेहरा, महाराणा प्रताप जैसी बड़ी-बड़ी मूँछें, लेकिन पिछले

कुछ महीनों से अपने अल्हड़पन और सहज आदतों, जिन्हें सरकारी महकमे में अनुशासनहीनता कहा जाता है, के चलते निलम्बित होकर सारा दिन मोहल्ले में ही रहते थे। एकाध घंटे के लिए हाज़िरी लगाने विभाग तक हो आते थे।"

पिछले साल के पहले दिन श्रीनाथ के साहब दफ्तर से निकलकर रास्ते में अन्य अधिकारियों को शुभकामना देते हुए कलेक्ट्रेट से विश्वनाथ मन्दिर गए और लौटते हुए चेतगंज मेन बाजार में गाड़ी रुकवाई और कुछ खरीदने के लिए हथुवा मार्केट में चले गए। इस बाजार से ही खरीदारी उनका आए दिन का क्रम था। साहब को दो-तीन घंटे लग ही जाते थे। श्रीनाथ एकाध घंटे तक इधर-उधर गाड़ी के अगल-बगल घूमते रहे फिर ऊब मिटाने के लिए सामने के एक शोरूम में घुस गए जो वुडलैंड का था।

अभी सोच ही रहे थे कि जूते-जैकेट आदि क्या देखें कि एक स्टोरबॉय, जो कि उनको पिछले डेढ़ घंटे से देख रहा था और समझ भी रहा था कि श्रीनाथ ड्राइवर हैं, बोला, "भइया, ई ब्रांडेड दुकान हव। इहाँ तोहरे बजट के बाहर का सामान मिली! अइसन करा, सामने एक्शन या बाटा में देख ल।"

बस, पहचान में वह भूल कर बैठा।

"अबे, समझले का हउवे बे, तेरी माँ की...।" आज ही मिले वेतन के हजार-हजार के अठारह नोट जेब में थे और कुछ भरोसा भी। बोले, "तोर पूरा दुकान खरीद लेब। अगर ड्राइवरन के सामान नाहीं बेचे के हव त लिख के गेट पे टाँग दे। तोरे दुकाने थूके भी न आइब। सरऊ वाले दुकानदार भयल हैन।"

शोर सुनकर मालिक भागा आया। क्षमा माँगी और सादर उनको भीतर ले गया। पानी पिलाया और बोला, "जी, सेवा बताइए। मैं उसकी तरफ से माफी माँगता हूँ।"

श्रीनाथ बोले, "बतावा! बुजरौ वाले सोचत रहलन कि खाली दाम पूछे आयल हई।" और उसी स्टोर बॉय को बोला, "चल, देखाव बे जूता।"

दो-चार जोड़ी देखने-मापने के बाद तीन हजार रुपये का एक जूता अपने लिए पसन्द किया, दो हजार का एक जूता बेटे के लिए और पत्नी कहीं इस खर्च पे हंगामा न करें इसलिए उनके लिए भी सोलह सौ की एक चप्पल ले ली। सारा सामान पैक होने तक बैठे रहे। भुगतान के लिए भी पैसे उसी लड़के को दिये जिसने उनको एक्शन या बाटा जाने की सलाह दी थी।

जब वह शेष खुले पैसे लेकर आया तो उसी को कहा, "चल उठाव तीनों पैकेट और ले के चल गाड़ी पे।"

निकलते-निकलते मालिक से एक पॉलिश की डिब्बी, और एक जोड़ी जुराबें लीं। कैशियर मालिक को देख ही रहा था कि उसकी ओर मुखातिब होकर बोले, "एकर पर्चा मत काट दीहा, ई घेलुआ हव।"

बाहर निकले और जीप की पिछली सीट पर पॉलिथिन सहित तीनों डिब्बे रखवा दिये। फिर न जाने क्या मन में आया कि अपना नया जूता निकाला और नये मोजे के साथ उसे पहना और पुराना स्पोर्ट शू उसी डिब्बे में डालकर रख दिया और उसी दुकान के सामने चहलकदमी करते हुए भीतर के स्टोर वालों को खुद को दिखाते हुए मन-ही-मन खुश होते रहे, जब तक कि साहब नहीं आ गए।

यद्यपि आम तौर पर वे साहब को देखते ही आगे बढ़कर हाथ से सामान ले लेते थे लेकिन आज सीधे अपनी सीट पर आ गए। साहब के हाथ में वैसे भी एक साड़ी का पैकेट और कुछ अन्य हल्का-फुल्का सामान था। साहब को थोड़ा नागवार गुजरा।

जीप में बैठते ही साहब ने जैसे ही वुडलैंड के तीन बड़े पैकेट देखे, बोले, "ये सब किसका है?

श्रीनाथ ने कहा, "साहब, हमार हव।"

साहब फिर बोले, "तीनों?"

श्रीनाथ, "हाँ, और का!"

साहब ने फिर पूछा, "क्या है इसमें?"

श्रीनाथ ने अपना पहना हुआ जूता दिखाते हुए कहा, "ई देखिए, जूता है। एक ठो लड़के के लिए और एक ठो चप्पल उसकी अम्मा के लिए ले लिये हैं। नये साल का गिफ्ट, ओइसही जैसे आप लिये हैं मैडम के लिए।"

साहब का मुँह उतर गया। जीप चलती रही। दोनों कुछ देर शान्त बने रहे।

साहब ने फिर पूछा, "कुल कितने का पड़ा ये सब?"

श्रीनाथ ने कुछ आत्म-मुग्ध होते हुए बताया, "तीन हजार का हमारा, दो हजार का बेटे का और सोलह सौ की चप्पल। कुल छह हजार छह सौ।"

साहब बोले, "एक-तिहाई तनख्वाह तुमने जूते-चप्पल पे ही खर्च कर दी?"

श्रीनाथ ने दार्शनिक भाव से कहा, "साहब, ई पइसा न हाथ का मइल है। हमारे बाउजी कहते थे कि पइसा अपने आराम के लिए होता है, न कि ई साले को बैंक में धरके हम उसको आराम कराएँ," और हँस पड़े।

साहब ने प्रतिवाद किया, "एक-तिहाई का तो जूता खरीद लिये, बाकी का खर्चा कैसे चलाओगे? इस तरह जोश में पैसा उड़ाना बेवकूफी है। दो-दो लड़कियाँ हैं। शादी के लिए कुछ जमा-बचत नहीं करोगे तो कहाँ हाथ फैलाओगे? हमारी तनख्वाह तो तुमसे तिगुनी-चौगुनी है लेकिन इकट्ठे इतना खर्च करने जैसी मूर्खता हम कभी भी नहीं कर सकते, वह भी जूते पर।"

श्रीनाथ पिछले तीन-चार घंटे से जोश में थे ही, उनको साहब की आलोचना पर ताव आ गया। बोले, "साहब, अब देखिए न, चौक के अगल-बगल जितनी बनारसी साड़ियों की गद्दी है, सब-के-सब साले करोड़पति हैं। लेकिन रहन-सहन देखिए तो वही मारकीन का नगौछा कुर्ता पहन के बैठे रहेंगे। कहीं जाएँगे तो पैर

में चमरौधे वाला नागरा या फिर पनही। जूता लाख काटेगा लेकिन बढ़िया नहीं लेंगे, जबकि रामलीला का या शिव बारात का चन्दा देना हो तो हजार रुपये तुरन्त दे देंगे। इसलिए खर्चा करने के लिए ज्यादा या कम पैसा होना कोई जरूरी नहीं, जिगर में गूदा होना चाहिए।"

अन्तिम वाक्य पूरा करते हुए उन्होंने कनखियों से साहब को देखा। साहब ने अपना अपमान महसूस कर लिया था लेकिन कुढ़कर रह गए।

अगले दिन जब श्रीनाथ अपने जूते की टक-टक आवाज निकालते दफ्तर में चहलकदमी कर रहे थे तब साहब बड़े बाबू को बुलाकर कहा, "जीप की लॉग बुक और 'डीजल माइलेज', 'मेंटेनेंस' आदि पर कड़ी नजर रखना।"

साहब ने एक दूरी बना ली थी और श्रीनाथ को सबक सिखाने का मौका ढूँढ़ने लगे।

एक दिन उनके साहब, जिसे वे सहबवा कहते, ने उनको पान खाने के लिए टोका। यदि व्यक्ति बनारसी हो और 12 घंटे बिना पान के रहने का मतलब—दिन-भर की चौकसी, ऊर्जा, खुशी, मस्ती, चैतन्यता आदि में पचहत्तर फीसदी की कमी। दो-चार दिन तो श्रीनाथ ने बिना पान रहने की कोशिश की, फिर बिना चूने का बीड़ा घुलाने लगे जिससे मुँह लाल न हो और साहब के गाड़ी लगाने के आदेश पर तुरन्त मुँह साफ कर लेते।

लेकिन हफ्ता भर भी नहीं बीता कि उनके बाल सखा संतलाल संकटमोचन दर्शन के बाद हनुमान जी का प्रसाद और चौक की नामी पान की दुकान से, जिसमें कई प्रधानमंत्रियों, मुख्यमंत्रियों को पान पेश करते हुए पानवाले के दादा-परदादा की तसवीरें थीं, कुछ किमामी व जाफरानी जर्दायुक्त चाँदी के वर्क में लपेटे मगही पान लेकर उनके दफ्तर के सामने से गुजरे। श्रीनाथ दफ्तर के बाहर सड़क पर बच्चेलाल की चाय की दुकान पर ही खड़े थे। उनको देख संतलाल ने आवाज दी, "का हो सिरी!!" और मिलते ही प्रसाद दिया।

श्रीनाथ ने उनको डेढ़ इंची पुरवे वाली स्पेशल चाय पिलाई। इसके बाद पान के लिए लड़के को आवाज दी कि संतलाल बोल पड़े, "अरे नाहीं गुरु, तू राहे दअ। चऊक से चौरसिया के इहाँ से पान बन्हवइले हई। ल, तहूँ और हम चलब, बलिया जात हई भूसा लेवे।"

संतलाल को विदा देकर श्रीनाथ दफ्तर के अहाते में बैठे और एक बीड़ा मुँह में दबा लिया। जनवरी माह की खिचड़ी के बाद वाले हफ्ते की मीठी गुनगुनाती धूप, मुँह में किमाम, पिपरमिंट, लौंग और मैनपुरी सुपारी के साथ भोला जाफरानी जर्दे की जुगलबन्दी में घुलते मगही पान के असर में श्रीनाथ लगभग ऊँघ ही रहे थे कि अचानक सोहन चपरासी ने उन्हें हिलाकर जगाया, "अरे सिरी भइया, जल्दी गाड़ी पे चलअ, साहब बहरे अउतै हौवन।"

श्रीनाथ के मन में एक पल में पान थूकने का विचार आया लेकिन मुँह में घुलते हुए पान से वे बेरुखी न कर सके। एक तरफ दबाकर तुरन्त पहुँचे और गाड़ी स्टार्ट की।

साहब भी बैठ गए और पूछा, "छोटे बेटे का कोचिंग सेंटर देखे हो?"

श्रीनाथ ने सिर हिलाते हुए आवाज निकाली, "हूँ।"

साहब ने फिर कहा, "वहीं ले चलो और टिफिन बॉक्स रखवा लिया था?"

श्रीनाथ कहना चाहते थे, 'पता नहीं, सोहनवा रखा होगा', लेकिन उच्चारण निकला, "पड़ा वई वोअवनवा अक्खा वोआ।"

साहब उनकी यह आवाज सुनकर गुस्से में चिल्लाए, "तुम्हारी ये हिम्मत! मुझसे पान खाकर बात कर रहे हो जबकि मैंने मना किया है?"

साहब को गुस्से में देख दाँतों के बीच की जगह के माध्यम से पीक को अलग करके ठोस पान को एक तरफ दबाया और पीक थूकते हुए बोले, "साहब, आपका आदेश बिलकुल मानते हैं, लेकिन क्या बताएँ, आज एक बचपन का लँगोटिया दोस्त चौक से पान लगवा के ले आया था। इसलिए खा लिये। चाहें तो आप दफ्तर में किसी से पूछ लीजिए। हम नहीं मँगाए थे, वही ले आया था।"

उनका उच्चारण पूरा पान न थूके जाने से अभी भी आंशिक अस्पष्ट था। बस, यही बात साहब को खल गई।

"मेरे टोकने के बावजूद मुँह में दबाए हुए हो?" साहब बोले।

श्रीनाथ ने बड़े भोलेपन से उत्तर दिया, "सर, जेतना घुल चुका था, सब थूक दिये। बस, थोड़ा ही रह गया है। देखिए, अब त आवाज भी ठीक हो गई है।"

साहब गुस्से से काँपते हुए बोले, "गाड़ी दफ्तर के लिए वापस लो," और दफ्तर आकर अनुशासनहीनता के आरोप में उन्हें निलम्बित कर दिया।

निलम्बन आदेश टाइप होने के दौरान बड़े बाबू ने आकर कहा भी, "अरे सिरी, यार, जाके साहब का गोड़ धय ले, शायद एदा पारी माफ कर दें।"

श्रीनाथ बड़े बाबू के कहने पर दरवाजे तक गए भी लेकिन साहब को वुडलैंड जूतों से लेकर आज तक के घटनाक्रम ने पसीजने नहीं दिया।

एक बार फिर पूरे स्टाफ ने मिलकर श्रीनाथ के लिए याचना करने की योजना बनाई लेकिन श्रीनाथ ने यह कहकर सबको रोक लिया, "जाए द, बड़े बाबू जरतूहा हव सरवा। जब से जूता लेले हई, तब से एके उफर पड़ल हव। एनके त कोई दोस्त पान लियाके देला नाहीं, त ई का समझिहैं दोस्ती! जऊन करे तउन करे न द आप लोग। सस्पेंडय न करिहैं कि काला पानी दे देइहैं बुजरौ के, और देखत जा, तू लोग जब हाजिरी देवे आइब त पान घुलौले आइब। देखी ला, तब का करलन? डामिन-फाँसी तअ न दे देइहन।" और श्रीनाथ जीप की चाभी देकर घर आ गए।

घर में पत्नी को भी बताया तो पत्नी ने भी कहा, "ठीक कइला तू। हम त जनतै रहली कि सहबवा तब्बै से जर बुतायल हव जब से हमने बदे जूता खरीदले रहला। मुँह फुकौना एके उफर पड़े, मर किरौना त नाहीं!"

लेकिन जब श्रीनाथ ने बताया कि आधा तनखा मिली, तो पत्नी की आँखों में आँसू आ गए।

श्रीनाथ ने टोका, "करे रोवत हई?"

पत्नी ने तुरन्त आँसू पोंछते हुए जवाब दिया, "नाहीं, पइसा तोहरे इज्जत से बढ़ के हव का? रोअब काहे?"

अब श्रीनाथ के पास समय ही समय था। कुछ दिन तो इधर-उधर की बैठकी में गुजारे लेकिन जल्द ही उन्होंने भाँप लिया कि उनको लोग खलिहर, चिपकू और निखट्टू समझने लगे हैं। खाली समय में वे टीवी देखते लेकिन बारह घंटे की बिजली कटौती में अपनी ऊब का कोई अन्य रास्ता खोजना जरूरी था। बचपन से ही वे बहुत अच्छा चित्र बनाते थे इसलिए बच्चे अपने कॉपियों में उनसे मछली, मेढक आदि बनवाते। कभी वे अपने घर के पुराने कैलेंडर के पीछे सादे पन्ने पर आगे के चित्र की हूबहू नकल करते। शिक्षा के नाम पर वे पाँचवीं फेल थे लेकिन धीरे-धीरे बोलकर पढ़ लेते।

मोहल्ले के शुरू में ही रतन की दुकान थी जो रोजमर्रा की चीजों के अलावा कॉमिक्स भी किराए पर देता। तब तक बच्चों के इम्तहान खत्म हो गए और यूपी बोर्ड परीक्षा के चलते मार्च में छुट्टी थी। अगल-बगल के बच्चे किराये पर कॉमिक्स लाते और पढ़ते। एक दिन श्रीनाथ ने भी एक कॉमिक्स पढ़ना शुरू किया और तब से उनको चस्का लग गया।

होली के दो-चार दिन बाद गोपाल ने एक दिन लगभग ग्यारह बजे दिन में, जबकि अधिकतर नौकरी-पेशा वाले लोग काम पर चले जाते थे, श्रीनाथ को रतन की दुकान पर कॉमिक्स के लिए मनुहार करते देखा। मनुहार की यह अदा इतनी निराली थी कि गोपाल वहीं रुक गया।

दरअसल श्रीनाथ मुफ्त में कॉमिक्स लेते और कई बार देर से वापस करते या पुस्तक के पन्ने मुड़-तुड़ जाते। रतन भी उन्हें चाचा कहने के नाते लिहाज करता लेकिन कब तक? दुकान पर यह दृश्य जारी था जो स्वयं किसी कॉमिक-सा था।

"अबे रतनवा, अबे देएए। देख, अब कौनों पेज न फटी। अबे देख, 'नागराज का बदला' क आधा कहानी दिमाग में नाचत हव। शेष अगले अंक वाली कितबिया दे दे बे। दे दे बे, दे।" श्रीनाथ मनुहार कर रहे थे।

"नाहीं-नाहीं, तोहें एकदम न देब। देखत हउवा, ई नीली घाटी क डाइन कअ पिछला दो पेज गायब हव। अब इ किताब बेकार, कोई लेबै न करी।" रतन फटे पेज दिखाते हुए बोला।

"अबे, एममे हमार गलती ना हव बे। अबे दुपहर में पढ़त रहली। खाली साँड़ हँकावे बदे एके खिड़की पे रख के बहरे गइली कि छोटकी बछियवा चबावे लगल। जनते हउवे, ओकर दाँत निकलत हव। कुच्छौ पाई बस चबावे लगअला। परसों तोरे चाची कअ नयकी धोती एक तरफ से चबा देलेस।" श्रीनाथ ने पेज गायब होने का कारण बताया।

"देखअ, ई सब कहानी हम न सुनब। तोहरे बछिया क जिम्मा हमार ना हव। किताब त फट गइल न।" रतन नाराजगी से बोला।

"अबे त ओकर कारण भी सुनबे कि खाली हमहीं के दोष देबे? चल, जायन दे बे जउन भयल, तउन भयल, अब एकदम न होई। आजू से बछियवा के बहरे बाँधब। चल, मान जो और शेष भाग दे दे, नाहीं त नागराज क बदला वाली आधी कहानी भुला जाई।" श्रीनाथ ने अपनी लाचारी बताई।

"ई सब बहानाबाजी हव। बिल्लू और उड़नतश्तरी वाली किताब याद हव, आज तक नाहीं लउटइला? एक हफ्ता हो गयल।" रतन ने पिछली किताब वापस नहीं करने की शिकायत की।

"अबे, ऊ घरे में ही कहीं रक्खल होई, घबड़ो मत। कल पूरे घर क सफाई करब। कहीं-न-कहीं मिली जरूर।"

"त जा, पहिले ओके खोज के ली आवअ, तब दूसर ले जा।"

"अबे भरोसा रख। बिल्लुआ कहीं भाग न जाई। ठीक से खोजब त मिल जाई। तब ले नगरजवा वाला आधा भाग त दे दे बे। देख यार, एतना तेल लगावत हई। अब त दे दे।"

"नाहीं-नाहीं, कत्तई न देब। कसम खा चुकल हई कि अब तोके न देब। एक त फ्री में पढ़बअ और टाइम से देबअ नाहीं। त अब जब ले बिल्लुआ वाली कॉमिक्स न मिली, तोहें नया किताब न लेवे देब।" रतन ने दो-टूक जवाब दिया।

रतन की दुकान के बाहर ही उसकी अम्मा सूप में तम्बाकू और तेंदू के पत्ते से बीड़ी बना रही थीं। रतन को पसीजते न देख श्रीनाथ उनकी तरफ मुखातिब हुए और गुहार लगाई, "देखत हऊ भौजी, रतनवा के। आधा घंटा से रिरियात हई, भरोसा देत हई कि अब कौनों किताब न फटी, लेकिन एकदम गब्बर मतिन अड़ गयल हव; तनिको सुनतै ना हव, एकरी माँ की।"

इतना सुनते ही रतन की अम्मा चिल्लाईं, "दे काहे नाहीं देते रे फुकउना जउन माँगत हउवन? कब से गारी सुनत हउवे। दे के हटाव।"

रतन ने बेमन से 'नागराज का बदला' का शेष भाग श्रीनाथ को दे दिया और श्रीनाथ ने उसके साथ एक और चाचा चौधरी की किताब लेकर कहा, "भौजी एकदम समझ ल, देवी हइन। कोई के दुआरे से खाली हाथ नाहीं लौटे देह लिन।"

और रतन को इशारा करते हुए बोले, "एक ठे ई सरवा बनियागीरी सीख लेले हव," कहते हुए अपने घर की ओर बढ़ गए।

गोपाल को मनुहार का यह अन्दाज बड़ा अजीब लगा। उसने आश्चर्य से रतन से पूछा, "क्या श्री चाचा बच्चों की कॉमिक्स पढ़ते हैं?"

"हाँ, गुरु जब से सस्पेंड भए हैं, तब से आदत पकड़ लिये हैं और इतना धीरे-धीरे पढ़ते हैं कि एक कॉमिक्स में 3-4 दिन लगा देते हैं पढ़ने में। लौटाने में और सुस्त।" रतन ने कहा।

"फिर आपने क्यों दिया?" गोपाल ने पूछा।

"अब चाचा लगते हैं, एक मोहल्ले में हैं। एक-दूसरे के साथ रहना है।" रतन ने अपने व्यावहारिक ज्ञान बघारते हुए कहा।

गोपाल अपने घर आया लेकिन मन में एक कौतूहल बना ही रहा कि वह श्रीनाथ को कॉमिक्स पढ़ते देखे।

अगले दिन दोपहर के भोजन के बाद गोपाल टहलते हुए श्रीनाथ के घर चला गया। चाची के पाँव छुए। उन्होंने कुशल-क्षेम पूछी। चाय-पानी कराया। कुछ देर में नहाकर श्रीनाथ भी आ गए। लाल गमछा लपेटे हुए, सूरज को एक लोटा जल चढ़ाने के बाद उन्होंने बैठक से ही आवाज लगाई, "खाना लियाव रे।"

गोपाल के लिए भी भोजन परोसने को कहा।

गोपाल ने जब यह कहा कि वह खाना खाकर आया है, तो पत्नी से बोले, "अच्छा, इसको दही-चीनी दे दो।"

भोजन के उपरान्त बाहर गए, कुल्ला किया और भीतर चारपाई पर आकर लेट गए। कुछ देर बाद उन्होंने 'चाचा चौधरी' वाली कॉमिक्स उठाई, खाट को खिड़की की तरफ खींचकर एक तकिया लगाया और पढ़ने लगे। उनके पढ़ने का तरीका दूसरी-तीसरी कक्षा के बच्चे-सा यानी सस्वर था। गोपाल आँख मूँदकर सुनने लगा।

पहला पन्ना पलटते ही श्रीनाथ की वाणी गूँजी :

"चाचा चौधरी और साबू काले टापू में।

एक टैक्सी तेजी से हवाई अड्डे की तरफ भागी जा रही थी।

'अरे भाई, आउर तेज चलाओ। होटल।'

'बाशाओ, हुने पहुँचाए देने आं...'

फिस्सस्स!

'हुन एयरपोर्ट नहीं पहुँच सक्दे, टायर पंचर हो गया है...'

ऊ-हु-हु-हु-हु! ऊ-हू-हू-हू!

'साबू, किसी के रोने की आवाज आ रही है। अरे विलायतीराम, मुफ्त का बाजा क्यों बजा रहे हो?'

'मैंने टोकियो की फ्लाइट पकड़नी थी, दो मिनट रह गए हैं।'

‘चिन्ता मत करो, हवाई जहाज इधर से गुजरेगा तो साबू तुम्हें बैठा देगा।’

‘यह ठीक है।’

कुछ देर में गड़ड़ड़ड़ड़ड़!

‘वो रहा हवाई जहाज। साबू, मुझे बैठा दो।’

‘जय बजरंगबली, याहू, ढप्प!’

‘वाह, साबू, सचमुच बड़े काम का आदमी है।’ ”

गोपाल हतप्रभ-सा उन्हें देखता रहा।

तभी अगला पृष्ठ शुरू हुआ :

“लपट और झपट दो चोर।

लपट : ‘चाचा चौधरी और साबू लकड़ियाँ काटने जंगल गए हैं और चाची भी मन्दिर जानेवाली हैं। चलो, टीवी चुरा लेते हैं।’

‘वो तो ठीक है झपट, लेकिन चाचा चौधरी के घर चोरी खतरे से खाली नहीं।’

‘यार लपट, खतरा यानी साबू तो जंगल गया है और ये देखो, चाची भी निकल गईं।’

भीतर घुसते ही गुरर...गुरर!

‘अरे बाप रे, भागो, ये तो रॉकेट है!’

कर र र रच कर र र र ब...!

गुरर-गुरर, भौं-भौं...!

ठाक तड़ाक, बू-हू-हू-हू...!

लपट : ‘मैंने कहा था न, चाचा चौधरी के घर चोरी करना खतरे से खाली नहीं।’ ”

यह वाक्य खत्म करते ही श्रीनाथ चहककर बोले :

“इया रजा कुक्कुर होय त अइसन।...एक ठे ई हव,” कहते हुए उन्होंने खाट के नीचे सो रहे अपने देसी कुत्ते को देखा और “खाली खाय के पसेरी भर दे दा ससुर के,” कहते हुए एक लात मारी।

कुत्ता कूँ-ऊँ करके उनके पैरों की पहुँच से कुछ आगे बढ़कर पुनः सो गया।

गोपाल ने यह देखकर कहा, “चाचा, क्यों मार रहे हैं बेचारे को?”

श्रीनाथ कॉमिक्स के उसी पन्ने पर चाचा चौधरी के कुत्ते रॉकेट का चित्र दिखाते हुए बोले, “अरे नाहीं बेटा! देखो, ये भी तो कुत्ता ही है न। कोई नहीं है फिर भी घर की रखवारी कर रहा है। एक ठे ई है साला। नाम है टाइगर लेकिन कोई भी आ जाए, भौंकना तो दूर, पूँछ हिलाने लगता है।” फिर बाहर खेल रहे बच्चों को सुनाते हुए बोले, “एकर नाम माउस रखे के चाहत रहल।” और आगे पढ़ने लगे।

गोपाल का हँसते-हँसते बुरा हाल था। ऐसा कॉमिक्स-वाचन दुर्लभ था। श्रीनाथ कॉमिक्स के संवाद, वर्णन आदि के साथ-साथ ध्वनि-प्रभाव को भी बोल-बोलकर पढ़ रहे थे। बीच में उन्होंने गोपाल से पूछा, “बेटा, ई यम-यम काहे लिखा है?”

गोपाल ने बताया, "स्वादिष्ट खाने-पीने को देख मुँह में जो पानी आता है, उसके लिए।"

परन्तु श्रीनाथ सहमत नहीं हुए, उसी तरह उच्चारण सहित कॉमिक्स-वाचन करते रहे।

गोपाल एक उपन्यास पढ़ने का अभिनय करते हुए मुँह छुपाकर हँसते-हँसते बेदम हो गया।

श्रीनाथ को लगा, शायद कोई मजेदार कहानी गोपाल पढ़ रहा है और वे निर्विकार भाव से कॉमिक्स में लगे रहे।

छुट्टियों के बाद दिल्ली आकर गोपाल ने अपने कई जाननेवालों और दोस्तों को कॉमिक्स पढ़ने का यह ढंग अभिनय करके बताया। यद्यपि उसका अभिनय वैसा न था लेकिन जो भी सुनता, हँस-हँस के बेहाल हो जाता।

धीरे-धीरे दस-बारह साल बीत गए। गोपाल भी इंजीनियरिंग की डिग्री पूरी करके बंगलोर में नौकरी करने लगा। इस बीच उसके पिताजी ने अवकाश-प्राप्ति के बाद पहाड़पुर से हटकर सारनाथ की तरफ अशोकनगर कॉलोनी में एक नया बड़ा मकान बना लिया था। पहाड़पुर वाले मकान के अपने हिस्से के दोनों कमरों में जिनमें एकाध पलंग, बिस्तर, कुर्सी-मेज आदि थे, रखकर ताला लगा दिया था। चूँकि गोपाल जब भी आता, नये घर से ही स्टेशन आता-जाता, इसलिए पुश्तैनी मोहल्ले में गए सालों हो गए।

पिछली बार दीवाली की छुट्टी पर जब वह आया तो धनतेरस के दिन माँ ने कहा, "बेटा, पहाड़पुर के दोनों कमरों की सफाई करवा दो।"

चूँकि क्रिकेट मैच आ रहा था इसलिए गोपाल ने अनमने ढंग से कहा, "कभी रहते तो हो नहीं आप लोग। कई बार मैंने कहा कि सुरेश चाचा को दे दो, अब तो सुशील की भी शादी हो गई है, उनको कमरों की जरूरत होगी। साफ-सफाई भी हो जाएगी। आखिर जब कोई यूज नहीं है तब फिर क्यों लॉक करके रखा हुआ है?"

पिताजी बोले, "ऐसा नहीं कहते बेटा। वे दो कमरे अपने पुरखों की अमानत हैं। हमारी जड़-जमीन वही है। हम वहीं से बड़े हुए हैं। हमारी यादें बसी हैं। कोई बात नहीं, तुम मैच देखो। मैं जाकर साफ करा लूँगा। सुरेश की दोनों बेटियाँ हमेशा मेरे कमरा खोलते ही झाड़ू-पोंछा कर देती हैं। अरे हाँ, गोपाल क अम्मा, एक ठे झोला में दो-चार पैकेट मीठा और मोमबत्ती, दियासलाई रख दअ। सुरेशवा के यहाँ दे देब।"

गोपाल ने लज्जित होकर कहा, "नहीं पापा, हम चले जाएँगे। सबसे मिल भी लेंगे।"

पहाड़पुर आकर गोपाल ने सुरेश चाचा के परिवार से भेंट की। कमरा धूल से भरा था और मकड़ी के जाले भी काफी थे। वह दरवाजे पर खड़े होकर भीतर निहार ही रहा था कि चचेरे भाई सुशील की आवाज सुनाई दी, "अरे गोपाल! तू पहले इहाँ आवा। चला, मैच देखअ। कमरा साफ हो जाई। अरे पिंकिया, कहाँ गइल?"

पिंकी ने बगल वाले घर से उत्तर दिया, "हाँ, पापा।"

सुशील बोले, "सुन इहाँ। देख, गोपाल चच्चा आयल हौवन। बबलिया और रिंकुआ के लेके तुरन्त लग जो दूनों कमरन में। और पोंछा दू दाईं मार दिहे।"

गोपाल कुछ कहता, इसके पहले ही सुशील ने हाथ पकड़कर कहा, "तू चला मरदवा, देखत का हऊआ? बड़का बाऊ जब आव लन त बस चाभी दे देलन और ई दूनों लपट जालिन। चला, मैच देखअ। बिराट कोहलिया आउट हो गयल हव। कहीं सरवा मैच फँस न जाय।"

बीच में चाय-नाश्ते के दौरान ही सुशील ने बताया कि श्रीनाथ को पिछले महीने ब्रेन स्ट्रोक आ गया था। समय से सही इलाज न होने से अब वे अधिकतर बिस्तर पर ही रहते हैं। ठीक से बोल नहीं पाते। लेकिन लोगों को पहचान लेते हैं। जवाब थोड़ी देर इशारे से या बड़बड़ाकर देते हैं। खुशी की बात यह है कि उनका लड़का रेलवे में लग गया है।

गोपाल को सहसा विश्वास न हुआ कि इतना जिन्दादिल आदमी भी इस हाल में होगा। उसने सुशील से कहा, "श्री चाचा से मिलकर आता हूँ।"

सुशील ने कहा, "ठीक हव, तू हो आव। हम न चल पाइब काहे से कि अम्मा क श्री बो से लड़ाई भयल हव। तब से बोलचाल ना हव।"

गोपाल ने कहा, "कोई बात नहीं।"

उसने झोले से एक मिठाई का डिब्बा लिया और श्रीनाथ के घर पहुँच बैठक का दरवाजा खटखटाया।

श्रीनाथ की छोटी बेटी ने दरवाजा खोला। श्रीनाथ पिछले कमरे में थे। गोपाल को देखते ही उन्होंने रिमोट से टीवी को बन्द कर दिया और सहारे से तखत पर दीवार से टिककर बैठ गए।

उसने जैसे ही श्रीनाथ के पाँव छुए, उन्होंने सिर पर हाथ फेरकर आशीर्वाद दिया। बोले कुछ नहीं लेकिन आँखों से आँसू टपकने लगे।

गोपाल उनकी इस हालत को देख स्तब्ध रह गया। उसके भी आँसू निकलने को ही थे लेकिन दिल कड़ा करके उसने कहा, "चाचा, आप बिलकुल रोएँगे नहीं। जो आदमी अपनी मर्जी का मालिक हो, जैसे तिरंगा फिल्म में ब्रिगेडियर सूर्यदेव सिंह थे, अपने दोस्त का लाया हुआ पान खाकर सस्पेंशन का सामना करे और सहबवा को जिगर में गूदा होने का मतलब समझा दे, उसकी आँखों में आँसू अच्छे नहीं लगते।"

यह सुन श्रीनाथ फफक-फफककर रोने लगे।

गोपाल ने कन्धे को सहलाते हुए उनके कई पुराने किस्से याद किए।

लगभग पाँच मिनट बाद सामान्य होकर उन्होंने एक छोटी-सी पीतल की घंटी बजाई। पत्नी भीतर आई तो उसको कप पकड़ने का इशारा करते हुए चाय बनाने का इशारा किया।

गोपाल ने जैसे ही कहा, वह चाय पीकर आया है, उसकी ओर मुखातिब होकर होंठों पर उँगली रख चुप रहने की हिदायत दी।

धनतेरस के दिन ऐसा सन्नाटा गोपाल को जैसे निगल रहा था। तभी उनकी पत्नी चाय लेकर आ गईं और बीमारी का सारा वृत्तान्त बताने लगीं।

श्रीनाथ ने पहले तो चाय के दोनों कपों को देखा और लड़खड़ाती ध्वनि में कुछ कहने का प्रयास किया। न तो गोपाल, न ही उनकी पत्नी के कुछ पल्ले पड़ा। फिर कुछ झुंझलाकर गोपाल को इशारे से सामने की अलमारी से पेन व कॉपी देने को कहा।

पत्नी ने टोका, "अरे चाय पियअ कि अब लिखबअ?"

लेकिन घुटने पर कॉपी टिकाकर लगभग दो-तीन मिनट तक श्रीनाथ कुछ लिखते रहे।

पत्नी ने कहा, "हम त पढ़ले ना हई, शायद तोहरे बदे कुछ लिखल चाहत हउवन।"

गोपाल कॉपी लेकर मौन रहा। उसने पढ़ना टालने की कोशिश की, लेकिन श्रीनाथ झकझोरते रहे। वे बार-बार इशारा करते, कुछ बोलने की कोशिश करते, लेकिन गोपाल सकुचा जाता। इस नूरा-कुश्ती को देख पत्नी ने खिड़की से बाहर झाँककर आवाज दी, "अरे रिंकुआ, देख, एन का लिखले हौवन! तई पढ़ त।"

बाहर से किसी बालक की हँसने की आवाज आई, "दादी, के लिखले हव?"

श्री बो ने चिढ़कर कहा, "अब पढ़बे कि पूछा-पुछौवल करबे?"

बालक पढ़ने लगा। "लिखल हव—'बेटा, इ अपने चाची को जस का तस पढ़कर सुना दो—करे! तेरी माँ की। लड़का एतने दिन बाद मिले आयल हव, खाली छुच्छे चाय पियइबी? न बिस्कुट, न निमकी। चल, पापड़-ओपड़ छान आ नाहीं त पकउड़ी बनाव। माई-बिटिया दूनों के कौनों सहूर ना हव।' बस, एतने लिखल हव। ल दादी, इ आपन कॉपी, हम झिंगन के दुकाने जात हई चीनी लेवे।"

गोपाल श्रीनाथ के मेहमाननवाजी के इस बेधड़क अन्दाज से स्तब्ध रह गया। उनके इस तेवर से गोपाल को सहसा मिर्ज़ा ग़ालिब की एक ग़ज़ल की कुछ लाइनें याद हो आईं :

'इक खेल है औरंग ए सुलेमां मिरे नजदीक;
इक बात है एजाज ए मसीहा मिरे आगे
होता है निहाँ गर्द में सहरा मिरे होते;

घिसता है जबीं खाक पे दरिया मिरे आगे
जुज़ नाम नहीं हस्ती ए आलम मुझे मंजूर;
जुज़ वहम नहीं हस्ती ए अशिया मिरे आगे
गो हाथ में जुम्बिश नहीं आँखों में तो दम है;
रहने दो अभी साग़र ओ मीना मेरे आगे।'

उनकी पत्नी कुछ सकुचा गईं। बोलीं, "अरे बनाइत न। एतने दिन पे आयल हयन त खाली तोहीं बतियाइबा, हम न बतियाइब? बस, दस मिनट में बनावत हई।"

लेकिन गोपाल ने बहुत आग्रह करके मना कर दिया। दीवाली की मिठाई ज्यादा खा लेने और पेट भरे होने आदि का बहाना बनाकर पकौड़ी न बनाने को राजी कर लिया। बोला, "चाची, आज कमरा साफ करने आए थे। अभी काम बाकी है, चलने दीजिए। दीवाली के दिन फिर आएँगे, खूब पड़ाका छोड़ाई करेंगे, मिठाई खाएँगे और अगले जनम में छछूंदर का जनम टालनेवाला सूरन का भर्ता भी।"

तभी उसकी नजर श्रीनाथ के बिस्तर के बराबर में रखी मेज पर गई जहाँ कुछ मुड़ी-तुड़ी कॉमिक्स और बच्चों की मैगजीन बेतरतीब रखी थीं। उसे दस-बारह साल पुराना कॉमिक्स-वाचन याद आ गया। उसने जैसे ही कहा, "अरे वाह, चाचा, अभी भी कॉमिक्स पढ़ते हैं?"

श्रीनाथ की पत्नी बोल पड़ीं, "पढ़ तअ नाहीं पउतन, खाली देख लेलन।"

श्रीनाथ ने इस पर लगभग अस्पष्ट और काँपते स्वर में कड़ी प्रतिक्रिया दी, "सुन, जब बोलब तब्बै मनबी कि पढ़त हई?" और तुरन्त फिर गोपाल को कॉपी पर लिखकर दिखाया : 'बेटा, अब मन में पढ़ लेते हैं। इस गँवार को लगता है कि हम खाली कार्टून देख रहे हैं।' और धीरे-धीरे पत्नी की तरफ देख हँसने लगे।

गोपाल ऐसी जिजीविषा देख दंग रह गया। फिर उसने कहा, "चाची, अब परसों बड़ी दीवाली और गोवर्धन पूजा, दोनों दिन फिर आऊँगा। आप अच्छे से चाचा का खयाल रखिए। मेरे लायक कोई भी काम हो तो बेहिचक बताइएगा। यह रहा मेरा कार्ड। इसमें मोबाइल नं. है। भगवान की मर्जी पर किसका वश चलता है। भले ही किस्मत ने ब्रेन हैमरेज की परेशानी दे दी लेकिन सन्तोष इस बात का है कि इतनी विपदा के बाद भी चाचा का 'अंवरागेटा' एकदम सही है। देखिए, क्या बढ़िया लिखते हैं! जिन्दादिली से कोई समझौता नहीं," कहते हुए उठकर उसने श्रीनाथ की गरदन के पिछले हिस्से को हल्के से सहला दिया।

यह सुनते ही श्रीनाथ के साथ दोनों ठहाका मारकर हँसने लगे। श्रीनाथ ने गोपाल का हाथ पकड़कर अपनी तरफ खींचा और कुछ अस्पष्ट ध्वनि में, 'जीय जीय सरऊ, मजाक उड़ावत हउवा हमार,' कहते हुए उसकी पीठ पर एक प्यार भरा धौल जमा दिया।

गँड़ासा गुरु की शपथ

संत रविदास की जन्मस्थली सीर गोवर्धन से दक्षिण की तरफ रमना और बनपुरवा जानेवाली कच्ची सड़क के रास्ते में मदरवाँ गाँव था। बनारस शहर और गाँव का सन्धि-स्थल। गजाधर तिवारी उर्फ गँड़ासा गुरु इस गाँव के अनमोल रत्न थे। 'गँड़ासा गुरु' जैसा नामकरण उन्हें गाँव में ही मिला था।

एक बार गाय के लिए गँड़ासे से चारा काटते हुए चारे के पौधों में छिपे साँप ने इनकी कानी उँगली पर काट लिया। गजाधर तिवारी ने पहले तो उस साँप को सजा देते हुए एक झटके में गँड़ासे से उसकी गर्दन उड़ा दी और इसके साथ ही विष को शरीर में जाने से रोकने के लिए बिना देर किए जय बजरंगबली का उद्घोष करते हुए अपनी कानी उँगली को भी एक झटके में उड़ा दिया। ढेर सारा खून बह जाने से गजाधर बेहोश होने लगे। गाँववाले आनन-फानन में उनको मृत समझकर उन्हें तथा साँप, दोनों को लेकर अस्पताल भागे। डॉक्टर ने गजाधर को एक इंजेक्शन दिया और बोला कि चिन्ता की बात नहीं, अभी होश आ जाएगा। साँप को वहाँ बैठे कुछ लोगों ने तुरन्त ही पहचान लिया कि यह पानीवाला डेड़हा साँप है जो विषहीन होता है। डॉक्टर ने भी साँप के विषहीन होने की पुष्टि कर दी। यद्यपि डॉक्टर को यह निहायत बेवकूफी भरी करतूत लगी लेकिन गजाधर की हिम्मत की चर्चा आसपास के गाँवों में फैल गई और लोग उनको 'गँड़ासा गुरु' कहने लगे।

खेती-बाड़ी और जमीन की दलाली के अलावा जजमानी और इन सबके साथ लगभग बीस-पच्चीस सालों से गाँव में होनेवाले जुए में जीतनेवालों से संचालक को मिलनेवाली रकम की दस प्रतिशत झर्री ही उनका व्यवसाय था। खुद बाजी नहीं लगाते बल्कि जुआ खिलवाने के बेताज बादशाह। कोई पूछता भी कि आप काहे नहीं खेलते? उनका वही उत्तर होता, बेटा, हलवाई मीठा खाता है भला? दो बार प्रधानी का चुनाव भी लड़े लेकिन जातीय समीकरण पक्ष में नहीं था, सो हार गए। फिर भी हर चुनाव में खड़े होते थे और किसी-न-किसी पक्ष से कुछ ले-दे कर या उसके पक्ष में अपने चेलों के वोटों की गारंटी देकर फिर नामांकन वापस ले लेते।

जुए के संचालन को लेकर गाँव के कई लोगों ने उनकी शिकायत की लेकिन पुलिस कभी नहीं आई। जब आई भी तो इतना हो-हल्ला मचाते हुए आई कि जुआरी समुदाय पहले ही सचेत हो गया और पुलिस दल गँड़ासा गुरु के यहाँ जलपान आदि करके लौट गया।

नये जुआरियों से वे कहते, "अबे, बेधड़क खेल, हम हई न! हमरे होते हुए पुलिस क्या, मलेटरी भी एहर नहीं आएगी। सब सेटिंग फिट करके रखते हैं। तुम साले पत्ते पर ध्यान दो। कहीं बतियाने के चक्कर में मरा न जाए।"

पत्नी ने कई बार मना किया, "कहो तोहें तनिको चिन्ता ना हव? लड़की-लड़का कुल बड़ा होत हउवन। स्कूली में कुल कहलन कि शिवम क पापा जुआरी हउवन। एतना दुश्मन हउवन कुल, मान ल कभी थाना-पुलिस क चक्कर पड़ गयल तब हम का मुँह देखाइब?"

उन्होंने मुँह में पान दबाए हुए पत्नी को मुस्कुराते हुए देखा और पीक थूकने के बाद इधर-उधर देखते हुए शायद सिर्फ उनको ही बताया, "देख, हमार गणित एकदम सीधा हव। गंगाजी के कछार क गाँव हव। एकरे बाद या त बाढ़ आ नाही दूर-दूर तक रेता। लड़ाई-झगड़ा कुल एहीं पंचाइत में निपट जाला। नाहीं त गड़वाघाट आश्रम क महाराज जी सलटा दे लन। अब पुलिस इहाँ काहे आई? भाँटा कबारे कि कटहर छीले? रहल बात जुआ क, त हम न खेलाइब त कुल रमना या मलहियाँ जा के खेलिहें। आउर जहाँ तक बात पुलिस क हव, त हम जइसे मोबाइल क प्रीपेड होला, वइसे ही पुलिस क खर्चा महीना पहिले ही पहुँचा देइला। अब तोही बताओ कि पुलिस के कुक्कुर कटले हव जउन आपन बिना खोपड़ी भिड़उव्वल के अपने आप आवे वाली आमदनी का नुकसान करी?"

पत्नी कुछ नहीं बोल सकीं। बस, इतना ही कहा, "तब्बो त कुल ओरहना भेजलन थाने पे तोहरे खिलाफ।"

"अब टिटिहरी के सुखावे से समुन्दर त सूखी न?" गुरु बोले, "अरे छोटकी पियरी वाले केदार भैया हउवन न, ओनके साले क छोटका बेटउवा डीएलडबल्यू रेल कारखाना में जूनियर इंजीनियर हो गयल हव। थानेवाली जीप के ड्राइवर मिसरा जी के लड़की बदे ओसे हम बात चलउले हई। याद हव, परसाल गोधना के दिने जीप भर के पुलिसवाले आयल रहलन। मिसरा जी चले से पहिले ही थाने के सामने लंका स्वीट वाले के इहाँ से फोन करके बतउलन कि देखा तिवारी जी, हम लोग वइसे तो नहीं आते लेकिन कौनों इसकी बेटी की...तुम्हारा दुश्मन है जो सौ नं. पे फोन किया है। मतलब कप्तान साहब के दफ्तर में। लेकिन तुम सावधान रहना। हम सब चाय-पानी करके लौट आएँगे। अगल-बगल दू-चार जने से लिखवा लेब कि यहाँ जुआ नहीं होता। कोई बदमासी करके पुलिस बल को परेसान कर रहा है। बड़के दारोगा जी भी अइहें—बस, तू थोड़ा बढ़िया क्वालिटी

क मर-मीठा मँगा लिहा और हाँ, एक ठो पेन और दू-चार जस्ता कागज बिना रूल वाला रखले रहिया।

"अब तोही बोल, भयल कौनों दिक्कत? अइलन सब जने अ दुआर करके चल गइलन। ड्राइवर साहब के हम जीप का टंकी फुल करे बदे डीजल क पइसा धीरे से पकड़ा देली दारोगा जी के देखा के। उ त लेत नाहीं रहलन लेकिन गाड़ी में बइठत बखत हम जबरी हाथ में पकड़ा दिहे तब दारोगा जी से कहलन, 'देखिए साहब, खानदानी लोग हैं। जब भी हाकिम लोग इधर से गुजरते हैं, तिवारीजी का खानदान खरचा-खोराक में कोई कमी नहीं करता। कभी फुर्सत से आइए, तब देखिए, तिवारी जी का खातिर भाव।' समझ ले, उलटे उ लोग के आवे से हम लोग क शान बढ़ गयल। अब एतना गोटी फिट करे के बाद भी पुलिस आई तब समझ लेब कि सनीच्चर लगल हव।"

पत्नी भी भीतर-ही-भीतर खुश हो गईं।

कई साल बीत गए। गँड़ासा गुरु पुलिस और जुए के बीच गोटियाँ फिट करते रहे। लेकिन पिछली दीवाली के दो दिन पहले जुए के दौरान ही गिरफ्तार हुए थे। पुलिस के हवलदार से उनका सामना जैसे ही हुआ, सरकारी मुलाजिमों को एक रैंक बढ़ाकर सम्बोधन करने की उनकी रणनीति के तहत उन्होंने कहा, "नायब साहब, जयराम जी की!"

हवलदार ने नायब दारोगा का सम्बोधन पाते ही कुछ अचकचाते हुए अपने क्रोध और गालियों पर नियंत्रण कर लिया। पूछा, "तुम कौन हो बे?"

गुरु बोले, "आपका सेवक। बल्कि पुलिस प्रशासन का भी सेवक।"

अब हवलदार ने थोड़ा कड़ा रुख अख़्तियार किया, "अबे, मक्खनबाज़ी बन्द कर और ठीक से बोल, नहीं तो साले पिछवाड़ा लाल कर दूँगा।"

बाकी जुआरियों ने सोचा कि अब गँड़ासा गुरु चुप हो जाएँगे लेकिन गुरु फिर बोल पड़े, "दारोगा जी, आप चाहे कुछ भी लाल-पीला करें, हम तो जनम-जनम से बल्कि लंका थाना के पहले इंचार्ज लालजी सिंह कोतवाल साहब के जमाने से आप सबके सेवक हैं। कह दे कोई इसकी माँ की, कि कभी सेवा-पानी में कोई कमी हुई हो?"

हवलदार ने इशारा भाँप लिया लेकिन कड़ाई से बोला, "आज से जुआ बन्द और तुम लोग अब जाओगे जेल। चलो थाने," कहते हुए उसने एक जीप बुलाई और सभी जुआरियों को बैठाने लगा।

सामने तब तक काफी लोग जमा हो चुके थे। गँड़ासा गुरु ने एक बार फिर मनुहार की, "नायब साहब, यह तो महाभारत काल से चला आ रहा है। वैसे कानून भले बुरा कहे लेकिन है राजाओं का खेल। देखिए, सब नये लौंडे हैं। एक बार पुलिस केस हो गया तो बिगड़ते ही जाएँगे, और एक बार तो भगवान भी माफ करते हैं।"

लेकिन हवलदार ने उनकी तरफ देखा तक नहीं।

थाने पहुँचकर सभी जुआरियों को हवालात में डाला ही जा रहा था कि गुरु ने थाने में बने मन्दिर की ओर देखते हुए आँख बन्द कर संस्कृत में कुछ मंत्र बुदबुदाने शुरू कर दिये। इसका लाभ यह हुआ कि सभी जुआरियों को ले जानेवाले सिपाही ने गुरु को हवालात की तरफ आने का आदेश देकर बाकी को लेकर बढ़ गया। अकेलेपन का फायदा उठाते ही गँड़ासा गुरु लपककर हेड मुहर्रिर के पास पहुँचे और नेम प्लेट देखते ही बोले, "अरे यादव जी, हर हर महादेव! एक बात करनी थी। बस, दो मिनट दीजिए। आप अवश्य खुश होंगे और यदि आप मना करते हैं तो कोई और खुश हो जाएगा। बस, लिखा-पढ़ी से पहले एक बार मेरी बात सुन लीजिए, फिर चाहे जो सजा दीजिए। हवालात तो आप भेज ही रहे हैं।"

दीवान जी ने सीधे-सीधे बोल दिया, "बताओ, क्या बात है?"

गुरु ने कहा, "मालिक, जो आप कहें, हम हर लेन-देन के लिए...।"

वह वाक्य भी न पूरा कर सके थे कि एक झन्नाटेदार थप्पड़ उनके गाल पर पड़ा और धकियाते हुए उनको हवालात में डाल दिया गया।

हवालात में भीषण गर्मी और मच्छरों के लगातार हमलों से डेंगू हो सकने की आशंका के बीच आधी रात में गुरु ने अपने सह-जुआरियों के बीच चाणक्य मुद्रा में शपथ ली, "मित्रो, इस बेजती और थप्पड़ की कसम, आज गजाधर तिवारी वल्द मुरलीधर तिवारी, साकिन मदरवाँ, मौजा सीर गोबरधन, जिला बनारस, कसम खाता हूँ कि जुआ तो मदरवाँ में होकर रहेगा, और कोई पुलिसवाला कुछ कर भी न सकेगा। जय बिजुरियाबीर बाबा की! जय मुड़कट्टा बाबा की!"

अगले दिन न्यायालय में पेशी हुई, न्यायाधीश ने जुर्माना लगाकर चेतावनी देते हुए छोड़ दिया।

मदरवाँ बाजार में गुरु की साख गिर गई थी। लोगों ने मदरवाँ में जुआ खेलना बन्द कर दिया था। कुछ पेशेवर जुआरी अब रामनगर की तरफ जाने लगे थे। गँड़ासा गुरु से गाहे-बगाहे लोग मजाक करते, 'क्या गुरु, अरे जुआ न सही, तो कभी-कभी तीन पत्ती खेल लिया करो।' गँड़ासा गुरु कुढ़कर रह जाते हैं, किसी को कुछ कहते नहीं लेकिन उनके मन में एक ऐसी योजना चल रही थी जिसके फेल होने का सवाल ही नहीं पैदा होता था।

शाम को सब्जी लेने के बाद घर लौटते वक्त नहर के किनारे कब्जा करके बनाए गए धार्मिक स्थानों से प्रेरणा लेते हुए उन्होंने यह योजना तैयार की थी। इसका खुलासा उन्होंने सबसे पहले अपने सबसे करीबी दोस्तों—राधेश्याम और गंगाप्रसाद—से किया था।

योजना यह थी कि मुख्य सड़क से गाँव को होकर गुजरनेवाली नहर के समानान्तर सड़क की त्रिमुहानी की बाँसवाड़ी के पीछे की ग्रामसभा की जमीन

पर एक शिवजी का मन्दिर निर्माण किया जाए। प्रभु के विग्रह के अलावा सामने चारदीवारी और गेट बनाया जाए। दक्षिण के नीम के पेड़ को मन्दिर के अहाते में लिया जाए और फिर खेल शुरू। मन्दिर निर्माण समिति के अध्यक्ष गँड़ासा गुरु होंगे। महामंत्री राधेश्याम शुक्ल और कोषाध्यक्ष गंगाप्रसाद यादव।

योजना दोनों ही मित्रों को पसन्द आ गई। अगले ही दिन तड़बन्नी में एक बैठक हुई। गँड़ासा गुरु ने पहले ही पाँच लबनी ताड़ी अलग रखने का ऑर्डर दे रखा था। अपने घनिष्ठ मित्रों के अलावा जो भी उधर से गुजरता है, उसको आवाज लगाकर बुलाते और शिव मन्दिर की जरूरत एवं माहात्म्य पर चर्चा करते। फागुन की धूप में ताड़ी की चुस्कियाँ लेते हुए हर व्यक्ति उनको ही पुरोधा बनाने के लिए अपनी सहमति देता। जगन्नाथ प्रसाद थोड़ा-बहुत विरोध करना चाहते थे लेकिन पाँच लबनी ताड़ी के मालिक और मृदुभाषी गुरु के सामने उनकी एक न चली। इस बीच सबसे अन्त में गाँव के प्रधान जी वहाँ पहुँचे। उनके स्वागत में ताड़ी पेश की गई। तड़बन्नी के शीतल मलय समीर और हल्के-हल्के सुरूर में प्रधान जी ने भी मन्दिर-निर्माण में हर सहयोग का आश्वासन दे डाला। बस, फिर क्या था! मन्दिर-निर्माण के निमित्त चन्दे की रसीद छपवा ली गई और चन्दा लेना शुरू हो गया।

गाँव में अधिकतर निम्नवर्गीय परिवार थे। इसलिए चन्दे की रकम बहुत ज्यादा न थी। जितनी रकम इकट्ठा हुई, उतने में मुख्य गर्भगृह की भी दीवार न खड़ी होती। सबसे पहले चारदीवारी के लिए बाँस की बल्लियाँ लगाकर उन पर घनी लता वाले पौधे रोप दिये गए जिससे कि भीतर की निजता बनी रहे। नहर पर लगभग एक किलोमीटर आगे एक पुलिया निर्माणाधीन थी। गाँववालों में यह तय हुआ कि जो भी उधर से आएगा, वह यथासामर्थ्य कुछ ईंटें या दो-चार अँजुरी गिट्टी आदि लेते हुए आएगा और मन्दिर के अहाते में डाल देगा। लेकिन इस प्रक्रिया में बहुत धीमे काम बढ़ रहा था। गँड़ासा गुरु को भी कोई जल्दी न थी। पन्द्रह दिनों में ही गर्भगृह का चबूतरा और कच्ची दीवारें बन गईं और चारों तरफ की चारदीवारी पर लताओं के चढ़ जाने से एक हरियाली दीवार भी खड़ी हो गई।

गँड़ासा गुरु जब नहर से निर्माणाधीन मन्दिर को देखते, उनका मुख उत्साह से भर जाता। उन्होंने मन्दिर में मूर्ति स्थापना की योजना बनाई और सर्वसम्मति से दो हफ्ते बाद मंगलवार के दिन अयोध्या के रामलला की तरह दीवारों पर तिरपाल डालकर एक शिवलिंग की स्थापना और प्राण-प्रतिष्ठा कर दी गई। मन्दिर निर्माण कोष खाली हो चुका था लेकिन अधबने मन्दिर पर भी सुबह-शाम आरती होने लगी। दो-चार दिन बाद गँड़ासा गुरु ने राधेश्याम से कहा कि अब देर काहे की, संगत के सब लोगों से कह दो कि आज शाम एक बैठक है।

शाम को मन्दिर पर कोई नहीं आया। उन्होंने कुछ शातिर जुआरियों के घर सन्देशा भी भेजा लेकिन वे लोग घर पर नहीं मिले। रात नौ बजे तक गँड़ासा गुरु

मन्दिर में गंगाप्रसाद और एक-दो नवयुवकों के साथ बाकी जुआरियों का इन्तजार करते रहे लेकिन कोई नहीं आया। अपनी योजना पर पानी फिरने की आशंका से रात भर उन्हें नींद नहीं आई।

अगली सुबह वे गाँव में कहीं जा रहे थे कि एक फेरीवाले को पुराने कपड़ों के बदले में नये बर्तन की फेरी लगाते देखा। उसे आवाज देकर बुलाया, बोले, "यार, पसेरी भर का एक गगरा चाहिए। उसके पेंदे में छेद करके शिवजी के ऊपर लटकाना है, जिससे भोलेनाथ पर हमेशा गंगा की धार गिरती रहे।"

फेरीवाले ने एक स्टील की गागर दिखाई।

गँड़ासा गुरु ने लगभग 15 मिनट के मोलभाव और धर्म के काम का हवाला देकर बहुत ही सस्ते में गगरा पा लिया और दो-चार लोगों के साथ सीधे प्रधान जी के यहाँ पहुँचे।

"अरे प्रधान जी, परसों सोमवार को अमावस्या का योग है। सोमवती अमावस्या को भोलेनाथ का दर्शन जनम-जनम के पाप नाश करनेवाला है। इसीलिए सोमवार को सुबह बाबा का श्रृंगार करने के साथ आपको शिवलिंग के ऊपर इस गगरे को लटकाना है जिससे माँ गंगा चारों पहर प्रभु को शीतलता प्रदान करती रहें। आपके कर-कमलों से यह शुभ काम हो तो गाँव का भी भला होगा।"

इतने सम्मान से प्रधान जी खुशी से फूले न समाए। लेकिन जैसे ही पँजीरी और बताशे के प्रसाद के इन्तजाम का जिम्मा उनको मिला, उनके चेहरे की चमक कुछ मद्धिम पड़ गई। वे थोड़े शान्त-से होते हुए तनाव में आ गए।

प्रधान जी को प्रसाद का जिम्मा देकर बोले, "अच्छा, हम चलते हैं। गगरे में छेद भी कराना है।" फिर गँड़ासा गुरु सबको सूचना देने निकल पड़े।

सोमवार को अच्छी-खासी संख्या में लोग मन्दिर पर इकट्ठा हुए। रुद्राष्टकम्, महामृत्युंजय जाप आदि के बाद गँड़ासा गुरु ने जब शिव तांडव-स्त्रोत का बुलंद आवाज में पाठ किया तो सभी स्तब्ध रह गए और उनको सम्मान से देखने लगे। गुरु ने प्रसाद वितरण के दौरान एक कथा भी सुनाई :

"आप लोग शायद न जानते हों लेकिन भारत में एक मन्दिर ऐसा भी है जहाँ रावण की पूजा होती है। यही नहीं, उसका पूजन भगवान भोलेनाथ से पहले होता है। यह सुनने में अजीब लग सकता है, परन्तु यह सत्य है। यह मन्दिर राजस्थान के उदयपुर जिले में है। यहाँ अवारगढ़ की पहाड़ियों में भगवान कमलनाथ महादेव मन्दिर है। इस मन्दिर की स्थापना राक्षसराज रावण ने की थी। भगवान शिव को प्रसन्न करने के लिए रावण ने अपना सिर काटकर यहाँ एक अग्निकुंड को समर्पित कर दिया था। भगवान शिव रावण के घोर तप से अत्यन्त प्रसन्न हुए। उन्होंने उसकी नाभि में अमृतकुंड का निर्माण कर दिया। इससे रावण अजर-अमर हो गया।"

इसके बाद वे बोले, "इस कथा को कहने का मतलब प्रभु के आगे जो जितना अर्पित करेगा, प्रभु उससे अधिक देंगे। देखला तू लोग, रवणवा आपन मूड़ी काट के चढ़इलेस त भोलेनाथ ओके अमर कय देलन। जेतना देबा ओतना पाइबा, बल्कि ओसे अधिकय।"

इस कथा का असर यह हुआ कि पर्याप्त चढ़ावा तो आया ही, प्रधान जी ने पोता होने की मनौती के साथ मन्दिर के शिखर का बाकी काम कराने की घोषणा कर दी। प्रसाद वितरण के बाद लोग वापस लौटने लगे थे। इस बीच गँड़ासा गुरु अपने दल के कुछ पुराने जुआरियों को रुकने का इशारा कर चुके थे।

भीड़ के चले जाने के बाद उन्होंने मन्दिर में बैठे लोगों से कहा, "साले तुम लोगों के लिए मन्दिर बनाए कि आराम से भोलेनाथ की शरण में उनको हाजिर-नाजिर मानकर खेलो, फिर भी रमना, अखरी, डाफी और रामनगर जाते हो। सियाराम और बिहारी जब रमना में पुलिस छापे में पकड़े गए तो कोई झाँकने गया जेल? हम पच्चीस साल में एक बार पकड़ाए तो तुम लोग ठिकाना बदल दिये। फिर से खेलने के लिए बोलने पे कन्नी काटते हो। कौनों मान-मर्यादा, लाज-सरम है कि नहीं बे, कि सब घोर-घार के पी गए हो?"

श्यामनाथ ने बात शुरू की, "गुरु, बुरा मत मनिहा लेकिन जब से तोहार सेटिंग फेल भइल हव, तब से भरोसा नहीं हो पा रहा है। हमने के त सपने में भी अन्दाजा नाहीं रहल कि पुलिस के साथ तोहार प्रीपेड सिस्टम गड़बड़ा जाई। पुलिसवालन पे भरोसा और कीरा के बिल में हाथ नायल एक बराबर हव।"

गुरु अभी विचारमग्न ही थे कि गंगाप्रसाद लगभग चीख पड़े, "अबे, इ बताओ, उस दिन लंका थाना का कोई आदमी था? बल्कि पूरी कहानी कई लोगों को मालूम नहीं है। पता नहीं, कौन हरामीपना कर गया! साले ने मोबाइल में रिकॉर्डिंग करके किसी पत्रकार को दे दिया और वो पत्रकार एसपी को दे आया। देखो, थाने पे भी कोई परिचित स्टाफ मिला? मिसरा जी ड्राइवर साहब खुद बदली होने पे उदास थे। जमानत का भी इन्तजाम वो लोग किए थे, नहीं अभी बड़के जेल में ही रहते सब जने। रुको, हम पर विश्वास नहीं है तो शाम को मिसरा जी ड्राइवर साहब और राजनारायन सिपाही को कल शाम को बुलाता हूँ। दोनों लोग पुलिस लाइन में ही हैं। शाम को यहीं बाटी-चोखा लगेगा। तुम सब लोग अपने कान से सुन लेना कि असली बात क्या थी। का गुरु, हाथ कंगन के आरसी क्या?"

गुरु ने बस, इतना कहा, "अवश्य। साँच को आँच नहीं। सत्य परेशान हो सकता है किन्तु पराजित नहीं। और हाँ, शाम को जरा जल्दी ही आ जाना सब जने, काहे कि उ लोग खाके तुरन्त निकलेंगे। पुलिस लाइन में रात को गिनती होती है आठ बजे। तब तक उनका पहुँचना जरूरी है।"

अगले दिन साँझ ढलते ही लगभग दस-बारह लोग मन्दिर पर इकट्ठा हुए। गोहरी का अंबार सुलग रहा था और आलू-बैंगन आदि भूना जाने लगा। एक तरफ हंडे में खीर भी पक रही थी जिसे गंगाप्रसाद यादव पूरी तन्मयता से बना रहे थे। थोड़ी ही देर में मिसरा जी ड्राइवर साहब और सिपाही राजनारायन सादे में बुलेट से वहाँ पहुँचे। गँड़ासा गुरु ने बाकायदा उनको शिवलिंग के पास ले जाकर माथा टेकने को कहा और तुलसी-जल देते हुए मन्दिर में चढ़ी हुई माला पहनाकर दोनों का स्वागत किया। बाकी लोग यह देख हतप्रभ रह गए, जब दोनों पुलिसकर्मियों ने टीका लगवाने के बाद थाली में कुछ रुपये डाले और गुरु के चरण छूकर आशीर्वाद लिया।

अहरा की मन्द-मन्द आँच पर बाटियों के सिंकने की सोंधी खुशबू फैल रही थी तभी मौका देखकर राधेश्याम शुक्ल ने बात शुरू की, "अब ये समझ लीजिए दीवान जी, जब से आप लोग इहाँ से बदली हो गए, जुआ भी बन्द और मेल-मिलाप, छनन-मनन सब खतम हो गया। सब अपने-अपने जिन्दगी में व्यस्त हैं। पहले जुए के दौरान लोग आपस में सुख-दुख साझा करते थे, एक-दूसरे की मदद भी करते थे, लेकिन अब एक-दूसरे की खोज-खबर ही नहीं मिलती। मिलना-जुलना तभी होता है जब कोई पंचायत हो या कीर्तन वगैरह। हम तो गँड़ासा गुरु से कई बार बोले कि धीरे-धीरे छह महीना बीत गया है। दूसरे गाँवों में बेधड़क जुआ हो रहा है, अब अपने यहाँ भी शुरू हो। लेकिन लोग डर से आगे आते ही नहीं हैं।"

मिसरा जी ने तपाक से कहा, "इसमें डरना क्या? कोई मर्डर-कतल किए हो या किडनैप, रेप आदि कर रहे हो जो डरने की बात है? आईपीसी की धारा तेरह में जुए पर अधिकतम एक साल जेल और एक हजार रुपया जुर्माना है। इससे कई गुना अधिक तो घूस लेने-देने पे है। अब बताओ तुम लोग, बिना नगद नारायण के किसी भी जगह काम बनता है? मेरी अपनी राय में जिस देश में द्यूत-क्रीड़ा का जनम हुआ हो, वहाँ इस पर सजा का सिस्टम गलत है। अरे, बहुत है तो ये नियम बना दो कि नये लौंडे नहीं खेलेंगे जब तक अपने पैरों पे खड़े न हो जाएँ। या कुछ ऐसा कि आदमी अपनी कमाई के दसवें हिस्से से ही खेल सकता है, आदि-आदि। अरे, वेद-पुराण में द्यूत-क्रीड़ा यानी जुआ खेलने का पूरा इतिहास है। शंकर जी और पार्वती जी को यह खेल वास्तव में बहुत प्रिय है..."

गंगा प्रसाद ने बीच में टोकते हुए कहा, "क्या कह रहे हैं ड्राइवर साहब! सच में ऐसा है?"

"त और क्या यार, हम भौकाल बना रहे हैं कि हमको बड़का जानकारी है? अरे जब से लाइन हाजिर हुए हैं, तब से रोज शाम को महावीर जी के मन्दिर जाते हैं। बातों-बातों में वहीं बड़े महंत जी से ये सब पता चला। हम भी ऐसे ही चौंके थे।

तब महंत जी ने खुद एक शास्त्री से ग्रंथ मँगाकर दिखाया। पुराणों में माता पार्वती और शिव जी के बीच जुए का वर्णन है जिसमें शिव जी पार्वती जी से हार गए थे। स्कन्द पुराण में इसका बड़ा ही सुन्दर वर्णन है। अध्याय याद नहीं आ रहा। पार्वती जी ने तो यहाँ तक कहा है कि जो दीवाली के दिन रात-भर जुआ खेलेगा, उस पर साल भर लक्ष्मी जी कृपा करेंगी। इसीलिए दीवाली के अगले दिन कार्तिक के शुक्ल पक्ष की प्रथमा को द्यूत प्रतिपदा भी कहा जाता है।"

खीर बनाते हुए गंगा यादव ने कहा, "देखा मिसरा जी, ई सब पंडितन क चाल हव, भगवान के नाम पे आपन गणित बैठावे का।"

मिसरा जी को थोड़ा बुरा तो लगा लेकिन तुरन्त बोल पड़े, "नहीं सरदार, ऐसा नहीं है। अब देखा, गीता में विभूतियोग नामक अध्याय में भगवान कृष्ण जी खुद कहे हैं—द्यूतं छलयतामास्मि। मतलब छल सम्बन्धी समस्त कृत्यों में मैं जुआ हूँ। एकर मतलब हुआ, जुआ भी कृष्णमय है। न बिस्वास हो त कल संकटमोचन आ जा, वहीं गीता खोल के देखा देब।"

गंगा कुछ सकुचा गए। बोले, "अरे नाहीं, अइसन बात ना हव। आप क हम बहुत इज्जत करीला।"

मिसरा जी फिर बोलते रहे, "मजे की बात यह है कि फलित ज्योतिष में ज्योतिष का धन्धेबाज और जुआड़ी, दोनों बराबर हैं। जुआ राजा और धनी नागरिकों का सर्वप्रिय मनोरंजन बना रहा। सामान्य लोग भी इस खेल के रोमांच का आनन्द उठाने में पीछे नहीं रहे। शराब व्यापार की भाँति यह राजस्व का भी स्रोत था। अब ई तो लोकतंत्र का दोगलापन है न कि छोटे स्तर का जुआ बन्द कराया जा रहा है। सरकार खेलावे त सब ठीक, खुद कोई खेले तो अपराध। अब लाटरी-फाटरी ई सब का है? जुए न है! अभी दिल्ली, बम्बई, गोवा चले जाओ तो वहाँ एक से बढ़कर एक कसीनो लगे हैं। एक रात में लाखों-करोड़ों का खेल होता है। इहाँ साला सौ-पचास के पीछे पुलिस छापा मार रही है।"

गँड़ासा गुरु ने बीच में कहा, "बतावा, हम त फालतू में जेल गइली। ई कुल पहले पता रहत त वहीं अदालत में बोलित कि हुजूर, पहिले कसीनो बन्द कराइए फिर मुझे सजा दीजिए। अवधेश वकीलवा के भी इ कुल नाहीं पता। नाहीं त बोलत जरूर। एकरी माँ की, ई कुल बतावे के बजाय हमसे कहलेस, चुपचाप हाथ जोड़के खड़ा रहा। और घिघियात रहल कि हुजूर, मेरे मुवक्किल की पहली गलती है, माफी दे दें। आइन्दा ऐसा नहीं होगा। सरवा हलफनामा भी दिया देहलेस।"

इस बार सिपाही राजनारायन ने अपनी चुप्पी तोड़ी, "अरे, इसी बात का गम है तिवारी जी। आप बताइए, जब तक हम इस हलके में तैनात थे, कोई पुलिस त क्या, एक होमगार्ड या पीआरडी का जवान भी इधर आया? जो भी दरखास लेकर आया कि दीवान जी, मदरवाँ में जुआ हो रहा है, हम तुरन्त उसको

बोले—साले जुआ ही न हो रहा है कि कोई तुम्हारी बहिन-बेटी लेकर भाग रहा है? चल भाग इहाँ से! कुछ और तो कर नहीं पाए जिन्दगी में, अब साले समाज सुधारक बने हैं!"

मिसरा जी की तरफ मुखातिब होते हुए राजनारायन ने कहा, "पूछ लीजिए ओस्ताद से, जब भी कोई नया दारोगा आया, सबसे पहले गुरु जी का प्रीपेड हमने थमाया कि साहब, लाख शिकायत मिले, उधर नहीं जाना है। कभी-कदा महीने के बीच में बदली हो गई और नये चौकी इंचार्ज या बड़े साहब आए, तब भी अपने खर्चे से काटकर लिफाफा हाजिर। आखिर जबान की इज्जत भी कोई चीज होती है। एक बार नगद नारायण से नमस्ते हो गई, फिर चाहे लाइन हाजिर हो या मुअत्तल, आसामी पे आँच नहीं आने देना है। लेकिन अब महकमे में बहुत बदलाव आ गया है। एक तो जल्दी-जल्दी तबादले और नये अफसर भी साले गँड़फट टाइप आ रहे हैं। जरा-सी शिकायत हुई नहीं कि हालत खराब। जिन दो कौड़ी के पत्रकारों को हम लोग सामने बैठने नहीं देते थे, उनको आजकल के मोंछ-मुंडा टाइप पीपीएस, आईपीएस अपने पास बैठाके चाय-नाश्ता कराते हैं। इसीलिए महकमे का इकबाल गिर रहा है। ज्यादा नहीं, पाँच साल पहले की बात है, हम अकेले दालमंडी से गुल्लू शेख के गिरोह के तीन लोगों को उठा के ले आए। और आज एक प्लाटून की हिम्मत नहीं है दालमंडी में घुसने की।"

मिसरा जी ने समर्थन किया, "सही कह रहे हो यार। सब जगह दोगलापन भर गया है। ऐसा नहीं कि नये अधिकारियों को लेन-देन से कोई परहेज है। महीना होते ही हाजिरी लगाइए। हफ्ता भर भी देर हुई तो क्राइम मीटिंग। लेकिन थोड़ी-सी शिकायत हुई नहीं कि फट के हाथ में आ जाती है। अब जड़ जमने नहीं दोगे तो फूल-पत्ती तक घंटा पानी पहुँचेगा। एक तो हर बढ़िया थाने के कारखास हटा दिये हैं और बँगले से फोन आ जाएगा कि मेम साहब सापिंग करेंगी। खैर, छोड़िए, चलिए, अब भोजन किया जाए। निकलना भी है।"

भोजन के बाद मिसरा जी ने गँड़ासा गुरु को अलग ले जाकर कान में कुछ कहा। इसके बाद दोनों मेहमानों ने विदा ली। लोगों ने इस कानाफूसी की बाबत पूछा तो उन्होंने इतना ही कहा, "कुछ खास नाहीं, बस, अपने बिटियवा के छेकइया में चले के कहत रहलन। और कहलन ह कि आराम से खेलो लेकिन थोड़ी समझदारी से, बेफिक्र होकर नहीं।"

राधेश्याम ने कहा, "बस, इतनी-सी बात के लिए दस मिनट लग गयल?"

गुरु बोले, "अरे घबड़ा मत। कुछ मंत्र देले हउवन, ओकरे बाद सीना ठोंक के जुआ होई। बस, भोलेनाथ की कृपा बनल रहे। अब काफी चन्दा हो गयल हव त गंगा, तू अब शिखर पे पलस्तर और बाकी कुल काम खतम करवा दा। कल से काम शुरू।"

निर्माण-कार्य के बाद रँगाई का काम आरम्भ हुआ। अगले शुक्ल पक्ष के प्रदोष के दिन उन्होंने पूर्ण सज्जित मन्दिर में भंडारे का आयोजन रखा और बिना किसी को खबर किए क्षेत्रीय विधायक, जिले के डीएम और एसपी को एक पत्र लिखा :

'महोदय,

हमारे ग्राम के प्राचीन मन्दिर के जीर्णोद्धार पूर्ण होने के अवसर पर रुद्राभिषेक, रुद्राष्टकम् पाठ और बाबा तथा माँ पार्वती के शृंगार तथा भंडारे का आयोजन है। इसमें शिवलीला के विभिन्न पहलुओं के माध्यम से महादेव जी की अर्चना की जाएगी। आपसे अनुरोध है कि इस पावन अवसर पर मुख्य अतिथि के रूप में पधारकर शिव-वंदना में भाग लें और महाप्रसाद ग्रहण करें।

विनीत—

शिवसेवक समिति, मदरवाँ'

अगले दिन इसे टाइप कराकर वे सभी लोगों के दफ्तर जाकर मिल आए और पत्र भी दे दिया। गँड़ासा गुरु अच्छे से जानते थे कि डीएम और एसपी का तो पता नहीं लेकिन विधायक जी के बाप की हिम्मत नहीं जो इस कार्यक्रम में न आएँ। मदरवाँ आखिर दो हजार के आसपास वोट वाला गाँव था।

गाँव आकर सभी को अपने पत्र की पावती दिखाई और भंडारे की तैयारी में जुट जाने को कहा। सुनील टेंट हाउस को उन्होंने टेंट, बर्तन आदि का ठेका दे दिया। बयाने के तौर पर दस प्रतिशत के हिसाब से मुस्कुराते हुए 1700 रुपये भी दिये। लगभग 4 हजार लोगों के हिसाब से पूड़ी, दो सब्जी और खीर का सामान हलवाई से लिखवाकर प्रधान जी को पकड़ा दिया। इस बार प्रधान जी ने कोई उदासी चेहरे पर न आने दी। आखिर इतने गण्यमान्यों से उनको मुखातिब होना था!

भंडारे के दिन एसपी साहब न आ सके। किसी हत्या के मामले में उन्हें कहीं जाना पड़ गया। डीएम साहब और विधायक जी पहुँचे। प्रधान जी ने उनका माला पहनाकर स्वागत किया। दोनों अतिथियों से रुद्राभिषेक कराया गया। सुरक्षा और प्रोटोकॉल में लगे दारोगा और तहसीलदार को भी फूल चढ़ाने को दिये गए। पार्श्व में कीर्तन चल रहा था। कीर्तन खत्म होते ही एक गाना शुरू हुआ जिसमें शिव जी पार्वती जी से सारे मिष्टान्न भोग छोड़कर भाँग पीसकर लाने को कहते हैं। पार्वती जी कलाई में दर्द की बात कहती हैं लेकिन फिर पीस देती हैं। इस गाने पर स्थानीय स्कूल के बच्चों ने शिव-पार्वती के वेश में नृत्य किया। स्टेज पर सांकेतिक रूप से सिलबट्टे पर रखी पिसी हुई भाँग को गाना खत्म होते ही भँगेड़ियों ने अपने कब्जे में ले लिया। गाना खत्म होने के बाद शिव-लीला के रूप में शिव-पार्वती के बीच द्यूत-क्रीड़ा का कार्यक्रम था।

गँड़ासा गुरु ने घोषणा की, "अब माननीय डीएम साहब और माननीय विधायक जी, महादेव जी और माता पार्वती के रूप में द्यूत-क्रीड़ा में भाग लेंगे।" इसके साथ ही उन्होंने वेद-पुराण आदि में द्यूत-क्रीड़ा का इतिहास भी बढ़ा-चढ़ाकर बता दिया, "आप दोनों से आग्रह है कि गर्भगृह के नन्दी जी के समीप पधारें।"

डीएम इस प्रक्रिया पर कुछ अचकचाते कि विधायक जी उनको लेकर वहाँ आ गए। उन्होंने ताश के पत्ते देख कहा भी कि ये क्या, तब विधायक जी ने कहा, "अब द्यूत-क्रीडा के पासे और वैदिक नियम थोड़े किसी को पता। ये तो प्रभु का भाव है। जैसे सोमरस की जगह मदिरा चढ़ती है भैरव नाथजी को, वैसे ही समझिए।"

डीएम अभी भी खड़े थे। गँड़ासा गुरु ने उनकी हिचक भाँप ली। वे तुरन्त वहाँ पहुँचे और बोले, "साहब, हम जानते हैं, आप लोगों का पल-पल कीमती है, इसलिए आप लोगों को खाली पत्ते बाँटने हैं, बाकी क्रीड़ा ये लोग सम्पन्न कर लेंगे। हाँ, एक टॉस होगा कि कौन शिवजी की टीम से और कौन मात्ता पार्वती की तरफ से खेलेगा।"

टॉस हुआ। विधायक जी जीते और शिवजी की तरफ हो गए।

गुरु ने डीएम को यह कहते हुए भरपूर मक्खन दिया, "नेताजी, भले टॉस आप जीते लेकिन अन्त में साहब ही जीतेंगे। आखिर माई के टीम में हैं।"

इस वाक्य पर चाटुकारों के दल ने समवेत ठहाका लगाया। फिर वहाँ पहले से जमे जुआरियों को पत्ते बाँटकर दोनों लोग वापस मन्दिर के चबूतरे से नीचे आ गए। प्रसाद ग्रहण किया और जाने को हुए। उनके जाने के दौरान गँड़ासा गुरु ने साफा बाँधकर दोनों का सम्मान किया और फोटो भी खिंचवाई।

प्रधान जी थोड़ा उदास हो ही रहे थे कि माला की बजाय साफा उनको बाँधना था कि गुरु ने आवाज दी, "अरे कहाँ गए प्रधान जी? आइए, अतिथिगण को टीका-चन्दन लगाइए।"

डीएम ने जैसे ही कहा, "अरे ठीक है," गुरु ने प्रतिवाद किया, "नहीं सरकार, परम्परा है ये और हमारी मर्यादा भी। और आज तो आप साक्षात् भोलेनाथ के प्रतिनिधि हैं।"

डीएम को टीका लगाने के बाद प्रधान जी जब विधायक जी को टीका लगा रहे थे, गुरु ने आवाज दी, "अरे प्रधान जी, ई टिपकारी से काम न चली। विधायक जी के पूरे ललाट पर भोलेनाथ का त्रिपुंड लगाइए। आखिर क्षेत्र में पता लगना चाहिए कि विधायक जी कहाँ से आ रहे हैं?"

विधायक जी भी बोल पड़े, "हाँ-हाँ, आउर का! लगे के चाही कि मदरवाँ से आवत हई।"

इसके बाद दोनों अतिथि चले गए। देर शाम तक भंडारा चला। प्रधान जी और गँड़ासा गुरु ने भी एक-दूसरे को और कई और रसूखदारों को साफा बाँधा। सुनील

टेंट वाले को बहुत कम पैसे और गैर-हिन्दू लोगों को किराये पर टेंट-बर्तन आदि देने तथा उसमें गोमांस पकने की अफवाह फैलाने की धमकी देकर निबटा दिया गया।

भंडारा समाप्त होते-होते रात के नौ बज गए। सबको विदा करके गुरु वापस चबूतरे पर आए। अपने जुआरी मंडल को बुलाया। कुछ लोग दोपहर की नृत्य-नाटिका में बची भंग का गोला चढ़ा चुके थे और चबूतरे पर लुढ़के हुए थे।

गँड़ासा गुरु ने शुरू किया, "भाइयो, आज बड़ी खुशी का दिन है।"

भंग के सुरूर में डूबे रग्घू चच्चा ने टोका, "मरदे इहाँ रात हो गइल तोहें दिन देखात हव?"

गुरु ने तुरन्त कहा, "सही कहला चच्चा, खुशी की रात है।" फिर आगे कहा, "सुनत जा सब जने। आज भोलेनाथ के आशीर्वाद से द्यूत-क्रीड़ा शुरू हुई है। और जिसका आरम्भ महादेव के चरणों से हो, उसको भला कउन एकरी महतारी की रोकेगा? लेकिन हाँ, जमाना बदल रहा है। विरोधी शक्तियाँ भी मजबूत हो रही हैं। तो अब जुए को सात्त्विक रूप में खेला जाएगा। कसीनो सिस्टम लागू किया जाएगा। धतूरा माने एक हजार, बेलपत्र यानी पाँच सौ, सुपाड़ी सौ, पान का पत्ता पचास रुपया, बड़ी इलायची बीस और छोटी इलायची का मूल्य दस रुपया। अब रुपया-पैसा के बजाय खेल ई सब से होगा। विजयी व्यक्ति को इसी दर पे भुगतान होगा दस परसेंट झर्री काटकर। समझ गइला सब लोग? और अब थाना पर कोई प्रीपेड नहीं। देखीं, कौन पुलिसवाले के पिछवाड़े में एतना दम हव जउन इहाँ छापा मारी! कभी कोई चौकी-थाने से आके पूछताछ करे, त बता दीहा कि तोहार दादा और परदादा माने कलेक्टर अ विधायक जी इहाँ का पहिला खेलाड़ी रहलन। बतावा सब लोग, कोई शक या सवाल?"

सब शान्त थे। गुरु ने फिर पूछा, "कोई शक या सवाल?"

गंगा प्रसाद ने हँसते हुए कहा, "कौनों गुंजाइश छोड़ले हउवा शक करै बदे? हो गयल न तोहार कसम पूरा। बस, अब कल से महफिल शुरू कि कोई सवाल करी।"

सब हँसने लगे।

भग्गू ने गुनगुनाना शुरू किया, "जेकर नाथ भोलेनाथ, उ अनाथ कइसे होई।"

सबने उद्घोष किया : "हर हर महादेव!"

जूता

डॉक्टरी की लम्बी पढ़ाई और इंटर्नशिप आदि पूरी करने और दिल्ली के एक बड़े निजी अस्पताल में दो साल की प्रैक्टिस के बाद सरकारी डॉक्टर के तौर पर सार्थक की पहली तैनाती आगरा की बाह तहसील के एक ग्रामसभा के प्राथमिक स्वास्थ्य केन्द्र में हुई। उसके साथ ही उसकी सहपाठी और अब मंगेतर डॉ. नेहा ने भी पास के ब्लॉक के अस्पताल में अपनी तैनाती ले ली थी। सप्ताह में एकाध बार दोनों मिलते और अन्य डॉक्टरों के साथ लंच और कुछ-न-कुछ खेलकूद या पार्टी वगैरह का आयोजन करते।

एक दिन पास के सरकारी स्कूल से प्रधानाचार्य और दो शिक्षक उसके दफ्तर में आए। वे शिक्षक दिवस के दिन सार्थक को मुख्य अतिथि के रूप में आमंत्रित करना चाहते थे। सार्थक ने सहर्ष स्वीकृति दे दी।

शिक्षक दिवस के दिन स्कूल के कार्यक्रम में उसे बच्चों के बीच बहुत आनन्द आया। उसने देखा कि अब सरकारी स्कूल काफी बदल चुके थे। अब मिड डे मील के साथ वर्दी और कॉपी-किताब भी सरकार देती है।

कार्यक्रम समाप्ति के बाद वापस आते हुए गाड़ी में उसने अखबार उठा लिया जिसमें एक खबर थी कि फिरोजाबाद की एक काँच फैक्टरी से बीस बाल मजदूर छुड़ाए गए और साथ ही नोबल विजेता व बाल अधिकारों के कार्यकर्ता कैलाश सत्यार्थी का वक्तव्य छपा था। खबर पढ़ते हुए वह पच्चीस साल पुरानी अपनी यादों में खो गया जब उसके पिता डॉ. भुवन चन्द्र का तबादला पहली बार गाँव के प्राथमिक स्वास्थ्य केन्द्र पर हुआ था।

डॉ. भुवन चन्द्र पिछले दस सालों से जिला अस्पताल में फिजीशियन के तौर पर सफलतापूर्वक कार्यरत थे। लेकिन विभागीय स्थानान्तरण नियमावली के अनुसार शहर में चिकित्सा अधिकारी का कार्यकाल लगातार अधिकतम दस वर्षों का हो सकता था, इसलिए उन्हें सुदूर गाँव के प्राथमिक स्वास्थ्य केन्द्र पर जाना पड़ा।

वैसे तो डॉक्टर साहब को कोई परेशानी नहीं लेकिन स्थानान्तरण की खबर सुनते ही पत्नी परेशान-सी हो गईं। एक तो किटी पार्टी की सहेलियों का साथ छूटना, दूसरा यह कि मिर्जापुर अपने-आपमें बहुत बड़ा जिला था और उसमें भी सुदूर बिहार और मध्य प्रदेश बॉर्डर के पास विंढमगंज कस्बे से भी आगे प्राथमिक स्वास्थ्य केन्द्र पर तैनाती का मतलब था—दूर-दूर तक जंगल, पहाड़, नदियाँ और आदिवासी। डॉक्टर साहब ने पहले योजना बनाई कि परिवार मिर्जापुर में ही रहेगा और वह स्वयं हफ्ते में एक बार रविवार को आ जाया करेंगे लेकिन पत्नी अच्छे से जानती थीं कि लगभग एक सौ अस्सी किलोमीटर का यह सफर, वह भी एकतरफा, उत्तर प्रदेश राज्य की सड़कों को देखते हुए इतना आसान नहीं था।

विंढमगंज से रेलवे लाइन जो जाती थी, उसमें भी एकाध ट्रेनों का ही आवागमन था। उसके साथ-साथ सबसे बड़ी समस्या यह थी कि डॉक्टर साहब कई बार जनसेवा में इस कदर मशगूल हो जाते कि खाना-पीना सब छोड़कर मरीजों का इलाज करने में लगे रहते। रविवार, छुट्टी, रात-दिन की परवाह नहीं करते। ऐसे में यह निश्चय हुआ कि दो साल की बात है तो वहीं चलकर परिवार सहित रहा जाए। दोनों बच्चे सार्थक और स्वाति अभी छठी और दूसरी कक्षा में हैं, छोटे ही हैं इसलिए स्कूल से ज्यादा घर पर पढ़ा दिया जाएगा। बाद में शहर के किसी कॉन्वेंट में दाखिला करा दिया जाएगा। इस योजना के साथ ट्रांसफर ऑर्डर से करीब पन्द्रह दिनों बाद डॉक्टर साहब जिला अस्पताल से कार्यमुक्त होकर विंढम नगर पहुँचे जहाँ निवर्तमान चिकित्सक महोदय उनका बेसब्री से इन्तजार कर रहे थे। डॉक्टर पाठक का पहुँचना ही था कि निवर्तमान डॉक्टर साहब तुरन्त चार्ज देकर घंटे भर में वहाँ से रवाना हो गए।

प्राथमिक स्वास्थ्य केन्द्र में अभी इमारतें कुछ साल पहले ही बनी थीं इसलिए थोड़े ही साफ-सफाई के बाद उन्होंने चिकित्सक वाला बँगला तैयार करा लिया। आगे-पीछे काफी जगह थी जिसमें उन्होंने सब्जियाँ लगवा दीं और बगल की चारदीवारी के साथ-साथ की खाली जमीन पर एक बैडमिंटन कोर्ट की पैमाइश कराकर उसमें दो लट्ठे गड़वा दिये। सब तैयारी के बाद डॉक्टर साहब मिर्जापुर आए और अपने कुछ सहायकों की मदद से सारा सामान पहले भेज दिया फिर अगले दिन सपरिवार वहाँ पहुँच गए।

विंढमगंज पहुँचते ही पत्नी और बच्चों का चेहरा लटक गया। दिन-भर बिजली गायब रहती थी और रात में ही आती थी। पत्नी ने कहा भी कि 'यह क्या माजरा है? जो इलाका पूरे प्रदेश को बिजली देता है, वहीं पर अँधेरा?'

डॉक्टर साहब चुटकियाँ लेकर कहते, 'ऐसा मत कहिए, अँधेरा होते-होते तो आ जाती है। दिन में भले ही लोड शेडिंग हो।'

पत्नी ने कहा, 'ऐसे तो फ्रिज का सामान खराब हो जाएगा।'

डॉक्टर साहब जवाब देते, 'कोई भी चीज ऐसी नहीं है जिसे फ्रिज की जरूरत पड़े। पीछे गाँव से ताजा दूध सुबह-शाम आ जाया करेगा और सब्जियाँ भी—कुछ गाँव से—कुछ अपने ही किचन गार्डन से मिल जाया करेंगी, और तुम जानती हो कि आयुर्वेद में ठंडा पानी पीना मना है। इसलिए दो बढ़िया सुराहियाँ मँगवा रखी हैं। अब बताओ, क्या रखना चाहती हो फ्रिज में?'

पत्नी फिर निरुत्तर हो जातीं।

कभी-कभी बच्चे भी रोने लगते कि 'यहाँ से चलो, हम यहाँ नहीं रहेंगे,' लेकिन डॉक्टर साहब फिर उनको जरा मनाकर पास के झरने-पहाड़ आदि दिखाने की कोशिश करते। लेकिन बच्चों को तो शहर का वातावरण चाहिए था जिसका यहाँ नामोनिशान न था। उन्होंने फिर पत्नी से कहा कि बच्चों को समझाइए कि यह भी हमारा ही देश है। यही गाँव-मोहल्ले, खेत-खलिहान हमारे देश की पहचान है, लेकिन बच्चों को कोई फर्क पड़ना मुश्किल था। लगभग रोजाना बच्चे जिद करते, यहाँ नहीं रहना है। ऐसे में डॉक्टर साहब ने एक युक्ति निकाली।

उन्होंने गहराई से महसूस किया कि अगर बच्चों में संवेदनशीलता न पैदा हुई तो यहाँ तकलीफ होनेवाली है और वैसे भी हफ्ते-दस दिन बाद जुलाई में स्कूल खुलनेवाले हैं। ऐसे में इन्हें इस जगह के प्रति, लोगों के प्रति संवेदनशील बनाना जरूरी है।

अगली सुबह ओपीडी में जाते हुए बेटे को भी अपने साथ ले गए। बोले, 'चलो, आज तुम्हें अपने साथ ले चलता हूँ ताकि तुम्हें भी बड़ा होकर डॉक्टर बनना है तो अभी से थोड़ी ट्रेनिंग शुरू करें।'

पत्नी को थोड़ा अटपटा लगा लेकिन उन्होंने कहा, 'अच्छा, ले जाइए।'

इस बीच उन्होंने रात में टीवी पर बच्चों को एक फिल्म दिखाई, जिसमें किसी महँगे प्राइवेट अस्पताल में पैसे के अभाव में मरीज का इलाज नहीं होता और वह दम तोड़ देता है। यह देखकर उनके दोनों बच्चे काफी भावुक हो गए। डॉक्टर साहब समझ गए कि यही वक्त है उसे अपने साथ सुबह स्वास्थ्य केन्द्र में ले जाने का।

अगली सुबह बेटे सार्थक को लेकर वे अपने कक्ष में पहुँचे जहाँ लगभग पचास मरीज अपनी-अपनी पर्ची लेकर लाइन में खड़े थे। वार्ड ब्वॉय एक-एक करके नाम बुलाता और एक-एक करके गरीब तबके का मरीज उनके सामने आता। डॉक्टर साहब बड़े प्यार से उसका सारा हाल पूछते, जाँच करते और दवा लिखकर आश्वासन देते कि घबराओ मत, सब कुछ ठीक हो जाएगा। मरीज हाथ जोड़कर ढेर सारा आशीर्वाद देकर चला जाता। कोई-कोई मरीज तो डॉक्टर साहब के पैरों पर गिर पड़ता कि हमारी जिन्दगी बचा लीजिए। डॉक्टर साहब मरीज को आश्वासन देते हुए कहते, 'सबकी मदद करनेवाला तो भगवान है। हम तो बस

आपके सेवक हैं।' और इस तरीके से दोपहर तक उन्होंने ओपीडी के सारे मरीज देखे, फिर भोजन के लिए अपने घर चले आए।

घर आकर सार्थक ने पहला सवाल उनसे किया कि 'पापा, आप उन गरीब लोगों से कितनी फीस लेते हैं?'

डॉक्टर साहब ने मुस्कुराते हुए उत्तर दिया, 'बेटा, अभी तक तो कुछ नहीं लेता हूँ क्योंकि सरकार तनख्वाह देती है। अगर तुम कहो तो कल से लेना शुरू कर दूँगा और जो तुम लोग कहोगे, वह सब ले आऊँगा—सारे खिलौने, तुम्हारे गेम्स, नये कपड़े और जो मरीज पैसे नहीं देगा, उसको भगा दूँगा। बोलिए, आपको मंजूर है ऐसा करना?'

बेटे ने छूटते ही कहा, 'नहीं पापा, हमें कुछ नहीं चाहिए। जब आप लोगों का इलाज करते हैं और वह आपको थैंक्यू बोलते हैं तो हमें अच्छा लगता है।'

डॉक्टर साहब और उनकी पत्नी को आभास हो गया कि तीर सही निशाने पर बैठा है। फिर उसके बाद उन्होंने बच्चों को समझाया, 'देखो, तुम्हारे पापा यहाँ इसीलिए आए हैं कि अगले दो साल तक लोगों की सेवा कर सकें। और सेवा करना अच्छी बात है न?'

छोटी बिटिया ने तुरन्त कहा, 'यस पापा, मैडम ने भी बताया था कि सब की हेल्प करनी चाहिए।'

धीरे-धीरे बच्चों का मन वहाँ रमने लगा। जुलाई में पास के ही स्कूल में प्रवेश मिला। पहले दिन बड़े बेटे ने स्कूल में देखा कि क्लास के सहपाठी बहुत ही गरीब तबके से हैं। उन दिनों मिड डे मील नहीं हुआ करता था और न ही सर्वशिक्षा अभियान के तहत बच्चों को कपड़े मिलते थे। इसलिए छठी क्लास के बयालीस बच्चों में से लगभग आधे नंगे पाँव थे। पैंट-शर्ट जैसी कोई भी पोशाक नहीं थी। सबने मारकीन के फटे-पुराने पाजामे या ढीला कच्छा पहन रखा था। और जिन सहपाठियों के पास चप्पल थी, उनमें से कोई ऐसी न थी जिन पर दो-चार पैच न लगे हों या सिलाई न हुई हो। कमीजों का भी यही हाल था। शायद ही किसी की कमीज बिना पैबन्द की थी। स्कूल बैग तो एकाध बच्चे के पास था वरना पुरानी गन्दी बोरी और सब्जी लानेवाले झोले में सब अपना कॉपी-किताब ले आते। इस इलाके में अभी भी कलम-दवात और नरकट की रोजाना चाकू से तराशनेवाली कलम का चलन था। कुछ लोगों के पास पेंसिल भी थी। स्कूल में पक्के कमरे सिर्फ दो-तीन ही थे। बाकी हर जगह टीन शेड लगा हुआ था।

पहले दिन स्कूल जाते हुए डॉक्टर साहब की पत्नी ने सार्थक को नहला-धुलाकर पाउडर लगाया, फिर अच्छी-सी पैंट-शर्ट पहनाई और पॉलिश किया हुआ जूता तथा बैकपैक में करीने से कॉपी-किताबें रखीं, साथ में एक पानी की बोतल भी दे दी।

सार्थक ने जब कक्षा में प्रवेश किया, उसी समय से वह अपने-आपको असहज महसूस करने लगा। सभी बच्चे उसे अजनबी की तरह देख रहे थे। वे कभी उसे देखते, कभी उसकी पानी की बोतल को, कभी उसके जूते की तरफ, कभी उसकी पोशाक की तरफ तो कोई उसके बस्ते को छूकर देखता।

अन्त में योगेश ने पूछ ही लिया, 'पानी की बोतल काहे लाए हैं? यहाँ तो सब लोग चापाकल से ताजा पानी पीते हैं। यह पानी तो रखे-रखे बासी हो जाएगा।'

सार्थक के पास इसका कोई जवाब नहीं था। उसने इतना ही कहा, 'पहले शहर में ले जाते थे, इसलिए आदत पड़ी है। पानी पीने के लिए बाहर नहीं जाना पड़ेगा, क्लास में बैठे-बैठे पानी पी लूँगा।'

इस पर कई सहपाठियों ने एक साथ ठहाका लगाया।

विनोद बोला, 'ए भाई, इनका बोतल छिपा दीजिए, नहीं तो मास्टर साहब पानी पीने के लिए जाने ही नहीं देंगे।'

सब हँसने लगे, सार्थक भी हँसने लगा।

दोपहर में उसने देखा कि खाने की छुट्टी में आधे बच्चे अपने घर भागकर चले गए और खाना खाकर दौड़ते हुए वापस भी आ गए। कुछ एक बच्चे बिना खाना खाए मैदान में खेलते रहे। पूछने पर उन्होंने बताया कि सुबह खाकर आए हैं, फिर शाम को ही मिलेगा।

जैसे ही उसने पूछा कि 'सुबह नाश्ते में क्या खाते हो?'

अजय ने उत्तर दिया, 'देखो भाई, हमारे यहाँ नाश्ता और खाना में कोई फर्क नहीं है। सवेरे-सवेरे साग-भात खाकर स्कूल आ गए, रात को रोटी-सब्जी। बस, यही नाश्ता है, यही खाना है।'

शाम को छुट्टी के बाद उसने देखा कि स्कूल से एक फुटबॉल लेकर कई बच्चे खेल रहे हैं लेकिन किसी के पैरों में जूते नहीं हैं। इस बीच अभिषेक ने उसे गन्ने का एक टुकड़ा पकड़ा दिया और कहा कि इसको चूसो।

सार्थक ने दो बार कोशिश की लेकिन कामयाब न हो सका, फिर उसे अभिषेक ने गन्ने चूसने की युक्ति बताई और सार्थक को इसमें बड़ा मजा आया।

एक-दो दिन बाद सार्थक ने जानबूझकर अपनी पानी की बोतल घर पर छोड़ दी और पानी पीने के बहाने कक्षा से निकलकर बगल के तालाब पर जाकर पानी पर कुछ मुरमुरे डाले। मछलियाँ जल्दी-जल्दी ऊपर आकर सब खातीं और भाग जातीं। इसके अलावा उसने धान के खेत में रोपाई देखी। थोड़ी दूर पर एक कुएँ में कुछ मेढक इधर से उधर उछल रहे थे। मेढकों के बगल में कंकड़ फेंककर मजा लिया और रहट की सिंचाई में ताजे पानी से अपने पैर धोए। लौटते समय स्कूल के पास ही एक अमरूद के पेड़ पर चढ़कर कुछ कच्चे और ताजे अमरूद भी खाए।

फिर स्कूल लौट आया। इतना मजा उसे कभी भी शहर के स्कूल में नहीं आया था। इस तरह धीरे-धीरे उसका मन रमने लगा।

अंग्रेजी की कक्षा में विश्वनाथ सिंह मास्टर साहब अक्सर बच्चों से शब्दों की स्पेलिंग और उसकी हिन्दी मीनिंग पूछते थे। जो बच्चे बता नहीं पाते, उनको दो-दो छड़ी की सजा मिलती। सार्थक सब बता देता। वैसे भी उसे अंग्रेजी में कोई दिक्कत नहीं थी, क्योंकि शहर के अंग्रेजी स्कूल से पढ़कर आया था और घर पर ट्यूटर भी लगा हुआ था। उसने महसूस किया कि बहुत से बच्चों के पास सभी किताबें नहीं थीं, क्योंकि कई बार विभिन्न कक्षाओं में किताब न होने की दशा में बच्चों को कक्षा से बाहर कर दिया जाता था। वह समझ गया कि बच्चों के पास किताबें क्यों नहीं हैं। क्योंकि जब वह पूछता कि तुम्हारे पापा क्या करते हैं, तो लगभग हर बच्चा यही बोलता कि मजदूरी करते हैं, पत्तल-दोना बनाते हैं, धान रोपते हैं, फसल काटते हैं, गड्ढा खनते हैं, तरकारी बेचते हैं, मोची हैं, साइकिल का पंचर बनाते हैं, आदि-आदि। उसे समझ में आने लगा था कि सभी के पास पूरी किताबें क्यों नहीं हैं।

उसने यह भी महसूस किया कि जब दोपहर में वह अपनी टिफिन खोलकर खाता है तो कुछ नजरें उसे देखती हैं—ललचाई नजरों से। कुछ अपने-आप पर तरस खाती हैं। कुछ किसी शून्य में न जाने क्या तलाशती हैं और कुछ बच्चे तो उसका डिब्बा खोलने से पहले चुपचाप बाहर चले जाते हैं। जब उसने अगल-बगल वालों से लंच शेयर करने का प्रयत्न किया तो कुछ ने तो लपककर ले लिया और कुछ ने कहा कि सुबह बहुत खाकर आए हैं, पेट भरा हुआ है। लेकिन उनकी नजरों ने मुँह से निकले कथन का साथ नहीं दिया। सार्थक समझ गया कि कुछ नजरें मजबूर हैं, कुछ लालसापूर्ण हैं, कुछ तरसी हुई हैं, कुछ खुद्दारी से भरी हुई हैं।

इसका असर यह हुआ कि जब मम्मी कभी कचौड़ी, ढोकला, सैंडविच, फिंगरचिप्स, बर्गर, ब्रेड या किसी पकवान के लिए उसकी इच्छा जानने की कोशिश करतीं, वह रात में या छुट्टी के दिन खा लेता लेकिन स्कूल के लंच में यह सब ले जाने के लिए साफ मना कर देता। अब उसने जिद करके पराँठा-अचार या रोटी-सब्जी रखवाना शुरू कर दिया।

डॉक्टर साहब की पत्नी सार्थक मे आ रहे इस परिवर्तन को देखकर कुछ हैरान थीं। अब वह न तो बहुत महँगे कपड़े या खिलौनों की माँग करता और कई बार उन्होंने गौर किया कि स्कूल जाते समय वह जूते नहीं पहनकर घरेलू स्लीपर या चप्पल में चला गया।

शहर में पली-बढ़ी तथा एक माँ होने के नाते सार्थक की मम्मी चाहती थीं कि वह सुन्दर-स्वच्छ और सोबर कपड़े पहनकर स्मार्ट दिखे। स्कूल और आसपास सब जानते हैं कि सार्थक डॉक्टर साहब का बेटा है और वह उसे अच्छे से तैयार करके रखना चाहती थीं कि स्कूल में अच्छे कपड़े पहनकर वह जाए। लेकिन उधर

सार्थक था कि जब भी उसे प्रेस किए हुए साफ-सुथरे कपड़े और पॉलिश किए हुए जूते पहनकर स्कूल भेजा जाता तो उसे लगता कि वह सबसे अलग हो गया है। उसके सहपाठी भी कुछ बुझे-बुझे से नजर आते। जब कोई नंगे पाँव आनेवाला सहपाठी हसरत भरी निगाहों से उसके जूते की तरफ देखता तो सार्थक थोड़ी-सी शर्म और एक अपराधबोध से बेचैन हो जाता। उसको लगता कि यह चमकता हुआ जूता वास्तव में इतनी चकाचौंध पैदा कर रहा है कि वह अपनी मित्रता की सहजता को नहीं देख पा रहा और इसी प्रकार जब कभी अच्छा स्पोर्ट्स ड्रेस पहनाकर उसे खेलने के लिए भेजा जाता तो उसे कुछ अजीब-सा महसूस होता, जैसेकि वह टीम का सदस्य नहीं है। क्योंकि जिस इलाके में तन ढँकने के लिए दो जोड़ी कपड़ा जुटाना ही मुश्किल हो, वहाँ खेलकूद के लिए अलग ड्रेस कल्पना के भी परे था। धीरे-धीरे उसने अपने को साधारण बनाना शुरू कर दिया और अपने जूते का एक रास्ता निकाल लिया।

घर से निकलते ही प्राथमिक स्वास्थ्य केन्द्र के प्रांगण में कर्मचारियों के दफ्तर में बड़े बाबू की मेज के पास वह अपना जूता उतारकर एक हवाई चप्पल पहन स्कूल चला जाता और लौटते समय जूता पहनकर घर में वापस आता। इन सब कोशिशों से कुछ दिन में उसने महसूस किया कि उसके और अन्य सहपाठियों के बीच में एक अनचाही दीवार टूट चुकी है। अब वह पूरी मस्ती से अपने बाल सखाओं के बीच विद्यालय के दौरान पढ़ाई-लिखाई, खेल-कूद कर पा रहा है। कभी कबड्डी खेल रहा है तो कभी खो-खो, कभी ओल्हा-पाती तो कभी आइस-पाइस, कभी नंगे पाँव फुटबॉल तो कभी गुल्ली-डंडा। कभी वह किसी सहपाठी के खेत में गन्ने चूसता, कभी ताजा गुड़ खाता, कभी किसी के घर से आई दही या मट्ठा आदि का स्वाद लेता। कभी शाकाहारी होते हुए भी तालाब में मछली मारनेवालों की डंडी पकड़कर बैठता तो कभी पुआल के ढेर पर उछलता-कूदता या किसी पेड़ पर चढ़कर फल खाता।

स्कूल में खाने के लिए वह कभी दाल-भात, कभी रोटी-अचार, कभी पराँठा-सब्जी ले जाता। यदि उसकी मम्मी कभी कुछ ऐसा देना चाहती जो कि ग्रामीण पृष्ठभूमि में खानपान में शामिल नहीं है तो वह उसे लेकर स्कूल नहीं जाता।

एक-दो बार प्राथमिक स्वास्थ्य केन्द्र के कुछ कर्मचारियों ने डॉक्टर साहब और उनकी पत्नी से कहा कि 'भैया स्कूल में सबके साथ खेलते हैं, उसमें कोई दिक्कत नहीं लेकिन कल मेरे बेटे ने बताया कि वह एक कमजात के बेटे के साथ अपना टिफिन बाँटकर खा रहे थे।'

डॉक्टर साहब ने इस तरह की शिकायत करनेवालों की अच्छी खबर ली और बोले, 'मेरा बेटा इनसानों के बेटों के साथ खाता-पीता है और मैं चाहता हूँ कि वह इनसान ही रहे।'

लगभग दस दिनों बाद अक्षय नवमी के दिन बहुत-सी महिलाएँ विद्यालय के प्रांगण में ही स्थित आँवले के पेड़ के नीचे धागा बाँधने और पूजा करने सुबह से ही आ रही थीं। सार्थक की मम्मी भी अक्षय नवमी को आँवले के पेड़ के परिक्रमा के लिए अपने कर्मचारियों से पूछताछ कर रही थीं, तो पता चला कि सार्थक के स्कूल में ही आँवले का एक बड़ा पेड़ है। उन्होंने स्वास्थ्य केन्द्र के ही स्टाफ की पत्नी को साथ लिया और पूजा की थाली वगैरह लेकर घंटे भर में स्कूल की तरफ चली गईं। पूजा आदि करने के बाद उन्होंने देखा कि तब तक स्कूल में खाने की छुट्टी हो चुकी है और सार्थक स्कूल के मैदान में ही नंगे पाँव फुटबॉल खेल रहा है। अचानक उन्होंने देखा कि सार्थक उन्हें देखते ही छिपने की कोशिश कर रहा है। फिर वह सीधे आँवले के पेड़ से उठकर स्कूल की तरफ आईं और आवाज देकर उसे बुलाया।

उनकी आवाज लगाते ही स्कूल का चपरासी और अन्य छात्र, जो कि उन्हें पहचानते थे कि डॉक्टरनी साहिबा हैं, उन सबने सार्थक को खबर देकर उनके सामने हाजिर कर दिया।

उसके आते ही सबसे पहले मम्मी ने पूछा, 'व्हेयर इज योअर शू? यह नंगे पाँव क्यों? यू आर वियरिंग हूज स्लीपर?'

सार्थक चुप।

मम्मी ने फिर पूछा, 'बोलते क्यों नहीं, किसकी चप्पल पहनकर घूम रहे हो?'

सार्थक फिर चुप।

इस बार मम्मी ने क्रोध करते हुए पूछा, 'यह क्या हाल बना रखा है? बिखरे हुए बाल, स्याही लगी हुई शर्ट और जूते भी गायब? व्हाइ डोंट यू रिप्लाई? डिड समबडी स्टील इट?'

अबकी सार्थक ने कहा, 'यहाँ सब पढ़ने आते हैं, चोरी करने नहीं।'

यद्यपि माँ-बेटे की अंग्रेजी बातचीत के प्रभाव से लोग दूर खड़े थे, फिर भी मम्मी ने क्रोधित होकर एक चपत लगाई, बोलीं, 'एक तो ठीक तरीके से रहते नहीं हो, जूता गायब कर दिया और ऊपर से बहस कर रहे हो?'

मामला टालने के इरादे से सार्थक ने झूठ बोल दिया, 'मम्मी, आते हुए जूते का तला थोड़ा निकल गया था, इसलिए हॉस्पिटल में ही छोड़कर प्रभु चाचा की चप्पल पहनकर आ गया।'

तब तक छुट्टी का समय खत्म हो चुका था। पाँचवीं घंटी की आवाज सुनते ही सार्थक मम्मी को कुछ कहे बगैर अपनी क्लास में भाग गया।

डॉक्टर साहब की पत्नी घर आईं और शाम को उन्होंने देखा कि सार्थक जो जूता पहनकर वापस आया है, कहीं भी उसके तले में कोई दिक्कत नहीं है।

उन्होंने जैसे ही दोपहर में जूता न पहने होने की बात की, सार्थक अचानक तेजी से शौच का बहाना बनाकर भाग गया। अभी उनकी तहकीकात कुछ और

चलती लेकिन तब तक पड़ोस की एक महिला आ गई और वह उससे बातचीत करने बाहर चली गईं।

रात में जब डॉक्टर साहब आए, सार्थक की मम्मी ने सारा वाकया उन्हें सुनाया।

डॉक्टर साहब ने अन्दाजा तो लगा ही लिया था लेकिन उन्होंने सार्थक को प्यार से बुलाया और पूछा, 'क्या बात है बेटा, जूता क्यों नहीं पहनते?'

आँखों में आँसू भरके सार्थक ने इतना ही कहा, 'पापा, मेरी क्लास में कोई नहीं पहनता इसलिए मुझे बहुत शर्म आती है।'

डॉक्टर साहब कुछ बोलते कि उससे पहले उनकी पत्नी बोल पड़ीं, 'यह तो पानी की बोतल भी नहीं ले जाता। सबके सामने इसको शर्म आती है। हैंडपम्प से पानी पीता है। कहीं डायरिया वगैरह हो गया तो भगवान मालिक है। और तो और, दूसरे बच्चों के साथ टिफिन शेयर करता है।'

डॉक्टर साहब ने आँखों-ही-आँखों में उन्हें चुप रहने का इशारा किया।

वह अभी कुछ सोच ही रहे थे कि पत्नी फिर से बोल पड़ीं, 'देखो, तुम इस तरह से जाओगे दूसरे बच्चों की तरह तो लोग क्या सोचेंगे कि डॉक्टर साहब के बच्चे ठीक से साफ-सुथरे होकर नहीं रहते! हर माँ-बाप चाहते हैं कि उनके बच्चे अच्छा खाएँ, अच्छा पहनें तो इसमें क्या बुराई है?'

सार्थक चुपचाप खड़ा रहा, कुछ बोला नहीं।

फिर डॉक्टर साहब ने कह दिया, 'कोई बात नहीं बेटा, तुम जाओ, सो जाओ।'

उसके बाद डॉक्टर साहब की पत्नी और उनके बीच बहुत देर तक बहस चलती रही। वे बोलीं, 'देखिए, जब से यहाँ आया है, इसकी लैंग्वेज चेंज हो गई है। अंकल की जगह चाचा, मैं की जगह हम कहकर बात करता है और अंग्रेजी तो बिलकुल बोलता ही नहीं किसी से। न हमसे, न आपसे। आखिर जब हम यहाँ से जाएँगे तो शहर में किस तरह से दूसरे बच्चों से कम्पटीशन कर पाएगा? कहीं सभी इसे भोंदू, देहाती और गँवार न समझने लगें। बताइए, जूता बड़े बाबू के कमरे में निकालकर वहाँ से चप्पल पहनकर तब स्कूल जाता है और आप हैं कि उसको डाँट तक नहीं रहे हैं बल्कि समाजवादी बनाने पर लगे हैं! पता नहीं, क्या हो गया है बाप-बेटे को?'

डॉक्टर साहब ने सिर्फ इतना ही कहा, 'देखो, कोई उसे देहाती या गँवार समझे, यह महत्त्वपूर्ण नहीं है। महत्त्वपूर्ण यह है कि वह इनसानियत समझे।'

फिर भी पत्नी डॉक्टर साहब के इस बात से सन्तुष्ट नहीं हुईं और देर तक भुनभुनाती रहीं।

लगभग महीने भर बाद बड़े दिन की छुट्टियाँ शुरू हो गईं। स्कूल बन्द था और डॉक्टर साहब भी दो-तीन दिनों के लिए अपने पुश्तैनी घर हो आना चाहते थे। लखनऊ जाने के लिए चोपन से शाम को त्रिवेणी एक्सप्रेस मिलती थी जो अगले

दिन लखनऊ पहुँचती थी और चोपन के लिए विंढमगंज से सवारी गाड़ी जाती थी। उन्होंने हफ्ते भर पहले ही बता दिया था कि इस बार दादा जी के साथ नया साल मनाने सार्थक और स्वाति को वे लखनऊ ले जाएँगे।

दादा-दादी के साथ क्रिसमस केक और निमिष मिठाई और चौक की चाट खाने की कल्पना भर से दोनों बच्चे बड़े खुश थे और दिन गिन रहे थे कि कब लखनऊ रवाना हों।

विंढमगंज से दोपहर बाद एक सवारी गाड़ी चोपन तक जाती थी। नियत तिथि पर दोपहर के खाने के बाद डॉक्टर साहब सपरिवार स्टेशन पहुँचे। सामान आदि पहुँचाने के लिए अस्पताल के दो कर्मचारी भी साथ आए थे जो चोपन के रहनेवाले थे। उनमें से एक ने कहा, 'साहब, हम वहाँ तक साथ चलेंगे और आपको ट्रेन में बैठाकर फिर अपने गाँव चले जाएँगे।'

रात का खाना डॉक्टर साहब की पत्नी ने बनाकर टिफिनदान में पैक कर लिया और ढाई बजे तक स्टेशन पहुँच गए। सवारी गाड़ी लगभग आधा घंटा लेट थी। इस बीच प्लेटफॉर्म पर एक बेंच पर डॉक्टर साहब और उनकी पत्नी बैठे। सार्थक और स्वाति पहले साथ बैठे, फिर इधर-उधर घूमते रहे। फिर सार्थक ने मम्मी से पाँच का एक नोट माँगा और थोड़ा आगे प्लेटफॉर्म पर कुछ खरीदने के लिए जाने लगा।

एक अस्पताल का कर्मचारी भी उसके साथ-साथ ही था कि अचानक डॉक्टर साहब की पत्नी ने देखा कि सार्थक दौड़ता हुआ वापस आकर उनके पीछे लगभग छिपते हुए बीच में बैठ गया। वह कुछ समझतीं, तब तक देखा कि फटे-पुराने कपड़ों में एक आठ-नौ साल का बच्चा एक हाथ में पॉलिश और दूसरे में ब्रश लिये दौड़ता हुआ आया और बोला, 'ए सार्थक भाई, गाँव जा रहे हो, तो लाओ न, तुम्हारा जूता चमका दें। हम बहुत बढ़िया चमकाते हैं।'

सार्थक को जैसे काठ मार गया था। वह डबडबाई आँखों से इस बच्चे को देख ही रहा था कि साथ आए अस्पताल के कर्मचारी ने वहाँ आकर उस लड़के से कहा, 'ऐ लड़के, चलो, यहाँ से हटो, अपना काम करो।'

वह आगे बढ़ता कि सार्थक खड़ा हुआ, बोला, 'अंकल, यह मेरे क्लास में पढ़ता है। मेरा दोस्त अमर है,' और उसके बाद अपने आँसुओं को रोकने की कोशिश करने लगा।

अमर उसको देखते हुए चुपचाप खड़ा था।

डॉक्टर साहब सब कुछ समझ गए थे और उनकी पत्नी भी जैसे अवाक् रह गईं। डॉक्टर साहब उठे और उस बच्चे से बोले, 'तुम बेटा, यहाँ क्या कर रहे हो?'

बच्चे ने जवाब दिया, 'नमस्ते चाचा जी। आजकल क्रिसमस की छुट्टी है न, इस समय ज्यादा लोग स्टेशन पर आते-जाते हैं तो काम में बाबूजी का हाथ बँटाने के लिए हम चले आते हैं,' और थोड़ी दूर बैठे एक मोची की तरफ इशारा करते

हुए उसने कहा, 'देखिए, वह हमारे बाबूजी बैठे हैं। हम तो सार्थक को देखकर दौड़ के आ गए कि गाँव जा रहा है तो कम-से-कम इसका जूतवा तो चमका दें, हमरे तरफ से क्रिसमस का गिफ्ट लेकिन पता नहीं, ये हमको देख के भाग काहे रहा है!'

सार्थक अपनी डबडबाई आँखों में आँसू रोक न पाया और सिसक-सिसककर रोने लगा। अब मम्मी अच्छी तरह समझ चुकी थीं कि वह जूते पहनकर स्कूल क्यों नहीं जाता।

डॉक्टर साहब ने अमर को सीने से लगाया और बोले, 'नहीं बेटा, तुम सार्थक के साथ बैठकर बात करो। सार्थक अपना जूता खुद पॉलिश करेगा। तुम दोनों यहाँ बैठो, मैं आता हूँ तुम दोनों के लिए बिस्कुट लेकर।' और फिर उसके पिता के पास जाकर बोले, 'भाई साहब, मैं आपकी मजबूरी समझ सकता हूँ। आपको कभी कोई दिक्कत हो, मेरे लायक कोई काम हो तो बेहिचक मेरे पास आइए। जो भी बन पड़ेगा, मैं कोशिश करूँगा, लेकिन इस बच्चे से उसका बचपन मत अलग कीजिए। अमर की फीस और किताबों का जिम्मा मेरा रहा।'

अमर के पिता की भी आँखों में आँसू आ गए। रुँधे गले से उन्होंने डॉ. साहब के पाँव पकड़ लिये। डॉ. साहब ने उन्हें सीने से लगा लिया और लगभग पाँच मिनट बाद वे वापस आए।

स्वाति ने अमर भैया को एक चॉकलेट दी। ट्रेन आ चुकी थी। सार्थक अमर से गले मिलकर गाड़ी में बैठा। रेलगाड़ी अब गति पकड़ चुकी थी। डॉक्टर साहब की पत्नी सोच रही थीं कि अभी तो एक अमर ही दिखा है, सार्थक के स्कूल के जाने कितने अमर कहीं मजदूरी कर रहे होंगे या कहीं अपने बचपन का सौदा करने को मजबूर होंगे। वे भीतर तक आर्द्र हो उठीं और सार्थक की तरफ देखा। सार्थक खिड़की से बाहर देख रहा था लेकिन दृग कोरों में तरलता भरी हुई थी।

उसकी नम आँखें देखकर मम्मी ने कहा, 'बेटा, दिल छोटा मत करो। हम लखनऊ में तुम्हारे दादाजी के साथ शिक्षामंत्री जी से मिलकर सबको छात्रवृत्ति दिलाने की कोशिश करेंगे।'

पापा ने भी कहा, 'हाँ, बेटा, मम्मी सही कह रही हैं। शिक्षामंत्री जी दादाजी के साथ पढ़े हैं और उनके दोस्त हैं। हम पूरी कोशिश करेंगे। कोई भी बच्चा तुम्हारे स्कूल में नंगे पाँव नहीं आएगा।'

यह सुनकर सार्थक मम्मी के गले से लिपट गया।

तब तक घर आ चुका था। गाड़ी रुकते ही सार्थक का ध्यान भंग हुआ। उसने गहराई से बचपन के अपने मित्र अमर की निश्छल मित्रता को याद करते हुए महसूस किया कि विंढमगंज के वे दिन उसकी जिन्दगी के कितने सार्थक दिन थे!

दादी के दीनानाथ

"हे दीनानाथ! कितने दिन और रुकना है, उठा ल हमको हे नाथ! एक बार हम पर भी रहम करा।...कौन जनम का सजा भोग रहे हैं, अब कितना भोगवइबा? कृपा करो हे दीनानाथ!...ले चलिए यहाँ से हमें, अब बहुत दुख भोग चुकली।...श्री कृष्ण गोविन्द हरे मुरारे, हे नाथ नारायण वासुदेवा, हे नाथ नारायण वासुदेवा!...हे महादेव जी, दुर्गा माई, कौन जन्म का दंड देत हऊ? दया करिए हमारे ऊपर! बस, अब हमारी विदाई कर दीजिए हे दीनानाथ!" कहते हुए दादी ने फिर एक करवट बदली।

उनका पड़पोता आनन्द बड़े ध्यान से दादी की अरदास को सुन रहा था, जोकि लगभग उसके जन्म के बाद या फिर जब से उसने होश सँभाला, तब से यह चली आ रही थी। वैसे उसे नहीं पता कि कब से चली आ रही है यह अरदास लेकिन अभी तक भगवान के यहाँ निर्णय के लिए इन्तजार कर रही थीं। दादी वैसे उसकी नहीं बल्कि उसके पिताजी की दादी जी थीं, जो कि लगभग उम्र का शतक लगा चुकी थीं, लेकिन परदादी होने के बावजूद आनन्द और उसके भाई-बहन उनको दादी ही कहते।

आनन्द के दादा तीन भाई थे : काशीनाथ, विश्वनाथ और शिवनाथ। एक बहन थी जोकि कभी-कभार अपनी माँ को देखने गर्मी की छुट्टियों में बनारस आ जाती थी या फिर कोई शादी-विवाह का मौका हो तब वे यहाँ आतीं।

काशीनाथ के चार पुत्र थे, विश्वनाथ के दो पुत्र तथा शिवनाथ के तीन पुत्र सरजू, प्रेम और बिहारीलाल थे। कुल छह ताऊ-ताइयों और दो चाचा-चाचियों के साथ बाईस भाई-बहनों के बीच तिवारी परिवार हमेशा गुलजार रहता था। इन भाइयों में शिवनाथ आनन्द के सगे दादा थे और वह सरजू तिवारी का बेटा था।

सरजू लखनऊ में बैंक मैनेजर थे। हर त्योहार पर परिवार सहित बनारस आ जाते थे। दुर्गा पूजा की लम्बी छुट्टियों में सपरिवार पुश्तैनी घर आए थे। आनन्द आठवीं पास करके नौवीं कक्षा में प्रवेश लिया था।

दादी शायद इसलिए तीस वर्षों से बनारस बल्कि यह घर छोड़कर कहीं नहीं गई थीं। एक तो उन्हें कोई ले नहीं जाता और जैसे-जैसे उम्र बढ़ने लगी, वैसे-वैसे

काशी के बाहर जाने में यह भय भी समाहित होने लगा कि अगर कहीं और मौत हो गई तो मुफ्त में मिलनेवाला स्वर्ग जाएगा। कई बार वे स्वयं कहतीं—कुछ तो करम अच्छे रहे होंगे जो ब्याह करने के बाद काशी आई, तो चला-चली बेला में काशी से बाहर क्यों जाना?

लगभग पच्चीस वर्ष पहले तिवारी जी के घर में एक ही चूल्हा जलता था। लेकिन जब आनन्द के छोटे दादा को नौकरी मिल गई और उनका ब्याह हो गया तो उसके बाद घर के बर्तन खनकने लगे और छः महीनों में ही घर में तीन चूल्हे जलने लगे। घर का बँटवारा हुआ, नकदी व गहने के साथ बर्तन-भाँडे भी बाँट दिये गए। अगर दादी कोई वस्तु होतीं तो उनका भी बँटवारा हो जाता। लेकिन दादी में एक जान बसती थी और जान बाँटी नहीं जा सकती। इसलिए तीनों घरों में फैसला हुआ कि हर महीने के हिसाब से दादी का भोजन एक-एक चूल्हे से आएगा और जो चूल्हा दादी को जिस महीने में भोजन देगा, उस चूल्हे का मालिक दादी की जरूरतों का भी ध्यान रखेगा। महीना खत्म होते ही दादी एक से दूसरे चूल्हे की तरफ भेज दी जातीं। दादी का मासिक तेल, साबुन और दवाइयाँ हर चूल्हे का मालिक महीना शुरू होने से दो-चार दिन पहले खरीद लेता।

दादी की एक अलमारी थी जिसे वह दिन में दो-चार बार खोलकर देखती थीं और फिर बन्द कर देतीं। सबसे बड़ी बात यह थी कि अलमारी खोलते समय यदि कोई अगल-बगल से गुजर रहा हो तो उसको रुक जाने के लिए भी कह देतीं। सभी लोग जानते थे, अलमारी में दादी के चाँदी के कड़ों के अलावा कोई कीमती चीज नहीं है, और उनके बैंक में पेंशन के रूप में आठ सौ रुपये आते हैं, सब निकाले जाएँ तो कुल मिलाकर लगभग दस-बारह हजार थे। इसके अलावा एक फिक्स डिपॉजिट जो करीब रुपया पचास हजार का था। कुल मिलाकर दादी की यही जमापूँजी थी, लेकिन घर में सभी लोग कहते कि दादी के अलमारी में असली खजाना छिपा है। दादी इस मजाक को वास्तव में घरवालों का भ्रम समझती थीं जिसे वह बनाए रखना चाहती थीं, क्योंकि हर बार अपनी छोटी-सी अलमारी खोलते समय आसपास वालों को भगाने लगतीं। यद्यपि उस पर एक पचास रुपये वाला ताला लगा था और हथौड़े के एक प्रहार से तोड़ा जा सकता था, लेकिन वह दादी के लिए भारत सरकार के रिजर्व बैंक का वाल्ट था। दादी अलमारी की चाबी को गले में काल भैरवनाथ जी के गंडे में बाँधकर पहनती थीं। यदा-कदा उसकी चाबी न मिलने पर दादी पूरा आसमान सिर पर उठा लेतीं। अलमारी के बाहर एक छोटा-सा टीन का बक्सा था जिसमें दादी के रोजमर्रा की दो-तीन साड़ियों के अलावा कुछ तम्बाकू और गुड़ रखा हुआ था जिसका प्रयोग वे दिन में दो बार करती थीं भोजनोपरान्त हुक्का पीते समय। सुबह अपनी छड़ी लेकर धीरे-धीरे गंगाजी जातीं और नहा-धोकर धीरे-धीरे घर वापस, फिर भोजन। यही उनकी दिनचर्या थी।

लेकिन एक बार फिसलकर गिर जाने पर टाँग टूट गई और फिर उपचार के अभाव में तथा बुढ़ापे के कारण ठीक से जुड़ न सकी। तब से दादी खिसक-खिसककर चलने लगीं। सुबह गंगाजी जानेवालों से एक लोटा जल लेते आने का आग्रह करतीं और फिर उससे अपने शरीर पर छिड़काव करके गंगास्नान कर लेने जैसे भाव से सन्तुष्ट हो जाती थीं।

एक दिन आनन्द ने बताया कि सारा पानी गंगाजल ही है क्योंकि गंगाजी से पम्प द्वारा जलकल में भरा जाता है और वहीं से आता है।

दादी ने झन्नाटेदार जवाब दिया, "तुम का बताओ, उ मशीन अंग्रेज लगाए थे जब तोहरे दादा गोदी में थे। हमको भी पता है कि पम्पा में गंगाजल आता है। वैसे गंगाजल शुद्ध होता है लेकिन जैसे ही मशीन में जाएगा, पम्प में चमड़ा लगा है, उससे अशुद्ध हो जाता है। इसलिए गंगाजी से सीधे पानी लेना चाहिए। जलकल का पानी साफ है लेकिन शुद्ध नहीं है।"

आनन्द इस तर्क से सहमत नहीं हुआ।

एक दिन दादी का मनपसन्द केना की पत्ती का पकौड़ा और बाजरे का भात बना था, जिसको दादी ने गर्मी के मौसम के बावजूद दो बार माँगा और लगभग तीन घंटे तक खाती रहीं। जो बच गया, उसे रात में खाया और अगले दिन सुस्त बीमार पड़ गईं। फूड प्वाइजनिंग की हालत में दादी का शरीर अकड़ चुका था। अगल-बगल के कई लोग देखने आने लगे।

इसी बीच गणेश पंडित जी ने घोषणा की, "बड़की माई का बुलावा आ गया है। जल्दी से तुलसी दल और गंगाजल निकालो," और आनन्द को आदेश दिया, "बेटा, चलो, इनके सामने बैठकर 'रामचरितमानस' का धीरे-धीरे पाठ करो।"

चूँकि गणेश पंडित बचपन में मुहल्ले के लड़कों को संस्कृत पढ़ाते थे, अत: आनन्द ने मोहल्ले में उनकी इज्जत का सम्मान करते हुए तथा उनकी बात मानकर रामचरितमानस दोहराना शुरू किया। सीधे सुन्दरकांड से आरम्भ करने के बाद वह चौपाई और उसके अर्थ बारी-बारी से पढ़ने लगा।

उसे साहित्य में रुचि थी इसलिए 'सुन्दरकांड' का पाठ अच्छा लगने लगा और उसे लगा कि शायद आज या कल में दादी जब नहीं रहेंगी तो यह पुण्य का भी काम होगा। बीच-बीच में वह रुककर दादी की नब्ज भी देख रहा था कि कहीं प्राणपखेरू उड़ तो नहीं गए? लेकिन तभी विश्वकर्माजी कम्पाउंडर साहब दादी की बीमारी की खबर सुनकर आए और कुछ जाँच-परख के बाद डॉक्टर बाबू नन्दन अग्रवाल से मोबाइल पर बात की और एक इंजेक्शन दे दिया। दादी फिर गहरी नींद में सो गईं।

अगली सुबह आनन्द ने देखा, दादी दातुन कर रही हैं।

उसने आश्चर्यचकित होकर पूछा, "दादी ठीक हो गईं?"

तब तक बड़ी ताई की आवाज रसोईघर से आई, "यह इतनी जल्दी ठीक थोड़े हो जाएँगी! अभी हम लोगों पर जो जुल्म ढाया है, उसका भोग तो बाकी है।"

दादी ने यह सुनकर उन दोनों ताई और चाची को कुछ भदेस गालियों से नवाजना शुरू किया और वे दोनों देवरानी-जेठानी अपने मतभेद भूलकर दादी से झगड़ा करने लगीं लेकिन यह प्रक्रिया ज्यादा देर तक चल नहीं पाई क्योंकि बड़े ताऊ जी को दफ्तर जाना था और वह भोजन के लिए आँगन में ही आ रहे थे। इसलिए उनके अदब में तुरन्त शान्ति छा गई। यद्यपि दादी ने ताई की हिमाकत पर मौन रहने पर उनको भी नहीं बख्शा और कायर, मेहरा, जोरू का गुलाम इत्यादि बोलती रहीं।

शाम होने के बाद दादी घर के चबूतरे पर बिछी खाट पर ऊब-सी रही थीं कि तभी उन्होंने आनन्द को बुलाया और बोलीं, "चल रे, रामायण सुना।"

आनन्द ने फिर 'लंकाकांड' पढ़ना शुरू किया। रावण-अंगद-संवाद चल ही रहा था कि गली में से कोई गुजरा।

दादी ने पूछा, "कौन जा रहा है?"

आनन्द ने कहा, "कोई नहीं।"

दादी ने फिर पूछा, "कौन है रे, बताओ।"

आनन्द ने कहा, "पता नहीं।"

फिर दादी ने एक मीठी-सी गाली दी।

आनन्द को रामचरितमानस पढ़ना रुचिकर लगा इसलिए वह व्यवधान से बचता चल रहा था, लेकिन दादी कोई-न-कोई सवाल पूछ बैठतीं जिससे वह झुँझला जाता।

अंगद-संवाद खत्म होते-होते दादी ने कहा, "कपार दुखात हव। कौनों दवाई लाओ। अरे माई रे, माई—ऊँह-ऊँह-ऊँह!"

आनन्द ने दवाई के डिब्बे में देखा लेकिन सिरदर्द की कोई गोली न थी। इसलिए उसने कहा कि दवा नहीं है।

तब दादी ने कहा, "नहीं है तो बाजार से लाओ।"

बाजार करीब दो किलोमीटर की दूरी पर था। आनन्द ने साइकिल उठाई और बाजार में मशहूर केपी एंड कम्पनी केमिस्ट की दुकान पर जाकर डिस्प्रिन माँगा। दुकानदार ने कोई तवज्जो नहीं दी।

उसने देखा कि केमिस्ट किसी ग्रामीण को समझा रहा था, एक कैप्सूल हाथ में लिये हुए, जोकि हरे और लाल रंग में था, 'देखो, सिरदर्द है न, तो जैसे ही खाओगे इ लाल वाला भाग, तुम्हारा नाक बहना और कान बन्द होना चला जाएगा और हरा वाला भाग सिरदर्द और तनाव रोकने जाएगा।' और फिर एक दूसरा कैप्सूल निकाला और उसकी व्याख्या इस तरह से की, 'देखो, यह जो पीला वाला पार्ट है। उससे दस्त रुक जाएँगे और लाल वाले से शरीर में जितना नमक गया है बाहर, वह सब आ जाएगा वापस।'

उसके दवा बेचने के ढंग से आनन्द को ऐवसा लगा, जैसे कैप्सूल के भीतर सेना की एक टुकड़ी बैठी है जो गले से नीचे जाकर दो भागों में बँट जाएगी और अपने-अपने काम को कमांड के हिसाब से अंजाम देंगी। सबसे बड़ी बात, लोग अपनी-अपनी तकलीफ बताकर सीधे उस व्यक्ति से दवा ले रहे थे और उसे डॉ. साहब भी कह रहे थे, इसलिए वह भी किसी आम दवा विक्रेता की तरह व्यवहार न करके छोटे-मोटे झोलाछाप डॉक्टर की तरह व्यवहार कर रहा था।

आनन्द को उससे दवा लेने में लगभग पन्द्रह मिनट लग गए।

उसने वापस आकर जब दादी को दवा दी तो दादी ने बताया, "दर्द ठीक हो गया है लेकिन लाए हो तो दे दो, खा लेते हैं। कहीं फिर से ना हो जाए," कहते हुए दादी ने दवा खा ली।

अगली शाम दादी ने फिर से आनन्द से कहा, "चल, रामायण सुना।"

आनन्द ने उस दिन 'लंकाकांड' खत्म कर दिया। रावण-राम-युद्ध और भिन्न-भिन्न संवादों के बीच उसे बहुत मजा आता था और रामानन्द सागर के रामायण सीरियल की भी याद आ रही थी।

उस दिन जब 'लंकाकांड' खत्म हो गया तो दादी ने शुरू से सुनाने के लिए कहा। और आनन्द ने सुनाना शुरू किया। आनन्द पहले चौपाई पढ़ता और फिर उसकी हिन्दी व्याख्या का वाचन करता लेकिन 'बालकांड' में उसे उस तरह की रुचि पैदा न हो पा रही थी, जैसी 'लंकाकांड' और 'सुन्दरकांड' के समय थी। धीरे-धीरे उसे भी थोड़ी बोरियत होने लगी।

लेकिन दादी को रामायण सुनाते देख ताऊ जी ने उसकी मोहल्ले में तारीफ कर दी थी और उस तारीफ के चलते उसके अन्य दोस्तों को अपने-अपने परिवार में डाँट का सामना करना पड़ा था : 'देखो, फलाने का लड़का कितना शरीफ और संस्कारी है कि अपनी दादी को रामायण सुना रहा है, जोकि कभी भी भगवान को प्यारी हो सकती हैं! एक तुम लोग हो, दिन-भर आवारागर्दी करते हो। अपनी संस्कृति-सभ्यता का कोई ज्ञान नहीं। जब देखो, तब मोबाइल और व्हाट्सएप में घुसे रहते हो। सीखो आनन्द से कि माता-पिता और बड़ों की सेवा करने का कितना पुण्य मिलता है! देखना, वह फर्स्ट क्लास पास होगा क्योंकि उसको इतना आशीर्वाद मिल रहा है कि तुम लोग भीख माँगोगे और उसको नौकरी भी मिल जाएगी।'

ये सब खबरें जब आनन्द के पास पहुँचतीं तो वह फूला नहीं समाता। लेकिन बालकांड और अयोध्याकांड ज्यादा ही नैतिक शिक्षा देनेवाले लम्बे-लम्बे कांड थे जिसको पढ़ने में उसे अब बोरियत होती, फिर भी वह पढ़ता रहा लेकिन दादी जब बीच-बीच में डिस्टर्ब करतीं तब उसका भी दिमाग फिर जाता और वह कहने लगता कि 'दादी, चुपचाप सुनो। तुमसे कोई मतलब नहीं है कि क्या हो रहा है,' और कभी-कभी डाँट भी लेता।

अभी हफ्ता नहीं बीता कि दादी ने फिर से सिरदर्द की बात की तो आनन्द ने बची हुई गोली तुरन्त उन्हें दे दी और दादी सो गईं। दादी रोज सिरदर्द की बात करतीं और आनन्द तुरन्त एक गोली पकड़ा देता, लेकिन गोलियों का पत्ता भी दस दिन में खत्म हो गया और उसे शक होने लगा कि दादी को वास्तव में दर्द नहीं होता है क्योंकि अपने मतलब की बात वह सुन लेती हैं लेकिन शाम होते ही सिरदर्द की शिकायत शुरू कर देती हैं। फिर उसे लगा कि कहीं ऐसा तो नहीं कि अधकपारी का रोग हो या फिर आधी शीशी का दर्द जो माइग्रेन की तरह लगातार होता है?

दादी ने अगले दिन फिर कहा कि सिर में दर्द हो रहा है। लेकिन सिरदर्द वाली दवा खत्म हो चुकी थी, अन्य दवाएँ डिब्बे में थीं। तब उसके मन में एक शरारत सूझी। उसने सोचा कि दादी वैसे ही रोज-रोज मरने की दुआ करती हैं और अगर ये दवाएँ रिएक्शन भी कर गईं तो बहुत होगा, उनकी मौत हो जाएगी। एक तरीके से उनको छुटकारा भी मिल जाएगा और यह जरूरी भी नहीं कि दवा खाते ही वह मर जाएँ।

यह सोचते हुए उसने एक डिब्बे से बहुत-सी पुरानी दवाओं में से एक गोली निकालकर दे दी जो कि रंग और आकार में सिरदर्द वाली गोली से मिलती-जुलती थी। दादी ने बिना हील-हुज्जत उसे पानी के साथ सटक लिया और फिर सो गईं।

अगले दिन फिर उन्होंने सिरदर्द की शिकायत की तो आनन्द ने दोबारा एक दूसरा टैबलेट दे दिया लेकिन दादी ने लेते ही फेंक दिया, बोलीं कि यह वो वाला नहीं है जो उन्हें सूट करता है।

आनन्द हैरान। फिर उसने दवाओं को पानी में घोलकर देना शुरू कर दिया जिससे कि दादी को दिक्कत न हो। इसके साथ यह कह दिया कि दाँत हैं नहीं इसलिए टैबलेट कहीं गले में फँस जाए, तो बेहतर है कि बच्चों की तरह चम्मच में घोलकर पी जाइए।

लगभग यह रोजाना का क्रम बन गया था कि वह रामचरितमानस सुनाता, फिर दादी सिरदर्द की शिकायत करतीं और वह गोली देता। उसने देखा कि 10-15 दिनों तक अलग-अलग गोलियाँ खाने से भी दादी को कोई परेशानी नहीं हुई, तो उसके भीतर का साहस और बढ़ गया और उसने जो हाथ में आ जाए, वही टैबलेट देना शुरू कर दिया।

वह स्वयं इस बात से हैरान था कि दादी को किसी दवा का कोई रिएक्शन क्यों नहीं हो रहा है! और अगर हो भी गया तो दादी की मुँहमाँगी मुराद जो दीनानाथ से रोज करती हैं, वह पूर्ण हो जाएगी। लेकिन दादी किसी और मिट्टी की बनी थीं। एक से एक खतरनाक पॉवरफुल दवाई खाकर भी उनको कुछ नहीं हुआ और न

ही उनका सिरदर्द कुछ दिन के लिए खत्म हुआ जो कि रामचरितमानस पाठ के समय हुआ करता था।

कई बार आनन्द ने दादी को बहुत बुरी तरह डाँटा क्योंकि दादी भी अति कर देती थीं। जैसे रामचरितमानस सुनते-सुनते मोहल्ले में कहीं से दो स्त्रियों के मौखिक युद्ध की आवाज आई कि दादी के सूचना तंत्र उधर सक्रिय हो जाते। किसकी बहू लड़ रही है, क्यों लड़ रही है, बड़ी वाली की गलती है या छोटी वाली की? कौन शुरू से ही बदमाश है? कौन शरीफ है? किसका चक्कर किसी और के साथ है?—दादी यह सब बताना शुरू कर देतीं और दादी के इस मूड में आते ही बगल से रामसेवक और शिवनाथ की पत्नियाँ तुरन्त दादी की सहायक बनकर उपस्थित हो जातीं।

निन्दारस व्याख्यान का ऐसा सुरम्य वातावरण वास्तव में आनन्द के लिए आश्चर्यजनक था। वह कुढ़कर रह जाता। बावजूद इसके जब भी दादी आनन्द को रामायण के लिए पुकारतीं, आनन्द इनकार न कर पाता क्योंकि मोहल्ले के बड़े-बूढ़ों में उसकी एक अलग पहचान का कारण भी यही रामायण वाचन था।

कुछ दिनों बाद आनन्द और उसके भाई-बहन दशहरे का मेला देखने गए। वहाँ सबने रावण-दहन देखा और ढेर सारे खिलौने खरीदे। यद्यपि आनन्द खिलौने की उम्र पार कर रहा था लेकिन उसने नजरबट्टू के लिए एक यमराज का मुखौटा खरीदा। छोटे भाई ने गदा ली। बहनों ने गुड्डे-गुड़िया खरीदी। दादी के लिए गीता प्रेस की कुछ धार्मिक पुस्तकें भी उसने खरीद लीं जिससे कि मोहल्ले में उसको कुछ और मान मिले।

लेकिन दो ही दिन बीते कि आधी रात में बाथरूम जाते हुए उसने देखा कि दादी की खाट आँगन के कोने में बरामदे पर है। एक लालटेन मद्धिम लौ में जल रही है। यद्यपि कछुआ छाप मच्छर अगरबत्ती उनके सिरहाने रखी थी, फिर भी कभी-कभार वे मच्छर भगाने के लिए हाथ हिलातीं। आनन्द समझ गया, दादी कच्ची नींद में हैं। उसे फिर एक शरारत सूझी।

उसने पास अलगनी पर सूख रहे बड़ी दीदी के काले रंग के दुपट्टे को शॉल की तरह लपेटा और गमछे को ऐंठ-ऐंठ कर कोड़ा बना लिया। खूँटे पर टँगे बछड़े के पगहे को हाथ में लिया। फिर चुपके से बैठक से अपना खरीदा यमराज का मुखौटा लगाया और अलमारी से भाई की गदा लेकर दादी के सिर के पास लालटेन की मद्धिम रोशनी में खड़ा हो गया और बहुत ही धीरे-धीरे अट्टहास की ध्वनि निकालने लगा।

आधे मिनट में ही दादी की आँख खुली। पहले तो स्वर नहीं फूटा, फिर फँसे हुए स्वर से बोलीं :

"के हव, के हव, कौन हव रे?...कौन हव रे मुँहफुकौना?"

रामलीला के रावण की आवाज की गम्भीरता लाकर आनन्द ने ठहर-ठहर कर कहा, "यम हैं हम बुढ़िया। हम हैं यमराज। तेरा समय आ गया है। चल, राम नाम ले। हम तेरे प्राण लेने आए हैं बुढ़िया," कहते हुए आनन्द ने पगहे की रस्सी को दादी के गर्दन पर रखा ही था कि घिघियाए हुए स्वर में दादी की फँसी-फँसी-सी आवाज निकल रही थी, "नाहीं महाराज, नाहीं महाराज, छोड़ दा हमके महाराज! माफ कर दा महाराज! बस, दू महीना और बस, दू महीना आउर छोड़ दा। परदीपवा क बियाह देख लेवे दा महराज। एदा पारी छोड़ दा महाराज़!" कहते हुए दादी रोने लगीं।

"नहीं बुढ़िया, तू माया के कीचड़ में डूबी हुई है—ह-हा-हा! प्रदीप के विवाह के बाद आऊँगा तो तू फिर कहेगी कि महाराज, अब पोते का मुँह देख लेने दो। तेरा लोभ कभी कम नहीं होगा। हा-हा-हा! चल, प्रभु का नाम ले और मैं तेरा प्राण हरण करता हूँ," कहते हुए जैसे ही आनन्द ने पगहे की रस्सी दादी के गरदन पर लपेटने की कोशिश की, दादी ने पूरा दम लगाते हुए हाथ पकड़ लिये :

"महाराज, तोहार गोड़ धरत हइ, खाली एक दाई छोड़ दा ओकरे बियाहे भर। पोता-पोती बदे न कहब महाराज," कहकर दादी रोने लगीं।

आनन्द कुछ कहता कि तब तक ऊपर आँगन के ग्रिल से आनन्द की ताई की आवाज आई, "हे देखा, चोर घुस गयल हव घरे में। संजयवा, राहुला, जल्दी देख, नीचे चोर आयल हव," और उसी के साथ चोर-चोर चिल्लाना शुरू किया।

आनन्द को काटो तो खून नहीं। वह घबरा गया। उसने तुरन्त छत की ओर दौड़ लगाई। जरा भी देर होती तो लोग मरम्मत कर देते। मुखौटा आँगन में ही फेंक दिया और काली चुन्नी सीढ़ियों पर।

तुरन्त अपनी दादी के सामने जाकर बोला, "ताई जी, हम थे, दादी को यमराज बनकर डरा रहे थे," कहते हुए उसने पूरी बात बताई।

तब तक अगल-बगल के लोग भी उठ चुके थे। कुछ हँस रहे थे, कुछ चिढ़े थे कि ताई ने एक जोर का थप्पड़ लगाया, "बेहूदा कहीं का! बड़का यमराज क पोंछ भयल हयन। अबहिन हदस के मारे ओनकर जान चल जात तअ चुड़इन बनके हमहीं के डहतिन (अभी हदस के मारे उनकी जान चली जाती तो चुड़ैल बनकर हमको ही डाहतीं इहाँ)। तुम लोग त हफ्ते भर बाद लखनऊ चले जाओगे।"

यह सुनकर लोग हँसने लगे। सास-बहू का सम्बन्ध एक बार फिर चर्चा का विषय बन गया। फिर लोग सो गए।

अगले दिन आनन्द ने तय कर लिया कि अब दादी को कुछ सुनाएगा नहीं। अँधेरा होते ही लोड शेडिंग के अनुसार बिजली चली गई। पंखा बन्द होने से दादी ने बाहर चबूतरे पर ले जाने के लिए शोर मचाना शुरू किया। कुछ देर

में उनके शोर पर कार्रवाई करते हुए आनन्द के चाचा ने चारपाई बाहर कर दी। दादी बेना हिलाती-डुलाती रहीं।

अँधेरा कुछ गहरा होने लगा था। गली से अपनी भैंसों को चराने के बाद हँकाकर वापस लाते हुए शिवनाथ चौधरी गुजर रहे थे। उन्होंने चबूतरे पर खाट की उपस्थिति को देखते हुए रस्म अदायगी की, "पाँय लगीं बड़की माई।"

दादी ने पाँयलगी का कोई जवाब नहीं दिया।

"हे दीनानाथ, बस, अब ले चला। कितने दिन और रुकना है! अब उठा ला हे नाथ! अब रहम करा! कौन जनम का सजा भोगत हई हम? हे दीनानाथ, ले चला यहाँ से हमें!"

आनन्द अवाक् दादी को बस देखता ही रहा।

दादी जिन्दगी को कोसती हुई बेना डुलाती रहीं।

भगेलू सिंह

रामनगर किले पर तैनात पीएसी के क्वार्टर गार्ड के जवान ने शाम के चार बजने की सूचना पीतल के घंटे को चार बार बजाकर दी। तभी चुंगी पर आते दिखे भगेलू सिंह। सफेद लुंगी और गंजी पहने। सहेबन धोबी की दुकान पर दो मिनट के लिए रुके, कुछ खादी के कुर्ते और धोतियाँ इस्तरी करने को दीं और लल्लन की पान की दुकान पर आ एक पान खिलाने को कहा, और फिर मौसम को कोसते हुए इन्द्रदेव को एक मीठी-सी गाली दी और बगल के पत्थर पर बैठ गए। यह उनका रोजाना का क्रम था। शाम चार बजे आते, फिर रात आठ बजे तक यहीं बैठे रहते।

भगेलू सिंह काफी बड़े काश्तकार थे। बाप-दादाओं ने इतनी जमीन-जायदाद छोड़ रखी थी कि उन्होंने कभी कोई नौकरी नहीं की। खाता-पीता परिवार और बड़ा लड़का कॉलेज में प्राध्यापक। तीनों बेटियों की शादी भी हो चुकी थी। दामाद नौकरी में थे। इससे ज्यादा सुख एक गृहस्थ को और क्या चाहिए? लेकिन कहते हैं न कि अपनी बड़ाई सुनने की लत बड़ी खतरनाक होती है। इसका नशा किसी गाँजा, भाँग, अफ़ीम या कि ड्रग्स से भी ज्यादा खतरनाक होता है। इस बड़ाई को सुनने की लत के महारोगी थे भगेलू सिंह।

यह लत इस कदर लग चुकी थी कि उनके जीवनचर्या में इसका असर हर जगह दिखता। जैसे ब्याह-शादी के निमंत्रण में यदि कार्ड पर सिर्फ श्री भगेलू सिंह, रामनगर लिखा होता तो लड़के की शादी की बारात में वे नहीं जाते, और यदि लड़की की शादी हो तो बारात-जयमाला आदि के बाद जाते और खाने के बाद शगुन का लिफाफा जिसमें 21 रुपये होते, लड़की के पिता या जो कॉपी में लिख रहा होता, उसे देकर खाने की कमियाँ गिनाते हुए घर चले आते। यदि कार्ड पर ठाकुर भगेलू सिंह, बड़ा घराना आदि लिखा होता तो वे लड़के की शादी की बारात में जाते और लड़की की शादी में 101 रुपये का शगुन और बारात से पहले पहुँचते, खाने की बुराई नहीं।

उनकी इस आदत का परीक्षण एक बार जगदीश पांडे ने अपनी बहन की शादी में किया। निमंत्रण पत्र पर लिखा : 'श्रीयुत ठाकुर भगेलू सिंह जी (बड़ा

घराना), वरिष्ठ नेता कांग्रेस (इ), रामनगर'। कहने की जरूरत नहीं कि भगेलू सिंह विवाह से पहले जगदीश से अपने लायक कोई काम पूछा। विवाह के दिन अपने दो नौकरों के साथ दोपहर ढलते ही पहुँच गए। हलवाई, सजावट वालों और टेंट वालों को ठीक से काम करने के लिए धमकाते रहे। शगुन में 501 रुपये और साड़ी भी दी और जब सुबह विदाई में हलवे और चाय के लिए चीनी कम पड़ रही थी तो नथुनी साव से सुबह-सुबह दुकान खुलवाकर पचास किलो का एक बोरा भी उधार मँगा दिया।

बाद में जब जगदीश के पिताजी चीनी की रकम लौटाने पहुँचे तो भगेलू सिंह ने कहा, "किस बात का पैसा? क्या सारी चीनी तुम खाए हो?"

जगदीश के पिता बोले, "नहीं।"

भगेलू बोले, "फिर किस बात का पैसा?"

जगदीश के पिता फिर बोले, "हमारी बेटी की शादी में आपका पैसा लगा, वह तो मुझे लौटाना है।"

तब तक भगेलू सिंह से दो मिलनेवाले आ गए। भगेलू बोले, "अबे पंडित, क्या तुम्हारी बेटी हमारी बेटी नहीं है?"

पंडित जी निरुत्तर हो गए।

उनके जाने के बाद मिलनेवाले दोनों व्यक्तियों ने भगेलू सिंह को धर्मात्मा और दानशील मान लिया लेकिन उनका भ्रम ज्यादा देर न रह सका। जैसे ही कुछ सकुचाते हुए उन दोनों ने पाँच हजार रुपये की आवश्यकता बताई, भगेलू सिंह ने तुरन्त हामी भर दी और घर के भीतर से रुपये लेकर आ गए। उन दोनों में से बड़े ने जैसे ही कहा, "बाबू साहब, हम छह महीने में पैसे वापस कर देंगे," भगेलू सिंह बोले, "छह महीने क्या, छह साल में वापस करो लेकिन ब्याज पाँच रुपये सैकड़े रहेगा और कुछ जमानत वगैरह लाए हो?"

भगेलू सिंह अपनी युवावस्था में किसानों के आन्दोलन में शरीक होते थे। संसोपा, दमकिपा से होते हुए लोकदल में शामिल होकर दिल्ली-लखनऊ आने-जाने लगे थे और उत्तर प्रदेश के तत्कालीन मुख्यमंत्री चरण सिंह के साथ एक तसवीर भी खिंचवा ली थी, जो बहुत दिनों तक उनके बैठक में लगी थी।

नेता बनने की कोशिश में लगे ही थे कि केन्द्र कांग्रेस सरकार ने आपातकाल लगा दिया। विपक्षी दल के लोग जेल भेजे जाने लगे। भगेलू सिंह वैसे निर्भीक व्यक्ति थे लेकिन खेती-किसानी ठीक-ठाक चलती रहे और खेतों पर कोई कब्जा न कर ले, इसलिए आपातकाल लगते ही कांग्रेस के सदस्य बन गए। घर के ऊपर एक चरखेवाला तिरंगा भी फहरा दिया, ताकि दूर से ही पता चले कि किसी कांग्रेसी का घर है। शायद यह झंडा कभी बदला नहीं गया था क्योंकि आपातकाल खत्म हुए लगभग पचीस वर्षों के बाद दूर से यह लगता था कि किसी पोंछे के कपड़े

को डंडे से खड़ा किया गया है। यद्यपि उनके कुछ विरोधियों ने थाने में राष्ट्र-ध्वज के अपमान का आरोप लगाकर गुमनाम शिकायत भेजी थी, फिर भी कुछ न हो सका। एक तो भगेलू सिंह गण्यमान्य व्यक्ति थे और दूसरा तर्क यह कि झंडा कांग्रेस का है, न कि राष्ट्रीय इसलिए पुलिस के बाहर का मामला है। उत्तर प्रदेश में जब तक कांग्रेस की सरकार रही तब तक भगेलू सिंह की कस्बे में काफी इज्जत थी। यद्यपि भगेलू सिंह पर न तो कोई मुकदमा था, न ही उन्होंने किसी पर कोई मुकदमा कर रखा था, फिर भी रोजाना सुबह कचहरी और शाम को थाने पर जाकर एकाध घंटा बैठना उनकी नियमित दिनचर्या थी। कस्बे ही नहीं, आसपास के गाँव में भी कहीं झगड़ा, लड़ाई, चोरी, डकैती या जुए आदि के साथ-साथ मामला दीवानी का हो या फौजदारी का, लोग भगेलू सिंह को साथ लेकर ही थाने में जाते थे। यही नहीं, बिना पुलिस, कचहरी के भी छोटी-मोटी घटनाओं में भगेलू सिंह सुलह करवा दिया करते थे।

जब तक उत्तर प्रदेश में कांग्रेस की सरकार रही, भगेलू सिंह स्वनामधन्य नेता थे। हालाँकि कांग्रेस पार्टी ने कभी उनको कोई महत्त्वपूर्ण पद नहीं दिया लेकिन वे चवन्नियाँ सदस्य रहकर भी जलवे में वे किसी विधायक से कम नहीं थे।

सन् 1989 में जनता दल की सरकार बनी। बहुत से पुराने और नये कांग्रेसी नेतागण और कार्यकर्ता जनता दल में शामिल हो गए। सभी को उम्मीद थी कि भगेलू सिंह भी जनता दल में शामिल हो जाएँगे, लेकिन ऐसा नहीं हुआ। उनके राजनीतिक गुरु बृजबिहारी मिसिर ने अनुमान लगाया कि 1977 की जनता पार्टी की तर्ज पर ही 2-4 सालों में जनता दल का कुनबा बिखर जाएगा और कांग्रेस प्रदेश में सरकार बनाएगी। और तब तक पार्टी के संकट के दिनों के समर्पित कार्यकर्ता के रूप में भगेलू सिंह का कद काफी बढ़ जाएगा और अगले चुनाव तक वे लखनऊ या दिल्ली का टिकट पा ही लेंगे। भगेलू सिंह उनकी सलाह पर अमल करते रहे। एक सच्चे सिपाही के तौर पर अपने विरोधियों और उनके नेताओं पर बेबाक टिप्पणियाँ भी करते रहे। गाहे-बगाहे अनशन पर भी बैठे लेकिन उनके स्वप्नों को पंख न मिल सका।

1989 से सत्रह बरस बीत गए लेकिन कांग्रेस फिर सत्ता में नहीं आ सकी थी। इधर उनके चेले-चपाटे कार्यकर्ता से नेता बनने लगे थे। प्रदेश कांग्रेस कमेटी की नई कार्यकारिणी में उनकी बिना सहमति के युवा जोश के नाम पर उनके एक चेले रघुनाथ को पार्टी जिलाध्यक्ष बना दिया गया। यह बात उन्हें बहुत खली लेकिन उन्होंने यह जाहिर किया कि उस चेले की सिफारिश प्रदेश कमेटी से उन्होंने ही की थी।

यद्यपि चुंगी पर बैठनेवाले भगेलू सिंह की डींगों से बखूबी वाकिफ थे लेकिन शाम की चाय या पान और थोड़ा मनोरंजन के चलते सभी हाँ-में-हाँ मिला देते।

उनकी डींगों का समय शाम को तय था। भगेलू जानते थे कि सब पीठ-पीछे उनका मजाक उड़ाते हैं लेकिन अपनी आदत से वे लाचार थे। बढ़ती उम्र के कारण अब रोजाना थाना-कचहरी का चक्कर उनसे नहीं लग पाता था और यूपी में प्रशासन और पुलिस अधिकारियों के तबादले इतनी जल्दी होने लगे थे कि किसी अधिकारी से परिचय कुछ परवान चढ़ता, इससे पहले उसकी बदली हो जाती। पहले की तरह डेढ़-दो साल की पोस्टिंग अपने-आपमें बड़ी बात थी।

एक दिन अचानक नाटे मिस्त्री के बेटे को जुआ खेलते हुए पुलिस पकड़कर ले गई। नाटे सिफारिश के लिए भगेलू सिंह के पास आया। भगेलू सिंह थाने गए और अपनी हर कोशिश के बाद भी नाटे के बेटे को छुड़ा न सके। नाटे ने रघुनाथ से सम्पर्क किया और उसका बेटा कुछ घंटों में छूट गया। हालाँकि उन्हें थोड़ा झटका लगा, फिर भी उन्होंने नाटे को सफाई दी कि इस दारोगा को एक बार मैं एसपी से डाँट लगवा चुका हूँ इसलिए बदमाश ने बदला लिया। नाटे मुस्कराकर चला गया।

कुछ ही दिनों बाद अखबार में खबर आई कि कांग्रेस का वार्षिक महाधिवेशन 20-23 अक्टूबर को बंगलोर में होगा। भगेलू सिंह ने तारीख और समय नोट कर लिया। चुंगी के कुछ आगे गुलाब कबाड़ी का लड़का श्यामबाबू रोजाना डिग्री कॉलेज में पढ़ने शहर जाता था। अगली सुबह वह जैसे ही घर से निकला, भगेलू सिंह ने उसे आवाज दी और आसपास बैठे लोगों को सुनाकर कहा, "बेटा, शहर जा रहे हो तो मेरा इलाहाबाद से बंगलोर का रेल में आरक्षण करा देना—17 या 18 अक्टूबर को जाने का और 24 को उधर से लौटने का। याद रखना, वरिष्ठ नागरिक वाला टिकट लेना। उम्र पैंसठ साल।" यह कहते हुए उन्होंने सौ-सौ के कुछ नोट श्यामबाबू को दे दिये।

कहने की आवश्यकता नहीं कि शाम तक इलाके में हल्ला मच चुका था कि भगेलू सिंह कांग्रेस के वार्षिक अधिवेशन में बंगलोर जा रहे हैं।

कुछ विरोधी दल वालों ने प्रतिवाद भी किया कि अरे नहीं, इनको कौन पूछता है कांग्रेस में? तब लोग कहते कि नहीं, गुलाब कबाड़ी के लड़के को खुद उन्होंने टिकट के पैसे दिये और शाम को लड़का टिकट भी ले आया जिसे चुंगी पर भगेलू सिंह को सौंपते उसे कई लोगों ने देखा।

जिस कस्बे से लोग बम्बई कमाने के अलावा बस अगल-बगल के जिलों तक ही आते-जाते हों, वहाँ भगेलू सिंह का बंगलोर जाना, वह भी कांग्रेस सम्मेलन में, एक बड़ी खबर थी।

लोगों ने उत्सुकतावश पूछा कि क्या कोई निमंत्रण आया है?

भगेलू सिंह जवाब देते, "हाँ, फोन आया था। बाबू साहब (अर्जुन सिंह) और तिवारी जी (नारायण दत्त तिवारी) ने भी आग्रह किया है। वे तो दिल्ली बुला रहे थे लेकिन मैंने ही मना कर दिया।"

लोग फिर पूछते, "आप ही को क्यों बुलाया? जिला और मंडल कमेटियों की छोड़िए, यहाँ तो प्रदेश कमेटी से भी गिने-चुने लोग ही जा रहे हैं।"

फिर भगेलू सिंह ठहाका मारकर जवाब देते, "गुरु, यही तो मार्के की बात है। जब से युवा जोश के चक्कर में नये-नये लौंडों को पदाधिकारी बनाया गया है, तब से पार्टी की दुर्गति हो रही है। नये लौंडे-लफाड़ी सब क्या जानेंगे कि संगठन क्या होता है? सबको साथ लेकर चलने की कूवत है नहीं इस नई पीढ़ी में। इसीलिए इस बार हाई कमान ने वरिष्ठ कांग्रेसियों को ज्यादा तवज्जो दी है। हम तो गुरु, एडवांस में रिजर्वेशन करा लिए हैं। ई वेटिंग-सेटिंग के चक्कर में, इसको-उसको फोन घुमाने के चक्कर में कौन पड़े?"

इसके साथ वह व्यंग्य से चुटकी लेते, "पता नहीं, रघुनथवा किस गाड़ी से जा रहा है?"

कोई कहता, "रघुनाथ नहीं जा रहे हैं, उनको निमंत्रण नहीं मिला।"

तब भगेलू सिंह कहते, "हो सकता है, बुलावा डाक से आ रहा हो! और नहीं भी आवे तो हम उसको अपने साथ ले चलेंगे। हमारा तो बर्थ कन्फर्म है। बारी-बारी से कमर सीधी कर लेंगे। अपना बच्चा है, देश दुनिया-देखनी चाहिए। अभी उसको बहुत आगे जाना है।"

भगेलू सिंह के करीबी रघुनाथ के लिए उनकी इतनी उदारता से हैरान थे और इस अफवाह को भी फैलाने लगे थे कि रघुनाथ को जिला अध्यक्ष होते हुए भी पार्टी ने नहीं पूछा।

यह बात जब रघुनाथ तक भी पहुँची तो उसे हैरानी हुई लेकिन वह भीतर से थोड़ा डर गया। स्थानीय चुनाव में पार्टी की करारी हार से उसका अध्यक्ष पद स्वयं खतरे में था। आखिर भगेलू सिंह किसी जमाने में उसके गुरु थे। उसने तत्काल भगेलू सिंह को फोन घुमाया। बोला, "बाबूसाहब, कल आपके दर्शन के लिए आ रहा हूँ।"

यद्यपि भगेलू दिनभर खाली रहते थे लेकिन बोले, "कल जरा गाजीपुर जाना है लेकिन दोपहर बाद लौट आऊँगा।"

उन्होंने रघुनाथ को शाम साढ़े चार-पाँच बजे ही बुलाया।

आदतन चार बजे वे चुंगी पर आ धमके। आज उन्होंने गंजी-लुंगी की जगह कुर्ता-धोती पहन रखी थी। उनकी वेशभूषा को किसी ने ध्यान न दिया क्योंकि इस पहनावे में ही वे कस्बे से बाहर आते-जाते थे। भगेलू सिंह ने किसी से यह चर्चा नहीं की कि पार्टी जिला अध्यक्ष आ रहा है। यद्यपि जयराम जलेबी वाले को कह रखा था कि पकौड़े और जलेबी का सामान तैयार रखना और जैसे ही वे लोग आएँ, इशारा पाते ही नाश्ता लगा देना।

पाँच बजे तक रोजाना की तरह चुंगी की चाय-पान की दुकानों पर लोग जमा हो गए थे। भगेलू सिंह ने पहले से ही बेंच पर न बैठ एक कुर्सी पर आसन जमा

रखा था। बंगलोर की गाड़ी, मौसम, दूरी आदि पर चर्चा हो ही रही थी कि अचानक एक जीप आई, जिस पर एक बोर्ड लगा था : 'जिलाध्यक्ष, कांग्रेस कमेटी'।

जीप से रघुनाथ द्विवेदी उतरे और लपककर भगेलू सिंह के चरणस्पर्श की ओर बढ़े। भगेलू सिंह ने प्राचीन महाकाव्यों में वर्णित 'यशस्वी भव' कहकर आशीर्वाद दिया। विरोधियों ने इसे दूरदर्शन के "महाभारत' धारावाहिक से की गई नकल माना।

रघुनाथ ने कहा, "चाचा, आपके घर ही जा रहा था, लेकिन आप यहीं मिल गए।"

भगेलू सिंह ठहाका लगाते हुए बोले, "अरे, ये भी अपना घर है भाई और यहाँ सब अपना परिवार है, लेकिन चलो, घर चलते हैं, वहीं बात करेंगे।"

वे उठ ही रहे थे कि जयराम ने आवाज दी, "ठाकुर साहब, चाय तैयार है, पीकर जाइए।"

भगेलू सिंह ने रघुनाथ से चाय के लिए बैठने को कहा और जयराम से बोले, "अबे, खाली चाय पिलाओगे? अपना बच्चा इतने दिन बाद आया है, चल, कुछ नाश्ता ले आ।"

चुंगी पर बैठे सभी लोगों को सहज ही समझ आ गया कि नाश्ता माँगने का यह तरीका स्वागत से अधिक यह जताने का प्रयास है कि जिलाध्यक्ष को वे बच्चा ही समझते हैं।

भगेलू के विरोधी इसको उनका बड़बोलापन करार देते, इससे पहले ही रघुनाथ बोल पड़ा, "हाँ, भाई, चच्चा की उँगली पकड़कर हम लोगों ने राजनीति सीखी है, जो आदेश।"

भगेलू सिंह यही चाहते थे।

नाश्ता जल्दी ही आ गया। कुल पन्द्रह-बीस लोग थे, इसलिए भगेलू सिंह ने सभी को चाय देने के लिए कहा।

इधर-उधर की बातें होने लगीं। तभी जगदीश पांडे वहाँ पहुँचे और जैसाकि भगेलू सिंह ने पहले से उन्हें सिखाया हुआ था, बोले, "अच्छा, तो दोनों नेताजी लोग बंगलोर जाने की तैयारी करने के लिए मिले हैं?"

रघुनाथ चुप ही था कि भगेलू सिंह बोल पड़े, "हाँ-हाँ, आउर का बे, एक ही साथ जाएँगे। एक से भले दो। तुमको चलना हो तो तुमहूँ चलो।"

जगदीश ने रटाया हुआ वाक्य कह डाला, "अरे भाई, आप लोगों को तो ठहरने की, खाने-पीने की जगह मिलेगी, पार्टी से किराया भी वापस हो जाएगा। हमें उहाँ कौन पूछेगा?"

भगेलू सिंह कहते रहे, "अबे चलो, बंगलोर में कोई दिक्कत नहीं होगी। हमरे समधी के साढ़ू का छोटका बेटा एचएमटी कम्पनी में मैनेजर है। उसके यहाँ रुका जाएगा। बड़ा बँगला है, मोटर भी है।"

इसके बाद वे रघुनाथ से बोले, "चलो, अब घर चलें। बाकी बात वहीं करेंगे।"

रघुनाथ ने कहा, "चच्चा, अब चलने दीजिए। देर हो जाएगी। बात तो हो ही चुकी है। जरा एक मिनट अकेले में बात करनी है।"

दोनों ने थोड़ी दूर जाकर अकेले में बातें कीं। फिर रघुनाथ चला गया। उसके उतरे हुए चेहरे को देखकर भगेलू सिंह बहुत खुश थे कि तीर सही निशाने पर बैठा है।

दो-तीन दिन में सभी को मालूम हो गया कि जिले से भगेलू सिंह ही कांग्रेस के अधिवेशन में जा रहे हैं। हर नगर-कस्बे में कुछ ऐसे चमचत्व प्रवीण होते हैं जो किसी को किसी बात की बधाई देने के लिए मरे जा रहे होते हैं। 'बेगानी शादी में अब्दुल्ला दीवाना' की तर्ज पर सड़क या चौराहों पर बधाई के बहाने ऐसे बड़े-बड़े होर्डिंग लगाते हैं, जिससे उनका भी थोड़ा-बहुत प्रचार हो जाए। ऐसे लोगों ने भी भगेलू सिंह को बधाइयाँ दे डालीं। कस्बे में चार-पाँच होर्डिंग नजर आने लगे। उन सबमें एक बात मुख्य रूप से लिखी थी : 'कांग्रेस हाईकमान द्वारा कांग्रेस के वरिष्ठ नेता श्री भगेलू सिंह को महाधिवेशन में आमंत्रित किए जाने पर हार्दिक बधाई!' भगेलू सिंह के विरोधी इससे कुढ़कर रह जाते।

जब थाने के उस दारोगा ने देखा, तब वह मन-ही-मन घबरा गया। एक दिन उसने चुंगी पर आकर स्वयं माफी माँगी और कहा, "ठाकुर साहब, बच्चे की गलती को दिल से न लीजिएगा। कई बार पहचान में भूल हो जाती है। हम तो आपके सेवक हैं।"

भगेलू सिंह फिर से दमदार हो गए थे।

अधिवेशन की नियत तारीख से दो दिन पहले दोपहर को भगेलू सिंह रामनगर से इलाहाबाद रवाना हो गए। लोगों ने कहा, "आपकी गाड़ी तो परसों है।"

उन्होंने जवाब दिया, "इलाहाबाद में कुछ लोगों से मिलना है और कुछ खरीदारी भी करनी है।"

बस स्टेशन तक कुछ लोग उन्हें छोड़ने आए। लगभग तीन घंटे बाद वे अपने भानजे के यहाँ पहुँचे जो इलाहाबाद में ही रहता था। उसने भगेलू सिंह की काफी आवभगत की।

कुछ देर बाद बोले, "बेटा, एक काम है। मैंने सोचा कि कुछ तीरथ कर लूँ इसलिए रेल का आरक्षण करना है। जरा स्कूटर निकालो और मुझे आरक्षण केन्द्र पर ले चलो।"

भानजे ने पूछा, "कहाँ जाएँगे? अभी तो वेटिंग ही मिलेगा। यात्रा की योजना पहले बनानी थी।"

भगेलू सिंह बोले, "बेटा, जब भगवान का बुलावा आता है तो दिन-तारीख नहीं देखते। तुम मुझे वहाँ छोड़कर वापस आ जाना, मैं रिक्शे से लौट आऊँगा।"

भानजा कुछ शरमा-सा गया, बोला, "मामाजी, आप यहीं रहें। मैं आपका टिकट करा देता हूँ।"

भगेलू सिंह ने कहा, "नहीं, मुझे वहाँ जाने दो।"

आरक्षण केन्द्र पहुँचकर भगेलू सिंह ने बंगलोर का आरक्षण रद्द कराया, बाकी के पैसे लिये और मन-ही-मन योजना बनाई। पहले इलाहाबाद से अयोध्या, फिर अयोध्या से मथुरा, और मथुरा से लखनऊ होते हुए वापस। छोटी-छोटी दूरी की यात्रा साधारण टिकट से भी सम्भव है। न तो आरक्षण का झंझट और न ही आराम का। लखनऊ एक दिन रहकर बंगलोर अधिवेशन की जरूरी जानकारी ले लेने से यात्रा-वृत्तान्त भी पूरा हो जाएगा।

बस, अगले दिन वे इसी योजना पर अमल करते हुए निकले और हफ्ते भर में घूमते-घामते लखनऊ आ गए। लखनऊ के पार्टी कार्यालय से उन्होंने अधिवेशन के सभी प्रस्तावों और अध्यक्ष के भाषण की प्रति लेने के बाद प्रान्तीय कमेटी के एक सदस्य से जो कि बंगलोर की गाड़ी से सुबह ही आया था, सम्मेलन की विधिवत् जानकारी भी ली और डायरी में नोट भी कर लिया। इस वृत्तान्त को शब्द-दर-शब्द रामनगर आकर दुहराया, जिससे सभी को उनकी बंगलोर-यात्रा का पूर्ण विश्वास हो गया।

उनके पड़ोसी चापलूसों की संख्या भी बढ़ गई थी। एक दिन तो चापलूसी की हद हो गई। चुंगी पर शाम को गंगापार से कन्हैया हलवाई किसी काम से आए। भगेलू सिंह की मंडली में बैठे और बातों-बातों में बोलने लगे, "ठाकुर साहब, एक दिन अधिवेशन का रिकॉर्डेड प्रसारण टीवी पर आ रहा था। हमने अचानक टीवी खोला तो बिटिया बोली कि अरे, वो रहे भगेलू चाचा! फिर हम देखे कि बहुत बड़ा पंडाल था, आप मसनद लगाकर मंच के नीचे दाईं ओर बैठे थे। रह-रहकर ऊँघ रहे थे। हम तुरन्त दौड़कर दुकान पर गए और छोटी वाली टीवी चालू किए। वैसे तो बार-बार कैमरा इधर-उधर दिखा रहा था लेकिन हर बार जैसे ही मंच के नीचे फोकस करता, ठाकुर साहब दिख जाते। हमारे दुकान में तो भीड़ लग गई। सब देखने लगे। निहोरिया भी कड़ाही छोड़ के टीवी के सामने आ गया। इस चक्कर में रबड़ी जल गई। शाम को बड़का बेटा उसको डाँटने लगा। फिर हम बोले—यार, ठाकुर साहब टीवी पर दिखाई दे रहे हैं और तुम हो कि बीस-पच्चीस लीटर दूध की रबड़ी के लिए चिल्लाहट कर रहे हो? खबरदार जो निहोरिया को कुछ अंड-बंड कहे तो! तब बड़का बोला—"अच्छा! ठाकुर साहब को टीवी पर देखने में रबड़ी जली है, तब कोई बात नहीं।"

इतना सुनते ही चुंगी पर बैठे कुछ लोगों ने दावा किया कि उनके भी अमुक दोस्त या रिश्तेदर ने उन्हें देखा था।

भोला तिवारी ने रही-सही कसर पूरी कर दी, "चाचा, आप मंच से इतनी दूर क्यों बैठे थे?"

भगेलू सिंह बोले, "अरे यार, मंच के नीचे मसनद पे एकाध झपकी भी लेने का मौका रहता है। मंच के ठीक सामने अध्यक्ष जी के आगे ऊँघने में थोड़ा ठीक नहीं लगता।"

इस सूचना के बाद भोला और वे एक-दूसरे को रहस्यमय तरीके से देख ही रहे थे कि गले में एक सुपारी अटक गई। वे चुपचाप खाँसते हुए घर चले गए।

लोग उन्हें पहले से अधिक सम्मान देने लगे। भगेलू सिंह की धाक फिर बन गई थी। कभी-कभी जब उन्हें लगता कि असर कम हो रहा है तो पंचक या मलमास के दिनों में कोई मुद्दा लेकर भूख-हड़ताल करने लगते। हड़ताल चुंगी या चौराहे पर होती। कोशिश की जाती कि भूख-हड़ताल खत्म करने के लिए कोई प्रान्तीय या राष्ट्रीय स्तर का नेता आए और जूस पिला दे जिससे हड़ताल एक-दो दिन में खत्म हो और समाचार-पत्रों में अच्छी कवरेज मिले।

लगभग तीन-चार महीने बाद कस्बे के ही एक व्यवसायी राधेश्याम गुप्ता की बेटी की शादी थी। लड़का बंगलोर में सॉफ्टवेयर इंजीनियर था। भगेलू सिंह को उनकी उपाधियों के साथ आमंत्रित किया गया था और वे भी उसी ठसक के साथ शामिल हुए। हलवाई से लेकर शामियानेवाले सभी को हड़काते रहे। द्वारपूजा में पंडित के बगल में बैठे। कोई 'ठाकुर साहब' कहकर सम्बोधित करता तो खुशी से फूले नहीं समाते।

जयमाल की रस्म के बाद लड़के के पिता-चाचा और अन्य समधी लोगों को भोजन कराया जा रहा था। भगेलू सिंह भी थोड़ी दूर पर बैठे थे। लड़के वालों द्वारा बनारस के घाटों, मन्दिरों की चर्चा के दौरान शहर की गन्दगी और बिजली की कमी की बात चल पड़ी। लड़के वाले बनारस और बंगलोर की तुलना करते हुए शेखी बघार रहे थे। वैसे तो कोई कुछ जवाब नहीं दे रहा था क्योंकि लड़के वालों का प्रतिवाद भला कौन करे? लेकिन जैसे ही उन्होंने कहा कि 'भाई, कुछ भी कहिए, बंगलोर में रहने के बाद आपकी बेटी यूपी भूल जाएगी', तो यह बात राधेश्याम गुप्ता के बहनोई को खल गई, जोकि खाँटी बनारसी थे।

वे तुरन्त भगेलू सिंह की तरफ मुखातिब हुए। बोले, "ठाकुर साहब, जरा यहाँ आइए। समधी साहब से परिचय करा दूँ आपका।"

भगेलू सिंह को खतरे का आभास हो चला था। वे वहीं से बोले, "अरे भाई, द्वारपूजा में मिल चुके हैं, आप जरा आराम से भोजन कराइए। आप खिला कम रहे हैं, बात ज्यादा कर रहे हैं।"

लेकिन तब तक राधेश्याम के बहनोई लड़के वालों से बोल पड़े, "जानते हैं भाई साहब, अपने नेताजी अभी दीवाली से पहले बंगलोर में ही हफ्ता बिताकर लौटे हैं। अगर वो कह दें कि बंगलोर जाने के बाद बिटिया अपना गाँव-देश भूल जाएगी, तब हम मान जाएँगे।"

भगेलू सिंह का चेहरा अब कुछ सफेद होने लगा जबकि फरवरी का महीना था, फिर भी माथे पर पसीना आने लगा। इससे पहले कि वे कोई और बहाना बनाकर निकल जाते, लड़के, चाचा और लड़की के फूफा उन्हीं के पास आ गए और उनके साथ वर-पक्ष के एक-दो लोग और थे। जैसे ही लड़के के चाचा ने पूछा कि 'अरे ठाकुर साहब, आप कब आए? किस ट्रेन से आए? वेलोर होते हुए आए या सिकंदराबाद होकर? कहाँ रुके थे? कब्बन पार्क देखा? केम्पेगौड़ा सर्किल गए? विधान सौधा देखा?' आदि-आदि, तो भगेलू सिंह न तो झूठ बोले और न कुछ कहा। बुद्ध की तरह जीवन के सारभूत प्रश्नों पर मौन रहे। चुपचाप उठे और अपने घर चले गए।

लड़के वालों ने कहा कि अजीब आदमी हैं, किसी बात का जवाब नहीं देते। किसी ने कहा, सनकी हैं। किसी ने दम्भी कहा। थोड़ी देर की बातचीत में ही सब समझ गए कि भगेलू सिंह कभी बंगलोर नहीं गए।

अगली सुबह बारात जा चुकी थी और यह बात रामनगर में आम हो चली थी कि भगेलू सिंह ने सभी को उल्लू बनाया।

चुंगी पर उस शाम रोजाना से ज्यादे भीड़ थी। लोग खुसफुसाहट कर रहे थे कि भगेलू सिंह अब कुछ दिनों तक चुंगी पर नहीं आएँगे। बाद में आएँगे भी तो किस मुँह से शाम को यहाँ बैठेंगे?

कोई कह रहा था कि यार, भगेलुआ गजब का नौटंकीबाज है। इसको तो नाटक में हाथ आजमाना चाहिए।

कुछ लोग कह रहे थे कि अब पोल खुल गई। बहुत बढ़-बढ़ के बोलते थे, नेता की पूँछ बनते थे, अब तो इस आदमी का कोई विश्वास नहीं करेगा, आदि-आदि।

हँसी-मजाक का दौर जारी था कि अचानक सन्नाटा-सा छा गया। जैसे अंग्रेजी में कहते हैं—पिन ड्रॉप साइलेंस।

लोगों ने देखा, भगेलू सिंह उसी ठसक के साथ चुंगी की तरफ आ रहे हैं। धीमी खुसुर-फुसुर के बीच उन्होंने आवाज दी, "अबे लल्लन, जरा पान खिलाओ तो।"

फिर अपनी जगह जाकर बैठे।

सबकी चुप्पी देखकर दो पल रुके, फिर बोले, "क्या बात है भाई, आज काफी लोग जमा हैं!"

लल्लन ने पान दिया और बोला, "ठाकुर साहब, लोग आज यही कह रहे हैं कि आपने बंगलोर अधिवेशन में जाने का झूठ क्यों फैलाया?"

बस, इसके बाद तो जैसे बारूद फट पड़ा। भगेलू सिंह सबसे मुखातिब होकर बोले, "सालो, तसदीक करने आए हो? क्या सोचते हो तुम लोग—भगेलू

सिंह भौकाल बनाने के लिए बंगलोर मीटिंग में जाने का टिकट कराया था और यहाँ से हफ्ते भर बाहर रहा? अरे कूढ़मगजो, मैंने तुम्हारी ही भलाई के लिए ये सब किया। याद है, नाटे मिस्त्री के लड़के का पुलिस ने किस तरह चालान किया था? मेरी सिफारिश काम आई थी? नहीं आई न! दारोगा क्या बोला था : 'आप जैसे नेता बहुत देखे?' और रघुनाथवा ने लड़के को छुड़वाया भी तो नाटे को कितना खर्चना पड़ा? अभी तक नाटे बो की हँसुली ज्वालाप्रसाद लालचन्द सर्राफ के यहाँ गिरवी पड़ी है...जानते हो सालो तुम लोग, इसीलिए मैं बंगलोर गया था हाईकमान के बुलावे पर।...मेरे बंगलोर से आने के बाद भग्गू के यहाँ चोरी की रिपोर्ट किसके कहने पर लिखी गई? बोलो सब कि साँप सूँघ गया है?"

भीड़ ने कहा, "आपके कहने पर।"

भगेलू सिंह बोलते गए, "नरायन का लड़का जो जबलपुर भागा था, उसको किसके पीछे पड़ने पर पुलिस ले आई?"

भीड़ बोली, "आपके।"

"कस्बे में सोलह घंटे की बिजली कटौती को घटवाकर बारह घंटे करने के लिए भूख-हड़ताल पर कौन बैठा?"

"जी, आप।"

"सतनारायन लाल के बेटे को जब कटेसर वाले पीटकर अधमरा छोड़ गए तब कटेसर वालों को गिरफ्तार किसने करवाया?"

"जी, आपने।"

"छक्कन के खलिहान में जब आग लग गई थी तो कलेक्टर के यहाँ से मुआवजा कौन दिलवाया?"

"आपने।"

"हरामखोरो, पूरे कस्बे में कटिया मार के बिजली जलाते हो। हाइडिल वाले जब फुन्नन गुरु और सत्यवान के घर छापा मारे थे और इन दोनों को पकड़कर ले जा रहे थे तो बहुत कहने-सुनने पर भी दस हजार से एक रुपया कम में हाइडिल वाले लेने को तैयार नहीं थे। सिर्फ चार हजार में मामला किसने रफा-दफा करवाया?"

भीड़ ने कहा, "आपने, और किसने?"

भगेलू सिंह ने सिंहनाद स्वर धारण करते हुए घोषणा की, "सालो, जब तुम्हारा बेटा जुआ खेलते या दोपहिए पर तीन सवारी बैठाते हुए पकड़े जाने पर हवालात जाता है और तुम लोगों की थाने के भीतर जाने में फटती है तो किसको साथ लेकर जाते हो?"

"जी, आपको।" भीड़ ने कहा।

भगेलू सिंह जारी रहे, "हर दुख-विपत्ति, थाना-कचहरी में भगेलू सिंह के बिना काम नहीं चलता और उलटी-सीधी अफवाहें फैलाते हो? मजाक उड़ाते हो? चलो, बताओ सब जने कि बंगलोर महाधिवेशन में रामनगर से कांग्रेस का कौन वरिष्ठ नेता भाग लेने गया था?"

"जी, आप गए थे।" भीड़ बोली।

इसके बाद भगेलू सिंह भी ठहाका लगाकर हँसे। चुंगी पर जमा भीड़ ने भी ठहाका लगाया। हँसी के दौरान ही भगेलू सिंह ने आवाज लगाई, "अबे जयराम, चाय लाओगे या तुमको भी टेलीग्राम भेजें?"

भीड़ धीरे-धीरे छँटने लगी। अब वह भगेलू सिंह के बंगलोर-यात्रा का माहात्म्य समझ चुकी थी।

मजबूती का नाम महात्मा गांधी

आज सुबह से ही महेन्दर सिंह उदास बैठे थे। जब से इकलौती बेटी मीना ने सीधे-सीधे कह दिया था कि 'पापा, शादी अगर करूँगी तो सिर्फ शैलेश से वरना मेरे ही मेडिकल कॉलेज में बहुत-सी डॉक्टर बिना शादीशुदा हैं और बहुत खुश भी। आप समझने की कोशिश कीजिए कि एक डॉक्टर की लाइफ को एक डॉक्टर ही अच्छे से समझता है और शैलेश तो बहुत ही नेकदिल इनसान है। आप तो एक बार मिल भी चुके हैं। तब तो आपने बहुत तारीफ की थी?"

'तो के करेगी? जिनकी तारीफ करूँगा, उन सबसे सादी कर लेगी? तारीफ तो मैंने हरनाम सिंह के बेटे की भी की थी। उसमें कौण-सी कमी है, बता दे।'

'पापा, आप समझा करो। एक डॉक्टर की जिन्दगी और पुलिस की जिन्दगी का कोई मेल नहीं और शैलेश को मैं पिछले चार साल से देख रही हूँ। उसकी गहरी पहचान रखती हूँ।'

'हमें भी हरनाम सिंह के खानदान की गहरी पहचान है। तेरे राजवीर चाचा के लँगोटिया यार हैं हरनाम सिंह। अपनी बिरादरी में सिरसा से लेकर महेन्दर गढ़ और रोहतक से रेवाड़ी तक उनकी पहचान है। जमीन-जायदाद की तो बात ही न कर। लड़का हरियाणा पुलिस में डीएसपी। अब के चइए?'

'पापा, जमीन-जायदाद का हमें क्या करना? डॉक्टर हूँ। मुझे कोई कमी नहीं रहेगी अपनी जरूरतों के लिए। डॉक्टर तो कभी रिटायर नहीं होता।'

अब महेन्दर सिंह चिढ़ गए, 'तो के करेगी? सारा कुल-खानदान, मान-मर्यादा छोड़ के उस सुनार से साद्दी करेगी? के मुँह दिखाऊँगा मैं? समाज में रहना है कि नहीं? बेटा, दिमाग से काम ले। हम चौधरी हैं। खापवाले हमें रहने नहीं देंगे। पेपर-सेपर नहीं पढ़ती? पेड़ पे उस सुनार के साथ उलटा लटकेगी के?'

'पापा, अगर इतना पढ़-लिख के यही दकियानूसी तरीके से जीना था तो आपने मुझे पढ़ाना ही नहीं था। बिना पढ़े भैंस की धार काढ़ती, गोबर-सानी करती तो कोई दिक्कत थी ही न। लेकिन अब मैं किसी गलत चीज को अपनी जिन्दगी पे हावी न होने दूँगी। मैं नहीं परवाह करती आपके खाप की।'

महेन्दर सिंह चीखने लगे, 'बावली हो रही है? तेरा दिमाग खराब हो गया है? सच कह रही है, तू मेरी ही गलती थी जो इतनी छूट दी।' और उन्होंने फोन काट दिया।

महेन्दर सिंह जिला सहकारी बैंक में रोकड़िया थे। यद्यपि जमीन-जायदाद काफी थी लेकिन सरकारी नौकरी की शान के चलते वे बैंक में लगे थे। रविवार का दिन था इसलिए अपने ऑफिस भी नहीं जाना था। रविवार को दोपहर में वे गाँव की चौपाल पर चले जाते और फिर अपने खेतों में जाकर नौकरों के साथ फसल आदि का मुआयना करते, फिर शाम को पास के बाजार में अपने दोस्तों—सतपाल, रिपुदमन, जयवीर, प्रेम आदि—के साथ चाय पीते। गपशप करते और फिर घर वापस आते।

उस दिन वे कहीं नहीं गए। दिन-भर घर में ही रहे। चुपचाप। न तो टीवी खोला, न ही पेपर आदि माँगा। भोजन के लिए जब पत्नी ने आवाज दी तो बेमन से चुपचाप एक रोटी खाई।

पत्नी सब जान ही रही थीं। महेन्दर सिंह को उदास देख बोलीं, "अगर शुरू से ही छोरी को बाँध के रखा होता, तब ये दिन न देखने पड़ते।"

"क्यों, जब मीना पैदा हुई तो तेरे चेहरे पर कैसे बारह बजे थे? बड़ी भाभी ने ताना मारा था : 'रेखा, तूने तो महेन्दर पे बोझ डाल दिया जिन्दगी भर का', भूल गई? सगुन के नाम पर जब हॉस्पिटल की दाई ने साड़ी माँगी तो भाभी जी ने कैसे उसको झिड़का था और तेरी सूरत लटकी हुई थी। मैंने फिर पूरे हस्पताल में बर्फियाँ बाँटीं और नेग दिये कि भाई, लक्ष्मी आई है, खुशी मनाओ। तब तेरी जान में जान आई। अब इसमें बाँधने की के बात है? क्या बिना पढ़ाए रखते? ये सब फिल्मों और मोबाइल का असर है। मैंने तो समझाया, तू भी समझा के देख वरना गाँव में जीना मुश्किल हो जाएगा।"

"मेरी कौण-सी सुन लेगी। आपणे पहले ही सिर पे चढ़ा रखा है। मेरा कहा मान रही होती तो ये बात यहाँ तक नहीं पहुँचती। सबसे बड़ी चिन्ता तो इस बात की है कि भाई नाहर के भतीजे की सगाई में हरनाम भाई साहब की बहण जी आई थी। बता रही थी कि हरनाम भाई साहब ने तो मन बना रख्या है कि अगर हमारे यहाँ रिश्ता होता है तो हिसार जानेवाले हाइवे के किनारे ताऊ देवीलाल इंजीनियरिंग कॉलेज के सामनेवाली जमीन पर मीना के लिए एक बड़ा हॉस्पिटल बणाएँगे और मीना उसकी डाइरेक्टर होगी। ये बात जब मैंने उसको बताई तो फट्ट बोल पड़ी, ताकि हरनाम ताऊ जी अपने डीएसपी बेटे की लूट की कमाई हस्पताल से सफेद कर सकें। ऐसी तो मुँहफट्ट हो रही है।"

अगले दिन दफ्तर में महेन्दर सिंह से रुपये में जोड़-घटाने में कई बार गलतियाँ हुईं। शाम को काफी देर तक वह हिसाब मिलाते रहे और दोपहर के

भोजन के समय भी उन्होंने अपने साथियों के साथ भोजन न करके कुछ देर बाद अकेले में भोजन किया। जहाँ रोज दिन में चार से छह चाय पीते थे, उस दिन एक भी चाय नहीं बल्कि चपरासी ने चाय के लिए पूछा तो 'मन नहीं है' कहते हुए मना कर दिया।

अगले दिन भी कुछ ऐसा ही स्वभाव था। तीसरे दिन तक उनके सहकर्मियों में इस बात की चर्चा होने लगी कि महेन्दर सिंह कुछ-न-कुछ परेशान जरूर हैं। बैंक के बड़े बाबू लक्ष्मीकान्त ने महेन्दर सिंह को रोका भी, "के बात है भाई, परेशाण सा दिक्खे है?"

महेन्दर सिंह ने कहा, "नहीं, कोई बात नहीं, बस, थोड़ी तबीयत ठीक नहीं है इसलिए नींद आ रही है।"

सोहनलाल ने कहा, "तो छुट्टी लेकर आराम कर भाई। यों चेहरा लटकाकर बैठा है, घर जा।"

महेन्दर सिंह के बॉस विनोद अग्रवाल अपने केबिन से यह सब देख रहे थे। शाखा के डिप्टी मैनेजर होने के नाते उन्होंने हिसाब में थोड़ी-बहुत गड़बड़ी पाई और महेन्दर सिंह को तलब किया। महेन्दर सिंह के आते ही उन्होंने पूछा, "क्या बात है भाई, आज डेबिट और क्रेडिट का मिलान नहीं हो पा रहा, कहीं कोई गलती तो नहीं हो गई है? दोबारा चेक करो और लेजर बुक लेकर आओ।"

थोड़ी देर के मिलान में पता चला कि एक बड़ी रकम जमा हुई थी लेकिन उसकी एंट्री जमा की जगह निकासी खाते में दर्ज हो गई, जिसके चलते क्रेडिट और डेबिट में भारी अन्तर आ गया।

महेन्दर सिंह ने कहा, "सॉरी सर, आगे से ध्यान रखूँगा।"

एकाध दिन तो ठीक-ठाक चला लेकिन फिर महेन्दर सिंह कोई-न-कोई गलतियाँ करने लगे। विनोद जी ने एक-दो बार समझाया भी लेकिन तीन दिनों बाद भी छोटी-सी गलती देख कुछ झल्ला से गए।

महेन्दर सिंह पिछले आठ साल से इस शाखा में थे और इस तरह की गलतियाँ कभी नहीं करते थे। शायद इसी विश्वास के तहत विनोद अग्रवाल ने उनको बुलाकर पूछताछ करने के बजाय उनके ऊपर नजर रखना शुरू किया। वैसे भी उनका केबिन महेन्दर सिंह के वर्क स्टेशन के सामने ही था। आज सुबह से ही अपनी कुर्सी को थोड़ा तिरछे रखकर महेन्दर सिंह पर नजर रखे हुए थे। दोपहर के भोजन में उन्होंने देखा कि सभी लोग चले गए हैं और महेन्दर सिंह चुपचाप अपनी कुर्सी पर बैठे जैसे शून्य को निहार रहे हों! वे उठकर महेन्दर सिंह के पास गए और यह देख चकित रह गए कि महेन्दर सिंह ने उनके आने का कोई नोटिस नहीं लिया। जब उन्होंने आवाज लगाई, 'अरे भाई महेन्दर सिंह', तो महेन्दर सिंह हड़बड़ा करके उठे और बोले, "जी सर!"

विनोद अग्रवाल ने उनको अपने केबिन में बुलाया। चपरासी को चाय लाने के लिए बोला तो महेन्दर सिंह ने कहा, "सर, आप लीजिए। मैंने अभी पी है।"

विनोद अग्रवाल ने मुस्कुराते हुए कहा, "भाई, क्यों झूठ बोल रहा है? देख, मैं तुझे पिछले आठ साल से जानता हूँ। तेरे साले की और मेरी ससुराल भ्याणी में एक ही मोहल्ले में है। तुझे चार-पाँच दिन से परेशान देख रहा हूँ। तू सबसे कटा-कटा रहता है। रोटी नहीं खा रहा। चा-चू नहीं पी रहा। इसलिए आज सुबह से तेरे पे नजर रखी है मन्ने। कोण-सी बात है जो परेशान दिखे है? मुझे खुल के बता। दुख-तकलीफ का असर बाँटने से हल्का हो जाता है।"

महेन्दर सिंह ने कहा, "नहीं साबजी, कुछ खास नहीं। बस, यूँ ही कुछ घरेलू मैटर है।"

"यार, बेवकूफ तो बणा मत। ऐसा कौन-सा घरेलू मैटर है जो तेरे जैसे बन्दे को पाँच दिनों से परेशान करे रखेगा? देख, नहीं बताना चाहे तो मैं कोई दबाव नहीं डालूँगा, लेकिन तुझे अपना छोटा भाई समझकर तेरी परेशानी नहीं देखी जा रही। रही बात सीक्रेट रखने की, तो बस यूँ समझ कि तेरी इज्जत, मेरी इज्जत। तुझे पता ही है, म्हारी ससुरालवालों के तेरे साले साहब से कितने अच्छे रिश्ते हैं। पूछ लेणा अपने साले से, जब भी भ्याणी जाता है। अपनी ससुराल से ज्यादा टैम म्हारी ससुराल वालों को देता है। मेरे ससुर जी को शतरंज खेलनेवाला कोई मिल भर जाए। बाकी तुझे मैं अपना लगूँ तो बता देना।"

"नहीं साबजी, ऐसी कोई बात नहीं। आपके तो मेरे पर पहले से एहसान हैं। पिछली दफा आपने पंचकूला जाकर मेरा तबादला रुकवाया, वरना अभी होडल पड़ा होता। अब क्या बताऊँ आपसे, बात ही कुछ ऐसी है कि कोई हल नहीं मिल रहा।"

"हल नहीं मिल रहा? के बात कर रहा भाई तू? इतने मजबूत घर से है। इतनी पढ़ी-लिखी छोरी एमबीबीएस डॉक्टर। चल, मुझसे नहीं कहेगा तो छोरी से कहणा। जरूर हल निकालेगी कुछ। और सुण, टेंशन मत लिया कर। कोई इलाज नहीं इसका। एक कहावत है, चिता मुर्दा नूँ जलावे है और चिन्ता चिता तक ले जावे है। सो भाई, चिन्ता करै मत, समझा? छोरी को फोन कर ले। जरूर कोई-न-कोई इलाज कर देगी—हा-हा-हा!"

महेन्दर सिंह ने उदासी भरा मुँह लेकर धीरे से कहा, "अजी क्या इलाज करेगी! रोग की जड़ भी तो वही है।"

"हैं! क्या कह रहा भाई तू? बावला हो रहा है? मीना बिटिया रोग की जड़? होश में तो है न?"

"हाँ, साब जी, उसी के कारण सारा कुछ परेशानी है। अब आपसे क्या बताऊँ, आप तो जानते ही हैं अपनी बिरादरी के कायदे-कानून-उसूल। एक रिश्ता आया है बहुत ही बढ़िया घर से। लड़का भी हरियाणा पुलिस में डीएसपी लगा हुआ है।

लेकिन छोरी को पसन्द नहीं है। लड़के वाले हिसार रोड पर एक बड़ा अस्पताल खोलना चाहते हैं और छोरी को शादी के बाद उसका मैनेजिंग डायरेक्टर बनाएँगे। बताइए, कोई छोटी-मोटी बात है अस्पताल बनाना? मैंने जब बात की तो उसने साफ इनकार कर दिया। अपने एक क्लासमेट के चक्कर में पड़ गई दीखे है। छोरा जात का सुनार है। कह रही है, उसी से शादी करेगी वरना अकेली रहेगी। मेरे से दो बार बहस कर चुकी है, जबकि पहले आँख भी नहीं उठाती थी और अपनी माँ से तो यहाँ तक कह डाला है कि लड़के वाले अपने पुलिस बेटे की रिश्वत की कमाई अस्पताल में लगाकर सफेद करना चाहते हैं, इसलिए ऐसा कर रहे हैं। हमारे यहाँ तो जात-बिरादरी का चक्कर आप जानते ही हो। समाज में रहना है तो समाज के कायदे-कानून मानने ही होंगे। ज्यादा जिद करो तो कह रही है, अकेली ही रहेगी, जैसे बहुत-सी डॉक्टरों ने शादी नहीं की। छोरी की उम्र हो रही है अगर शादी हो जाती तो कम-से-कम मेरा भी भार कम होता। लेकिन उसको तो जैसे चिन्ता ही नहीं है। आप सही कह रहे हो, डॉक्टर बन के उसने हमारा मान बढ़ाया तो क्या अब पूरे बिरादरी में जिन्दगी भर की इज्जत उतारेगी? समझा-समझा कर थक गए हैं लेकिन मानती ही नहीं है। इसीलिए इस बार दीवाली पर घर भी नहीं आई जबकि मेडिकल कॉलेज बन्द था। और अब तो हमारे फोन भी कम ही उठाती है। लगता है, छोरी हाथ से निकल गई। बस, साब जी, इन सब चीजों को लेकर परेशान हूँ। एक तरफ डर बना रहता है, कहीं बात खुल गई तो गाँव वाले हमें कहीं का नहीं छोड़ेंगे। लड़की को जिन्दगी भर कुँवारी नहीं रहने दे सकता और शादी करने के बाद अपने गाँव में मुँह छिपाकर रह नहीं सकता। बस, इसी चिन्ता में जिन्दा लाश बना जा रहा हूँ। किसी को बता भी नहीं सकता, न कोई राय ले सकता हूँ। कई बार तो जी में आया, उस लड़के का काम तमाम करवा दूँ लेकिन फिर मन नहीं मानता कि अगर यह सब किया तो छोरी हाथ से निकल जाएगी जिन्दगी भर के लिए। आप तो जानते ही हो कि इकलौती छोरी है। बड़े नाज से उसे पाला है। छोटेपन से ही उसको गर्म हवा तक नहीं लगने दी। कई बार तो लगता है, पिछले जन्म का दंड है जो अब जाकर मिला है। साब जी, पूरी जिन्दगी अपने इलाके में सीना ठोककर रहा हूँ। बाप-दादा की भी बड़ी इज्जत है आसपास के गाँवों में। आज अगर नौकरी छोड़ के सरपंच लड़ जाऊँ तो कोई हरा नहीं सकता लेकिन इस छोरी की जिद से एकदम लाचार हो गया हूँ। कुछ समझ नहीं आता, क्या करूँ, कहाँ जाऊँ? मन्ने तो सोच लिया है, जिस दिन यह खबर आई कि छोरी ने कोर्ट में जाकर उस सुनार के साथ रिश्ता कर लिया, उसी दिन फाँसी लगा दूँगा या जहर खा लूँगा।

विनोद अग्रवाल अभी कुछ सोच ही रहे थे कि लंच का समय खत्म हो गया। लोग बैंक में आने-जाने लगे थे। महेन्दर सिंह भी खड़े हुए। बोले, "साब, चलता हूँ। मेरे टेबल पे लोग आने लगे हैं। फिर मिलता हूँ।"

शाम को घर आकर महेन्दर का दिल धड़क रहा था कि कहीं विनोद जी अपनी पत्नी से ही कह न दें। उनको पता चला नहीं कि पूरे बैंक-कॉलोनी में यह खबर फैल जाएगी। इसी उधेड़बुन में वे अपने को कोसते भी रहे। उन्हें देर रात जाकर नींद आई।

अगले दिन दफ्तर में विनोद जी ने उनको बुलाया। लंच के दौरान जब सब चले गए, उन्होंने कहा, "भाई, एक बात करनी थी। देख, कल शाम को मैंने तेरी परेशानी का जिक्र अपने पुराने दोस्त धर्मपाल से किया था। वो जेएनयू दिल्ली में समाजशास्त्र के प्रोफेसर...।"

"अरे साब जी, आपने वादा किया था कि किसी को नहीं कहोगे, फिर आप ये क्या कर रहे हो? मैं तो कल रात-भर डरा हुआ था कि कहीं आप भाभी जी से न कह दो। आखिर आपके पेट में भी बात पची नहीं?"

"देख भाई, तेरी बेटी मेरी भी बेटी है। देख, तू दिमाग लगा। काँटे को काँटे से निकालते हैं। आग को पानी से बुझाते हैं। कभी भी जोर-जबर्दस्ती से मसले हल नहीं होते। बात का जवाब बात से जब तक नहीं दिया जाएगा, तब तक कोई बात नहीं बनेगी।"

अबकी महेन्दर ने कहा, "साब, आप किस दुनिया में हो? हमारे नियमों के खिलाफ बहस करोगे? बात सुनते ही कहाँ हैं पंचायत के लोग? बात शुरू होते ही खून-कत्ल हो जाता है। बल्कि सोच को जाहिर करते ही जनता खून पी जाएगी और आप विचार-संवाद करेंगे? वो भी हमारी बिरादरी से? माफ करिए, गलती की जो आपको बताया। लेकिन अब ऐसा लग रहा है, आप मजाक उड़ा रहे हैं।" और यह कहकर महेन्दर उनके केबिन से चले गए।

इस घटना को हफ्ता भर बीत चला था। महेन्दर कुछ चिड़चिड़े भी हो गए थे। एक दिन दोपहर बाद उनको चक्कर भी आ गया। गश खाकर गिर पड़े। सभी सहकर्मी उन्हें उठाकर अस्पताल भागे। डॉक्टर ने रक्तचाप देखा तो उच्च अंक पर निकला और रक्त में शुगर की मात्रा भी गिरी हुई थी। डॉक्टर ने एक इंजेक्शन दिया और तीन दिन आराम करने की सलाह, समय से खाने-पीने आदि की हिदायत दी।

शाम होने के बाद सहकर्मियों ने महेन्दर को उनके घर पहुँचाया। पत्नी रोने लगीं तो विनोद जी ने उनको दिलासा दी और महेन्दर को पूरे हफ्ते आराम करने को कहा और हिदायत भी दी कि जब हम लोग तुम्हारे घर आकर देखेंगे कि ठीक हो गए हो तभी ज्वाइन करना। अपने से अभी मत आना। हम सबमें से रोजाना कोई-न-कोई घर आता-जाता रहेगा।

दफ्तर के सहकर्मी धीरे-धीरे करके निकल रहे थे, विनोद जी भी जाने को ही थे कि तभी मीना अपने दो-तीन डॉक्टर मित्रों के साथ घर पहुँची। घर

में घुसते ही उसने दहाड़ मारकर रोते हुए महेन्दर का हाथ पकड़ा और देर तक रोती रही। महेन्दर भी रोने लगे। पिता-पुत्री का ऐसा क्रन्दन देख सबकी आँखें नम हो गईं।

कुछ देर बाद विनोद जी ने कहा, "मीना बेटा, तू तो डॉक्टर है। तू भला ऐसे कैसे रो सकती है? तू तो मरीज का इलाज करती है न, कि बीमारी देख के रोती है? अरे हुआ क्या है, थोड़ा बीपी ही तो हाई है! अब तू आ गई, सब ठीक कर देगी। रो मत बेटा। ऐसे नहीं रोते।"

फिर और लोगों ने भी उसे सांत्वना दी। महेन्दर हिचकियाँ ले-ले कर रोते रहे। लोग उनके इतने ज्यादा रोते रहने पर थोड़े आश्चर्य में थे, लेकिन विनोद जी उनके अन्त:करण के अन्तर्द्वन्द्व को बहुत गहराई से समझ रहे थे। उनकी भी आँखों में आँसू आ गए।

किसी तरह आँखों में ही आँसुओं को रोक उन्होंने कहा, "भाई, अब चला जाए, महेन्दर जी को आराम करने दीजिए।" फिर मीना व उसके सहपाठियों की तरफ इशारा करके माहौल को सामान्य बनाने की कोशिश करते हुए कहा, "अब पूरा रोहतक मेडिकल कॉलेज आ गया है, चिन्ता की कोई बात नहीं।"

सभी लोगों के चले जाने के बाद मीना ने अपने पापा के सिर में तेल की मालिश की।

पड़ोस के रामफल चाचा ने पूछा, "बिटिया, तू तो डॉक्टर है। ऐसे ही इलाज करती है रोगियों का? अरे भाई, कभी कोई डॉक्टर तो लिखता नहीं है पर्चे में कि हाथ-पैर-सिर की मालिश की जाए!"

मीना ने उत्तर दिया, "ताऊ जी, यह रोगी नहीं, मेरे पापा हैं। रोग का इलाज तो डॉक्टर साहब ने कर दिया। हम तो पापा की सेवा कर रहे हैं।"

महेन्दर को खाना खिलाने के बाद उसने रात की दवा दी और फिर एक गिलास गर्म दूध पिलाया और अपनी माँ के साथ वहीं सोफे पर बैठे-बैठे सो गई।

लगभग 2:00 बजे रात में महेन्दर की नींद खुली तो देखते हैं कि बेटी सोफे पर सो रही है। सामने टेबल लैंप की रोशनी में उसका चेहरा किसी भोले-भाले बच्चे-सा दमक रहा है। चेहरे पर एक अजीब-सी मासूमियत है जोकि अनमोल है। बचपन से लेकर मेडिकल कॉलेज भेजने तक महेन्दर ने हमेशा अपनी बेटी को नाजों से पाला। उसके हर नखरे बर्दाश्त किए। कभी भी अकेला नहीं पड़ने दिया और एक आँसू भी गिरने नहीं दिया लेकिन आज बेटी के फूट-फूट रोने की अवस्था देख अब भीतर से बहुत असहाय महसूस करने लगे। हालाँकि वे जानते थे कि ये पिता के प्यार के आँसू हैं लेकिन उसकी अपनी जिन्दगी में किसी भी तरह से कोई आँसू नहीं आने देने के लिए उनकी अन्तरात्मा पुकारने

लगी। उन्होंने फिर सोने की कोशिश की लेकिन कुछ देर की झपकी के बाद नींद टूट गई।

अन्त में उन्होंने मीना को आवाज दी और सोने को कहा। मीना ने नींद-नींद में ही कहा, "पापा, मैं ठीक हूँ, हमें नाइट ड्यूटी की आदत है। आई एम ऑन ड्यूटी। मुझे अपनी ड्यूटी करने दे और आप सो जाइए।"

अगले दिन महेन्दर का पूरा चेकअप कराया गया। मीना ने स्वयं डॉक्टरों से बातचीत की। रिपोर्ट देखने के बाद वह समझ गई कि जो भी आँकड़े स्वास्थ्य के प्रतिमानों से इधर-उधर हैं, उनका कारण कहीं-न-कहीं तनाव है। उसे समझते देर न लगी कि इस तनाव का कारण उसका फैसला है जो महेन्दर अभी तक बर्दाश्त नहीं कर पा रहे हैं। उसने मन-ही-मन सोचा कि वह पिता और प्रेम में पिता को ही चुनेगी और निश्चय कर लिया कि हालत में सुधार होते ही अपने फैसले से महेन्दर को अवगत करा देगी। लेकिन यह इतना आसान न था। जब भी शैलेश का फोन आता, उसका संकल्प बिखर जाता।

धीरे-धीरे प्रेम और वात्सल्य की धुन्ध में वह कहीं-न-कहीं अपने-आपको बहुत असहाय महसूस कर रही थी। लेकिन हर बार हिम्मत जुटाती कि जो भी होगा, देखा जाएगा, लेकिन पापा को दुखी करना सम्भव नहीं है। फिर उसके मन में शैलेश के अलावा किसी अन्य पुरुष की कल्पना आते ही असहायता इतनी बढ़ जाती कि आँखों में उतर आती। कभी-कभी वह छिपकर रोती।

हफ्ते भर में ही महेन्दर सिंह घर पर ऊबने लगे और स्वास्थ्य भी अब ठीक हो गया था, इसलिए उन्होंने बैंक में वापस ड्यूटी ज्वाइन करना उचित समझा।

मीना भी अच्छी तरह से आश्वस्त हो गई थी और उनकी जाँच-पड़ताल के बाद वह भी सन्तुष्ट थी कि पापा ड्यूटी ज्वाइन कर सकते हैं। उसे भी अपने एमबीबीएस फाइनल सेमेस्टर की छूटी हुई तैयारी को पूरा करना था। चलते हुए उसने कहा, "पापा, हमने जो भी पहले आपसे बहस की शैलेश को लेकर, उसके लिए माफी माँगती हूँ लेकिन अभी कम-से-कम एमडी पूरा होने तक मैं शादी नहीं करूँगी और आपकी मर्जी के खिलाफ कोई काम नहीं करूँगी। बस, आप खुश रहिएगा," यह कहते हुए वह गाड़ी में बैठ रोहतक को रवाना हुई।

महेन्दर कहीं-न-कहीं उसके आत्मत्याग को समझ रहे थे और बार-बार बेटी का अबोध चेहरा उन्हें कहीं-न-कहीं कचोट रहा था। हालाँकि मीना ने महेन्दर की बात मान लेने का वादा करके सारी चुनौतियाँ खत्म कर दीं लेकिन अब महेन्दर को लगने लगा कि उसने अपनी खुशियों को बलिदान कर दिया।

बैंक पहुँचकर उन्होंने विनोद जी को अपना ज्वाइनिंग लेटर दिया तो विनोद जी ने कह दिया, "आज बुधवार है, अब सीधे सोमवार को ज्वाइन करना। क्या करेगा इतनी छुट्टियाँ बचाकर? अभी पूरी तरह ठीक नहीं हुआ है। क्योंकि जो मस्ती तेरे

चेहरे पर दिखनी चाहिए, हमें नहीं दिख रही," और जबरदस्ती उन्होंने उनकी छुट्टी चार दिनों के लिए बढ़ा दी।

दूसरे लोगों ने भी समर्थन किया, "हाँ, भाई, कम-से-कम दस दिन रेस्ट बनता है, एक हफ्ते से क्या होगा?"

उधर पत्नी दिन में कहीं घूमने के लिए जाने नहीं देती और वे विश्राम करते-करते ऊबने लगे थे। मजबूरी में वे टीवी खोलकर चैनल बदलते जा रहे थे कि अचानक दूरदर्शन के किसी चैनल पर भारतेन्दु हरिश्चन्द्र के नाटक 'भारत दुर्दशा' का मंचन दिखाई दिया। न तो कोई मैच, न ही कोई ताजी खबर और न ही कोई फिल्मों का शौक उनको था। अत: इस बार उन्होंने वही चैनल लगा दिया। काफी दिनों बाद दूरदर्शन का प्रसारण देख वे नॉस्टैल्जिक हो उठे। उन्हें अस्सी के दशक का दूरदर्शन याद आने लगा। उन्होंने उसी चैनल पर एक गजल सुनी और फिर खाना खाने के लिए दूसरे कमरे में चले गए।

मीना के जाने के बाद घर में एक अजीब-सी मारक शान्ति थी, जो उन्हें बार-बार बिटिया का चेहरा और उसका फूट-फूट कर रोना याद दिलाते हुए गमगीन कर देती थी। एकाध दिन बाद उन्होंने सपने में 'भारत दुर्दशा' के मंचन को देखा जिसमें भारत पर ईर्ष्या-द्वेष, आलस्य, भ्रष्टाचार, धोखेबाजी आदि मनोविकारों के जीवंत रूप विभिन्न हथियारों से लैस होकर आक्रमण कर रहे हैं। कुछ देर में ये सब दिल्ली से होते हुए उनके गाँव पर आक्रमण कर रहे हैं।

मदिरा के नशे में चूर अट्टहास करता हुआ जातिवाद उनकी बेटी को बार-बार भाले से कोंच रहा है और वह छटपटा रही है। प्यास से पानी माँग रही है। शैलेश थोड़ी दूर पर पानी का गिलास लिये खड़ा है, लेकिन छुआछूत जो कि जातिवाद का भाई है, शैलेश के ऊपर खंजर से आक्रमण करता है और पानी का गिलास फेंक देता है। फिर शैलेश का खून पीकर अट्टहास करते हुए उछलता है और जातिवाद मीना के बालों को पकड़कर घसीटते हुए उसे अन्धे कुएँ में लटकाने जा रहा है। महेन्दर अपने घर से लाठी-भाला लेकर बेटी की रक्षा करना चाहते हैं लेकिन उनका पूरा गाँव एक साथ उनको दबोचकर रोक लेता है। पत्नी छाती पीट रही है और वह खुद चिल्ला रहे हैं, रो रहे हैं लेकिन सब हँस रहे हैं।

परम्परा खून के छींटों वाली सफेद साड़ी में नाच रही है। उसके हिंसक तांडव के बाद परम्परा का पति रिवाज आ करके सभी गाँव वालों को शाबाशी देता है और इसके साथ चेतावनी भी देता है कि तुम लोग भी अगर हमारी कदर नहीं करोगे तो हमारे सैनिक और सिपहसालार तुम्हारे बच्चों का यही हाल करेंगे—हा-हा-हा-हा!

अचानक झटके से महेन्दर उठ बैठे। पत्नी ने माथा सहलाया और पूछा, "क्या देख रहे थे सपने में?"

वे बोले कुछ नहीं। पत्नी लाख पूछती रही लेकिन उन्होंने बताया नहीं।

अगली सुबह सैर के लिए खेतों से होते हुए वे उस प्राइमरी स्कूल तक चले गए जहाँ मीना बचपन में पढ़ती थी। उनको याद आया, किस प्रकार मीना ने आठवीं में पूरे जिले में पहला स्थान प्राप्त किया था और स्कूल के हेडमास्टर और सरपंच ने उनका पगड़ी बाँधकर सम्मान किया था। उस पगड़ी की याद आते ही उनके मन में फिर से विचारों का एक झुंड उमड़ आया। बार-बार बी.ए. में हिन्दी की किताबों में पढ़ी 'सरोज-स्मृति' कविता की पंक्तियाँ गूँजने लगीं : 'धन्ये, मैं पिता निरर्थक था, कुछ भी तेरे हित न कर सका।'

हताशा और पराजय का मनोभाव लिये वह नहर से ही लौट आए, आगे नहीं गए। सारा दिन उनके जेहन में महाकवि निराला की तसवीर और 'सरोज-स्मृति' की पंक्तियाँ कौंधती रहीं :

'धन्ये, मैं पिता निरर्थक था, कुछ भी तेरे हित न कर सका।'

वे अपनी असहायता महसूस करते हुए आत्मग्लानि में डूबने को ही थे कि अचानक उनको 'राम की शक्ति-पूजा' की याद आई : 'वह एक और मन रहा राम का जो न थका।'

घर आकर उन्होंने अपनी बैठक की किताबों की अलमारी में से लगभग आधे घंटे में महाकवि निराला का एक पुराना कविता संग्रह 'राम की शक्ति-पूजा' खोजा और पढ़ने लगे। दोपहर बाद तक वह कविता-संग्रह खत्म कर चुके थे और अब तक वह अपने भीतर एक और मन की तलाश करने लगे जो सिर्फ और सिर्फ पिता का मन था, जो नहीं मानना चाहता था कि 'धन्ये, मैं निरर्थक पिता हूँ।' उसी पल उन्हें अपने दादाजी की याद आई जो 1965 की लड़ाई में शहीद हुए थे। उन्हें आभास हुआ कि दादा जी देश के बाहरी दुश्मनों से लड़ते हुए शहीद हुए और मैं भी लड़ूँगा देश के भीतर के दुश्मनों से—भले ही मारा जाऊँ। फिर उनके मनपसन्दीदा अभिनेता राजेश खन्ना की कही हुई एक बात याद आ गई : 'बाबू मोशाय, जिन्दगी बड़ी होनी चाहिए, लम्बी नहीं' और उन्होंने तय किया कि वह निरर्थक पिता नहीं रहेंगे, अपनी बच्ची की मुस्कान पर कोई आँच नहीं आने देंगे।

अगले हफ्ते अपनी ड्यूटी ज्वाइन करने के बाद उन्होंने विनोद जी से कहा, "सोच रहा हूँ, सारी जमीन-जायदाद बेचकर नोएडा, दिल्ली या गुड़गाँव में एक कोठी ले लूँ और बेटी की शादी उसकी मर्जी से कर दूँ। फिर न रहूँगा गाँव में और न ही जीना मुश्किल होगा। अगर आपकी नजर में कोई खरीददार हो तो देखिएगा। मेरे लिए बाप-दादा-पुरखे महत्त्वपूर्ण हैं लेकिन उनसे ज्यादा महत्त्वपूर्ण मेरी बिटिया है, जो मेरे सामने इसी लोक में रहती है। इसीलिए मुझे उसकी सबसे अधिक चिन्ता है और मैं उसकी आँखों में आँसू आने से पहले अपना गर्दन कटवा देना बेहतर समझता हूँ।"

विनोद बाबू अचानक गम्भीर हो गए, बोले, "क्या बात कर रहा है भाई? जमीन-जायदाद क्यों छोड़कर भागेगा? पुलिस-कोर्ट-न्यायालय क्या खत्म हो चुके हैं या पिंडारियों का राज आ गया है? कुछ तो नियम-कानून संविधान के भी चलेंगे। तू अभी चिन्ता मत कर। वैसे मैं तेरे इस हृदय-परिवर्तन का सम्मान करता हूँ लेकिन जल्दबाजी में जमीन-जायदाद बेच के घर से क्यों भागेगा? किसी साले का डर पड़ा है? जब गर्दन कटाणे की बात सोच रखी है, तब फिर किस बात का डर? 'चाह गई, चिन्ता मिटी, मनुआ बेपरवाह।' इसलिए बेपरवाह होकर रह। डर के आगे जीत है।

"हाँ, एक बात मैं बता देना चाहता हूँ कि पहले गाँव में जाकर घोषणा करके शादी-वादी करोगे तो बहुत विरोधी बनेंगे और तेरी ऊर्जा व्यर्थ होगी इसलिए मेरी मानो तो अगले शुक्रवार को दिल्ली चलते हैं। वहाँ प्रोफेसर साहब से मिलकर कुछ सलाह करते हैं। खाप पंचायतों की मनमानी और क्रूरता पर उन्होंने कई टीवी प्रोग्रामों में जोरदार खिलाफत की जिससे बड़े-बड़े चौधरी प्रोग्राम छोड़कर भाग गए, तो मेरी बात मान, उनके पास चलते हैं। कुछ आइडिया मिलेगा तो डटकर मोर्चा ले करके हम जीतेंगे। रण छोड़कर भागने की जरूरत नहीं है। लेकिन सबसे पहले मीना बिटिया को बोल दो कि बेटा, हम तुम्हारे साथ हैं। चाहे दुनिया इधर से उधर हो जाए लेकिन तेरी खुशी मेरे लिए सबसे बड़ी चीज है।"

विनोद जी का सहारा पाकर महेन्दर ने थोड़ी देर बाद मीना को फोन पर सब कुछ कहा। वह 'हेलो-हेलो' करते रहे लेकिन उधर से कोई आवाज नहीं आई। वे समझ गए कि बिटिया का गला रुँध गया है।

कुछ देर बाद उन्होंने फिर फोन किया और बोले, "बेटा, तू बिलकुल चिन्ता मत कर। तेरी खुशी की खातिर हम अपनी जान भी दे देंगे और हमारे कई प्लान हैं, वह तुझे बाद में बताएँगे। तू अपनी पढ़ाई कर और ठीक अगले साल उसी शैलेश के साथ मैं तेरे हाथ पीले करूँगा। यह महेन्दर सिंह का वादा रहा।"

मीना फूट-फूट कर रोने लगी।

महेन्दर सिंह ने फिर कहा, "बेटा, रोना नहीं। अभी समाज की बहुत गन्दगी साफ करनी है। इसलिए हिम्मत से काम ले, सब मेरे ऊपर छोड़ दे।"

अगले शनिवार को दोपहर तक महेन्दर और विनोद बाबू जेएनयू में किसी तरह पूछते-पाछते प्रोफेसर धर्मपाल के पास पहुँचे। चाय-नाश्ते के बाद अपनी व्यथा और बेटी से अपना वादा भी बताया। साथ में कहा, "प्रोफेसर साहब, टीवी पर आपकी बातें सुनकर बड़े-बड़े चौधरियों की बोलती बन्द हो जाती है। कुछ ऐसा बताइए कि मैं भी सबकी बोलती बन्द कर दूँ।"

प्रोफेसर साहब ठहाका मारकर हँसे और बोले, "सिंह साहब, वह टीवी चैनल है। अगर आपके गाँव में जाकर ऐसी बात करूँ तो जिन्दा बच लूँगा क्या? लेकिन आप चिन्ता मत करिए। जब विनोद जी ने मुझे खबर की थी तब से एक योजना

मेरे दिमाग में पल रही है और मुझे विश्वास है कि अगर सही तरीके से उस पर अमल किया गया तो आप जरूर बोलती बन्द कर देंगे।

"देखिए, आप कभी किसी पागल के व्यवहार को देखें। वह सबको गाली देता है, धमकाता है, उलटे-सीधे बिहेव करता है, फिर भी लोग उसको नजरअन्दाज कर देते हैं, यह कहकर कि पागल है। लेकिन कुछ दिन बाद इसी पागलपन के बहाने से अगर एक डिस्कोर्स शुरू होगा तो शुरू में लोग उस पर ध्यान नहीं देंगे या बदले की भावना नहीं रखेंगे लेकिन अगर धीरे-धीरे वही डिस्कोर्स प्रबल होता जाए तो लोगों को सोचने पर मजबूर कर सकता है। जैसे अपने देश में लोग लाख गांधी की बुराई करें, लेकिन गांधी जी को पब्लिकली अगर आप बुरा कहना शुरू करें तो इसी समाज में अच्छे-खासे लोगों का एक समूह आपके प्रतिरोध में खड़ा हो जाएगा। इस देश में आज भी ग्रामीण इलाके में देखें तो कहीं वे गांधी जी हैं, कहीं गांधी बाबा हैं, कहीं गांधी जी परमात्मा ही हैं। समाज का एक बहुत बड़ा तबका लाख कमियों के बावजूद आज भी गांधी जी के रास्तों को गलत नहीं मानता, भले ही उस पर चलता न हो। आप पहले गांधीवाद की बुराइयाँ करिए, लोगों से संवाद पैदा करने की कोशिश कीजिए और फिर उसी संवाद को अपना लीजिए। आप देखेंगे, सामनेवाले की बोलती बन्द हो जाएगी।

"जैसे अभी जहाँ भी गांधीवादी विचारधारा का कुछ चल रहा हो, आप उसके खिलाफ अपने तर्क दीजिए। लोग आपको मारेंगे नहीं। कम-से-कम गांधीवादियों में इतनी तमीज तो बची है। परन्तु वे आपसे बहस कर सकते हैं, अपनी बात के पक्ष में आपको प्रमाण दे सकते हैं। फिर आप धीरे-धीरे अपने अगल-बगल चौपाल-चौराहे पर एक बहस चलाइए और फिर गांधीवादी हो जाइए। तारीख गवाह है, इस देश में लोग गांधीवाद को भले न अपनाएँ लेकिन गांधीवादी को नुकसान नहीं पहुँचाते। उम्मीद है, आप मेरा मतलब समझ गए होंगे।"

यद्यपि महेन्दर को कुछ समझ में नहीं आया लेकिन उनकी हिम्मत नहीं हुई प्रोफेसर साहब से बहस करने की; बल्कि वे कुछ उधेड़बुन में थे कि प्रोफेसर ने फिर उन्हें टोका, "सिंह साहब, सबसे पहले आप यह गांधी जी की आत्मकथा पढ़ें और पढ़ने के बाद मुझे फोन करें। इसके साथ ही अपने आस-पड़ोस में यह भी जाहिर करें कि आप आजकल गांधी जी को पढ़ रहे हैं।"

लगभग पन्द्रह दिन बाद महेन्दर सिंह ने प्रोफेसर साहब को फोन किया और बताया, "जनाब, मैंने पढ़ लिया है। कई जगह मुझे खुद नई बातें पता चलीं। अब आगे क्या करना है?"

प्रोफेसर साहब बोले, "आपके गाँव में कोई स्कूल वगैरह है जहाँ 15 अगस्त, 2 अक्टूबर या 26 जनवरी आदि मनाई जाती हो?"

"जी हाँ, है।" महेन्दर ने कहा

"तो अवश्य ही गाँववाले राष्ट्रीय पर्व मनाने के लिए इकट्ठा होते होंगे?"

"जी, अवश्य, बल्कि हम लोग तो बच्चों को मिठाई भी बाँटने के लिए चन्दा जुटाते हैं।"

प्रोफेसर ने कहा, "इस बार चन्दा मत दीजिएगा और अगर कोई माँगे तो बोल दीजिएगा कि गांधी की वजह से आज हम सब इतने प्रॉब्लम झेल रहे हैं वरना हमारा देश सोने की चिड़िया होता, आदि-आदि। फिर गांधी जी के समर्थकों की आवाज उठने दीजिए। बहुत-से लोग आपको चुनौती देंगे। अपनी मनमानी घटनाएँ बताएँगे। आपको सिर्फ प्रश्न उठाना है कि कोटेशन बताओ, कहाँ से लिया है। और लोग नहीं बता पाएँगे। फिर आप अपनी कही बातों को किताब में दिखाएँगे। आपकी व्याख्या गलत है, यह कहने के लिए कुछ लोग जरूर आगे आएँगे। फिर आप उनसे थोड़ी-बहुत बहस कर लीजिएगा और फिर बोलिएगा कि हम आप पर विश्वास तभी करेंगे जब आप लिखा हुआ दिखाएँ, नहीं तो जो मैं कह रहा हूँ, वो मानें। फिर आप धीरे-धीरे खादी के कुर्ते वगैरह पहनना शुरू कर दीजिए और गाँव की किसी समस्या को लेकर गांधी जी की तसवीर के साथ भूख-हड़ताल पर बैठ जाइए चौपाल पर। मैं गारंटी देता हूँ, आपको कोई भगाएगा नहीं। यदि गाँव में कहीं झगड़ा हो रहा हो तो आप उसी तसवीर को ले जाकर उपवास की धमकी दे दीजिए। गाँव के ऊपर के स्तर का मामला हो तो सभी को साथ लेकर गांधीवादी तरीके से एक दिन सत्याग्रह करना शुरू कर दीजिए। वैसे ही, जैसे गांधीवादी किया करते हैं। जब आप सत्याग्रह तक पहुँच जाएँ तो मुझे फोन कीजिएगा, फिर मैं अगला कदम आपको बताता हूँ।"

कुछ दिन बाद ही गांधी जयन्ती थी और योजनानुसार महेन्दर सिंह उसी समय स्कूल के सामने से गुजरे, जब 'साबरमती के संत, तूने कर दिया कमाल' नामक गीत बच्चे गा रहे थे। बच्चों के अभिभावक के साथ-साथ कुछ गाँव के गण्यमान्य लोग भी थे। प्रधान और सरपंच तथा मुख्य अतिथि ब्लॉक प्रमुख भी थे। कार्यक्रम चल ही रहा था कि प्रधानाचार्य ने महेन्दर सिंह को बड़े आदर से बुलाया और ब्लॉक प्रमुख से परिचय कराते हुए कहा, "इनकी बेटी हमारे गाँव से पहली डॉक्टर बनी है। इन्होंने अपनी बेटी को बहुत प्रोत्साहन देकर आगे बढ़ाया।"

मुख्य अतिथि के सम्बोधन के दौरान अचानक ब्लॉक प्रमुख ने कहा, "महेन्दर जी ने जिस तरह अपनी बेटी को डॉक्टर बनाया, मैं चाहता हूँ कि वह कुछ कहें ताकि बच्चों का उत्साहवर्धन हो।"

महेन्दर सिंह इसी मौके की तलाश में थे। पहले तो उन्होंने बच्चों को जमकर खेलने और उतना ही पढ़ने की सलाह दी। फिर बोलना शुरू किया, "आदरणीय सरपंच जी व ब्लॉक प्रमुख जी! मैं यह कहना चाहता हूँ कि स्कूलों में झूठी बातों का प्रचार बन्द होना चाहिए। अब यह क्या मतलब है 'साबरमती के संत, तूने कर

दिया कमाल' जैसे गीत का? कोई और था ही नहीं स्वतंत्रता संग्राम करने के लिए? और गांधी जी की सुनता कौन था कांग्रेस में? गांधी ने नेहरू को आगे करके देश को पीछे कर दिया। यदि पटेल जी प्राइम मिनिस्टर होते तो देश की बात कुछ और होती। और उस नेहरू ने कश्मीर का मुद्दा उठाकर आज तक के लिए घाव पैदा कर दिया। अरे जो आदमी बुढ़ापे में भी ब्रह्मचर्य के नाम पर उलटे-सीधे प्रयोग करता हो, उसका महिमामंडन करने से बच्चों को रोकना चाहिए।"

महेन्दर कुछ और बोलते, तब तक प्रिंसिपल साहब ने माइक छीन ली। सरपंच जी बोले, "आप पागल हो गए हैं क्या? या आपकी बीमारी अब मस्तिष्क में आ गई है और आपको मेंटल हॉस्पिटल भेजा जाए? गांधी जी के बारे में इस तरह की बदतमीजी वाली बातें कर रहे हैं! क्या आपने अपनी बिटिया को यही सिखाया था, जो आज डॉक्टर है?"

महेन्दर सिंह ने कहा, "मैंने यही सिखाया था कि गांधी के सिद्धान्तों में न कोई दम है और न ही 'प्रैक्टिकैलिटी'। जिस आदमी को उसकी पार्टी वाले भी इज्जत नहीं देते हों, उसको लेकर आप लोग महिमामंडन कर रहे हैं।"

अबकी प्रमुख जी भड़क गए, "देखिए, महेन्दर बाबू, प्रिंसिपल साहब ने आपके बारे में बताया तो हमने आपकी इज्जत की लेकिन गांधी जी के खिलाफ आप अगर इस तरह से बोलेंगे तो आपका मुँहतोड़ जवाब दिया जाएगा।"

महेन्दर सिंह इसी मौके की तलाश में थे, "अभी भले मेरी बातें बुरी लगी हों, लेकिन मैं बिना वजह की अफवाह और सनसनीखेज खबरों में यकीन नहीं रखता। ठोस यकीन के साथ अपनी बात रखता हूँ।...रुकिए एक मिनट।" फिर अपने कन्धे पर लटके झोले को उतारा और गांधी जी की आत्मकथा दिखाते हुए बोले, "जिस आदमी के पिताजी के प्राण-पखेरू उड़नेवाले हों और वह ऊपरी मंजिल पर रासलीला कर रहा हो, उसको आप लोगों ने बापू और राष्ट्रपिता बना दिया है। हम तो नहीं मानते ऐसे आदमी को कि बाबूजी बुला रहे हैं और वह लुगाई के घाघरे में बैठा रहे।"

अबकी प्रिंसिपल साहब ने कहा, "देखिए, यहाँ पर बच्चे हैं। आप, लगता है, सच में सठिया गए हैं और किसने आपको यह किताब दी?"

"अरे देना क्या है, हम खरीद नहीं सकते क्या?"

"नहीं, आप उसको सही तरीके से नहीं पढ़ रहे हैं। आप यह क्यों नहीं सोच रहे हैं कि गांधी जी ने अपनी समस्त बुराइयों और कमियों को बेशक सबके सामने रखा लेकिन आपको इसमें सत्यप्रियता नहीं नजर आती?"

"तब तो हर आदमी अपनी सुहागरात का वर्णन करके सत्यवादी हो जाएगा, अगर यही आपका पैमाना है तो! मैं तो होश में हूँ। लगता है, आप लोगों ने ठीक से इस किताब को नहीं पढ़ा है।"

अब ब्लॉक प्रमुख जी बोले, "आप दो किताबें पढ़कर इस तरह आँय-बाँय-साँय न बकिए; बल्कि किसी गांधीवादी विद्वान से पूछिए गांधी जी की महानता और उनके योगदान के बारे में और खबरदार, बापू के लिए सम्मानजनक शब्दों का प्रयोग करें वरना अच्छा नहीं होगा और फिर जो व्यक्ति मर चुका हो, उसके लिए इस तरह अपमानजनक बातें नहीं की जाती हैं। यही आपकी मर्यादा है?"

महेन्दर सिंह ने कहा, "प्रमुख जी, आप बात टाल रहे हो। मैंने गांधी को गाली नहीं दी लेकिन बापू भी नहीं कहूँगा। जिसके कर्म ऐसे हों, उसको भला कौन बापू कहना चाहेगा? अभी आपके पिताजी या दादाजी वह सब काम करें जो आत्मकथा में लिखा है, तो आप उनकी इज्जत कर पाएँगे?"

अब प्रमुख जी थोड़ी देर चुप रहे, तब महेन्दर सिंह ने कहा, "देखा, हो गई न बोलती बन्द? 'समरथ को नहिं दोष गुसाईं'! अब गांधी समर्थ थे तो उनका दोष लोगों को नजर नहीं आता। और सबसे बड़ी बात यह है कि जिस आदमी ने हमेशा हर आन्दोलन को कमजोर किया—कभी अंग्रेजों से मिल करके, तो कभी ऐसी पलटी मार जाता था कि लोग देखते रह जाते थे। अब देखिए, असहयोग आन्दोलन शुरू किया कि चौरी-चौरा कांड के बहाने से पीछे हट गया। अरे भाई, जब इतनी जल्दी फट जाती है तो फिर पूरे देश भर के स्तर के आन्दोलन की क्या जरूरत थी? और मुसलमानों के साथ, पता नहीं, इस आदमी की क्या दोस्ती थी कि पूरे देश को मुखालफत आन्दोलन में लगा दिया और जब पाकिस्तान अलग हो गया तो अलग से 55 करोड़ रुपये देने के लिए भूख-हड़ताल पर बैठ गया। बताइए, नाथूराम ने गलत मारा है?"

अबकी सरपंच जी भड़क गए, "देख महेन्दर सिंह, तुझे तो हम शरीफ मानते थे लेकिन तू अब हिन्दू महासभा वालों की तरह बातें कर रहा है। अपनी औकात में रह और तुझे जो बात कहनी है, वह तमीज से कह। हम सारे बेवकूफ नहीं बैठे जो गांधी जी को राष्ट्रपिता मानते हैं। एक तू शाहरुख नहीं लगा और लगा भी तो हमारी बला से। अब तुझे अन्तिम बार कह रहे हैं, गांधी जी की शान में कोई गुस्ताखी की तो पंचायत बुलानी पड़ेगी और तेरा हुक्का-पानी बन्द करना पड़ेगा।"

महेन्दर सिंह ने सुलगती आग देख पेट्रोल छिड़का, "किस बात की पंचायत? पंचों को पता भी है, गांधी जी पैदा कब हुए थे? उनका पूरा नाम तो पता ही नहीं है तुम लोगों को और पंचायत करोगे? अच्छा, छोड़ो, बताओ, गांधी जी की डिग्री क्या थी? कहाँ तक पढ़े थे?

किसी ने धीरे से कहा, "बैरिस्टर।"

महेन्दर सिंह ने मुँहतोड़ जवाब दिया, "तब तो कह देते वकील। अरे गधो, जैसे एलएलबी की डिग्री से कोई व्यक्ति वकील बनता है, वैसे 'बार एट लॉ' की डिग्री पाकर बैरिस्टर बनते हैं। तुम लोगों को तो खैर, उनके परिवार के बारे में भी

नहीं पता। उनकी किताबों के बारे में भी नहीं पता तो मैं क्या बोलूँ? थोड़ा-बहुत पढ़ लेना, फिर आकर बहस करना और मैं गांधी की पोल खोलता हूँ। हम तो जो कह रहे हैं, एक-एक चीज का सबूत मेरे पास है।"

गाँव के सभी गण्यमान्य और अन्य लोग महेन्दर सिंह के इस चैलेंज से जहाँ एक ओर गुस्से में थे, वहीं अपनी अज्ञानता पर चुप भी थे। अन्त में ब्लॉक प्रमुख जी ने कहा, "भाई, किताबों का तो हम नहीं जानते लेकिन गांधी जी के जीवन पर एक फिल्म आई है—'गांधी'। उसको पूरे गाँव को दिखाया जाए, उसके बाद बातचीत की जाए। गांधी जी के जीवन की घटनाओं के हिसाब से व्यक्तिगत रूप पर उनको देखा जाए या हिन्दुस्तान के लिए उन्होंने जो राह दिखाई, उनकी बातों पर यकीन किया जाए।"

अन्त में यह तय हुआ कि शाम को चौपाल पर 'गांधी' फिल्म दिखाई जाएगी और सभी लोग देखेंगे।

ठीक 7:30 बजे प्रोजेक्टर द्वारा फिल्म शुरू की गई। गाँव के लगभग 80 प्रतिशत लोग वहाँ बैठे थे। ब्लॉक प्रमुख जी भी आए थे। फिल्म चलती रही और महेन्दर सिंह ने देखा कि पर्दे की रोशनी में बहुत सारे लोग विभिन्न दृश्यों पर कभी ताली बजा रहे हैं तो कभी रो रहे हैं और जब गोडसे ने गांधी जी के सीने पर तीन गोलियाँ दागीं तब सरपंच और ब्लॉक प्रमुख भी रूमाल से आँखें पोंछते नजर आए।

फिल्म खत्म होने के बाद महेन्दर सिंह से सरपंच ने पूछा, "अभी भी आप गांधी जी को बुरा-भला कहने की हैसियत रखते हैं?"

महेन्दर सिंह ने छूटते ही कहा, "फिल्म देखकर तो नहीं क्योंकि फिल्म में सच्चाई के अलावा कल्पना भी होती है। इसलिए सब कुछ बढ़ा-चढ़ाकर दिखाया जाता है। फिल्म देखकर तो कोई भी रो लेता है। पिछले साल इसी चौपाल पर 'करण-अर्जुन' फिल्म देखकर बहुत-से लोग रो रहे थे तो इसका क्या मतलब, शाहरुख और सलमान खान बहुत महान हो गए? यह सब रोना-धोना करके किसी की महानता मत तय करिए, मुद्दे पर बात कीजिए। उसके लिखने-पढ़ने और विचारों के बारे में बात करिए, तब मानूँगा कि गांधी जी महान थे या आप लोग कुएँ के मेढक हैं। जानते-वानते कुछ नहीं, बस, प्रमुख जी के भाई को कांग्रेस से एमएलए का टिकट चाहिए इसलिए गांधीवादी बने हुए हैं।"

ब्लाक प्रमुख तिलमिलाकर रह गए। उन्होंने कहा, "भाई, मैं तो राजनीतिक आदमी हूँ। एक गैर-राजनीतिक व्यक्ति से पूछिए कि गांधी जी ने क्या देश को आजाद नहीं कराया या गांधी जी की महानता पर किसी को शक है?" सामने बैठे एक अध्यापक से उन्होंने पूछा, "भाई, जो आरोप यह महेन्दर सिंह लगा रहे हैं, उसके बारे में आप क्या कहेंगे?"

अध्यापक ने छूटते ही कहा, "श्रीमान जी, गांधी जी पर हमारा ज्ञान बहुत ज्यादा नहीं है। ऐसा करते हैं, बिना किसी हो-हल्ला या झगड़े के मैं गांधी आश्रम से उनकी कुछ किताबें और 'गांधी-दर्शन' की सामग्री लाकर अपने विद्यालय के वाचनालय में रखूँगा। जिसको पढ़ना है, पढ़े, फिर अगली 26 जनवरी को या और पहले भी, जब कोई राष्ट्रीय पर्व मनाया जाए, तो इस बात पर एक चर्चा रखी जाएगी कि गांधीवाद कितना जरूरी है। अभी तो महेन्दर सिंह जी का पलड़ा भारी है। वह जो कहेंगे, स्वीकार करना पड़ेगा। लेकिन सिंह साहब से गुजारिश है कि गांधी जी हमारी भावनाओं में और आस्था में हैं इसलिए उनके लिए आदरसूचक प्रयोग ही किया जाए।"

महेन्दर सिंह ने कहा, "मुझे अभी भी यह कहना है कि गांधी जी की मैं बेइज्जती नहीं कर रहा लेकिन मेरे दिल में कोई इज्जत नहीं है। क्यों नहीं है, मैंने बता दिया और अगर किसी को लगता है तो वह अपनी बात रखेगा।"

सरपंच और प्रमुख जी ने भी सभी नौजवानों से आग्रह किया कि अधिक-से-अधिक गांधी जी के बारे में पढ़ें और समझें ताकि भविष्य में कुछ सीखने को मिले।

जब उस रात महेन्दर सिंह ने फोन पर प्रोफेसर साहब को 'गांधी' फिल्म के दौरान लोगों के सुबकने की बात बताई तो प्रोफेसर धर्मपाल खुशी से उछल पड़े। बोले, "महेन्दर जी, आपके गाँव वाले हृदयहीन नहीं हैं। उनकी चेतना और मान्यता को जरूर बदला जा सकेगा। अब अगली 26 जनवरी तक आप 'हिन्द स्वराज' को अच्छे से पढ़िएगा और ज्यादा डिटेल में जाने की जरूरत नहीं है। 26 जनवरी को सभी लोग आपको गांधी का समर्थक बनाना चाहेंगे और आपको कुछ बहसों के बाद पूरा गांधीवादी बन जाना है।"

26 जनवरी को ध्वजारोहण आदि के बाद विद्यालय में सांस्कृतिक कार्यक्रम हुए। 2 अक्टूबर जैसे ही आज भी काफी लोग जमा हुए। ब्लॉक प्रमुख और सरपंच ने किसान डिग्री कॉलेज के राजनीति विज्ञान के विभागाध्यक्ष डॉ. बलराम पांडेय सहित दो-चार गांधीवादी विद्वानों को भाषण देने और महेन्दर सिंह का दिमाग ठीक करने को बुला रखा था।

गोष्ठी शुरू होते ही प्रमुख जी ने कहा, "डॉ. साहब, इसमें कोई शक नहीं कि राष्ट्रपिता महात्मा गांधी कितने महान थे लेकिन दो-चार किताबें पढ़कर हमारे गाँव का महेन्दर उनकी बुराइयाँ करता है।"

महेन्दर सिंह ने पहले की कही सारी बातें पुनः दुहराईं और कहा, "अब कैसे इज्जत करूँ जब गांधीवाद का कोई मतलब ही नहीं आज के जमाने में? गांधी जी के चरित्र को तो मैं पहले ही बता चुका हूँ, समझ में नहीं आता। आप सभी लोग जिन्दगी में गांधीवादी नहीं हैं। एक बात भी नहीं मानते गांधी जी की शिक्षा की। फिर भी पता नहीं, किस मानसिक गुलामी के तहत गांधी जी का महिमामंडन करते हैं?"

अबकी डॉ. बलराम ने बोलना शुरू किया, "महेन्दर जी, सबसे पहले धन्यवाद कि आपने एक बार नये सिरे से गांधी जी के जीवन-दर्शन से सम्बन्धित बहस को जिन्दा किया है। हर सिक्के के दो पहलू हैं। हर आदमी की जिन्दगी में उतार-चढ़ाव आते हैं। आप बापू की जिन्दगी को सम्पूर्णता में देखिए। आखिर वे भी मेरे और आपकी तरह एक आम इनसान थे लेकिन कुछ तो हुआ उनके सत्य के प्रयोगों से कि एक अधनंगे फकीर से ब्रिटिश हुकूमत की नाक में दम रहता था जिसके राज्य में कभी सूरज नहीं अस्त होता था। आखिर कोई तो बात थी कि आइंस्टीन जैसे महान वैज्ञानिक ने कहा कि आनेवाली पीढ़ियाँ यकीन नहीं करेंगी कि हाड़-मांस का ऐसा भी कोई आदमी धरती पर हुआ था। और तो और, अमेरिका में तो अश्वेतों ने अपने अधिकारों के लिए सिविल राइट मूवमेंट किया जिसके नेता मार्टिन लूथर किंग जूनियर थे। उन्होंने भी अपने आन्दोलन का श्रेय गांधी जी को दिया। आपने जो भी पढ़ा है गांधी जी के बारे में, उससे क्या यही निष्कर्ष निकलता है कि वे एक ऐयाश पुत्र और कामातुर बुजुर्ग थे? आज भी आप लोग जब हड़ताल करते हैं तो कौन-सी विधि अपनाते हैं? सत्याग्रह। इसी सत्याग्रह, असहयोग और सविनय अवज्ञा ने अंग्रेज़ों की हालत खराब कर दी थी। गांधी जी का मानना था—पाप से घृणा करो, पापी से नहीं।"

इसके बाद अन्य लोगों ने भी अपने विचार रखे।

प्रमुख जी ने कहा, "भाई महेन्दर, अब भी कोई शक है कि तू गांधी जी की बुराई करने की कसम ले चुका है?"

महेन्दर सिंह ने कहा, "नहीं प्रमुख जी और सरपंच जी। मुझे आप सबकी बातों ने एक नये सिरे से गांधीवाद को देखने की राह बताई। लेकिन एक सवाल लाजमी है। जब आप सब मेरे गांधी जी की बुराई करने पर इतने गुस्से में थे और इतना मानते हो तो उनकी शिक्षाओं पर चलते क्यों नहीं?"

अब चौपाल पर एक सन्नाटा-सा छाने लगा।

महेन्दर सिंह ने आगे कहा, "भाई, आज इस गाँव में गांधी जी के खिलाफ सबूत लेकर बोलने पर सारे मेरे पीछे पड़ गए। लेकिन एक भी ऐसा आदमी है जो गांधी जी की दिखाई हुई राह पर चलता हो? और मान लो, नहीं भी चलता तो कोई बात नहीं लेकिन फिर गांधी जी का फेवर क्यों किया जा रहा है? कोई कर्जा ले रखा है गांधी से, मेरी बात का जवाब दो?"

सन्नाटा छाया ही रहा।

अबकी बार वरिष्ठ पत्रकार रामनिवास जी बोले, "आपकी बात सही है कि कोई गांधी जी के बताए रास्तों पर नहीं चलता। स्वार्थ के कारण लोग अपने हिसाब से रास्ते चुनते हैं लेकिन फिर भी जो महान है, वह तो महान है। धर्म कहता है—चोरी मत करो, झूठ मत बोलो लेकिन कितना पालन होता है, आप जानते हैं। यह एक

अलग विषय है। चूँकि आपने गांधीवाद और गांधी जी की जिन्दगी से जुड़े मुद्दों को झूठा और बेकार बताया था। इस बात पर चर्चा के लिए हम इकट्ठे हैं। बाकी अब तक की बातचीत में आपके प्रश्नों पर चर्चा के दौरान यह निष्कर्ष निकलता है कि गांधी जी आज भी प्रासंगिक हैं। सत्याग्रह आज भी असरदार है। कोई इसे अपनाता है तो ठीक, नहीं अपनाता तो उसकी मर्जी।"

अब महेन्दर सिंह की बारी थी। वे खड़े हुए। बोले, "सभी लोगों का मैं धन्यवाद करता हूँ कि आज गांधी जी के बारे में जो भी मेरी आधी-अधूरी जानकारी थी, उसको आप सब विद्वानों ने सुधारा। लेकिन इसके साथ ही मुझे इस बात पर बड़ा आश्चर्य है कि गांधी जी की शिक्षाओं को अपनी जिन्दगी में लोग नहीं उतारते। आज इस चौपाल पर जहाँ कि हमारे सरपंच जी, प्रमुख जी और अन्य पंच बैठे हैं, और पंच साक्षात् परमेश्वर होते हैं, मैं सभी के सामने यह कसम खाता हूँ कि आज से बाकी जिन्दगी गांधी जी के बताए रास्तों पर चलूँगा।"

सब ताली बजाने लगे।

महेन्दर सिंह ने बोलना जारी रखा, "आज से सत्य, अहिंसा और सत्याग्रह मेरे रोजाना व्यवहार में शामिल होंगे। इनके लिए कोई मेरी जान भी ले ले, मैं पीछे नहीं हटूँगा।"

अचानक सरपंच खड़े हुए और घोषणा की, "भाई, के कह रहा? जान है कि खेत में लगी मूली, जो कोई ले लेगा? हम सब तेरे साथ हैं। गांधी जी के सिद्धान्तों की रक्षा में हम सब तेरे साथ हैं।"

महेन्दर सिंह ने तुरन्त पलटवार किया, "माननीय सरपंच जी और प्रमुख जी, आप नेता लोग हो, सुबह के वादे शाम को भूल जाते हो। आपकी बातों का मन्ने कोई भरोसा नहीं। लेकिन मुझे अपने गाँव वालों पर भरोसा जरूर है जो गांधी जी के भक्त हैं। बोलो भाई, भरोसा रखूँ या नहीं?"

भीड़ ने एक साथ चिल्लाकर कहा, "हाँ, भाई, हम तेरे साथ हैं। महात्मा गांधी की जय! महात्मा गांधी की जय!"

अबकी प्रमुख जी और सरपंच एक साथ खड़े हुए और भीड़ को शान्त रहने का इशारा किया। प्रमुख ने शायद अपने भाई के राजनीतिक भविष्य को ध्यान में रखकर कहना शुरू किया :

"माननीय पंचगण, पधारे हुए विद्वान और सभी भाइयो और बहनो!"

भीड़ ने चुटकी ली, "नेताजी, बहणें तो हैं नहीं, यहाँ किस बहन की बात कर रहे?"

प्रमुख ने कहा, "अरे भाई, भाषण देते-देते आदत हो जाती है। खैर, इसका मतलब इस गाँव के सभी लोग जो यहाँ हैं और नहीं भी हैं। हाँ, तो मैं राजपाल सिंह सांगवान, पुत्र स्वर्गीय अनार सिंह सांगवान, आज भगवान को और आप सबको

हाजिर-नाजिर मानकर यह शपथ लेता हूँ कि मैं भी हमेशा गांधी जी के बताए रास्ते पर चलूँगा और लोगों को भी कहूँगा कि ऐसा ही करें। और किसी सत्याग्रही मित्र के रास्ते में कोई दिक्कत आएगी तो मैं कन्धे से कन्धा मिलाकर उसके खिलाफ अहिंसात्मक तरीके से सत्याग्रह करूँगा। महेन्दर सिंह की तरह मैं भी अपनी जबान देता हूँ कि गांधी जी के सिद्धान्तों पर चलते हुए कभी किसी से नहीं डरूँगा और हमेशा सच का पालन करूँगा।"

और फिर एक-दूसरे की देखा-देखी चौपाल के लगभग हर व्यक्ति ने यह संकल्प ले लिया।

महेन्दर सिंह ने डॉ. बलराम पांडेय की तरफ देखते हुए फिर कटाक्ष किया, "डॉ. साहब, हमारे गाँव के लोग बड़े भोले हैं। अभी तो आप सबके सामने बड़ी-बड़ी शपथ ले रहे हैं लेकिन दो दिन बाद ही इनका सारा सिद्धान्त हवा में उड़ जाएगा। पिछले साल ही सबने स्वच्छता अभियान की कसम खाई। और आप गाँव में घूम लो तो बदबू से नाक फट जाएगी। मुझे तो इन सबका भरोसा नहीं है लेकिन मेरे भीतर एक फौजी का खून बह रहा है जो अपनी बात से डिगनेवाला नहीं।"

बलराम पांडेय कोई जवाब देते, इसके पहले सरपंच ने कहना शुरू किया, "भाई महेन्दर, बात तो तू सही कह रहा है लेकिन अब एक मौका दे। हम वादे से नहीं हटेंगे। जो हटेगा, उसका हुक्का-पानी बन्द कर दिया जाएगा। और अब तू आज से सत्याग्रह के लिए हमारा नेता। हम सभी पंच तेरे साथ हैं। और अब मीन-मेख निकालनी छोड़। एक नई शुरुआत कर।"

महेन्दर सिंह ने नारा लगाया : "महात्मा गांधी जी की जय!"

कुछ देर में चाय-नाश्ते के बाद चौपाल खत्म हो गई।

महेन्दर सिंह ने इसके बाद हर शनिवार और रविवार को गाँव की सफाई की जिम्मेदारी ली। गांधी टोपी और सफेद कुर्ते-पाजामे में वे कुछ स्वयंसेवकों के साथ खुद सफाई में जुट जाते। धीरे-धीरे और लोग उनके साथ आने लगे।

सरपंच जी ने एक दिन छेड़ा, "भाई, तू चुनाव लड़ने की तैयारी तो नहीं कर रहा?"

महेन्दर सिंह ने हँसकर उत्तर दिया, "चौधरी साब, अभी दस साल की नौकरी बाकी है और अगले साल प्रमोशन भी है। इतने पहले से कौन तैयारी करता है? और रही बात राजनीति की, तो हम तो आपके चेले हैं और इसी से बहुत खुश हैं।"

सरपंच भीतर तक भावविभोर हो उठे।

इसके बाद अगले एक साल तक महेन्दर सिंह अपने दोस्तों के साथ किसी-न-किसी बात पर गांधी जी से सम्बन्धित कोई दृष्टान्त सुनाते। खादी तो पहनना शुरू कर ही दिया था। शहीद दिवस के दिन वे चौपाल पर गांधी जी की फोटो

लगाते, माल्यार्पण और श्रद्धांजलि के उपरान्त उपवास करते और गांधी जी के भजन चलवाते। चोरी-छिपे कुछ विरोधी लोग उनको मेंटल भी कहते।

इस बीच उन्होंने एक बार नहर में पानी न छोड़ने और किसानों को खाद न उपलब्ध होने के कारण एसडीएम के कार्यालय के सामने गांधी जी की तसवीर के साथ भूख-हड़ताल भी की। एक दिन में ही विभिन्न राजनीतिक पार्टियों का समर्थन मिला और माँगें दो दिन में ही मान ली गईं। समाचार-पत्रों की रिपोर्टिंग में उनकी तसवीर भी छपी। और अब वे उस इलाके में प्रसिद्ध होने लगे थे।

एक दिन गाँव का ही रामपाल अपने अहाते में घुसे गली के एक कुत्ते को बुरी तरह पीट रहा था। कुत्ते की चीखने की आवाज सुनकर महेन्दर सिंह वहाँ पहुँचे और उस व्यक्ति का हाथ पकड़ लिया। बोले, "आप मुझे मार लें लेकिन इस बेजुबान को नहीं। इसकी बुद्धि होती जूठा-मीठा की पहचान करने की तो क्या यह कुत्ता होता?" फिर उस कुत्ते को पुचकारा और बगल की दुकान से बिस्कुट भी खिलाया।

जब उस व्यक्ति ने प्रतिवाद किया कि इसने उसके अहाते में सूख रहे पापड़ों में मुँह लगा दिया, तो महेन्दर ने उसको न्यूटन के कुत्ते डायमंड की कहानी सुनाई जिसमें वह कुत्ता मेज पर जलती मोमबत्ती गिरा देता है और न्यूटन के बीस साल की मेहनत से तैयार सभी शोधपत्र जल जाते हैं। न्यूटन सिर्फ यही कहते हैं कि ओह, डायमंड, तुम्हें पता नहीं चलेगा कि तुमने कितना नुकसान किया और कुत्ते को सहलाते हैं।

वहाँ खड़े लोगों में से किसी ने कहा, "तभी तो न्यूटन इतने महान वैज्ञानिक हुए और ये रामपाल रोज अपने बेटों से गाली खाता है।"

अन्त में रामपाल ने माफी माँगी कि अब वह पशु पर क्रूरता नहीं करेगा।

इसके बाद अगर कोई अपनी गाय-भैंसें भी हाँकता तो बाकी कहते कि 'अरे भाई, छड़ी हटा ले वरना महेन्दर सिंह देख लेगा।'

एक दिन रात के दो बजे अचानक महेन्दर सिंह का मोबाइल बज उठा। देखा, तो सरपंच का फोन था। उठाते ही आवाज आई, "भाई महेन्दर, जल्दी मीना बिटिया को फोन लगा। यहाँ बहू की ज्चगी में बड़ी दिक्कत हो गई है। बच्चा पेट में फँस गया है। गाँव की एनम के काबू के बाहर की बात है। अपने पीएचसी के डॉक्टर साहब छुट्टी पे हैं। देख भाई, बिटिया की जाण-पिचाण का कोई डॉक्टर आसपास हो तो। हमने दो-एक जगह कोशिश की लेकिन नम्बर ही न उठ रह्या है। यार, जल्दी कर, बहू की साँसें थमण लाग रही हैं।"

महेन्दर सिंह ने तुरन्त मीना को खबर दी। उसने तुरन्त सरपंच की बहू को लेकर पास के कस्बे के गौरव क्लीनिक भागने को कहा। डॉ. राजीव कुमार उसके दो साल सीनियर थे, जिन्होंने छह महीने पहले ही क्लीनिक खोला था। आधे घंटे में

महेन्दर सिंह स्वयं सरपंच के साथ बहू को लेकर क्लीनिक पहुँचे। जैसे ही बताया, 'जी, मैं मीना का पापा हूँ,' डॉक्टर साहब ने तुरन्त उनके पाँव छुए।

कुछ ही देर में ऑपरेशन थियेटर से डॉक्टर बाहर आए। बोले, "बधाई हो! बेटी हुई है। जच्चा-बच्चा, दोनों स्वस्थ हैं।"

सरपंच ने कहा, "डॉक्टर साहब, अगर आप न होते तो आज मेरी बहू जिन्दा न बचती," और डॉक्टर के पैर पकड़ लिये।

डॉक्टर ने कहा, "नहीं, सारा क्रेडिट मीना का है जो उसने सही समय पर कोऑर्डिनेट किया। लेकिन आप लोग अभी भी घर में ही डिलिवरी कराते हैं, ये चिन्ता की बात है। खैर, अब ध्यान रखिएगा।"

महीने भर बाद सरपंच ने बेटी पैदा होने की खुशी में अपने गाँव के साथ ही अगल-बगल के गाँवों को भोज दिया। सबको पता चला कि इस बेटी और माँ की जिन्दगी में मीना का कितना योगदान है।

जुलाई बीतते-बीतते मीना ने अपना एमबीबीएस पूरा कर लिया था। शैलेश न्यूरोसर्जरी में एमएस करनेवाला था और मीना एमडी। अब वह समय आ रहा था कि महेन्दर सिंह दोनों की शादी की घोषणा करना चाहते थे। लगभग साल भर से गांधी जी के सिद्धान्तों पर चलते हुए वे भीतर अपने को अत्यन्त शक्तिशाली महसूस करने लगे थे। किसी भी परिस्थिति में निडरता अब उनकी आदत हो चली थी।

कुछ दिनों बाद फाइनल परीक्षा देकर मीना घर आई तो पत्नी के साथ चाय पीते हुए उन्होंने मीना को आवाज दी और पूछा, "बेटा, शादी के लिए तुम और शैलेश तो तैयार हो, क्या बटेऊ जी के घरवाले भी राजी हैं न?"

शैलेश के लिए 'बटेऊ जी' सुनते ही मीना ने शरमाकर सिर झुका लिया और धीरे से बोली, "हूँ। लेकिन पापा, आप ये सब कैसे करोगे? समाज आपको ऐसे ही छोड़ेगा नहीं। ऐसा है, हम कोर्ट मैरेज कर लेंगे, फिर आप दोनों हमारे साथ रहना।"

महेन्दर सिंह ने ठहाका लगाया और बोले, "अरे, मैं कौन होता हूँ तेरी शादी करनेवाला? वो तो गांधी जी कराएँगे। सीणोक ठोक कर। तू बस देखती जा। यहीं गाँव से शादी करूँगा तेरी। पूरे गाजे-बाजे से। बटेऊ जी से कह, शादी की तैयारी करें। ये जो खादी का कुर्ता देख रही है न, इसमें बहुत दम है।"

महीने भर के भीतर दोनों परिवारों ने शादी का दिन और आयोजन आदि की बातें तय कीं। इसके बाद एक दिन चौपाल में महेन्दर सिंह ने घोषणा की, "भाइयो, मैं यह खबर देते हुए खुश हूँ कि अगले महीने की अठारह तारीख को मैं अपनी लाडली मीना का ब्याह कर रहा हूँ। लड़का भी डॉक्टर है। शादी पूरे वैदिक रीति से हिन्दू शास्त्रीय सिद्धान्तों पर चलते हुए सम्पन्न होगी। चूँकि लड़के वालों ने दहेज में कुछ भी लेने से मना किया है सो आप लोग भी बस आशीर्वाद

देने के लिए पधारें। मैं कुछ ही दिनों में विधिवत् निमंत्रण सबके घर व्यक्तिगत तौर से जाकर दूँगा।"

इसके बाद महेन्दर सिंह ने कार्ड छपाया :

ॐ गणेशाय नमः

सहोभौ चरतां धर्ममिति वाचाऽनुभाष्य च।
कन्याप्रदानमभ्यर्च्य प्राजापत्यो विधि स्मृतः ॥*

[मनुस्मृति, अध्याय 3]

स्नेही स्वजन,

परमपिता परमेश्वर की असीम अनुकम्पा एवं महान सनातन धर्म की वैदिक रीतियों में वर्णित हिन्दू शास्त्रीय परम्परा के निर्देशों के आलोक में प्रजापत्य विधि से हमारी लाडली पुत्री मीना का विवाह 22 नवम्बर, दिन शनिवार को हमारे निवास स्थान ग्राम सोहना में सम्पन्न होगा। इस पावन अवसर पर पधारकर आप अपने आशीर्वचनों से वर-वधू को अभिसिंचित करें। राष्ट्रपिता महात्मा गांधी के सिद्धान्तों के अनुसार, हमने इस विवाह को पूरी तरह से किसी भी लेन-देन से मुक्त रखा है। अतः आपसे भी अनुरोध है कि कृपा करके कोई उपहार आदि न लाएँ। आपका आशीर्वाद ही सबसे बड़ा उपहार है।

पहला कार्ड लेकर वे सरपंच के घर गए। निमंत्रित किया। कुछ देर में लड़के की जाति का पता चलते ही सरपंच ने जैसे ही कहा, 'ये क्या किया महेन्दर सिंह? नीची जात का लड़का ही मिला तुझे?' तो महेन्दर ने पलटकर जवाब दिया, "सरपंच जी, आपकी बहू की जान जिस डॉक्टर ने बचाई और जिसका आप पाँव पकड़ रहे थे, कभी सोचा, उसकी जाति क्या थी? आपकी बहू यानी घर की इज्जत जिसको सारा दिन भाभी जी घूँघट करने को टोकती रही हैं, उसकी सारी इज्जत देखते, छूते हुए जिस डॉक्टर ने इलाज किया, जचगी कराई, जानते हैं, वो दलितों में भी महादलित था। फिर आपने क्यों उसके पैर पकड़े? मर जाने देते बहू को। दूसरी आ जाती।"

सरपंच ने चीखकर कहा, "पागल मत बण महेन्दर। संतों, फकीरों और डॉक्टरों की जात नहीं देखी जाती।"

---

* अर्थात् विवाहोत्सुक स्त्री-पुरुष—इन दोनों में स्त्री को कन्या के रूप में तथा पुरुष को वर के रूप में स्वीकार कर, 'तुम दोनों साथ धर्माचरण करो' कहकर सत्कार करते हुए वर को कन्या प्रदान करना 'प्रजापत्य' विवाह कहलाता है।

महेन्दर ने कहा, "हाँ, यही तो मैं समझा रहा हूँ कि डॉक्टरों की जात नहीं देखी जाती। और मैं सब कुछ शास्त्रों, वेद और गांधी जी के सिद्धान्तों के हिसाब से कर रहा हूँ, जिसकी आपने भी पिछले साल चौपाल पर कसम खाई थी। आप अपनी कसम के मालिक हो लेकिन मैं अपनी कसम नहीं तोड़ता। मुझे किसी का कोई डर नहीं। यह शादी होगी और जरूर होगी। अगर कुछ गलत लगे तो मुझे मार देना, लेकिन आना जरूर।"

सरपंच ने तुरन्त बात सँभाली, "अरे भाई, मैं कुछ नहीं कह रहा। आऊँगा भी। डॉक्टर तो अपने में एक जात है।"

इसके बाद महेन्दर सिंह ने पूरे गाँव को निमंत्रण दिया। कुछ ने कहा, 'छोड़ो, साला मेंटल केस है। कोई फायदा नहीं साले महेन्दर से बहस का। दिमाग का माठा करके छोड़ेगा और सबूत अलग देगा किताबों से। तूने किताबें पढ़ी हों तो बहस कर उससे वरना क्यों अपणी ऐसी-तैसी कराना चाहता है?'

कुछ ने कहा, 'भाई, पूरे विधि से शादी कर रहा है। खाप की बात से डिग रहा है लेकिन वेदों और शास्त्रों का हवाला देते हुए सब कर रहा है तो के गलत है?'

कुछ ने कहा, 'जाने दो, क्या करें! कुछ किया तो देश भर के गांधीवादी इकट्ठे हो जाएँगे और साले को हीरो बना देंगे। कहीं कोई पार्टी टिकट-विकट न दे दे।'

अपने गाँव में सरपंच से महेन्दर को समर्थन मिलता देख कुछ लोगों ने अगल-बगल के गाँवों के सरपंचों से सम्पर्क साधा लेकिन सबने यह कहते हुए हाथ खींच लिये, 'कौण से हमारे छोरे-छोरिया डॉक्टर-इंजीनियर बनन लाग रहे जो अपणी मर्जी से ब्याह करेंगे, और कुछ करने की भी जरूरत न है। कुछ भी किया तो फौजी, डॉक्टर और बैंक वाले—इन सबसे गाँव वालों की दुश्मनी हो जाएगी। इसलिए चुप रहने में ही भलाई है। शहीद फौजी की पोती, बैंक वाले की बेटी और खुद डॉक्टर है। फिर पंगा क्योंकर लेना? चल, छोड़, एकाध मामले ऐसे भी आए हैं कि नजरअंदाज करने पड़े हैं। इसको अपवाद समझ के अब मान लो, मजबूरी का नाम महात्मा गांधी।'

ये सभी खबरें अलग-अलग स्रोतों से महेन्दर के पास भी पहुँचीं। उन्होंने सब कुछ सुनते हुए इतना ही कहा, "भाई, मजबूरी नहीं, मजबूती का नाम है महात्मा गांधी। महात्मा गांधी, जिन्दाबाद!" फिर प्रोफेसर धर्मपाल को फोन लगाया। सब कुछ विस्तार से बताया और कहा, "आपको निमंत्रण देने आऊँगा अगले शनिवार।"

उल्टे बाँस बरेली

बनारस से नई दिल्ली जानेवाली काशी विश्वनाथ एक्सप्रेस अपने नियत समय से कैंट स्टेशन से छूट चुकी थी। जुलाई का महीना था। दो दिन की बारिश के बाद आज चमकीली धूप थी। शयनयान बोगी एस-5 की बर्थ-संख्या 9 से 16 के हिस्से की बर्थों के यात्री अपना-अपना सामान जमा रहे थे। साइड की दोनों बर्थों पर एक पति-पत्नी थे और शेष की अपर बर्थों पर दो लोग कमर सीधी कर रहे थे और नीचे की दोनों लोअर बर्थों पर अलग-अलग वय के दो नवयुवक और बिना आरक्षण का एक परिवार था जिसमें पति-पत्नी के अलावा 8 से 14 वर्ष तक के तीन बच्चे थे।

सबसे पहले इस परिवार ने ही स्थान ग्रहण किया था। यद्यपि आरक्षण न था लेकिन इस परिवार को रायबरेली तक जाना था। इसलिए नं 9 से 14 तक कोई भी आता, परिवार का स्वामी पूछता, 'आपका रिजर्वेशन है क्या? कौन-सी बर्थ है?' जब यात्री जवाब देता तो वह जगह बनाता और फिर पत्नी सारा माधुर्य लपेटे हुए बोलती, 'भाई साहब, बस, रायबरेली तक जाना है। अभी तो आपको सोना नहीं है। इसलिए थोड़ा-सा एडजस्ट कर लीजिए।'

अपर बर्थों के दोनों यात्री बिना कुछ कहे तुरन्त ऊपर चले गए। शेष दोनों के साथ अब तक यह परिवार आराम से सामान आदि जमा कर बैठा ही था कि लगभग आधे घंटे बाद ट्रेन की रफ्तार कम होने लगी।

अगला स्टेशन सेवापुरी था। यहाँ बस दो मिनट का ठहराव था। इस बोगी से न कोई उतरा, न ही चढ़ा। परिवार ने इत्मीनान की साँस ली। ट्रेन सीटी देने के बाद रेंग ही रही थी कि चार-पाँच लोग दौड़ते हुए आए और उनमें से दो व्यक्ति उसी डिब्बे में चढ़े। शेष तीनों ने एक-एक करके सामान पकड़ाया और विदा ली। ट्रेन अब तक प्लेटफॉर्म छोड़ चुकी थी। लगभग दो मिनट बाद पैंट, बिना खोंसी शर्ट और गमछा गले में लपेटे गँवई रूप-रंग वाले दो व्यक्ति उस कम्पार्टमेंट में आए और खड़े होकर भरी हुई सीटों को देख ही रहे थे कि परिवार के स्वामी ने वही प्रश्न दुहराया, "आपका रिजर्वेशन है क्या?"

दोनों में से एक वरिष्ठ ने कहा, "हाँ, तभी तो दौड़ते हुए इहाँ आए हैं।"

परिवार के स्वामी ने फिर पूछा, "कौन-सी बर्थ है?"

दूसरे व्यक्ति को यह नागवार लगा, अबकी बार उसने जवाब दिया, "जिसपे आप लोग बैठे हैं, वही है और दिल्ली तक रिजर्वेशन है।"

उनका बेलाग उत्तर सुन अबकी बार स्त्री ने कुछ न कहा। पति तुरन्त उठकर सामने की बर्थ पर पत्नी के साथ बैठ गया और उस बर्थ पर बैठे दोनों बच्चों से कहा, "अंकित, चलो, जगह दो अंकल लोगों को।"

बड़ी मुश्किल से थोड़ी जगह बनी और दोनों में से एक ही बैठ पाया। दूसरे ने कहा, "चच्चा, तू इहाँ बइठा, हम कहीं और बइठ जाब। जब ले ई लोग हउवन," और बगल के किसी कम्पार्टमेंट में कहीं चला गया।

वरिष्ठ व्यक्ति को थोड़ा बुरा लगा कि भतीजे के इस नम्रता और सहयोग का इन परिवार वालों ने कोई नोटिस न लिया बल्कि धन्यवाद तक नहीं कहा। वह अपनी चिढ़ लेकर बैठा रहा। ट्रेन चलती रही।

उस व्यक्ति के बगल में करीब दस साल का लड़का बच्चों की कहानियों की किताब पढ़ रहा था। वह भी ऊब मिटाने के लिए बच्चे की किताब में देखकर पढ़ने लगा। बच्चे के पढ़ने की गति इस व्यक्ति से तेज थी। बच्चा जैसे ही पन्ना पलटता, वह उसे रोक देता। दो-चार पेज के बाद बच्चे ने किताब बन्द की और व्यक्ति को पकड़ाते हुए कहा, "अंकल, आप ही पढ़ लीजिए। इतना धीमे हम नहीं पढ़ सकते।"

व्यक्ति हँसने लगा। फिर बोला, "अरे भाई, हम कक्षा चार तक पढ़े हैं, इसलिए थोड़ा पढ़ने का इस्प्रीट धीमा है।"

'स्पीड' को 'इस्प्रीट' कहे जाने से बच्चे ने कहा, "हाँ-हाँ, वो लग ही रहा है आपकी स्पीड से," और हिकारत से हँस दिया।

व्यक्ति ने बुरा नहीं माना लेकिन जब उसके मम्मी-पापा भी दम्भ से मुस्कुराने लगे तब उसे कुछ बुरा लग गया। बच्चा फिर से पढ़ने लगा।

उस व्यक्ति ने बच्चे से पूछा, "कौन-सी कक्षा में पढ़ते हो?"

बच्चे ने बताया, 'सिक्स्थ।'

व्यक्ति ने फिर पूछा, "ई कौन-सी कक्षा है?" अबकी उसके पापा ने कहा, "छठी है भई। अब इंग्लिश मीडियम वाले क्या जानें पाँचवीं, छठी—हे-हे-हे!" इस पर पूरे परिवार ने मुस्कान के साथ हामी भरी।

व्यक्ति समझ रहा था कि उसका मजाक बनाया जा रहा है, लेकिन उसने कुछ न कहा। फिर उसने बच्चे से पूछा, "अच्छा, कौन-से स्कूल में हो?"

बच्चा बोला, "स्प्रिंग डेल्स इंग्लिश स्कूल।"

व्यक्ति ने फिर कहा, "आपका नाम क्या है?"

बच्चे ने किताब में ही देखते हुए उत्तर दिया, "शुभम चतुर्वेदी।"

व्यक्ति ने अगला सवाल दागा, "और बाबूजी का नाम का है?"

अबकी बच्चे ने थोड़ा चिढ़ते हुए कहा, "शरद चतुर्वेदी है उनका नाम और कोई सवाल?"

व्यक्ति ने बच्चे की चिढ़ महसूस की लेकिन फिर भी बोला, "बाबू जी के नाम के आगे सिरी लगाते हैं। सिरी सरद चतुरबेदी, अइसे बोला करो बेटा।"

यह बात बच्चे के साथ उसकी माँ को भी कुछ चुभ-सी गई। माँ ने बच्चे से कहा, "शुभम, अपना परिचय तो दे चुके, अब तुम भी अंकल का 'इंट्रोडक्शन' लो जरा।"

बच्चे ने जैसे ही पूछा, "आपका नाम क्या है?"

व्यक्ति ने उत्तर दिया, "हमारा नाम रामसरन है।"

बच्चा कुछ और पूछता कि पिताजी बोल पड़े, "शुभम, अंकल से पूरा नाम पूछो।"

बच्चे ने जैसे ही कहा, अपना पूरा नाम बताइए, तो रामसरन ने कुछ अचकचाते हुए कहा, "ई तो पूरा ही नाम है। रामसरन माने रामजी के शरण में आनेवाला। जइसे भिभीषण लंका से भगाए जाने के बाद राम जी की शरण आया था।"

बच्चे के पिता ने कहा, "नहीं, ऐसे पूरा नहीं है, जैसे पूरा नाम है शुभम चतुर्वेदी।"

रामसरन को समझते देर न लगी कि परिवार उनकी जातिगत अवस्था के परिचय को उत्सुक है। फिर भी उसने कहा, "वैसे तो राम ही कह देने से पूरा माने समझ आता है लेकिन अब आप लोग टोक रहे हैं तो बता दें, हमारा नाम रामसरन है। बाप का नाम मँगरू। जात डोम। पेशा—मुर्दा फूँकना। बनारस में हरिश्चन्द्र घाट पे घर है।"

रामसरन के वाक्य पूरा करते ही पूरा परिवार जैसे सकते में आ गया। अचानक सन्नाटा छा जाने से सिर्फ पटरियों की खट-पट की आवाज सुनाई दे रही थी। थोड़ी देर में भदोही स्टेशन आ गया। रामसरन ने अपने भतीजे सुरेन्द्र को आवाज लगाई और चाय पीने के लिए नीचे उतर गए।

लगभग पाँच मिनट बाद जब रामसरन और सुरेन्द्र वापस आए तो देखा, उनकी पूरी बर्थ खाली पड़ी थी और वह परिवार अगल-बगल के कम्पार्टमेंट में बिखर के बैठा था। सुरेन्द्र ने कहा भी, "का भयल चच्चा, कहाँ गइलन ई लोग?" फिर बगल की साइड सीट पर एक सोये हुए व्यक्ति के पैरों के पास की थोड़ी-सी जगह पर बैठे लड़के को देखते हुए कहा, "लड़कवा त ओही हव! काहे उठ गइलन?"

रामसरन ने इतना कहा, "अबे जेके जहाँ जाए के रहल, गयल कि तू सब कर ठेका लेले हउवे? चल, पहिले बैग में से लुंगी और चदरा निकाल।" इतना कहकर रामसरन ने अपनी कमीज उतारकर हुक में टाँग दिया।

वे आधी बाँह की बनियान और पैंट में खड़े थे कि शेष यात्री हड़बड़ा से गए। इसके बाद लुंगी मिलते ही उन्होंने कमर पर लुंगी लपेटी और एक झटके में

पतलून को कमीज के साथ टाँगा और लुंगी को कसकर बाँध लिया। इसके साथ ही जूता निकालकर एक पुरानी हवाई चप्पल पहनकर बैठते हुए बोले, "अब आराम मिलल हव।"

उनकी इस वेशभूषा से सभी अगल-बगल वाले भौचक्के से रह गए लेकिन कोई कुछ नहीं बोला। साइड बर्थ वाले पति-पत्नी मन-ही-मन कुछ भुनभुना रहे थे। रामसरन ने सुरेन्द्र से पूछा, "का बे, सूते के हव कि बइठबे?"

सुरेन्द्र ने कहा, "नाहीं, हम ओहीं जात हई, जहाँ रहली। उहाँ कुछ अपने मेजारटी वाले लोग हयन।"

रामसरन ने इतना ही कहा, "जो उहाँ बइठ लेकिन परतापगढ़ आई त जगा दिहे। आलूचाप खायल जाई।" और इसके बाद वे चादर तानकर सो गए।

हल्के-फुल्के खर्राटों से किसी को कोई दिक्कत न थी लेकिन बाकी लोगों को उनका दिन में नीचे की पूरी बर्थ पर फैलकर सोना कुछ अजीब लग रहा था।

यद्यपि रामसरन की योजना प्रतापगढ़ तक नींद लेने की थी लेकिन ट्रेन के प्रतापगढ़ पहुँचने से पहले ही टीटीई की आवाज ने उनकी तन्द्रा भंग कर दी। सबका टिकट देखने के बाद टीटीई ने उन्हें हिलाते हुए आवाज लगाना शुरू किया, "अरे भाई रामसरन पटेल, सुरेन्द्र पटेल कहाँ हैं?"

झकझोरे जाने पर आँखें मलते हुए रामसरन उठे और खिड़की की हुक पर लटकी पैंट-शर्ट की जेबें कुछ देर तलाशते रहे। टीटीई ने कहा, "जल्दी करो, देर हो रही है।"

उन्होंने प्रतिवाद किया, "चार स्टेशन तक हम इन्तजार किए तब आप गायब थे, अब देर हो रहा है," यह कहते हुए उन्होंने टिकट दिखाया।

टीटीई ने पूछा, "दूसरा आदमी कहाँ है?"

जवाब मिला, "घूम रहा होगा कहीं इधर-उधर। प्रतापगढ़ में आएगा तो आपके पास भेज देंगे।"

टीटीई मुँह बनाकर आगे बढ़ गया। रामसरन ने लम्बी जम्भाई ली।

अब सामने की नीचे वाली बर्थ पर बैठे युवक ने पूछा, "भाई साहब, आप तो पटेल हैं, फिर उस बच्चे और उसके परिवार को आपने डोम क्यों बताया?"

रामसरन ने हँसते हुए कहा, "अब जिसको रामसरन नाम भी अधूरा लगे और नाम से ज्यादे जोर बिरादरी पे हो तो उसके दिमागी इलाज के लिए डोम अवतार लेना ही पड़ता है। देखिए, डोम का नाम सुनते ही कइसे भाग गए सब-के-सब मियाँ-बीबी-बच्चे सहित और अब अलग-अलग चार जगह बैठे हैं। इहाँ इकट्ठे थे। दरअसल बीमारी का इलाज जड़ से ही करना चाहिए। अब जातिवादी लोगों का इलाज तो डोम ही कर सकता है, हा-हा-हा! इसी से भेष बदलना पड़ा। चलिए, सीट तो खाली हुई।"

सामने के युवक ने धीरे बोलने का इशारा करते हुए कहा, "श्श्श! धीमे बोलिए। वो लोग बगल में ही हैं।"

रामसरन और दहाड़कर बोले, "अरे किसी का डर है का कि धीरे बोलें? जिसको सुनना है, सुने, नाहीं त कान में ठेपी लगा ले। कोई चिल्ला थोड़े रहे हैं। लेकिन ई जातिवादी लोगों का एक दोगलापन समझ में नहीं आता है भाई साहब।"

युवक ने कहा, "कैसा दोगलापन? और हाँ, आप मुझे भाई साहब न कहें, आप बड़े हैं। मेरा नाम कुमार संजय है। आप मुझे संजय कह सकते हैं।"

रामसरन बोले, "संजय जी, दोगलापन की बात ई है कि जो जातिवादी होता है, उ अपने-आपको ऊँचा, शुद्ध, पवित्र बल्कि सबसे आगे नम्बर एक मानता है। जैसे गंगाजल होता है। जैसे आग होती है, एकदम पवित्र शुद्ध। गंगा तो सभी पापों का नाश करती है। आग सभी अशुद्धियाँ जला देती है। लेकिन इहाँ छूत लग जाता है। अपने ऊपर भरोसा नहीं। लेकिन जरा-सा छू जाने भर से इनकी हालत खराब हो जाती है। साले जब उच्चकोटि के कुल में पैदा हुए हो, गंगा की तरह पवित्र हो, आग की तरह तेजी है तो जलाओ न हमारी नीचता के मैटिरियल को अगर है कोई। हमहूँ तो तुम्हारे ही तरह हड्डी-मांस वाले आदमी हैं न बे, कि कौनों भूत-पिचास हैं?"

संजय निरुत्तर हो गया। इतना ही कहा, "अब जाने दीजिए। ऐसे ही लोगों से देश का ये हाल है।"

"नाहीं, देश त ठीक है, यही साले अपने मुँह मियाँ मिट्ठू बने बैठे हैं। चलेंगे रेल में और पूछेंगे बिरादरी। अरे एतने ठसक है त खरीद लो एक ठे हेलिकॉप्टर। अपने छत से उड़ो और अपने बिरादरी वालों की छत पे उतर जाओ। झोली में घास नाहीं, सराई में डेरा।"

तब तक सुरेन्द्र वहाँ आ गया।

"कहो चच्चा, सुतला नाहीं? आ के के हेलिकॉप्टर दियावत हउवा?"

"अबे सूतल रहली लेकिन टिटिया जगा देहलेस। तू ई सब बात छोड़, देख, परतापगढ़ आ गयल। अपने सामने क छनल एकदम ताजा आलूचाप ले के आव।" संजय की तरफ इशारा करते हुए बोले, "आ एनके बदे भी एक पत्ता लेले अइहे। चाय हम खिड़की में से ले लेब।"

सुरेन्द्र आलूचाप लेने उतरा और रामसरन चाय के बाद खैनी बनाने के लिए चुनौटी निकालकर साइड ट्रे पर रख ही रहे थे कि कुछ लोग प्रतापगढ़ से डिब्बे में चढ़े। दो-तीन व्यक्ति उनकी सीट और संजय की बर्थ पर बैठना ही चाहते थे कि संजय ने कहा, "भाई साहब, यहाँ और लोग हैं, अभी नीचे गए हैं।"

वे सब अब रामसरन की पूरी सीट खाली देख, 'बस, लखनऊ तक जाना है' कहकर बैठने ही वाले थे कि रामसरन ने उनसे कहा, "लखनऊ क्या, दिल्ली तक चलिए लेकिन हम लोग डोम हैं। बनारस के हरिश्चन्द्र घाट के श्मशान में रहते

हैं। मुर्दा फूँकते हैं। अगर हमारे साथ छुआने से दिक्कत न हो तो स्वागत है।" फिर तिरछी तरफ इशारा करके बोले, "ऊ जो भाई साहब हैं न, यहीं ताव से पालथी मारके बैठे थे पूरे परिवार सहित, लेकिन हमारा परिचय मिलते ही लपककर भाग गए। अब देखिए, आधा पिछवाड़ा हवा में टिकाए हैं। इधर आ भी नहीं रहे हैं।"

यह सुनते ही तीनों में से दो आगे बढ़ गए, एक व्यक्ति वहीं रुक गया। बोला, "अरे भाई, हम ऐसे नहीं हैं। अगर आप कहें तो बैठ जाएँ?"

रामसरन ने उसको आदर से बिठाया।

तब तक सुरेन्द्र आलूचाप लेकर आ गया। रामसरन ने एक चायवाले से चार चाय ली। चायवाले को बीच-बीच में कुल्हड़ को पूरी तरह भरने की हिदायत देते रहे। संजय के अलावा नये व्यक्ति को भी चाय और अलूचाप दिया गया। गाड़ी अभी चली ही थी कि अगले स्टेशन चिलबिला पर रुक गई। आधे घंटे रुकी रही। जुलाई की उमस और पंखे की धीमी गति से सभी व्याकुल थे।

संजय ने कुछ खीजते हुए कहा, "एकदम बकवास ट्रेन है ये काशी विश्वनाथ। एक तो साला चालीस जगह स्टॉपेज है, फिर भी कहीं भी खड़ी हो जाती है। डल्लू में डेढ़सेरा। पचास जगह रोककर भी मन नहीं भरता है, हुँह! इससे बढ़िया श्रमजीवी में टिकट लिये होते।"

रामसरन ने वाक्य पूरा होते ही कहा, "अरे भइया, बाबा विश्वनाथ जी जैसे सब पे कृपा बरसाते हैं, वैसे उनके नाम की ट्रेन भी सबको लेकर चलती है। बाकी रेलगाड़ियाँ भले लेट हों लेकिन हम तो हमेशा देखे हैं कि सुबह होते ही तिलक ब्रिज पे टिका देती है। चाहे कोई का ऑफिस हो या व्यापार, हर आदमी आराम से अटेंड करता है। कानपुर रूट से आइए तो कई बार साले पाँच-पाँच राजधानी क्रॉस कराने के चक्कर में सबको लेट करवा देते हैं।"

संजय ने कुछ और कुढ़कर कहा, "पहले ही सत्रह-अठारह घंटे लेती है। सबसे पाँच-छह घंटा ज्यादा और आप राइट टाइम की बात कर रहे हैं? मतलब, का चाहते हैं, पसिंजर वाला हाल हो जाए?"

रामसरन ने पुनः कहा, "अच्छा, मान लीजिए, शाम को शिवगंगा या पूर्वा ही पकड़नी हो तो आप उस दिन खाना कितने बजे खाएँगे?"

"वही बारह-एक बजे।" संजय ने कहा।

"उसके बाद क्या करेंगे?" रामसरन ने पूछा।

"अरे थोड़ा सामान-वामान की पैकिंग करेंगे। कुछ देर आराम-वाराम करेंगे। फिर शाम को चाय पीकर स्टेशन। और क्या करेंगे?" संजय ने कहा।

"तो वही काम इहाँ कर लीजिए।" रामसरण ने कहा, "एक बजे भोजन। दो बजे कासी बिसनाथ में सवार होइए। दो-ढाई घंटा तान के सोइए। साढ़े चार-पाँच बजे प्रतापगढ़ में बढ़िया आलूचाप और पुरवा भर स्पेशल चाय। इसके बाद तो घर

से वैसे भी निकलेंगे गाड़ी धरने के लिए। इसका मतलब ई हुआ कि खाली सामान पैकिंग के लिए आप इस राजा गाड़ी को गरिया रहे हैं। सामान एक दिन पहले पैक कर लीजिए। और ज्यादा सामान तो आपके पास है भी नहीं। खाली एक ठे एयर बैग लिये हैं और एतना टेंशन? मरदे इहाँ ले। हम तो अपने बिटियवा के यहाँ इसी गाड़ी में दू-तीन कुंटल खिचड़ी लादकर गाजियाबाद टिका देते हैं, जिसमें पचास किलो नयका चाउर, 20-25 किलो नयका गुड़, 4-5 पसेरी छीमी, नयका आलू एक मन और सब अगड़म-बगड़म रहता है। अरे, मस्त रहिए।"

तब तक ट्रेन चिलबिला से चलने लगी।

"बाप रे, इतना सामान आप ले जाते हैं, वो भी ट्रेन में? खैर, सामान छोड़िए, लेकिन स्टॉपेज बहुत हैं।" संजय बोला।

"त ठीक तो है। इतना स्टॉपेज नहीं रहेगा तो तीन बजे भोर में ही दिल्ली पहुँच जाएँगे। जल्दी जाके कौनों संसद में भाषण देना है क्या? स्टापेज ज्यादा है तो ठीक है न। जगह-जगह पानी भर सकते हैं। बढ़िया चाय पी सकते हैं। ताजा खाने-पीने का सामान ले सकते हैं। स्टेशन पे कम-से-कम ताजी पूड़ी तो छनती मिलेगी। ई पैंट्री वाले तो साक्षात् डाकू हैं। इहाँ साले प्लास्टिक के ट्रे में देंगे खाना, और खाने के बर्तन वहीं पैखाने के दरवाजे के पास जमा कर देंगे। फिर बिना धोए अगली सेवा। भरोसा न हो तो आप खाने के बाद करीब 10-11 बजे पैंट्री में जाइएगा। कोई भी पैंट्री स्टाफ ई प्लास्टिक में नहीं खाता है। सब साले स्टील की थाली में खाते हैं। हमको-आपको मुट्ठी भर दाल-भात दे देंगे। और अपने नढ़ के भकोसेंगे। चलिए, लखनऊ के बाद आपको असली तसवीर दिखाते हैं।" रामसरन ने कहा।

संजय अब सोच रहा था कि कौन इनसे मुँह लगे। उसकी हर बात काट रहे हैं। उसने खिड़की के बाहर देखा। दोनों तरफ खेत थे। सूरज अब लाल होकर अस्त होनेवाला था। मौसम की तपिश कुछ कम हो गई थी। वह सूर्यास्त की प्रतीक्षा कर ही रहा था कि ट्रेन फिर रुक गई।

उसने अब रामसरन को छेड़ने के अन्दाज में कहा, "देखिए, अब यहाँ फिर रुक गई। यहाँ तो स्टेशन भी नहीं है और क्रॉसिंग की सम्भावना भी नहीं है। न ही बोतल में पानी भरने या चाय-पान का जुगाड़। अब तो आप कहेंगे न कि फालतू ट्रेन है ये, जहाँ नहीं, तहाँ खड़ी हो जा रही है।"

रामसरन ने काफी सधे अन्दाज में कहा, "देखिए संजे बाउ, चलना-रुकना तो रेल का काम है। आप चाहे खुश हों या दुखी। परेशान होकर भी आप कुछ नहीं उखाड़ लेंगे रेलवे का। इसलिए अपना माथा ठंडा रखने में ही भलाई है। रही बात फिजूल में कहीं भी रुकने की तो आपके लिए हो सकता है फिजूल। हम तो सामने झाड़ से दो ठो बबूल का दतुवन तोड़ने जा रहे हैं। ऐसा ताजा दतुवन तो स्टेशन पे मिलेगा नहीं। दतुवन बेचनेवाले साले पुराना तोड़ा हुआ बासी-तिबासी दतुवन बेचते

हैं। ठीक से कुचाता भी नहीं है," कहते हुए रामसरन बोगी से नीचे उतर गए और रेलवे लाइन की ढलान पर लगे बबूल की झाड़ियों से टहनियाँ तोड़ने लगे।

उनकी देखा-देखी कुछ और बोगियों के लोग भी बबूल की झाड़ से दातुन तोड़ने लगे। लगभग पाँच मिनट में रामसरन बबूल की दो टहनियाँ ले आए। अपनी सीट पर बैठ उसके पत्ते और काँटे अलग करने लगे।

संजय ने कहा, "अगर सारी ट्रेनें ऐसे ही रुकती रहीं, तो रेलवे के आसपास की हरियाली भी न बचेगी। देखिए, आपने शुरुआत क्या की, अब लोग झुंड के झुंड दातुन तोड़ रहे हैं। लगता है, पूरा पेड़ ही खतम कर देंगे।"

रामसरन शान्त भाव से बोले, "बाबू, इ धरती मइया जरूरत का सब देती है। दतुवन टूटने से कोई फर्क नहीं पड़ता। पेड़ जब तक धरती से जुड़ा है, खत्म नहीं होता। खेत के खेत नीलगाय चर जाती है, कीड़े-मकोड़े-चूहे खा जाते हैं, बाढ़-सूखा भी आ जाता है लेकिन फिर भी सबका पेट किसी-न-किसी तरह से भर ही जाता है।" फिर अचानक मुस्कुराते हुए छेड़ने के अन्दाज में बोले, "इ तो कासी बिसनाथ में बइठे हैं तो दतुवन भी नसीब है, नहीं तो नीलांचल और राजधानी में इ बबूल क पेड़ दिखाई भी नहीं देगा।"

इस मस्ती को देख संजय ने इतना ही कहा, "मान गए चाचा जी आपको। आप धन्य हैं। हमें काशी विश्वनाथ एक्सप्रेस से कोई शिकायत न थी और न ही अब रहेगी। एतने जल्दी रहेगा तो बनारस से हवाई जहाज ले लेंगे लेकिन अगर रेल से जाना हुआ तो बस, इसी से जाएँगे।"

रामसरन ने सफर में पहली बार कुछ सकुचाते हुए इतना ही कहा, "अरे हम कहाँ धन्य हैं! बस, बात करी हम खर्रा; गोली लगे चाहे छर्रा। जिन्दगी जल्दबाजों के लिए नहीं है। लीजिए, एक ठे दतुवन आप भी लीजिए।"

इसके बाद रायबरेली और अमेठी स्टेशन भी गुजरे। उजाला पूरी तरह खत्म हो चुका था और ट्रेन पूरी गति से लखनऊ की तरफ भाग रही थी। रामसरन ने कुछ देर में सुरेन्द्र से सुर्ती बनाने को कहा। सुरेन्द्र ने सुर्ती न खाने की हिदायत देते हुए कहा, "अब सुर्ती-तमाखू छोड़ दा, नहीं त कैंसर हो जाई और कैंसर क इलाज बहुत महँगा हव। समझ ल, कुल घर-दुआर, खेत-बारी बिकले के बाद भी कोई जरूरी नाहीं कि ठीक हो जइबा।"

प्रतापगढ़ से चढ़े व्यक्ति ने भी समर्थन किया, "हाँ, भइया, वैसे ही हम लोगों को इतना धुआँ-धूल रोज झेलना होता है कि चालीस-पचास सिगरेट का प्रदूषण पहले से शरीर में भर रहा है और उस पर से खैनी-तमाखू ठीक नहीं है। लीजिए, सादे पान का मसाला खाइए अगर मन न माने," कहते हुए उसने पान पराग की एक बड़ी पुड़िया उनकी तरफ बढ़ाई।

रामसरन ने बेमन से कुछ दाने लिये और मुँह में डाल लिये।

कुछ देर में ही पैंट्री कार से भोजन की थालियाँ लेकर अलग-अलग डिब्बों में वेटर भोजन वितरण करने लगे। इस आपा-धापी से डिब्बे में कोलाहल बढ़ गया। संजय की तरफ के मिडिल और ऊपर के दोनों बर्थों के यात्रियों को पैंट्री का खाना खाते देख रामसरन ने सुरेन्द्र से कहा, "यार, खाना खा लेवल जाए।"

सुरेन्द्र ने भी कहा, "हाँ, लखनऊ में भीड़ ज्यादा हो जाई।"

संजय ने भी अपना टिफिन निकाल लिया। सुरेन्द्र ने स्टील के एक-एक करके चार डिब्बे निकाले। रामसरन ने अपने बैग से स्टील का एक और बड़ा डिब्बा निकाला। चारों मझले डिब्बों में दो में सब्जियाँ, एक में दही, एक में विभिन्न अचार और बड़े डिब्बे में पराँठों का एक गट्ठर। करीब 40-50 पराँठे रहे होंगे। इतना खाना देख अगल-बगल के सभी यात्री दंग थे। संजय की टिफिन में चार रोटियों के अलावा लौकी की सब्जी थी। खाने के डिब्बों को सीट पर लगाते हुए सब खड़े हो गए थे।

प्रतापगढ़ से चढ़ा सहयात्री जगह की कमी महसूस कर बगल के कम्पार्टमेंट में जाने लगा, तभी रामसरन ने आवाज दी, "अरे, आप कहाँ जा रहे हैं? चाय-नाश्ते में साथ दिये और भोजन के टाइम कहाँ जा रहे हैं? आइए, बैठिए, भोजन किया जाए।"

"नहीं-नहीं, आप लोग खाएँ। घंटे भर में लखनऊ पहुँच जाएँगे। और स्टेशन से आधा घंटा में घर। घर पे खाना बना होगा!"

"अरे भाई, घर पहुँचकर फिर खा लीजिएगा। अभी साढ़े आठ बज रहा है। साढ़े दस से पहले घर पहुँचेंगे नहीं। लेट-लतीफ़ पहुँचने तक भूखे काहे रहेंगे? आइए, लीजिए, देखिए कैसा बना है!"

अबकी संजय ने कहा, "चाचा, पर्याप्त स्टॉक लेकर चले हैं? लगता है कि कल शाम तक का भोजन एक साथ है या पहले से तय था कि रास्ते में एकाध लोग मिलेंगे ही खानेवाले?"

रामसरन ने मुग्ध होते हुए कहा, "अरे नहीं, हमको का पता, कितना मिला है। घर पे औरतें खाना-नाश्ता बाँध देती हैं, थोड़ा ज्यादा ही। अभी तो नमकीन और ठोकवा भी है। अब सब सोचती हैं कि परदेस जा रहे हैं, लम्बा रास्ता है। मन उदास हुआ तो दो ठो ठोकवा या पराँठा खाकर पानी पी लेंगे। इसीलिए थोड़ा ज्यादा दे देती हैं।"

प्रतापगढ़ वाले सहयात्री ने प्रशंसा की, "वाह, क्या बात है! क्या संस्कार है!"

संजय फिर बुरी तरह झेल गया। बड़ा अजीबोगरीब उत्तर है। मन हुआ, पूछें कि उदासी और भूख का क्या सम्बन्ध है? लेकिन वह चुप ही रहा। इस बीच सुरेन्द्र ने रामसरन के इशारे पर दो पराँठे और कुछ सब्जी संजय की प्लेट में डाल दी।

सुरेन्द्र प्रतापगढ़ के सहयात्री को भोजन देने के लिए कुछ सोच ही रहा था कि रामसरन ने कहा, "अबे एनहू के दे।"

"ओही त सोचत हई, केम्मे देईं? कहीं से अखबार माँग के ली आवत हई।"

"अबे, अब खाए के बखत अखबार कहाँ खोजबे? परठवा के डिब्बा क ढक्कन प्लेट बराबर हव, ओही में दे दे। अचार सबके देवे के बाद पराँठा पे रख और ई छोटका डब्बा में दही दे दे। दही वाले टिफिन में हम खा लेब।"

सुरेन्द्र ने रामसरन के आदेश का अक्षरशः पालन किया और खुद भी खाने लगा।

भोजन के दौरान प्रतापगढ़ वाले सहयात्री ने देसी घी के पराँठों और दही की तारीफ की। रामसरन और सुरेन्द्र इस तारीफ से फूले न समाए। बीच-बीच में रामसरन कभी उसे और कभी संजय को और पराँठे लेने का आग्रह करते रहे। प्रतापगढ़ का सहयात्री खूब चटखारे लेकर खा रहा था। ढक्कन और अचारवाले डिब्बे को उसने उँगलियों से चाटकर साफ-सा कर दिया था।

तभी रामसरन ने उससे सवाल किया, "रहनेवाले आप कहाँ के हैं? प्रतापगढ़ के?"

"नहीं, भाईसाहब, लखनऊ के ही हैं। प्रतापगढ़ एक रिश्तेदारी में आए थे।"

"लखनऊ में कहाँ रहते हैं?"

"मुंशी पुलिया पे घर है बाप-दादों का। एक जमीन भी ले लिये हैं गोमती नगर में। अभी नींव ही बनी है। कुछ ठीक-ठाक कमाई हो तो पूरा मकान भी बने।" यह कहते हुए वह व्यक्ति भोजन समाप्त करके बोला, "अभी जरा इनको धोकर लाते हैं," कहकर दोनों बर्तन लेकर डिब्बे के दरवाजे के पास वाशबेसिन की तरफ जाने लगा।

रामसरन खा ही रहे थे। उन्होंने तुरन्त रोका, "अरे नहीं। बस, वैसे ही रहने दीजिए। आप केवल हाथ धो लीजिए। सब एक साथ कल गाजियाबाद में धुलेगा।"

"अरे नहीं, अच्छा नहीं लगता।"

"अरे रहने भी दीजिए। बात सुनिए तो सही। बस, आप हाथ धो आइए। सब एक साथ मँजा जाएगा। कोई फोर्मेल्टी की जरूरत नहीं। देखिए, दिल से कह रहे हैं।"

इसके बाद सहयात्री वॉशबेसिन तक गया। हाथ-मुँह धोकर वापस आया और एक बार फिर उसने भोजन और खास कर मलाईदार दही की तारीफ करते हुए धन्यवाद कहा।

संजय ने भी देसी घी के पराँठों और ताजी सब्जियों की दिल खोलकर तारीफ की।

रामसरन आत्ममुग्ध होते हुए बोले, "अरे, अभी स्वीट डिस बाकी है। अबे सुरेन्दर, निकाल यार, लवंगलता," कहते हुए आखिरी पराँठा खत्म कर रहे थे। अभी लगभग दस पराँठे शेष थे। वे आगे बोलते रहे, "अरे, आप लोग शर्म करके ठीक से भरपेट नहीं खाए, नहीं तो सब खत्म हो जाता। चलिए, जो बचा है, किसी भिखारी को दे देंगे।"

लवंगलता के पैकेट में पत्ते के कुछ दोने हलवाई ने रख दिये थे, अतः मीठा देने में कोई दिक्कत न हुई।

मीठा खाते ही प्रतापगढ़ वाले सहयात्री ने कहा, "ऐसा लौंगलता लखनऊ में नहीं मिलता। खोवा भी बहुत ताजा है। भाई, बनारस के खाने की बात ही अलग है। लखनऊ में मुगलई खाने के आइटम ज्यादा हैं लेकिन वो क्वालिटी नहीं है। आज आपने दिल जीत लिया। बस, मसान बाबा की कृपा रही तो गोमतीनगर वाला मकान बनने पर आपको जरूर बुलाएँगे। आखिर हमें भी लखनवी खातिरदारी का मौका मिलना चाहिए।"

रामसरन ने ठहाका लगाते हुए कहा, "जरूर भाई, जरूर आएँगे। भगवान करे, आपका मकान जल्दी बने।"

सहयात्री ने कहा, "बस, आपके मुँह में घी-शक्कर। अब तक काफी कुछ बन गया होता लेकिन जब से नगर निगम वाले विद्युत शवदाह गृह लगा दिये हैं, तब से कमाई में भारी गिरावट आ गई है। और ऊपर से ये ग्रीन ट्रिब्यूनल वाले अलग नोटिस भेजते रहते हैं।"

रामसरन ने हड़बड़ाते हुए कहा, "क्या मतलब? हम कुछ समझे नहीं?"

सहयात्री ने कहा, 'भाई साहब, आप लोग का खानदान बड़ा है। काशी के डोम राजा की पूरे जगत में पहचान है। और आपके यहाँ चौबीसों घंटे लाइन लगी रहती है। काशी जी का महात्म ही इतना बड़ा है कि अगल-बगल के जिलों से मुरदों की लगातार आवक रहती है। अब आप लोग से हमारा क्या मुकाबला? एक तो लखनऊ में तीन-तीन बैकुंठ धाम बन गए हैं। बाहर से कोई आवक है नहीं। लोग गाँव में ही फूँक-तापकर खाली अस्थि-विसर्जन के लिए गोमती आते हैं तो उसमें भी पंडितों की कमाई होती है। रही-सही कमर तो नगर निगम ने तोड़ दी। अब अधिकतर लोग बिजली वाले भट्ठी में ही मुर्दा फूँकते हैं। रेट भी निश्चित है। कोई माँग-जाँच का चक्कर नहीं। लावारिस मुर्दा भी फ्री में फूँका जाता है। आप लोग की तो बनारस में इतनी तगड़ी यूनियन है कि हरिश्चन्द्र घाट पर बिजली वाला शवदाह मशीन प्रशासन ने लगाया तो भी आप लोगों ने चलने नहीं दिया। यहाँ लखनऊ में हम लोगों की न तो उतनी ताकत है, न ही कोई संगठन है जो प्रशासन पर दबाव बना सके। इसीलिए अब तो बस यही सोचा है कि बाल-बच्चों को थोड़ा-बहुत पढ़ा-लिखा के काबिल बना दिया जाए। अब मुर्दा फूँकने के रोजगार में कोई फायदा नहीं रह गया है।"

संजय ने देखा, अचानक रामसरन के चेहरे की हँसी गायब थी। सुरेन्द्र भी शान्त था। उन्होंने बाहर देखते हुए कहा, "अभी कहाँ पहुँची ट्रेन?"

सहयात्री ने बाहर देखते हुए कहा, "अरे, उतरेटिया आ गया! बस, अब दस मिनट में लखनऊ। अगर दिलकुशा केबिन पे रुकी तो मैं वहीं उतर जाऊँगा। पास पड़ेगा। देखिए, बातों-बातों में सफर का पता नहीं चला।"

एक बार फिर रामसरन ने सिर्फ 'हूँ-हूँ' कहा।

संजय ने बात सँभालते हुए कहा, "वास्तव में बड़ा मजा आया। देखिए, ट्रेन कुछ धीमी हो रही है। शायद दिलकुशा रुक जाए।"

सहयात्री ने कहा, "हाँ, ठीक है, मैं चलता हूँ, दरवाजे पर। धीमी भी होगी तो उतर जाऊँगा।" अपना सामान उठाते हुए उसने कहा, "अच्छा भाई साहब, बनारस आऊँगा तो भेंट करूँगा।"

इससे पहले कि वह हाथ मिलाता, रामसरन ने हाथ जोड़ लिये। लेकिन कुछ नहीं कहा।

दिलकुशा में उतरने के बाद उसने प्लेटफॉर्म से रामसरन को देखते हुए हाथ हिलाया लेकिन रामसरन जानबूझकर दूसरी तरफ देखने लगे। बर्तन आदि एक झोले में रखकर टॉयलेट की तरफ गए और हाथ-मुँह धोने के बाद आकर सोने की तैयारी करने लगे।

संजय ने एकाध बार कुछ कहना भी चाहा तो उन्होंने बस, 'हाँ-हूँ' कहकर उत्तर दिया। उसने रामसरन के अचानक इस व्यवहार परिवर्तन को गहरे से महसूस किया। रामसरन और सुरेन्द्र ने बिस्तर लगाकर लाइट बुझाने को कहा। अतः उसे भी सोने की कोशिश करनी पड़ी। चूँकि देर से सोने की आदत थी, अतः काफी देर में उसे नींद आई।

सुबह जब संजय की आँखें खुलीं तो ट्रेन यमुना पुल से गुजर रही थी। नई दिल्ली स्टेशन आने ही वाला था। अपर और मिडिल बर्थ के यात्री सामने बैठे थे। उसने रामसरन और सुरेन्द्र के बारे में पूछा तो पता चला कि वे लोग गाजियाबाद ही उतर गए। अचानक उसकी नजर एक पॉलिथिन के झोले पर गई जिसमें पराँठे वाला और एक छोटा डिब्बा था। उसने कहा, "ओह, वे लोग डिब्बा भूल गए।"

तभी एक सहयात्री ने बताया, "हमें भी लगा, उन्हीं का है सो हमने भी उतरते हुए उनको याद दिलाया तो वे लोग बोले कि ये आपका है।"

अब संजय ने अच्छे से समझ लिया कि वास्तव में प्रगतिशील होना इतना आसान नहीं होता। वह रामसरन को याद करके मन-ही-मन हँसा और इस स्थिति पर एक उचित मुहावरे की तलाश करने लगा :

नहले पे दहला या
शायद जो गरजते हैं बरसते नहीं या फिर?
शायद शिकारी खुद शिकार बन गया था?

देशभक्ति में फिजियोथैरैपी

उन्नीस सौ अस्सी के दशक में देवरिया जिले के पुलिस विभाग में फाजिल नगर सबसे कमजोर थानों में था। न कोई बॉर्डर, न ही कोई हाइवे उस इलाके से गुजरता था और इसके अलावा गंडक और नारायणी नदियों और उनकी अनगिनत शाखाओं के कारण सारा क्षेत्र जैसे सुन्दरबन डेल्टा की तरह हो गया था। जगह-जगह कोई-न-कोई नदी या नहर की धारा मिल जाती थी, निर्बाध आवागमन नहीं हो पाता था और नाव आदि का सहारा लेने में बहुत समय लग जाता था।

यहाँ के सभी पुलिसकर्मी अन्य थानों को देखकर अपने को अभागा ही समझते थे। तराई की नदियों का कटान कुछ इस प्रकार था कि दूर-दूर तक खेत और दियारा ही फैले हुए थे। वहाँ न तो अधिक अपराध की सम्भावना थी और न ही किसी व्यापारिक गतिविधि की जहाँ से पुलिस के लिए किसी आमदनी की गुंजाइश हो। कई बार तो जन्माष्टमी भी बहुत फीकी मनती। लेकिन कहते हैं कि भगवान जब देता है तो छप्पर फाड़कर देता है।

फाजिल नगर थाने के लिए पिछला महीना बहुत ही सुखदायी था। भारत-नेपाल सीमा से तस्करी का सामान लिये हुए गोरखपुर होते हुए लखनऊ जा रही ट्रक को फाजिल नगर पुलिस ने पकड़ लिया। यह थाना नेपाल से आनेवाले रास्ते पर नहीं पड़ता था, अतः माल लेकर ट्रक वाले इस रास्ते को सुरक्षित समझकर जा रहे थे लेकिन शायद उनकी किस्मत खराब थी और पुलिस वालों की अच्छी थी कि अचानक पकड़ लिये गए और पुलिस के भाग्य से छींका टूट गया था।

ट्रक में लदे हुए ढेर सारे रेडीमेड कपड़ों, घड़ी, कैमरे और उनकी रीलों, कोरिया के कंबल, बोस्की और गीजा कॉटन के थान के थान को लिखा-पढ़ी में जब्त करने से पहले लगभग एक-चौथाई माल निकालकर समस्त थाना स्टाफ में उदारता के साथ वितरण किया जा चुका था। वितरण का अनुपात वही था जो कि डग्गेमार वाहनों और लकड़ी चीरनेवाली आरा मशीन से माहवार आनेवाली आमदनी यानी एक्जाई का होता था। इस वितरण के उपरान्त ट्रक ड्राइवर की निशानदेही

पर पकड़े गए व्यापारियों से जो अच्छी-खासी रकम ली गई, उससे थाना इंस्पेक्टर फूले नहीं समा रहे थे।

दिल्ली के व्यापारी वैसे ही इतने नाजुक थे कि माल पकड़ में आते ही खुद फोन करके थाना इंस्पेक्टर को कहा, "साहब, हम आ रहे हैं, और चूँकि यह इकोनॉमिक क्राइम है इसलिए हमसे घृणित अपराधियों की तरह व्यवहार न रखा जाए, यह वचन दीजिए। हम आपका भी अच्छे से खयाल रखेंगे।"

थाने पर पहुँचते ही व्यापारियों ने अपना जुर्म कबूला और हवालात के बाहर रखने और पिटाई वगैरह न होने का ही उन्होंने दस हजार रुपये बड़े साहब को गिन दिये।

जिस थाने के सिपाही भूसे की ट्रक से बीस रुपये लेने के लिए भरी दोपहरी सड़क पर खड़े रहते हों, वहाँ ऐसा असामी मिलना जैसे परमात्मा की विशेष कृपा थी। थाना इंस्पेक्टर ने भी अपने वचन का मान रखते हुए व्यापारियों से दोस्ताना व्यवहार रखा बल्कि जेल भेजे जाने तक उनके नाश्ते-खाने, नहाने-धोने आदि का अच्छा प्रबन्ध करवाया।

उनके हमराह ने कहा भी कि "सर, इन सालों को हवालात में डाल दें?"

इंस्पेक्टर ने उसको डाँटा, "अबे, ये लोग घर-बाहर, हर जगह एसी में रहते हैं। एसी देखे हो कभी? नाजुक लोग हैं। कहीं तबीयत बिगड़ गई तो कौन इलाज कराएगा? तुम लोगों के लिए तो साले सब धान बाईस पसेरी है। अब देखो, सेनुरिया गाँव के हरिहर चौधरी की जर्सी गायों को कैसे ठंडक में रखा जाता है। उन गायों को भैंसों के साथ हाँक दोगे तो रास्ते में ही टें बोल जाएँगी।"

हमराह ने जवाब दिया, "सही कह रहे हैं जनाब। अब आप लोग जैसे वरिष्ठ अधिकारीगण वाली सोच हम लोग कहाँ रख सकते हैं?"

इसके बाद हल्की धाराएँ लगाने और सीमा-शुल्क अधिनियम में अभियोग हेतु तस्करी के माल की कीमत की तय सीमा से कम की वैल्यू दिखाने की एवज में जो पत्रं-पुष्पं व्यापारियों ने भेंट किया, उससे समूचे स्टाफ की आँखें भर आईं।

इसका पचास प्रतिशत का हिस्सा सीधे-सीधे इंस्पेक्टर के पास आ गया था जोकि जिले के अच्छे-अच्छे थानों के तीन-चार महीने की आमदनी के बराबर था।

अस्सी के दशक में तब तक भारत में उदारीकरण नहीं आया था और विदेशी वस्तुओं की अलग ही चाहत हुआ करती थी। नेपाल पर्यटन का एक प्रमुख केन्द्र था। और लोग नेपाल से घड़ी-चश्मा-जूता आदि लेकर लौटनेवालों को बड़ी हसरत-भरी नजरों से देखा करते थे। नेपाल से लौटकर हारा की जीन्स, नकली रे बैन का चश्मा लगाए और गोल्ड स्टार का जूता पहननेवाला नवयुवक अपने को गोविन्दा की हिट फिल्म लव-86 का साइड हीरो समझता था। ऐसे में थाना स्तर के सिपाही के पास ढेर सारी विदेशी वस्तुओं का आ जाना अपने-आपमें लॉटरी लगनेवाली बात थी।

इंस्पेक्टर महोदय के पास अभी भी थाने के स्टाफ, दोस्तों और उच्चाधिकारियों के बीच यथायोग्य सामान वितरण के बाद भी काफी सामान बचा था। अत: थाना इंस्पेक्टर महोदय सपरिवार पहले अपनी ससुराल, फिर अपने गाँव गए और जी भरकर पकड़े गए सामानों में से यथायोग्य वितरण किया जिससे कि ससुराल में उनकी धाक बन गई।

तीन-चार दिनों के प्रवास के बाद वह वापस फाजिल नगर लौट ही रहे थे कि रास्ते में जिला मुख्यालय के घरों पर ढेर सारे टीवी एंटीना को देख श्रीमती जी ने इच्छा व्यक्त की, "सुनिए जी, एक रंगीन टीवी ले लीजिए। आप दिन-रात गस्त पर रहते हैं और इस थाने में कोई परिवार रखता नहीं है तो हमारा समय कट नहीं पाता।"

दारोगा जी ने तुरन्त प्रतिवाद किया, "नहीं, बच्चे बिगड़ जाएँगे। पढ़ेंगे नहीं।"

पत्नी ने कहा, "बच्चे तो दिनभर स्कूल रहेंगे और शाम को ट्यूशन पढ़ाने मास्टर साहब आएँगे फिर सोने का वक्त हो जाएगा। रविवार को तो वैसे भी सब दिन-भर खेलकूद करते रहते हैं और उसी दिन टीवी सारा दिन आता है तो ऐसे में बिगड़ेंगे नहीं, आप चिन्ता मत कीजिए।"

इंस्पेक्टर महोदय फिर से ना-नुकर कर ही रहे थे कि श्रीमती जी ने फरमान सुना दिया, "या तो टीवी लाइए, नहीं तो हम लोगों को जिला पुलिस लाइन में पहुँचा दीजिए। कम-से-कम हमारे बगल की औरतें तो रहती हैं बातचीत के लिए। यहाँ वीराने में थाना है, न कोई जान न पहचान। कामवाली से हम कितना बात करें और बच्चे भी जब सामने बाजार में डॉक्टर शमशाद के यहाँ क्रिकेट वगैरह देखने जाते हैं तो लोग भी फिकरा कसते हैं कि क्या भाई इंस्पेक्टर साहब के बच्चे टीवी देखने यहाँ आते हैं? आपको तो पता नहीं है, जब छुट्टी में हम घर जाते हैं तब 'बुनियाद' और 'हम लोग' की कहानी अम्मा सुनाती हैं। पिछली बार कह भी रही थीं कि दामाद जी से बोलो, एक टीवी ले लें। हफ्ते में एक-दो फिल्म भी आती है और देश भर का समाचार पता चलता है।"

पिछली सीट से बड़े बेटे ने भी कहा, "हाँ, पापा, एक टीवी ले लीजिए। क्रिकेट का वर्ल्ड कप शुरू होनेवाला है। अपने घर पर बैठकर मैच देखने का मजा ही कुछ और है और रंगीन टीवी रहेगी तो सब कुछ असली नजर आएगा। सोचिए, हरी घासवाले मैदान में चौका लगने पर लाल रंग की बॉल भागती हुई कैसी अच्छी लगेगी? रविवार को रामायण सीरियल भी आता है जिसको देखने के लिए हमें कसया गाँव के सभापति जी के घर जाना पड़ता है। पिछली बार इतने ज्यादा लोग हो गए थे कि टीवी निकालकर बाहर रखना पड़ा और साफ-साफ दिख भी नहीं रहा था बाहर की लाइट के कारण।"

छोटी बिटिया ने भी मनुहार की, "हाँ, पापा, ले लीजिए, सही कह रहा है भैया।"

इंस्पेक्टर ने चुटकी ली, "नहीं, टीवी वगैरह अभी नहीं लेंगे। रिंकी की शादी में देंगे बड़ी-सी रंगीन टीवी।"

बेटी तो चुप हो गई लेकिन बेटे ने फिर बोला, "इसका मतलब हमारी किस्मत में टीवी है ही नहीं? रोज क्रिकेट वर्ल्ड कप शमशाद की दुकान पर जाकर ही देखना पड़ेगा?"

फाजिल नगर पहुँचने के बाद इंस्पेक्टर महोदय ने सोचा कि इस रकम से बेटी की शादी के लिए कुछ गहने वगैरह बनवा दिया जाए और कहीं थोड़ी-बहुत जमीन भी ले ली जाए।

महीने भर में ही उन्होंने दोनों काम कर लिये और फिर रोज-रोज की पत्नी और बेटे की जिद से तंग आकर वे एक दिन ओनिडा कम्पनी की तिरपन सेंटीमीटर की एक रंगीन टीवी घर ले आए। वैसे भी फाजिल नगर में बिजली की व्यवस्था बहुत अच्छी न थी, इसलिए उन्हें इस बात की शंका नहीं थी कि बच्चों की पढ़ाई-लिखाई में टीवी के कारण कोई ज्यादा असर पड़ेगा।

शाम को जीप में से जब टीवी उतारकर घर में रखा गया तो सब बड़े खुश हुए लेकिन कुछ देर में ही दारोगा जी के परिवार में एक अनचाही उदासी छा गई, जब पता चला कि अभी एंटीना जोड़ने के लिए कल एक इंजीनियर आएगा।

अगले दिन दोपहर बाद इंजीनियर ने आकर एक बड़े बाँस में एंटीना लगवाया और टीवी के बूस्टर से उसे जोड़ दिया। परन्तु टीवी चालू न हो सका क्योंकि उस वक्त लाइट नहीं थी। वह टीवी ऑन करने का तरीका बताकर चला गया। शाम को इंस्पेक्टर महोदय के बड़े बेटे ने बिजली आने पर थोड़ी-बहुत मेहनत के बाद चैनल आदि बदलकर दूरदर्शन पर सेट कर दिया। उस दिन खुशी में घर में पूरी-सब्जी-खीर बनी व एक किलो बर्फी का प्रसाद चढ़ाया गया जिसको समूचे थाने में बाँटा गया।

रात में 8:40 पर थाने के लगभग सभी स्टाफ ने समाचार सुना, उसके बाद एक सीरियल भी देखा और जब अंग्रेजी समाचार आने लगे तो लोग गश्त पर चले गए। कुछ लोग जो थाने पर थे, वे रात 11:30 बजे तक नृत्य का अखिल भारतीय कार्यक्रम आदि देखते रहे।

टीवी का आना पूरे थाने के लिए बड़े गर्व की बात थी। बीच-बीच में कभी-कभी जिला मुख्यालय से वीसीआर लाकर दो-तीन फिल्में भी चलाई जाती थीं जिससे थानेवालों का अच्छा-खासा मनोरंजन हो जाता था।

उन दिनों दूरदर्शन पर कार्यक्रम शाम 5:00 बजे से लेकर 11:00 बजे तक ही आते थे और बाकी दिन-भर कुछ नहीं। सिर्फ रविवार को दिन में कुछ कार्यक्रम आते थे। अत: टीवी भी ठीक शाम 5:00 बजे शुरू हो जाता था और 11:00 बजे तक लगातार चलता था। चाहे कोई भी कार्यक्रम आ रहा हो, यदि बिजली आ रही है तो टीवी का चलना लाजिमी था। यहाँ तक कि यदि किसी बात पर अंग्रेजी में

परिचर्चा हो रही होती थी, तब भी टीवी के सामने एक-दो चौकीदार, होमगार्ड या सिपाही बैठकर देखते रहते। दारोगा जी के घर काम करनेवाली बुढ़िया नौकरानी को भी रविवार के दिन टीवी देखने का मौका मिलता। जिन्दगी में पहली बार सिनेमा टीवी जैसी कोई चीज उसने देखी थी।

एक दिन सहसा उसने मालकिन से पूछा, "मालकिन, इस डिब्बे में जो आदमी-औरत, पशु-पक्षी नाच-गाना करते हैं, उनको कुछ खाना-पीना नहीं दिया जाएगा?"

इस प्रश्न से सब हँसकर बेहाल हो गए लेकिन कोई उसे यह नहीं समझा सका कि प्रसारण किस प्रकार होता है और टीवी के डिब्बे के भीतर जीव-जन्तु नहीं रहते। उस कामवाली का प्रश्न अनुत्तरित रह गया। वह सोचती रही कि भले ही डिब्बे के भीतर वाले आदमी-औरत, पशु-पक्षी छोटे हैं लेकिन भूख तो लगती ही होगी। यह जिज्ञासा उसने जब दोबारा की तो वहीं पर बैठे हुए केदार दीवान जी ने डाँटकर भगा दिया कि 'चल, तू अपना काम कर' और उसका प्रश्न प्रश्न ही रह गया।

महीने भर बाद ही भारत में पहली बार क्रिकेट के वर्ल्ड कप का आयोजन हुआ और समस्त थाना स्टाफ के साथ अगल-बगल के थानों के चौकी और थाना प्रभारियों ने भारत के सभी मैच आकर देखे और हर मैच के साथ एक सामूहिक भोज भी हुआ करता था।

यद्यपि भारत सेमीफाइनल हार गया लेकिन फाइनल में इंग्लैंड और ऑस्ट्रेलिया के बीच का मैच बड़े उत्साह के साथ देखा गया। सभी पुलिस जन ब्रिटिश हुकूमत को याद करते हुए इंग्लैंड का विरोध कर रहे थे कि सालों ने हमें इतने दिन गुलाम रखा। इनका हारना जरूरी है। मेस में पूरी-सब्जी-खीर का भी आयोजन किया गया।

दो महीनों बाद पाकिस्तान क्रिकेट टीम जब भारत के दौरे पर आई तब हर एक मैच पर अगल-बगल के गण्यमान्य और पुलिस जन इकट्ठे होते और साथ-साथ मैच देखते। रविवार के दिन रामायण के प्रसारण के दौरान बिजली विभाग को विशेष आग्रह किया जाता कि विद्युत आपूर्ति में कोई बाधा न हो—कम-से-कम 9:00 बजे से लेकर 10:30 बजे तक और शाम को 5:45 से लेकर 8:00 बजे तक जब फीचर फिल्म का प्रसारण होता है।

एक बार बिजली विभाग ने अपना वादा तोड़ दिया तो पुलिस ने स्वयं गाँव वालों को उकसाकर बिजली विभाग के कर्मचारियों की बहुत बेरहमी से पिटाई करवाई और एसडीएम के कहने के बावजूद बिजली विभाग की दरखास्त मंजूर नहीं की, न ही कोई रिपोर्ट लिखी। जब भी बिजली वाले मुकदमा लिखाने जाते, हर बार पुलिस कहती कि आरोपियों के नाम बताइए। बड़ी मुश्किल से अगर बिजलीवाले एक-दो लोगों के नाम बताते तो अगला सवाल होता कि बाप का नाम और गाँव भी बताओ। अब बिजलीवाले इतनी सूचना कहाँ से लाते? और

पुलिस अड़ी थी कि बिना पूरी सूचना के एफआईआर किस बात की? और पता नहीं, तुम लोग पिटे हो कि नहीं? गवाह कहाँ है? बिजली विभाग के कर्मचारियों की गवाही नहीं मानी जाएगी, आदि-आदि करते-करते पुलिस ने उस बेरहम मारपीट का कोई संज्ञान नहीं लिया, बल्कि बिजलीवालों को धमकी यह दी गई कि जनभावनाओं को भड़काने के लिए जानबूझकर बिजली काटी गई है जबकि उस समय बिजली विभाग की कॉलोनी में बिजली आ रही थी और विभाग के कर्मचारी परिवार सहित रामायण सीरियल का आनन्द ले रहे थे। आम जनता को जानबूझकर वंचित किया गया। इस बात का एफआईआर कर दिया जाएगा। बिजलीवाले चुप बैठ गए और उसके बाद पुलिस ने आग्रह की रीति छोड़कर अल्टीमेटम का रास्ता पकड़ लिया। हर शनिवार को या किसी मैच विशेष से पूर्व बिजली विभाग को अल्टीमेटम दे दिया जाता कि बिजली इस समय पर अवश्य आए और अगर पीछे से कोई प्रॉब्लम हो तो यह बहाना तभी माना जाएगा जब बिजली विभाग की कॉलोनी में भी पॉवर कट होगा।

धीरे-धीरे बिजली विभाग वाले भी पुलिस की बिजली की जरूरत से अच्छे से वाकिफ हो गए थे। जैसे ही कोई सिपाही फोन करता, 'बड़े बाबू, कल दोपहर 3:00 बजे से...' अभी वह वाक्य पूरा न कर पाता कि बिजली विभाग के बड़े बाबू बोलते, 'हाँ, साहब, पता है। कल वो हॉकी मैच आ रहा है न, बिलकुल चिन्ता न करें, सप्लाई बनी रहेगी और इंस्पेक्टर साहब से कहिएगा कि बुधवार और शुक्रवार के चित्रहार का भी हमने पूरा ध्यान रखा है। रोज रात 8:40 से लेकर 9:30 बजे तक तो हर हाल में हम देते ही हैं।'

पुलिस को सिर्फ अब उसी दिन फोन करना पड़ता जिस दिन वीसीआर लाकर दो-चार फिल्में देखने का आयोजन हो, अन्यथा बिजली विभाग वाले अब समझदार हो गए थे। थाने के कारखास भी बड़े खुश थे टीवी के आने से और बिजली विभाग से आपसी तालमेल हो जाने से, वरना पिछले साल बड़े साहब के बच्चे के जन्मदिन के अवसर पर चौधरी ट्रैवल्स सर्विस की लम्बी वाली वीडियो कोच लाकर थाने में खड़ी करनी पड़ी थी और 'लोहा' तथा 'डकैत' फिल्मों को देखने के दौरान बैटरी भी डाउन होने लगी। फिर लगभग तीन घंटे खड़ी अवस्था में बस के इंजन को चालू रखना पड़ा था। ड्राइवर ने कहा कि 'सर, खड़े-खड़े बस चालू करने के बजाय थोड़ा घूम आते हैं,' तो उसको डाँटकर चुप करा दिया गया, क्योंकि थाने पर पुलिसकर्मियों की मौजूदगी जरूरी थी।

तीन महीने में ही टीवी आने का असर यह हुआ कि जो पुलिसकर्मी सुबह-सुबह थाने में अखबारों के हर पन्ने को देर तक पढ़कर समय काटा करते थे, वे सभी अब रात में ही समाचार देख लेते थे और दिन-भर 'बुनियाद', 'हम लोग', 'इन्तजार', 'चित्रहार', 'विक्रम बेताल', 'एक-दो-तीन-चार' आदि धारावाहिकों

की चर्चा में व्यस्त पाए जाते। शाम को बड़े साहब के आवास की बैठक में हमेशा टीवी के सामने दो-चार लोग तैनात रहते और मालकिन को भी यह अच्छा लगता कि हर समय किसी भी काम के लिए कोई-न-कोई मौजूद है।

इस बार 26 जनवरी की परेड के दिन टीवी को थाने के मैदान में रख दिया गया और पुलिसकर्मियों के अलावा सामने बाजार से आए हुए लोगों ने भी गणतंत्र दिवस की परेड का आनन्द उठाया और जलेबी बाँटी गई।

नई दिल्ली के राजपथ पर गणतंत्र दिवस की परेड के समापन पर जब राष्ट्रगान हुआ तो फाजिल नगर थाने में उपस्थित सभी लोग भी खड़े हो गए। इसको वहाँ मौजूद पत्रकार ने कैमरे में कैद कर लिया और अगले दिन दैनिक समाचार-पत्रों में प्रकाशित भी किया जिसके कारण फाजिल नगर जैसे कमजोर थाने को जिला स्तर ही नहीं बल्कि मंडल स्तर पर एक पहचान मिल गई। डीआईजी और एसपी साहब ने भी इंस्पेक्टर को शाबाशी देकर 'गुड वर्क' कहा। खबर का शीर्षक था : 'फाजिल नगर थाने में नागरिकों और पुलिस ने एक साथ मनाया गणतंत्र दिवस'।

लगभग हर हफ्ते थाना इंस्पेक्टर महोदय अपने सहयोगी के साथ वीसीआर मँगवाकर एक-दो फिल्में देखते और कुछ स्थानीय नेताओं और पत्रकारों को भी आमंत्रित करते जिससे कि एक तरफ तो अच्छा टाइम कट जाता और दूसरी तरफ कुछ-न-कुछ सूचनाएँ भी मिल जातीं।

एकाध महीने बाद पाकिस्तान की हॉकी टीम भारत दौरे पर आई। भारत के साथ पाँच मैचों की सीरीज का कार्यक्रम था। इंस्पेक्टर महोदय को सबसे पहले यह खबर बगल के थाने पटहेरवा के इंचार्ज ने दी थी, "भाई साहब, पाकिस्तान की टीम आ रही है। हॉकी मैच देखने के लिए आपके यहाँ आऊँगा।"

इंस्पेक्टर महोदय ने उत्तर दिया, "अरे, मैं तो अगल-बगल सभी लोगों को बुलाने का प्लान कर ही रहा था कि आपका फोन आ गया। हॉकी मैच ही क्यों, आपका घर है, जब चाहे तब आइए।"

पहला हॉकी मैच देखने का सारा इन्तजाम धरा का धरा रह गया जब जिले के पुलिस कप्तान ने उसी दिन दोपहर में क्राइम मीटिंग रख दी। मन मसोसकर सभी थानाध्यक्ष व प्रभारी इंस्पेक्टर उस मीटिंग से लौटे, फिर भी खुशी इस बात की थी कि भारत ने वह मैच जीत लिया था।

इसके बाद दूसरा और तीसरा मैच सभी ने साथ मिलकर देखा। यद्यपि दोनों मैच पाकिस्तान ने जीता लेकिन भारत की तरफ से खिलाड़ियों ने पूरी जान झोंक दी। इस बात से पुलिसकर्मी खुश थे और अगले दो मैच में पासा पलटने की उम्मीद लिये बैठे थे।

चौथे मैच के दिन पटेहरवा, तुर्कपट्टी, बघौचघाट, सेमरहा, कसया आदि स्थानों से वहाँ के थाना प्रभारी और स्वयं उस क्षेत्र के सीओ साहब हॉकी मैच देखने

के लिए पधारे। बिजली विभाग को पहले ही आगाह किया जा चुका था और लगभग पचास-साठ लोगों के लिए ताजी बर्फी, समोसा, नमकीन, चाय आदि के लिए थाने के सामनेवाले चन्द्रगुप्त हलवाई को कह दिया गया। नाश्ता ठीक से परोसने के लिए पिछले दिन के चौकीदारों और दो-तीन होमगार्डों को रोक लिया गया।

नियत समय पर सभी लोग धीरे-धीरे इंस्पेक्टर महोदय के आवास की बड़ी बैठक में पहुँच गए थे। सीओ साहब और दारोगा लोग कुर्सी पर और आरक्षीगण नीचे दरी पर बैठे थे। कुछ लोग खड़े भी थे। मैच से करीब आधे घंटे पहले ही लगभग तीन बजे टीवी ऑन किया गया जिसमें मशहूर कमेंट्रीकार जगदेव सिंह के साथ उनके पाकिस्तानी समकक्षों की आपसी बातचीत का प्रसारण जारी था। सब कुछ ठीक-ठाक चल रहा था कि अचानक पर्दे की तसवीर हिलने लगी। कभी लगता कि तसवीर तिरछी हो रही है, कभी ऊपर-नीचे। कभी-कभी लगता, जैसे छींटे उबल रहे हैं।

इंस्पेक्टर साहब ने तुरन्त सामने खड़े सिपाही को आदेश दिया, "रामकृपाल, देखो, एंटिना पर बन्दर या कौवा तो नहीं बैठ गया?"

अनुमान सही निकला। कौवा ही बैठा हुआ था। उसको उड़ाते ही तसवीर सही आने लगी लेकिन फिर दो मिनट में ही खराब हो गई। पता चला, कौवा वापस आकर बैठ गया था। इस समस्या से निपटने के लिए एक होमगार्ड को गुलेल देकर छत पर बैठा दिया गया जिससे आसपास कोई पक्षी न आ सके।

लेकिन कौवा कुछ ज्यादा ही ढीठ था। वह बार-बार भगाए जाने के बाद उड़कर आता और एंटीना को छूते हुए भाग जाता जिससे कि नीचे प्रसारण में बाधा हो जाती। मैच शुरू होनेवाला ही था और मुख्य अतिथि खिलाड़ियों से परिचय कर रहे थे कि प्रसारण भी खराब हो गया। इस बार थाना इंस्पेक्टर ने अपने सेकंड अफसर गोविन्द यादव को बोला, "अरे यार गोविन्द, देखो, यह क्या हो रहा है? होमगार्ड लगाने के बाद भी चिड़िया कैसे बैठ रही है?"

गोविन्द यादव बाहर निकले और होमगार्ड को गाली देते हुए बोले, "तुझसे एक कौवा भी नहीं भगाया जा रहा?"

उसने कहा, "साहब, बहुत ढीठ है। देखिए, फिर आकर बैठ गया।"

और वास्तव में उन्होंने देखा कि कौवा जानबूझकर बदमाशी कर रहा है। गुलेल के निशाने को भी नजरअन्दाज कर रहा है। फिर अचानक उन्होंने अपनी पिस्तौल निकाली और एक हवाई फायर कर दिया। इसके बाद कौवे के साथ-साथ आसपास के पेड़ों के सैकड़ों पक्षी उस इलाके को छोड़कर भाग चले।

इस फायर पर नीचे बैठे हुए किसी मेहमान ने कोई आश्चर्य व्यक्त नहीं किया। सबको चिड़िया भगाने के लिए हॉकी मैच के प्रसारण के दौरान यह एक जरूरी कदम ही मालूम पड़ा।

हॉकी मैच का आरम्भ होते ही भारत ने एक गोल की बढ़त ले ली। परगट सिंह ने पेनल्टी कॉर्नर से जैसे ही गोल किया, सभी दारोगा-सिपाही एक साथ खुशी से उछल पड़े और हाथ मिलाने लगे। सीओ साहब ने भी अपना पद क्रम भूलकर गिलास में पानी डाल रहे सिपाही से हाथ मिलाया। एक-दो लोगों ने 'भारत माता की जय' के नारे भी लगाए। कुछ देर में पाकिस्तान ने भी एक गोल कर दिया लेकिन इससे वहाँ मौजूद दर्शकों के उत्साह में कमी नहीं आई। हाफ टाइम तक दोनों टीमें एक-एक से बराबरी पर थीं। हाफ टाइम के दौरान बाकायदा चन्द्रगुप्त हलवाई ने नाश्ते की प्लेट जल्दी-जल्दी सजाई और सभी ने आनन्द उठाया।

चाय परोसी ही जा रही थी कि सीओ साहब ने कहा, "यार, मैच के दौरान लाना।"

इस पर इंस्पेक्टर महोदय बोल पड़े, "सर, मैच में कॉफी पी लीजिएगा। अभी चाय का आनन्द लें। चाय तो बस नाम भर की है। प्योर दूध में, कुछ पत्तियाँ और शक्कर। एकदम, जैसे पंजाब के सरदार पीते हैं। अपनी ही भैंस के दूध की है।"

सीओ साहब ने हँसते हुए कहा, "भाई, बहुत बढ़िया किया टीवी लगवाकर। एक साथ बैठकर मैच देखने और चाय-नाश्ता करने की बात ही अलग है वरना रोज-रोज की ड्यूटी में कहाँ टाइम मिलता है एक-दूसरे का सुख-दुख जानने का! मेरा तो कहना है कि अब सारे थाना इंचार्ज अपने-अपने घर टीवी की व्यवस्था करें और महीने में एकाध बार इसी तरह जुटान हो।"

फाजिल नगर इंस्पेक्टर ने सीना चौड़ा करते हुए कहा, "सर, हम लोग तो हर महीने की पूर्णिमा को वीसीआर मँगाकर फिल्म देखते हैं और बाटी-चोखा या पूरी-खीर का इन्तजाम होता है मेस में। जनाब को, कई बार सोचा, बुलाएँ लेकिन कुछ संकोचवश रह गया। अगर जनाब कुछ वक्त निकालकर आ सकें तो फिर आयोजन में चार चाँद लग जाएँ।"

सीओ साहब बोले, "केवल बाटी-चोखा या पूरी-खीर पर ही निपटा देते हो कि कुछ छनन-मनन भी होता है?"

अबकी थाना इंस्पेक्टर मुग्ध होते हुए बोले, "सर, एक बार खातिर का मौका तो दें, कोई शिकायत नहीं रहेगी।"

इस पर सबने ठहाका लगाया और मैच भी शुरू हो गया।

सीओ साहब ने बीच में पूछा, "इन्तजाम पूर्णिमा को ही क्यों करते हो?"

थाना इंस्पेक्टर ने तार्किक रूप से उत्तर दिया, "जनाब, अँधेरा पक्ष में तो रोजाना शाम होते ही गश्त में सब लोग चले जाते हैं और आपको पता ही है कि दशमी से लेकर पूर्णमासी तक चोरी-डकैती-छिनैती आदि की घटनाएँ लगभग नहीं होती हैं। इसलिए हम लोग पूर्णमासी को ही यह कार्यक्रम करते हैं। उस दिन थाने के मन्दिर में भी शाम को सुन्दरकांड का पाठ किया जाता

है। और कोई खास बात नहीं है। अगर जनाब चाहें तो कार्यक्रम में बदलाव भी किया जा सकता है।"

सीओ साहब ने कहा, "नहीं भाई, स्थापित परम्पराओं में बिना किसी विशेष परिस्थिति के परिवर्तन नहीं करना चाहिए और पूर्णमासी के दिन वैसे भी शुभ होता है लेकिन अगली पूर्णमासी को चन्द्रग्रहण है, खयाल रखना।"

"सर, आप जब कहें, तब इन्तजाम हो जाएगा बल्कि जो फिल्म पसन्द हो, बताएँ, उसका कैसेट मँगा लिया जाएगा और बाकी जिस दिन जनाब के पास कुछ समय हो, हम लोग तो हमेशा तैयार हैं।"

इस बीच भारत ने फिर एक गोल कर दिया और सभी पुलिसकर्मी दूने उत्साह में उछल पड़े। देर तक तालियाँ बजती रहीं। 'भारत माता की जय' के नारे गूँजते रहे।

दूसरे हाफ में लगभग आधा खेल निकल चुका था और तभी पाकिस्तान को एक पेनल्टी कॉर्नर मिला।

पाकिस्तानी हॉकी कप्तान काजी मोहिब पेनल्टी कॉर्नर लेने के लिए जा ही रहे थे कि तुर्कपट्टी थाना इंस्पेक्टर ने कहा, "ओहोहो, अरे साला यह काजी मोहिब बड़ा खतरनाक पेनल्टी कॉर्नर विशेषज्ञ है! कहीं साला गोल न कर दे!" और तभी गोल हो गया। फिर से पाकिस्तान और भारत दो-दो से बराबर हो गए।

जैसे ही कोई खिलाड़ी 'डी' की ओर बढ़ता, लोग उत्साह से 'बक-अप बहादुर, जियो शेर, ठोक दे यार' के नारे लगाते लेकिन जब गोल नहीं होता और पाक़िस्तान को सोलह गज की हिट मिल जाती तब लोग थोड़े मायूस हो जाते।

सीओ साहब बोले, "यार, शाहिद को ठीक से पास नहीं मिल रहा है, नहीं तो अब तक गोल हो गया होता।"

कोई मुकेश कुमार तो कोई थोइबा सिंह से उम्मीद लगा रहा था।

सीओ साहब बोले, "यार, डिफेंसिव खेलकर लोग हार जाएँगे, अटैक मोड चाहिए। जूड फेलिक्स को बॉल नहीं मिल रही है वरना स्कूप करके सीधे 'डी' में भेज देता और वहाँ पर विवेक सिंह और शाहिद तो जरूर गोल कर देंगे।"

तभी भारत की तरफ से लेफ्ट आउट थोइबा सिंह ने आक्रमण का मूव बनाया और तीन पाकिस्तानी खिलाड़ियों को छकाते हुए दाहिनी तरफ से 'डी' में घुसे ही थे कि पाकिस्तानी डिफेंडर ने बाधा उत्पन्न करके उन्हें गिरा दिया। बदले में भारत को पेनल्टी कॉर्नर मिला।

पटहेरवा इंस्पेक्टर जयशंकर प्रसाद तिवारी ने कहा, "ई साला रेफरी बेईमानी कर रहा है वरना यह पेनल्टी स्ट्रोक का मामला है।"

सीओ साहब ने कटाक्ष करते हुए कहा, "यार जटाशंकर, रेफरी फुटबॉल में होते हैं। ये अम्पायर हैं।"

जटाशंकर सिंह की विशेषज्ञता का पटरा होते देख कुछ लोग मन-ही-मन मुस्कुरा रहे थे।

पेनल्टी कॉर्नर असफल होने के बाद अभी खिलाड़ी वापस अपनी तरफ आने लगे ही थे कि थाने के दफ्तर की तरफ से एक शोर सुनाई दिया।

समवेत स्वर में 'अरे बाप रे बाप...अरे मैया रे मैया...अरे मैया रे मैया... अरे सरकार...मार डाला रे हमरे बबुआ के...जान ले लेलन कुल पपियन...कसाई लेखा मारे बाड़न हमरा बबुआ के कुल पपिया...एनके हत्यारी चढ़ो...बड़ी बेकद्री से मारले बाड़न रे...आहि ऐ दादा...' आदि टेर के साथ पुरुष और महिलाओं के क्रंदन और चीख की मिली-जुली आवाज आ रही थी।

इंस्पेक्टर ने अपने सहयोगी दारोगा चन्द्रशेखर सिंह से कहा, "जरा देखो यार, कहाँ से आ गए साले रंग में भंग डालने?"

चन्द्रशेखर सिंह बेमन से उठे और दरवाजे से निकलकर जा ही रहे थे कि सामने थाने के मुख्य भवन से पहरेदार आता दिखाई पड़ा। वे वहीं रुक गए।

पहरेदार ने आकर बताया, "साहब, पिपरा खुर्द गाँव के दो पट्टीदारों में मारपीट हो गई है। वहीं से एक पार्टी अपने लड़के को ले करके आई है। लड़का थोड़ा घायल है। उसको चारपाई पर लादकर सब ले आए हैं। मैंने बोला कि थोड़ी देर शान्त रहो, साहब लोग आ रहे हैं लेकिन करीब पन्द्रह-बीस लोग हैं। दो महिलाएँ भी हैं। दो आदमी कुछ ज्यादा ही भोंकार पार कर रो रहे हैं। हम समझाए लेकिन चुप नहीं हो रहे हैं।"

अबकी थाना इंस्पेक्टर ने पूछा, "लड़के की हालत गम्भीर तो नहीं लग रही?"

पहरेदार ने कहा, "साहब, पता तो नहीं लेकिन थोड़ा-बहुत बंडी पर खून लगा है और आँख बन्द करके लेटा हुआ है। चारपाई पर लादकर लाए हैं।"

इंस्पेक्टर ने फिर आवाज दी, "अरे यार, जिन्दा है कि नहीं?"

पहरेदार ने जवाब दिया, "साहब, जिन्दा है लेकिन लेटा हुआ है।"

अबकी सीओ साहब ने कहा, "चन्द्रशेखर सिंह, जाके देखकर आओ। कहीं बहुत गम्भीर हो तो फिर मेडिकल के लिए भिजवा दो और अगर बहुत गम्भीर न हो तो कह दो—बस, पन्द्रह मिनट में सब लोग आ रहे हैं, चिन्ता मत करें।"

इस बीच पाकिस्तान ने पेनल्टी कॉर्नर पर गोल कर दिया और वहाँ बैठे सभी लोग, 'अरे बाप रे, यह क्या हुआ' कहकर चुप हो गए।

चन्द्रशेखर सिंह गए और लगभग पाँच मिनट में वापस आए। उन्होंने बताया, "साहब, थोड़ी-बहुत चोट है, ज्यादा दिक्कत की बात नहीं। कहीं भी गम्भीर चोट नहीं दिखाई दे रही है। लड़का लेटा हुआ है। मैंने बोल दिया है कि हम लोग अभी आते हैं, थोड़ा रुक जाओ।"

चन्द्रशेखर सिंह के आते ही भारत को एक पेनाल्टी कार्नर फिर मिला जिसे परगट सिंह की जगह मोहिन्दर पाल सिंह ने हिट लिया और गोल में बदल दिया। बस, फिर क्या था! समूचा पुलिस महकमा खुशी से उछल पड़ा, एक-दूसरे को लोग बधाई देने लगे।

चन्द्रशेखर सिंह को सीओ साहब ने कहा, "तुम वहीं दरवाजे पर खड़े रहो, तुम्हारा प्रवेश करना बड़ा शुभ है।"

तीन-तीन से बराबरी होने के बाद अभी भी नौ मिनट शेष थे। दोनों टीमें एक-दूसरे पर फुल फ्लेज आक्रमण कर रही थीं। रोमांच अपने चरम पर था कि रोने-पीटने की आवाज फिर आने लगी।

सीओ साहब ने झुँझलाकर कहा, "यार, यह कौन है? फिर कोई दूसरी पार्टी आ गई क्या? देखो तो त्रिभुवन, क्या मामला है?"

दारोगा त्रिभुवन राय उठते तभी पहरेदार ने दोबारा आकर खबर दी, "साहब, कितनी बार बोले कि दस मिनट इन्तजार कर लो लेकिन साले चुप होने का नाम ही नहीं ले रहे हैं। उस घायल लड़के का चाचा और बाप कुछ ज्यादा ही दहाड़ रहे हैं, औरतें भी रो रही हैं।"

अबकी थाना इंस्पेक्टर अपने स्थान से उठे और सीओ साहब से कहा, "सर, आप मैच देखें, मैं जरा देखकर आता हूँ।"

उनके साथ चन्द्रशेखर सिंह भी बाहर निकल गए। उधर लड़के के पिता या बाप ने जब यह देखा कि बड़े साहब लोगों को बताने के लिए बार-बार पहरेदार मुख्य भवन से दूर आवास की तरफ जा रहा है तो वे दोनों रोते हुए और छाती पीटते हुए पहरेदार के पीछे-पीछे इंस्पेक्टर के आवास के दरवाजे पर पहुँच गए और वहाँ जोर-जोर से रोना-पीटना शुरू कर दिया।

इतने करीब से रोने-धोने की आवाज सुनकर भारत-पाकिस्तान का रोमांचक मैच बाधित-सा होने लगा। इस बार थाना इंस्पेक्टर ने स्वयं कमान सँभाली और वह अपने बरामदे के चबूतरे पर थे कि दोनों ने और जोर से दहाड़ मारकर विलाप करना शुरू किया।

इंस्पेक्टर ने कहा, "चलो, चलो भाई, चलो, मेरे साथ आओ।" उन दोनों को लेकर वह दफ्तर की तरफ बढ़ गए।

दफ्तर के सामने पहुँचकर उन्होंने कड़क आवाज में लड़के के पिता से मुखातिब होते हुए पूछा, "बताओ, क्या हुआ?"

लेकिन लड़के के चाचा और पिता, दोनों छाती पीटकर रोते ही रहे। उन्हें शायद यह लग रहा था कि जितना ज्यादा रोना-पीटना करेंगे, पुलिस विभाग उतनी ही संवेदनशीलता से उनकी बात सुनेगा। यही कारण है कि जब इंस्पेक्टर ने पूछा, 'किसने मारा इसको', तो स्पष्ट जवाब न देकर लड़के के चाचा ने कहा, 'अरे

सरकार, मत पूछीं, जान लेवे खातिर मरलन बाड़ें कुल पपिया...कुल दुश्मनवा हमरा बाबू के पीछे पड़ के मरलन...एकदम हत्यारन लेखा...मार डललन रे हमरे बबुआ के...खेती में पकड़ के मुँहें में गमछा दे के मरले बाड़न कूल्हि...आहि ए दादा, अरे हमरे बबुआ के जिनका के हमनी के कब्बों गरम हवा नाहीं लगे देहनी...उनका के कसाई लेखा मरलन सभे मिलके...तनिकों खयाल ना कइलन कि बबुआ सुकुआर बा...अगला साल बियाह होखे वाला रहे रे...अरे मैया रे मैया...रे बप्पा रे बप्पा!... अरे दादा रे दादा...घोर कलयुग आ गइल बा रे!...हे भगवान, बचाव..." कहकर फिर वह दहाड़ मारकर रोने लगा।

अब थाना इंस्पेक्टर का सब्र टूट चुका था। लगातार दो-दो बार पूछने के बाद भी सही जवाब न मिलने के बाद उन्होंने जीप से खींचकर एक लाठी निकाली और घायल लड़के के पिता और चाचा, दोनों पर पिल पड़े। दे लाठी, दे लाठी। दस-बीस लाठी मारने के बाद बोले, "अब तुम लोग साले रो ही लो। चल, रोओ बे, हमहूँ देखें, केतना दहाड़ोगे? देखें, कितना रोते हो! तुम्हारी माँ की चल...और भोंकार ढील साले..." फिर दे लाठी। दो-चार लाठियाँ और मारने के बाद इंस्पेक्टर महोदय बोले, "और दहाड़ो साले...देखें, कितना तेरे कलेजे में दम है? कब से समझा रहे हैं, भारत-पाकिस्तान का मैच है। देश की इज्जत का सवाल है। और तू साले वहाँ पर हंगामा करेगा?" घायल के पिता को दे लाठी, दे लाठी। पाँच-सात लाठी और मारकर उन्होंने चन्द्रशेखर सिंह को आवाज दी, "अरे चन्द्रशेखर, इसके चचवा को जरा देखो तो।"

चन्द्रशेखर सिंह ने इंस्पेक्टर महोदय का हू-ब-हू अनुकरण किया। उसके बाद चन्द्रशेखर सिंह ने घोषणा की, "साले, हलक से एक भी आवाज निकली तो परमानेंट विकलांग बना देंगे," कहते हुए पाँच-सात लाठी घायल व्यक्ति के चाचा के भी पूरे शरीर पर जमा दिये। इसके बाद चन्द्रशेखर सिंह चीखे, "एकदम चोप्प!"

और पुलिसिया डंडे का ऐसा माहात्म्य कि घायल व्यक्ति के पिता और चाचा को जैसे साँप सूँघ गया। साथ ही महिलाएँ भी मौन व्रत में चली गईं।

इसके बाद थाना इंस्पेक्टर महोदय ने चन्द्रशेखर सिंह से कहा, "देखो, जो खटिया पर लेटा है, साले का हड्डी टूटा है कि नहीं या नौटंकी कर रहा है अपने बाप और चाचा की तरह?"

चन्द्रशेखर सिंह लपककर हाथ में लाठी लिये हुए चारपाई के पास पहुँचे और बोले, "क्या हुआ है बे, किसने मारा है? बोल, कहाँ मारा है? चल, हाथ ऊपर उठा!"

घायल व्यक्ति ने उनके हाथ में लाठी देखकर काँपते हुए थोड़ी कोशिश के साथ हाथ उठा दिया।

फिर अगला आदेश मिला, "दूसरा हाथ उठा!"

उसने वही किया।

अब चन्द्रशेखर सिंह ने लाठी से उसके पैर को खोदते हुए कहा, "चल, बायाँ पैर उठा।"

उसने थोड़ा-बहुत आह-आह करते हुए वह पैर भी थोड़ा-सा उठाया।

फिर उन्होंने उस पर हल्का-सा बेंत से प्रहार करते हुए कहा, "चल, पंजा घुमा।"

उसने पंजा भी कराह-कराह कर घुमाया।

उसके बाद दूसरे पैर को भी चन्द्रशेखर सिंह ने उसी तरीके से उठाने को कहा। घायल व्यक्ति उठाने में हिचक रहा था कि उसके कूल्हे पर एक हल्की लाठी जमा दी गई। उसने तुरन्त 'आह-आह' करते हुए दूसरा पैर भी उठाया।

अब चन्द्रशेखर सिंह पूरी तरह आश्वस्त हो चुके थे कि किसी हड्डी का कोई फ्रैक्चर नहीं है, सिर्फ मारपीट का सूजन है। अगला आदेश उन्होंने दिया, "चल, बैठ।"

इस बार चारपाई पर लेटे व्यक्ति ने साफ मना कर दिया, "सरकार, नहीं बैठ पाएँगे।"

यह नाफरमानी दारोगा जी को नागवार गुजरी और पैर की मांसल पिंडली पर एक जोरदार लाठी मारकर उन्होंने कहा, "बैठ, नहीं तो साले सच में हड्डी तोड़ देंगे, जैसे तुम्हारे बाप और चाचा का अभी इलाज हुआ है न! चल, बैठ! चल, बैठ! चल, चल, चल, एक-दो-तीन!"

इस बीच में घायल के साथ आए लोगों में से किसी ने यह कहकर गलती कर दी, "दारोगा जी, यह बहुत घायल है। मानवता से पेश आइए।"

इंस्पेक्टर महोदय को यह नसीहत अपने खिलाफ मालूम पड़ी। उन्होंने पहरेदार को आवाज देकर उस व्यक्ति को बुलवाया और खम्भे से बँधवाकर उसके कूल्हों पर करीब बीस पट्टे लगाए। चक्की आदि के पट्टे के टुकड़े से पिटाई बहुत दर्दनाक होती है। पट्टे की मार खाकर वह व्यक्ति वहीं रोते-चिल्लाते बैठ गया।

अब चन्द्रशेखर सिंह घायल व्यक्ति से बोला, "चल, तू खड़ा हो, नहीं तो साले, आज तुझे हम अस्पताल में खुद हड्डी के फ्रैक्चर करवाकर भर्ती कराएँगे। जितना रोना-पीटना तुम लोगों ने किया है, उसके हिसाब से चोट नहीं है तो चोट हम पैदा करेंगे। साले, एक मैच भी कायदे से देखने नहीं दोगे तुम लोग। यहाँ देश की इज्जत का सवाल है और तुम लोग फौजदारी करोगे? चल, उठ! उठ, तुम्हारी माँ की," कहते हुए जैसे ही उन्होंने घायल व्यक्ति की पीठ पर एक लाठी और मारी, वह धीरे-धीरे खड़ा भी हो गया।

खड़ा होने के बाद वह डगमगा रहा था कि चन्द्रशेखर सिंह ने अगला आदेश दिया, "चल बे, आगे बढ़, एक-दो-एक!"

लेकिन वह वहीं खड़ा रहा।

चन्द्रशेखर सिंह ने पहरेदार को आवाज दी, "अरे कैलाश, जरा पट्टा ले आओ।"

पट्टे की आवाज सुनते ही वह व्यक्ति 'आह-आह' करते हुए रोने लगा लेकिन चलने भी लगा। दस-बीस कदम घिसट-घिसटकर चलने के बाद वह रुक गया। रोते हुए बोला, "साहब, चाहे जान से मार दीजिए लेकिन चल नहीं सकते," कहकर बैठ गया।

अब चन्द्रशेखर सिंह थोड़ा हँसे, "अबे, जान इतनी सस्ती नहीं है। साले, पुलिस के डंडे से भूत नाचने लगते हैं तो तुम्हारी औकात क्या है बे? रुक, तुझसे अभी दौड़ लगवाता हूँ।" फिर उन्होंने एक सिपाही को आवाज दी, "राजेश, जाओ, घर से रॉकी को खोल के लाओ और इसके पीछे लगा दो। देखें, कैसे नहीं भागता है ये!"

रॉकी उनका डाबरमैन कुत्ता था। लपलपाती जीभ वाले कुत्ते के आते ही उसकी खूँखार छवि देख वह व्यक्ति खड़ा होते हुआ बोला, "साहब, हम चल रहे हैं।"

उधर उसके बाप और चाचा मुँह खोलते कि दो लाठियाँ और पड़ जातीं।

रॉकी के आते ही चन्द्रशेखर सिंह ने कहा, "चल, अब दौड़ धीरे-धीरे।"

व्यक्ति खड़ा ही था कि कुत्ते की रस्सी पकड़कर थोड़ा आगे झपटने की ढील देते हुए चन्द्रशेखर सिंह ने कहा, "रॉकी, हुश्श्श!"

रॉकी जैसे ही गुर्राते हुए उसकी तरफ झपटा, वह व्यक्ति 'अरे माई रे, जान गइल' कहकर लँगड़ाते हुए अब धीरे-धीरे दौड़ने भी लगा। वहाँ उपस्थित पुलिस वाले हँसने लगे।

अब थाना इंस्पेक्टर ने कहा, "बस करो यार, हो गया। ले आओ सबको यहाँ।" फिर उन्होंने पहरेदार को आवाज दी, "अरे यार, देख, दस मिनट का मैच था। सीओ साहब और बाकी सब लोग वहीं बैठे हैं।"

तभी जोरदार हर्षध्वनि और 'भारत माता की जय' की आवाज उनके आवास से आने लगीं।

चन्द्रशेखर सिंह ने कहा, "साहब, लगता है, खुशी की खबर है। शायद पाकिस्तान हार गया।"

इंस्पेक्टर महोदय ने कहा, "तुम्हारे मुँह में घी-शक्कर," और फिर घायल व्यक्ति पर एक और बेंत जमाते हुए कहा, "इन हरामजादों के चलते हम लास्ट मिनट के गोल देखने से वंचित रह गए।"

फिर बोले, "घबड़ाओ मत हरामखोरो, अगर भारत की हार हुई तो साले, आज इसको सही में घायल होने का मतलब समझाया जाएगा।"

तब तक सीओ साहब और अन्य थानों के प्रभारी व पुलिस आते दिखे।

इतने पुलिसवालों को एक साथ आते देख घायल लड़के के पिता और चाचा किसी अनहोनी की आशंका में थर-थर काँपने लगे।

सीओ साहब ने आते ही पूछा, "क्या हुआ यार, क्या मामला था?"

थाना इंस्पेक्टर ने कहा, "कुछ नहीं सर! पहले बताएँ साहब, क्या हुआ मैच में?"

"अरे होना क्या था! पहले तो ड्रा था, फिर पेनल्टी शूट में भारत 5-4 से जीता। गोलकीपर आशीष बलाल अपने इटावा का ही है, उसने गजब बचाया। खैर, बड़ा आनन्द आया। हाँ, क्या चीख-पुकार मची थी इधर?" फिर खाली चारपाई देखकर बोले, "किसको चारपाई पे लाए थे सब लादकर?"

"सर, कुछ खास नहीं। इसी लड़के को चारपाई पे लाए थे सब। थोड़ी घरेलू मारपीट की चोट लगी थी। प्रॉपर फिजियोथैरेपी कर दी गई है। कोई टूट-फूट नहीं है। वो थोड़ा बेटे का घाव देख उसके चाचा और बाप घबरा गए थे, इसलिए इमोशनल होकर रोना-धोना कर रहे थे। जनाब, आप जानते ही हैं, माँ-बाप कैसे देख सकते हैं बेटे का दुख? वो उधर लड़के की माँ और चाची भी आई हैं। अभी फोर्स भेजता हूँ दूसरी पार्टी को लेकर आने के लिए।" फिर घायल व्यक्ति को आवाज दी, "चल बे, खड़ा हो और साहब को चल के दिखाओ। कोई नौटंकी नहीं वरना हम जो कहते हैं, पूरा भी करते हैं।"

घायल लड़का बिना देर किए खड़ा हुआ और लँगड़ाते हुए घिसट-घिसटकर चल ही रहा था कि चन्द्रशेखर सिंह को बेंत लेकर अपनी तरफ आते देख तेजी से चलने लगा।

सीओ साहब ने आवाज दी, "बस करो बे," फिर वे इंस्पेक्टर की तरफ मुखातिब हुए, "चलो, अच्छा हुआ। अब मैं निकलता हूँ।"

"अरे सर, कॉफी पीकर जाते। इन हरामजादों के चक्कर में इतना अच्छा रोमांचक मैच नहीं देख सके हम दोनों। अरे हरिशंकर, तुरन्त घर पहुँचो और मालकिन को बोलो, जल्दी पकौड़ी बनवाएँ और थोड़ा काजू तल दें देसी घी में, जरा जल्दी।"

"अरे, नहीं-नहीं! आज रहने दो। अब चलूँगा। शाम को एसडीएम साहब के यहाँ बैडमिंटन का मैच है। सीडीओ साहब भी आएँगे। कॉफी फिर कभी। अच्छा, ऐसा करना, पूर्णमासी को तो ग्रहण है इसलिए एक-दो दिन पहले ही इन्तजाम रखना और देख लेना, मंगल का दिन न हो। राजकुमार की कोई बढ़िया प्रिंट के कैसेट मिले तो एक मँगा लेना। उसके डायलॉग की बात ही अलग है। ओके!"

इंस्पेक्टर महोदय और चन्द्रशेखर सिंह के साथ सभी थाना प्रभारियों ने एक साथ 'जय हिन्द' किया, पहरेदार ने राइफल से सलामी दी। सीओ साहब के साथ ही बाहर के थानों के लोग भी निकल गए।

कुछ देर में फोर्स भेज दूसरी पार्टी को भी पकड़ लाया गया। पहली पार्टी के घायल व्यक्ति को पुन: चारपाई पर लिटा दिया गया और उसके पिता और चाचा को भी एक बेंच पर बैठा दिया गया। इस बीच घायल और उसके पिता व चाचा को

दीवान जी द्वारा समझा दिया गया, "तुम लोग जो यहाँ पिटे हो, वो भारत-पाकिस्तान के मैच में बेवजह बखेड़ा खड़ा करने के कारण, और अब कुटाई हो ही गई है तो इसको बेकार मत जाने दो बल्कि इसकी भी जिम्मेदारी दूसरी पार्टी पर डालना। केस तगड़ा बनेगा, नहीं तो हल्का-फुल्का मारपीट का केस बनेगा और यहीं जमानत हो जाएगी। हो सकता है कि तुम लोग वापस जाकर फिर पिटा जाओ, काहे कि उ सब तुम लोगों से बरियार हैं। हम लोग जैसे-जैसे पूछेंगे, बस, तुम लोग इशारा करते जाना कि किसने-किसने मारा। और जो कह रहे हैं, चुपचाप फॉलो करना, कोई चालाकी नहीं, वरना बराबरी का केस बन जाएगा। आखिर कोई किसी को क्यों मारेगा? ताली एक हाथ से नहीं बजती, समझे? बस, जैसे कहे हैं, वैसे ही बोलना और तभी, जब दारोगा जी या बड़े साहब पूछें।"

दूसरी पार्टी के आते ही इन तीनों की चोट का दायित्व उन पर डालते हुए सबके सामने बड़ी बेरहमी से पहली पार्टी के इशारों के अनुसार आरोपियों की जबर्दस्त पिटाई की गई। थाने के सामने करीब ढाई-तीन सौ लोगों ने देखा। सबको सुनाते हुए बड़े साहब ने आदेश दिया, "दीवान जी, इन सालों पर हत्या के प्रयास का मुकदमा ठोंकिए और पहली पार्टी को मेडिकल के लिए सदर अस्पताल भेजिए।"

इसके बाद दूसरी पार्टी को बन्दीगृह में डालकर और भीड़ को हटाने के बाद पहली पार्टी को घर वापस जाने को बोल दिया गया। पहली पार्टी ने मुकदमा लिखाने की और मेडिकल की बात की तो दीवान जी बोले, "किस बात का मुकदमा लिखाओगे बे? चारपाई पे लाद के लाए थे बेटे को, अब एकदम फिट होकर जा रहा है। सदर अस्पताल मतलब—घर। तुम्हारा लड़का तो सन्नाटे में मार खाया और यहाँ पूरे इलाके के सामने लड़के को मारनेवालों की अच्छे से खातिर हुई है, अब तो कलेजा ठंडा हो गया होगा? चलो, अभी बड़े साहब खुश हैं तो इतने पर ही जाने दे रहे हैं। एक बार नाराज हो गए न, तो फिर बहुत महँगा पड़ जाएगा। अब आगे से प्रेम-मोहब्बत से मिल-जुलकर रहना। अपनी तरफ से कोई मार-दंगा नहीं, समझे? चलो, अब निकलो तुम लोग!"

इसके बाद इंस्पेक्टर महोदय राउंड पर निकल गए। बीच-बीच में अलग-अलग स्तर के जनप्रतिनिधियों की सिफारिशें आती रहीं जिनको नाइट अफसर चन्द्रशेखर सिंह यह कहकर कि सीओ साहब खुद देखकर और आदेश देकर गए हैं, टालते रहे। दूसरी पार्टी रातभर लम्बे समय तक जेल जाने की आशंका से सहमी और पिटाई से उत्पन्न पीड़ा का अनुभव करती रही।

अगली सुबह दूसरी पार्टी के एक करीबी रिश्तेदार सिफारिश के लिए आए जो तीन-चार सरकारी सस्ते गल्ले की दुकानों के कोटेदार थे। दीवान जी को लिफाफे सहित नमस्ते करने और अब तक लिखा-पढ़ी न होने की सूचना और चन्द्रशेखर सिंह द्वारा सीओ साहब के आदेश की कहानी के बाद उन्होंने सीधे बड़े साहब

के कक्ष में जाकर उनका चरण पकड़ा और दास्य भाव से बोले, "सरकार, हम किसी सीओ-एसपी को नहीं जानते। हमारे आईजी, डीआईजी, एडीजी, डीजी, कोर्ट-कचहरी, जज-वकील, सब आप हैं। बस, एक मौका दीजिए सेवा-सत्कार का और उन लड़कों को माफ कीजिए। एक बार लिखा-पढ़ी हो गई तो जिन्दगी बेकार हो जाएगी। भगवान का दिया सब कुछ है, बस, आप हुकुम कीजिए। भगवान भी एक बार माफ करते हैं और आप हम लोगों के लिए साक्षात् विष्णु भगवान और भोलेनाथ के अवतार हैं अपने नाम की तरह। शिव नारायन नाम का स्मरण ही सबको सुख देनेवाला है।"

बड़े साहब ऐसी चापलूसी का प्रतिवाद न कर सके और उनको बाहर जाने को कहा। फिर चन्द्रशेखर सिंह को बुलाया।

थोड़ी देर में चन्द्रशेखर सिंह बाहर आए और बोले, "देखो यार, बड़े साहब तुम्हारी रिक्वेस्ट मानने को तैयार हैं लेकिन सीओ साहब फिर अगला मैच देखने दो-तीन दिन में आएँगे। फिर उनको क्या जवाब दिया जाएगा? सब कुछ उनके सामने का है। इसलिए हमारी भी मजबूरी समझो, वरना विधायक जी तक को मना किया जा चुका है।"

"सर, सीओ साहब मैच देखने यहाँ आएँगे ही नहीं। अभी दो घंटे में उनके यहाँ एक रंगीन टीवी भिजवाते हैं। कुशीनगर मार्केट में हमरा साला बाबू का एजेंसी है टीवी-रेडियो का। बस, आप लोग आदेश दें।"

चन्द्रशेखर सिंह पुनः बड़े साहब के कक्ष में गए। बड़े साहब कुछ हिचकिचा रहे थे लेकिन चन्द्रशेखर सिंह ने कहा, "सर, यह समझदार और गण्यमान्य व्यक्ति है, भरोसेमन्द भी," और सीओ साहब के यहाँ किसी लम्बित विभागीय जाँच की याद दिलाई तो उन्होंने स्वीकृति दे दी। "चलो, अच्छा है, वहीं मैच और फिल्म वगैरह देखें। बड़े अधिकारियों के होने से आदमी थोड़ा बर्डेन महसूस करता है। लेकिन हाँ, उसको बोलना कि टीवी रिमोट वाला हो।"

चन्द्रशेखर सिंह बाहर निकले। कोटेदार से बोले, "चलो, बधाई हो! तुम्हारी बात मान ली साहब ने। जल्दी से सीओ साहब वाला काम कराओ।"

दोपहर तक जन सहयोग से किए जानेवाले कुछ कामों और कुछ पूर्णमासी पार्टियों का खर्च जमा कराकर आगे से कोई मारपीट न करने की चेतावनी देते हुए दूसरी पार्टी को भी छोड़ दिया गया। स्थानीय नेताओं को भी सूचना दे दी गई कि उनकी सिफारिश मान ली गई वरना 323 का मुकदमा होना तय था।

फूलचन्द का स्कूटर

फूलचन्द ठेकेदार दोपहर का भोजन करके सोने के बाद उठे, घड़ी की तरफ देखा, साढ़े तीन बजनेवाले थे। उन्होंने जल्दी से चेहरा धोया और सुँघनी मंजन करते हुए घर से बाहर चबूतरे पर आए। मंजन करते हुए जब दाईं तरफ नजर गई तो देखा, स्कूटर नहीं था। थोड़ी देर में उनको अपनी निर्माणाधीन साइट पर जाना था। कुल्ला करके मुँह धोते हुए भीतर आए और पत्नी से पूछा, "राजू स्कूटर ले गया है क्या?"

पत्नी ने कहा, "नहीं, वो तो ऊपर सो रहा है।"

चूँकि छोटा बेटा राजू स्कूटर-बाइक आदि चलाना सीख ही रहा था, इसलिए गाहे-बगाहे वह स्कूटर लेकर गायब हो जाता। बेटी रीना टीवी देख रही थी। उन्होंने उससे भी स्कूटर की बाबत पूछा कि कोई माँग तो नहीं ले गया? लेकिन कोई सकारात्मक जवाब न देख वे चिन्तित हो उठे। नीचे आकर कुर्ता-पाजामा पहन बाहर निकले थे कि स्कूटर गली में खड़ा मिला। अगल-बगल के सभी दरवाजे बन्द थे और उनको साइट पर निर्माण-कार्य में यथोचित प्रगति दिखाने के साथ-साथ भवन स्वामी से कुछ पैसे भी लेने थे, अतः वे बिना देर किए चले गए।

1990 तक नगवा बनारस का दक्षिणी सरहदी मोहल्ला था। लोग हजार लड़ाई-झगड़े के बावजूद परम्परा और मरजाद को लेकर व्यावहारिक थे। लोगों के आपसी सम्बन्ध ऐसे थे कि एक-दूसरे पर अपना हक समझते थे। कई बार ऐसा होता था कि आपसी बोलचाल बन्द होने पर भी एक के अतिथि को दूसरा बीच में ही रोककर सुख-दुख बतियाने के साथ चाय-नाश्ता कराने लगता। बड़े से बड़े झगड़े भी किसी शादी-ब्याह, शोक या होली आते ही बिना पंचायत सुलझ जाते। नगवा निवासी फूलचन्द पिछले तीस साल से बचाऊ मिस्त्री के साथ बेलदार होते हुए सहायक मिस्त्री बन गए थे। लेकिन जब से गंगा नदी पर नया पुल बना तब से अवैध कॉलोनियों की बाढ़-सी आ गई और स्थानीय होने के नाते फूलचन्द चिनाई का काम छोड़ खुद छोटे-मोटे ठेकेदार बन गए थे।

उन्हें साइकिल से इधर-उधर आने-जाने में काफी वक्त लगता था। इसके लिए ज्यादा इन्तजार न करना पड़ा। कुछ दिनों बाद बिजली विभाग के इंजीनियर

मिश्रा जी का मकान समय से पहले फूलचन्द की टीम द्वारा तैयार हुआ। मिश्रा जी फूलचन्द से बड़े प्रसन्न थे। इसीलिए गृहप्रवेश के कुछ दिन पहले जब मिश्राजी हिसाब-किताब पूरा करनेवाले ही थे कि फूलचन्द बोल पड़े, "साहब, मन में एक बात है, अगर आपकी आज्ञा हो तो कहें?"

मिश्रा जी ने कहा, "हाँ-हाँ, बोलो।"

फूलचन्द ने कहा, "साहब, इतना शानदार मकान बना है। भगवान ने सब कुछ दिया है। मोटरगाड़ी है। बँगला भी बन गया है। अब तो इस गुलामगरदा पे चार चक्का ही जमेगा। आपकी बाबा आदम के जमाने की ये स्कूटर इसकी पोर्च के नीचे खड़ा करने लायक नहीं है। आप बकाया पैसा छोड़िए, इसको ही हमें दे दीजिए। आपकी हमेशा याद बनी रहेगी। मैं भी हर जगह कहूँगा कि इंजीनियर साहब की बख्शीस है।"

वैसे तो इंजीनियर साहब स्कूटर की स्टेपनी भी न देते लेकिन चूँकि बजाज चेतक का 1982 मॉडल स्कूटर काफी पुराना था जो फूलचन्द के बकाए से बहुत ज्यादा न था। इसके सिवा, अपने खिलाफ कई गुमनाम विभागीय शिकायतों के अलावा मकान बेनामी था। उनके राज की कई बातें फूलचन्द जान चुके थे, अतः उन्होंने बेमन से हामी भर दी।

लेकिन फूलचन्द ने तुरन्त स्कूटर न लेकर कहा, "गृहप्रवेश वाले दिन सबके सामने दीजिएगा ताकि जमाना देखे कि साहब ने बख्शीस दी है।"

इंजीनियर साहब का गम अपनी दानवीरता के प्रचार की इस सम्भावना से काफी कम हो गया। बस, मुस्कुराते हुए बोले, "हे-हे-हे, अरे यार, दिखाना किसको है! तुमने इतना अच्छा काम किया है तो इनाम बनता ही है; जब तुम चाहो, तब ले जाना।"

गृहप्रवेश के दिन फूलचन्द प्रीतिभोज के लिए अपने भतीजे अमरनाथ के साथ आए और भोजन आदि के बाद स्कूटर लेकर घर आ गए। एकाध हफ्ते में भतीजे ने उनको चलाना सिखा दिया। लेकिन अभी भी भीड़-भाड़ वाली जगहों पर वे स्कूटर से न जाते। जैसे यदि गोदौलिया जाना हो तो स्कूटर से जंगमबाड़ी तक, उसके बाद पैदल।

अचानक साइकिल से स्कूटर पर आ जाने से फूलचन्द का काफी समय बचने लगा, अतः दोपहर के भोजन और आराम के लिए वे घर आने-जाने लगे। घर गली में था जिसके आगे एक चबूतरा था। रात में स्कूटर आँगन में खड़ा रहता, सुबह वे उसे बाहर सीढ़ियों के बीच बनी पतली ढाल से उतारते और रात को वापस आँगन में खड़ी करते। मोहल्ले में दो-चार घर छोड़कर सभी लोगों के पास साइकिल ही थी और अन्य स्कूटर और मोटरसाइकिल स्वामी जहाँ अपने-अपने काम के लिए सुबह से देर शाम तक बाहर ही रहते, वहाँ फूलचन्द का स्कूटर मोहल्ले में दोपहर में भी मौजूद रहनेवाला एकमात्र वाहन था। गाहे-बगाहे लोग माँगकर ले जाते। फूलचन्द

भी बिना किसी हिचक के दे दिया करते। गली में जब कोई तिपहिया या चारपहिया आता-जाता तो स्कूटर को आगे-पीछे करना पड़ता। इसलिए फूलचन्द हैंडल लॉक नहीं लगाते थे, सिर्फ बाईं डिक्की खोलकर इंजन स्विच ऑफ कर देते थे। स्कूटर स्टैंड पर खड़ा रहता। जाम की स्थिति में कोई-न-कोई आगे-पीछे कर देता और फिर उनके चबूतरे से लगाकर खड़ा कर देता।

कई हफ्तों तक यह व्यवस्था निर्बाध चलती आ रही थी। कभी-कभार राजू स्कूटर लेकर यूनिवर्सिटी के मैदान की तरफ जाकर अपने दोस्तों को बैठाकर चलाता। फूलचन्द मन-ही-मन बेटे के स्कूटर चलाने से खुश होते लेकिन बालक की किशोरावस्था और बाहर सड़क पर यातायात और पुलिस के चक्कर से बचने के लिए उसे हमेशा मना करते।

एक दिन उन्हें भदऊँ चुंगी जाकर अपने बालू-गिट्टी के सप्लायर गनेश सरदार बालूवाले से हिसाब-किताब करना था। दोपहर भोजन हेतु घर आकर वे राजू से बोले, "गाड़ी कहीं मत ले जाना, मुझे निकलना है चार बजे।"

आदतन भोजन के बाद सोकर वे उठे और जैसे ही बाहर निकले, फिर स्कूटर गायब। फिर पत्नी और राजू से पूछा। जवाब मिला, "पता नहीं, कहाँ गया।"

बाहर निकलकर देखा, उनके पड़ोसी लक्ष्मण गोधूलि बेला में लौट रहे अपने गाय-भैंसों को बाड़े के अन्दर करने के बाद अपनी पत्नी के साथ सानी-पानी दे रहे थे। फूलचन्द ने अपने चबूतरे से ही आवाज लगाकर पूछा, "का यार, देखला हमार स्कूटर के ले गयल?"

लक्ष्मण ने गाय और बछड़ों के साथ जीभ को लुंठित करके निकलनेवाली ध्वनियों के साथ 'हिल्ले-हिल' कहा और वहीं से बोले, "अरे, हमहीं बउललवा के भेजले हई। बहनोई आयल हैन, ओनकर सामान मँगावे बदे। अउतय होई। तब ले आवा, चाय पियअ।"

फूलचन्द मन-ही-मन कुढ़कर रह गए। चाय का मन नहीं था लेकिन लक्ष्मण के बहनोई से मिलने चले गए। चाय भी आ गई। फिर दस मिनट और बीत गए। बाबूलाल नहीं आया।

फूलचन्द अभी बाहर गली की तरफ देख ही रहे थे कि लक्ष्मण ने कहा, "अगर देर होत हव त बहनोई क बुलेट लेले जा।"

फूलचन्द को अब बुरा लगने लगा लेकिन गुस्सा दबा के बैठे रहे। फिर उन्होंने कहा, "हम घरवै हई। जब बाबूलाल आवे त कहिया, बता दे हमके," और अपने घर लौट आए।

लगभग पाँच बजे बाबूलाल लौटा। स्कूटर की आवाज सुनकर फूलचन्द बाहर चबूतरे पर आ गए। अपनी खीज को किसी तरह दबाकर बस इतना ही बोल सके, "अबे, कहीं जाना हो त बता दिया करो।"

बाबूलाल ने उनके इस कथन को कोई तवज्जो नहीं दिया बल्कि बोलने लगा, "चच्चा, एकर ब्रेक ठीक करा ला और गाड़ी अब सर्विसिंग माँगत हव। पिछला साकर भी बइठ गयल हव।"

यह सुनकर फूलचन्द को बहुत गुस्सा आया लेकिन वह किसी तरह चुप रह गए।

एक-दो दिन बाद फिर दोपहर के बाद उन्हें स्कूटर गायब मिला। आज कहीं जाने की जल्दी नहीं थी लेकिन अब फूलचन्द को मोहल्लेवालों का ऐसा अधिकार खटकने लगा। कुछ देर बाद जब स्कूटर उनके चबूतरे के सामने रुका, वे आवाज सुनते ही लपककर बाहर आए। देखा, सतनारायन का लड़का पिंटू हीरालाल के साथ स्कूटर से घरेलू गैस के दो भरे हुए सिलिंडर उतार रहा है।

उन्होंने कहा, "अरे इतना वजन लादोगे तो स्कूटर बचेगा भी? सगड़ी थोड़े है?"

हीरालाल ने तुरन्त जवाब दिया, "नाहीं चच्चा, सामान लियावे बड़े स्कूटर पे जादा जगह बन जाला। अभी त पिंटुआ पैर के पास एक सिलिंडर और आ जाई। घबड़ा मत, बजाज का इंजन हव।"

फूलचन्द अभी कुछ कह पाते, तब तक वे दोनों चले गए। उन्होंने निश्चय किया कि अब वे हैंडल लॉक करेंगे।

हैंडल लॉक करने के एकाध दिन तक तो सब ठीक था। लेकिन तीसरे दिन जैसे ही दोपहर में वे भोजन के लिए घर पहुँच ही रहे थे कि चार-पाँच घर पहले ही मदन गुरु की आवाज आई, "अरे यार, फूलचन, स्कूटरवा लॉक मत करिहा। बिटियवा का इंतहान हव दू बजे से, ओके छोड़े जाए के हव।"

फूलचन्द ने उत्तर दिया, "आपके जब ले जाए के होई त आवाज दे दीहा। हम बइठका में ही खा के आराम करीला।" और अपने घर आकर स्कूटर लॉक कर दिया।

भोजन के बाद वे घड़ी देखते रहे। सवा से डेढ़, फिर डेढ़ से पौने दो हो गया, मदन गुरु नहीं आए। उनके इन्तजार में ही नींद नहीं आ रही थी। छोटी बेटी को बुलाया और कहा, "जाके देख, मदन चच्चा घर पे हैं?"

बेटी ने पाँच-सात मिनट बाद आकर खबर दी कि चाचा उमा दीदी को इम्तिहान दिलाने गए हैं। यह सुनकर जैसे फूलचन्द के पैरों तले जमीन खिसक गई। वे समझ गए कि मदन गुरु को उनका स्कूटर देने का यह तरीका पसन्द नहीं आया। शाम तक उनके मन में जद्दोजहद बनी रही। अन्तत: यह कहकर अपने दिल को समझाया कि उन्होंने कोई गलती नहीं की। एक आवाज भर लगा देने से क्या मदन छोटे हो जाते?

लेकिन गली में खड़े स्कूटर को लॉक करने के बाद उनका दोपहर का भोजन व नींद का सुख-चैन छिन-सा गया। कोई भी रिक्शा, सगड़ी, ऑटो, टेम्पो यदि गली से गुजरता तो ढेर सारा हॉर्न बजाते हुए आवाज लगाते, 'अरे भइया, ये

किसका स्कूटर है?' और गाहे-बगाहे, खाना खाते, आराम आदि करते समय उनका दरवाजा खड़काकर कोई-न-कोई व्यक्ति स्कूटर हटाने या किनारे करने का आदेश देता, 'स्कूटर किनारे कर लीजिए'। कभी-कभार स्कूटर गली से गुजरनेवाली गाय-भैंसों के झुंड के धक्के से लुढ़का मिलता और कार्बोरेटर चैंबर में ज्यादा पेट्रोल आ जाने के कारण फूलचन्द को पचासों किक लगानी पड़ती। दोपहर में माँगनेवालों की संख्या में थोड़ी कमी आ गई थी। फूलचन्द अपने स्कूटर पर इस नियंत्रण से खुश थे, लेकिन भोजन के बाद आराम में गुजरनेवाले रिक्शा आदि के खलल से वे परेशान थे। इस बीच उन्हें विभिन्न पॉश कालोनियों, जहाँ उन्होंने ठेके ले रखे थे, में कोठियों के बाहर लगे निर्देशों का खयाल आया, जैसे, 'कुत्ते से सावधान, कृपया घंटी एक बार बजाएँ, दीवार पर इश्तहार न चिपकाएँ, बाहर जाते हुए गेट बन्द कर दें' आदि। इसलिए उन्होंने सोचा कि हैंडल लॉक न करें बल्कि स्कूटर पर एक नोटिस चिपका दिया जाए—'बिना आज्ञा स्कूटर कहीं न ले जाएँ'।

अगले दिन जब फूलचन्द स्कूटर की सीट पर हाथ से लिखा पन्ना चिपका रहे थे, मोहल्ले के दो-चार लोग वहीं खड़े थे। बैजनाथ सिंह ने फब्ती कसी, "यार, ई आधा-अधूरा लिखके साटत हउवा। एकरे नीचे लिख द—आज्ञा से फूलचन्द, और अगर मलकिन क हुकुम हो त—आज्ञा से राजू क अम्मा।"

माधो तिवारी ने तुरन्त समर्थन किया, "उर का! जइसे सूचना बोर्ड पे लिखाला—आज्ञा से जिलाधिकारी या एसएसपी, अइसे लिखबा त पता न चली कि केकर आज्ञा हव, या केसे आज्ञा लेवे के हव?"

फूलचन्द ने इन फब्तियों का दंश महसूस कर लिया था लेकिन खींस निपोरते हुए भीतर आ गए।

शाम को जाते हुए देखा कि पर्चा फाड़ दिया गया है। अगले दिन फिर उन्होंने वैसा ही लिखकर चिपकाया। शाम को देखा, किसी ने 'आज्ञा से' लिखे के आगे एक भदेस गाली लिख मारी है। पत्नी ने समझाया भी कि ये सब क्या नादानी कर रहे हैं तो उनको बुरी तरह झिड़क दिया।

एक हफ्ता भी न हुआ था कि स्कूटर फिर गायब होने लगा। अधिकतर नौजवान लड़के बिना पूछे ही ले जाते। न्यूट्रल में गियर डाल स्कूटर को डगराते गली के बाहर ले जाते और सड़क पर जाकर स्टार्ट करते। यदि फूलचन्द डिक्की का स्विच ऑफ करते तो किसी भी चाबी, चाकू, तीली आदि से उसे खोल लेना कठिन न था। हालत यह हो गई कि इधर फूलचन्द भोजन के बाद जैसे ही झपकी लेते, उनके खर्राटों से स्कूटर ले जानेवालों को सिगनल मिल जाता। एकाध बार ऐसा हुआ कि स्कूटर ले जानेवाला सारा तेल खत्म करके खड़ा कर गया और फूलचन्द को साइकिल से पेट्रोल पम्प जाकर बड़ी मुश्किल से बोतल में दो लीटर तेल लाना पड़ा।

मोहल्ले वालों की इस हरकत से चिढ़कर फूलचन्द ने अपनी स्लिप की भाषा में कुछ कड़वाहट डाल दी। अगला वाक्य था : 'बिना पूछे स्कूटर ले जाकर अपने जाहिल होने का परिचय न दें'। लेकिन कोई फर्क नहीं पड़ा। दो-चार बार फूलचन्द भोजन के बाद सोए नहीं बल्कि बैठक से गली में नजर रखे रहे। शाम हो गई लेकिन उन दिनों स्कूटर वहीं खड़ा रहता। कोई ऑटो वगैरह गुजरता तो उसमें आने-जानेवाले स्वयं ही स्कूटर को आगे-पीछे कर देते। लेकिन जिस दिन वे आराम करते हुए सो जाते, उस दिन स्कूटर कोई-न-कोई ले जाता। फूलचन्द ने सोचा, अब 'अपील' की जगह 'चेतावनी' के शब्दों में लिखा जाए।

अगले दिन भाषा और कड़ी हो गई : 'बिना पूछे स्कूटर ले जानेवाला हरामखोर माना जाएगा'। उस दिन स्कूटर कहीं नहीं गया। फूलचन्द ने झपकी लेने के बाद शाम को स्कूटर यथावत् पाया तो बहुत खुश हुए। एक विजयी मुस्कान लेकर वे काम पर निकले।

लेकिन यह क्या, अगले दिन फिर स्कूटर गायब! उन्हें यकीन न हुआ। वे चाह रहे थे कि स्कूटर लौटने की प्रतीक्षा करें लेकिन काम के चलते जाना पड़ा और उन्हें विश्वास था कि घर में कोई भी स्कूटर के आगमन पर नजर नहीं रखेगा सो वे किसी साइट पर चले गए।

रात में लौटने पर गली के अँधेरे में उन्हें स्कूटर वहीं अपने चबूतरे से लगा मिला। उन्हें लगा कि 'हरामखोर' से बात बन नहीं रही। इसलिए अगले दिन पर्चे पर लिखा : 'बिना पूछे किसी का सामान लेनेवाले हरामी होते हैं। चुपचाप स्कूटर ले जाकर अपना हरामीपना न दिखाएँ'।

इस पर्चे को लगाकर वे पूरे इत्मीनान से थे कि अब कोई स्कूटर छुएगा भी नहीं। लेकिन जिस इलाके में गाली-गलौज रोज़मर्रा की आदत में शामिल हो, वहाँ क्या फर्क पड़ता! शाम को स्कूटर फिर गायब था। फूलचन्द ने यह देख अपना आपा खो दिया। बाहर चबूतरे पर आकर खड़े हुए। सामने के मकान की पहली मंजिल की बालकनी पर नन्दलाल चाय पी रहे थे। उनको आवाज देते हुए फूलचन्द ने पूछा, "नन्दलाल भैया, स्कूटर कोई के ले जात देखला?"

नन्दलाल ने इतना ही कहा, "नाहीं, हमें का पता! हम त बस अउते हइ खोजवाँ से।"

फिर फूलचन्द ने बाबूलाल से ताकीद की, "कबे देखले हमार स्कूटर आज?"

उत्तर मिला, "हमें का पता, हम त हमेशा माँग के ले जाइला।"

अब फूलचन्द की चिढ़ गुस्से में बदलती हुई सातवें आसमान तक जा पहुँची। वे चबूतरे पर ही बड़बड़ाने लगे, 'आज हमहूँ देखब के आपन हरामीपना देखावत हव रोजाना हमें। एतनी बार कहली कि कहीं जाए के होय त बस पूछ ल कि खाली हव कि नाहीं। एतना भी नाहीं हो सकत हव लोगन से। अपने बाप क माल समझले

हौवन। आज हम एहीं जोहब कि कउन एतना बड़ा हरामी हव जेके हमरे लिखले क भी कउनों फरक नाहीं पड़त हव। बतावा, जियल मोहाल कय देले हउवन लोग। जे भी मिली आज त हम न छोड़ब। या त उ रही या त हम,' आदि-आदि।

तब तक काफी लोग उनके चबूतरे के आसपास जमा हो गए। लगभग आधे घंटे तक फूलचन्द यही बातें दुहराते रहे कि जब से उन्होंने स्कूटर लिया है, कैसे लोग उनको परेशान कर रहे हैं। कई लोगों को जलन हो गई है। घंटे भर बाद थोड़े ही लोग रह गए।

गंगाराम ने कहा, "छोड़ा मरदे, चला, पप्पुआ दफ्तर से आ गयल हव, ओकर हीरो होंडा लेले जा।"

लेकिन फूलचन्द अडिग थे, "नाहीं, आज देखब कि केके एतना ढिठाई चढ़ल हव।"

लगभग सवा सात बजे शाम हल्का अँधेरा छा चुका था कि गली के छोर से स्कूटर आता दिखा। हेडलाइट के प्रकाश के कारण चालक का चेहरा स्पष्ट नहीं था। फूलचन्द अपने गुस्से का घनत्व बढ़ाने का प्रयत्न करने लगे।

जैसे ही स्कूटर आकर रुका, फूलचन्द अपने भतीजे अमरनाथ को देखते ही चीख पड़े। मन में जो भी आया, वह सब बकते हुए अपने पर्चे के निर्देशों का जिक्र किया और भविष्य में स्कूटर न छूने की चेतावनी देते हुए एकाध गालियाँ भी दे डालीं।

अमरनाथ इस बीच स्कूटर खड़ा करके मुस्कुराते हुए पान घुलाता रहा। तब तक कई लोग गली में जमा भी हो गए। जब फूलचन्द कुछ शान्त पड़े तो उसने नाली में पीक थूकते हुए कहा, "बस, हो गयल तोहार भाषण? ई नौटंकी बन्द करबा कि अउर गरजे के हव?" फिर उसने जमा लोगों को सम्बोधित करते हुए कहा, "देखा एनके सब लोग। सरवा मँगनी के स्कूटर पे एतना गुमान! पर्चा लगावलन कि जे एनकर स्कूटर छुई, उ हरामी हव। अब बतावा, चच्चा के गाली देवे से भतीजन के बुरा लगी भला? और ओइसे दिन-भर हमने के एक से एक खतरनाक गाली देइहैं, उलटा-सीधा कहत रहलन, ओकर कउनों हिसाब ना हव। और रहल बात स्कूटर छूए क, त भुला गइला इंजीनियरवा के यहाँ से के ले के आयल एके? तोहें ड्राइविंग हम सिखइली और हमरे ऊपर गुर्रात हउवा? त फाइनल बात सुन ला—हमें तोहरे गरियइले से कौनों दिक्कत ना हव। चच्चा हउवा, तोहार हक हव गरियावे क। और हाँ, स्कूटर बदे तू मना नाहीं कर सकतअ। तोहार ड्राइविंग गुरु होए के नाते हम जब चाहब तब ले जाब। इहै हमार गुरु-दक्षिणा हव।" फिर उसने लक्ष्मण को देखते हुए कहा, "कहो चच्चा, गलत कहत हई?"

लक्ष्मण बोले, "नाहीं बे, एकदम चऊचक जवाब देले हउवे। जब से ई स्कूटर आयल हव, फूलचन क हँसी-खुशी, दुआ-सलाम सब हेरा गयल हव। एतना त हमने गइया नाहीं अगोरित जेतना ई इसकूटर अगोरअलन। पहिले साइकिल रहल

त दुआ-सलाम, हालचाल हो जाए, अब त सरसरात भगिहैं। जिन्दगी भर बेलदारी कइलन, अब बुढ़ौती में हमने के, तहसीलदारन मतिन परचा चफना के आज्ञा देत हउवन। सरवा मोहल्ला के भीतर कॉलोनी बनावल चाहत हैन। तू एकदम सही कहले जवान। कहो फूलचन, हव कउनों जवाब?"

फूलचन्द ने इतना ही कहा, "अब का जवाब देईं? सही कहला तू भइया। जब से ई सरवा इसकूटर आयल हव, हँसी-मजाक त दूर, पान-बीड़ी, सुरती तक क लेन-देन बन्द हो गयल हव। खैर, जऊन गलती भयल, माफ करअ। अउर सब लोग सुन ला, कल से जेके एके ले जाए के होय, ऊ ले जाए, हमरे तरफ से कउनों रोक ना हव। जब हमरे गारी क भी कउनों असर नाही, हव त फौजदारी थोड़े करब," कहकर हँसने लगे।

बैजनाथ सिंह ने कहा, "इया रजा, ई भयल न नगवा नरेश वाला ताव!"

और सब हँस पड़े।

राजा काशी हव

कैलाश दर्जी की दुकान, लंका से नगवा जाती सड़क पर, लंका थाने से कुछ आगे आठ गुणे दस फीट की एकमात्र कपड़ों की सिलाई की दुकान थी। दुकान में कैलाश के अलावा तीन कारीगर भी थे जो काउंटर के ऊपर अनगिनत हैंगरों में लटके हुए कपड़ों के बीच से ग्राहक को कभी-कभार ही दीख पाते थे। गोधूलि बेला के बाद कैलाश को सिलाई के लिए कपड़े देने में कई खतरे थे। दरअसल कैलाश इस समय तक अपने पड़ोसी दुकानदार दफ्तरी के साथ बिना नागा गंजेड़ी घाट जाकर भोलेनाथ का प्रसाद यानी भाँग छान चुके होते और मासूम चेहरा लिये दुकान पर आ जाते। सुबह नौ बजे से दोपहर तीन बजे तक जो चेहरा हँसी, मजाक, गुस्सा, चिढ़, झुँझलाहट, बहसबाजी, गाली-गलौज के विभिन्न भावों और मनोविकारों के साथ बदलता रहता, वही मुख भोलेनाथ का प्रसाद पाकर स्निग्ध मुस्कान और मदभरे नयनों के साथ किसी सैद्धान्तिक निष्कर्ष पर पहुँचे दार्शनिक-सा हो जाता।

डॉ. जे.पी. सिंह बीएचयू में दर्शनशास्त्र के रीडर थे—बलिया के रहनेवाले और दो साल पहले तक बीएचयू में नियुक्ति से पहले वहीं मुरली मनोहर टाउन डिग्री कॉलेज में प्रवक्ता थे। वे शनिवार को हनुमान जी का दर्शन करने के बाद बाजार से एक शर्ट-पैंट का पीस लेकर नगवा लौट ही रहे थे कि सिलाई के लिए वे कैलाश की दुकान पर रुके।

कैलाश ने नमस्कार करते हुए कहा, "आइए-आइए, डाक साहब, बैठिए," इसका मतलब था काउंटर के समीप खड़ा रहना। "अबे रजुआ, चाय लियाव और दू ठे पान भी, और जर्दा अलग से।"

"कैलाश जी, एक ठो पैंट-शर्ट सिलवाना है। ये लीजिए कपड़ा।"

अम्बा वस्त्रालय के पैकेट से दोनों पीस निकालकर कैलाश ने मापा और बोले, "डाक साहब, केतने में दिया?"

"शर्ट प्योर स्पन कॉटन की 230 रुपये मीटर और मिक्स वूलेन पैंट 480 रुपये मीटर।"

"हूँ-हूँ, हूँ-हूँ, अम्बा वस्त्रालय वाला एक नम्बर का डकैत है। बिष्णु क्लाथ हाउस के यहाँ यही माल 150 और 350 से ज्यादा नहीं पड़ेगा। खैर, आगे से नई सड़क से लिया कीजिए।"

"क्या कैलाश जी! पिछली साल जब होली को अपना कुर्ता-पाजामा और दोनों बच्चों की ड्रेस सिलवाए थे, तब विष्णु के यहाँ से ही कपड़े लिये थे। उस वक्त तो आप विष्णु को भी डकैत और लुटेरा बताए थे?"

कैलाश एक पल को अचकचाए, फिर उन्होंने बिन्दास जवाब दिया, "अइसा है डाक साहब, उ पिछले साल की बात है न, तब बिष्णुवा तीन-पाँच करता था, लेकिन जब से पिछले साल गुरु पूर्णिमा के दिन गड़गड़ महराज के यहाँ से कंठी ले लिया है, तब से ठग विद्या छोड़ दिया है। अब जायज दाम पे देता है। खैर, जेतना ठगाना था, वो तो हो गया। आइए, आप नाप दीजिए।"

जेपी सिंह कुढ़कर रह गए। तब तक चाय आ गई।

"अइसा है, पहले चाय पी लीजिए, नहीं तो नापने में ठंडी हो जाएगी।"

जेपी जब तक चाय पीते रहे, कैलाश ने चाय खत्म करके मुँह में पान का बीड़ा दबा लिया।

चाय पीकर जेपी माप देने लगे, कैलाश ने फुर्ती से नाप लेना शुरू किया।

"पैंट की मोहड़ी थोड़ा कम रखिएगा।"

"अरे नाहीं। एतने रखिए, नहीं तो आराम से पलथी मारके नहीं बैठ पाएँगे।"

"अच्छा, लम्बाई 40 इंच रहे।"

कैलाश ने आने-जाने वालों की परवाह किए बिना सड़क पर पीक थूकते हुए कहा, "जहाँ बेल्ट है, अगर यहीं बाधेंगे तो 38 इंच बहुत है। नहीं तो जमीन पे लथराएगा। चलिए, साढ़े अड़तीस कर देते हैं।"

"और हाँ, पीछे पॉकेट में बीच में बटन दे दीजिए बजाय कवर लगाने के।"

"हम पीछे जेबा लगइबै नहीं करते हैं। उ सब नये लौंडों पे ठीक लगता है और साले पॉकेटमार भी बढ़ गए हैं।"

दफ्तरी ने समर्थन दिया, "अरे गुरु, कुल जेबकतरा सरवा एतना सफाई से हाथ साफ करिहन कि समझ ला, तोहें पता न चली कि कब पैजामे के नीचे से लँगोटा निकाल ले गइलन कुल।"

कैलाश ने हामी भरी, "अउर का भइया, एक तरफ जेबकतरा त दूसरे तरफ हिरोइनबाज। एक से बढ़ के एक।" फिर वे कमीज की माप लेने लगे।

फिर जेपी ने अपनी पहनी हुई कमीज का कफ दिखाते हुए कहा, "बाँह में डबल बटन लगाइएगा, जैसे इसमें लगा है।"

"ई रेडीमेड है, इसीलिए लगा है। अब रेडीमेड वाले दर्जी दिमाग त लगाते नहीं हैं। सौ-पचास कपड़े का आडर मिल गया—बस, सिले जा रहे हैं। एक जैसा स्टैंडर्ड नम्बर के हिसाब से। छत्तीस नम्बर से बयालीस तक। इसीलिए उसमें फिटिंग नहीं आता। डबल बटन जिस शर्ट में लगेगा, उसके लिए कफलिन लगाना पड़ेगा, जैसे फिल्मी हीरो या टाटा-बिड़ला लगाते हैं। आपके पास है कफलिन तो कहिए, बना दें?"

जेपी कुछ चिढ़कर बोले, "आप तो हमारी सारी बातें ही काट दे रहे हैं।"

"अरे नाहीं, आप हमारे पुराने गाहक हैं इसलिए सही राय दे रहे हैं। नहीं तो हमें का? जइसा कहिए, बना देंगे," कहते हुए उन्होंने दोनों कपड़ों की कतरनें पर्ची पर स्टेपल किया और बोले, "कब चाहिए?"

"जितनी जल्दी-से-जल्दी आप सिल दें।"

"अगर बहुत जल्दी न हो तो 15 दिन बाद आइएगा।"

"अरे नहीं-नहीं, इतने दिन नहीं। फरवरी के दूसरे हफ्ते में वाइवा लेने आगरा जाना है इसीलिए सोचे, नया कपड़ा बनवा लें। पश्चिम में वैसे भी पूर्वांचल वालों को पिछड़ा समझते हैं। आज 29 जनवरी है। आप 2 फरवरी तक दे दें। 7 तारीख को मरुधर एक्सप्रेस से रिजर्वेशन है।"

"ठीक है डाक साब, 2 को दुकान बन्द रहेगी, अगले दिन ले जाइएगा।"

जेपी ने कहा, "आपने सिलाई नहीं लिखी?"

"अब आपसे कोई वैसी बात नहीं है। बाजार का रेट तो पता ही है। जो अपने घर के पास वाले कोचीन टेलर्स को देते हैं, वही दे दीजिएगा।"

जेपी कुछ सकुचा से गए। सफाई देने लगे, "अरे कैलाश जी, पिछली बार जल्दी में थे, अचानक उसको दे दिये लेकिन उस बेवकूफ ने पैंट बिगाड़ दिया।"

"बिगाड़ेगा ही। बाप का नाम अँधियार सिंह, बेटा क नाम पावर हाउस। उसके बाउजी पहले हमारे यहाँ ही थे। पूछिएगा कभी उससे कि बुजरौ के कोचीन कहाँ है? पता भी है कि खाली दुकान क नाम ही रखे हो—कोचीन टेलर्स? खैर, नाम से क्या है! अब देखिए न, नाम है काशी विद्यापीठ लेकिन कभी मलदहिया या इंगलिशिया लाइन जाइए तो लगेगा कि इहाँ खाली छात्रसंघ का चुनाव होता है। भीतर देखिए तो पढ़ाई के अलावा सब कुछ मिलेगा। दफ्तरी क लड़कवा वहीं पढ़ रहा है बीए सेकेंडियर में। साले को बिषय का भी नहीं पता कि क्या पढ़ रहे हैं। फस्टियर में डी कुमार सीरीज रटके पास हो गया। आता-जाता कुछ नहीं लेकिन दुकान पे दफ्तरी की मदद नहीं करेगा। रोज हम लोगों को सुनाकर कहेगा, 'जात हई इनवरसीटी'। एक दिन हमारे साढ़ू पूछ लिये इनवरसीटी क इस्पेलिंग। बस, दाँत चियार के रह गए ससुर।

हम भी लगे हाथ सुना दिये, बेटा, जब ले इनवरसीटी क इस्पेलिंग न याद हो तब ले तू बिसबिद्यालय बोल के काम चलाव। दफ्तरी क भी मुँह लटक गया। फिर उनको समझाए कि मरदवा, तू काहे उदास होत हउवा! अच्छा हव न, ओकर पोल खुलत हव, तोहरे सामने अईंठी त नाहीं न।"

कैलाश कोई और बात शुरू करते कि उनको बीच में ही जेपी ने रोका, "ठीक है, हम चलते हैं। जरा किसी से मिलना है," और घर आ गए।

तीन फरवरी की शाम को जेपी अपना कपड़ा लेने कैलाश की दुकान पर पहुँचे। कैलाश नहीं थे। एक कारीगर नये सिले कपड़ों को प्रेस कर रहा था। जैसे ही जेपी ने अपना पर्चा निकाला, उसने कहा, "बाबूजी, हम कैसे दे दें? आप सात बजे तक आ जाइएगा तब मालिक भी रहेंगे। हिसाब वही रखते हैं। और पर्ची में लिखा भी नहीं है, कितना लेना है।"

जेपी बोले, "तो फोन कर दो।"

"मोबाइल ले के नहीं जाते। देखिए, यहीं रखा है। एक बार निपट के गंगाजी में हाथ-मुँह धो ही रहे थे कि पानी में गिर गया। फिर एक बार कौनों मार दिये। और मोबाइल पर बार-बार फोन आने से डिस्टर्ब भी होता है इसलिए यहीं छोड़कर जाते हैं। अगर जरूरी हो तो दफ्तरी के दुकान में समाचार देखिए। एकाध घंटे में आ जाएँगे।"

जेपी ने घड़ी देखी, पौने छह बज रहे थे। मतलब अभी सवा घंटा और। फिर उन्होंने पूछा, "कितने बजे निकले हैं?"

कारीगर ने बताया, "अभी घंटा भर हुआ होगा। वैसे तो साढ़े चार तक निकलते हैं लेकिन आज दफ्तरी चाचा बाँसफाटक गए थे। लौटने में देर हो गई इसलिए बीस-पचीस मिनट देरी से निकले हैं।"

जेपी सिंह समय की इस गणना से चिढ़कर रह गए। बोले, "अच्छा, हमारा कपड़ा तो निकाल दो। तब तक देखें, कैसा सिला है। नाप भी ले लेते हैं।"

"बाउजी, हमारा काम सिर्फ बटन लगाना और प्रेस करना है। इहाँ पचासों सेट तैयार और दरजन भर काज-बटन प्रेस के लिए लाइन में हैं। अगर आपका कपड़ा खोजेंगे तो टाइम लगेगा और हमको जीउनाथ पुर जाना होता है। देर हो जाएगी अगर प्रेस रोक दिये तो और कोइला भी ठंडा होनेवाला है। हम तो कह रहे हैं, थोड़ा वेट कर लीजिए। मालिक आते ही होंगे। देखिए, परची में भी डिलीभरी के लिए साढ़े छह का टाइम दिया है," और वह मुस्कुराया, "तब तक आप चाय पीते हुए टीवी देखिए। ए राजू भइया, एक ठे चाय भेज दा बाउजी के बदे।"

जेपी को कारीगर का यों उनके कपड़े खोजने से इनकार करना बहुत बुरा लगा। दफ्तरी के दुकान में पुस्तकों की जिल्दसाजी का काम होता था। पेपर कटर, बाइंडर आदि मशीनों के बीच कागजों की कतरनें और फर्मों के ढेर के बीच एक

ब्लैक एंड व्हाइट पोर्टेबल टीवी और सामने एक बेंच। उनको यहाँ बैठना नागवार गुजरा। बोले, "सुबह कितने बजे दुकान खुलती है?"

कारीगर ने उत्तर दिया, "अगर होली, लगन वगैरह का सीजन टाइट हो तो नौ बजे, नहीं तो दस बजे या जब मालिक आवें।"

"अच्छा, कल दस बजे आऊँगा। कैलाश से कहना, डॉ. साहब का कपड़ा तैयार रहे।" और स्कूटर स्टार्ट करके निकल गए।

राजू ने आवाज दी, "बाबूजी, चाय तो पीते जाइए," लेकिन वे रुके नहीं।

अगली सुबह ठीक दस बजे दुकान पर पहुँचे। देखा, दुकान बन्द। गुस्से से उनका पारा चढ़ गया। पर्ची पर छपे फोन नं. पर कॉल किया तो वह दुकान का ही लैंड लाइन था। भीतर बज रही घंटी उनको ही बाहर सुनाई दे रही थी। एक मोबाइल नं. भी था जो स्विच ऑफ आ रहा था। दफ्तरी की भी दुकान नहीं खुली थी। सामने राजू चायवाले से पूछा, "ये कैलाश की दुकान आज क्यों बन्द है?"

उसने कहा, "पता नहीं। मैं भी यही सोच रहा हूँ कि कैलाश चच्चा अभी तक आए नहीं!"

"और ये बगल की दफ्तरी की दुकान भी बन्द है?"

राजू हँसते हुए बोला, "वो रोजाना एक बजे ही खुलती है।"

जेपी ने चौंककर कहा, "मतलब?"

राजू बोलता रहा, "दरअसल दफ्तरी के इहाँ किताबों की जिल्दसाजी का काम होता है। गाहक तो आते नहीं हैं दिन-भर। चच्चा नेमी भी हैं। एक बजे दुकान खोलते हैं। शाम को कैलाश चच्चा के साथ बहरी अलंग जाकर साफा पानी करके, भाँग छानकर सात बजे आते हैं। फिर साढ़े नौ बजे तक दुकान बढ़ा के संकटमोचन दर्शन करते हुए बिश्वनाथ की शयन आरती का दर्शन, उसके बाद काल भैरव जी की शयन आरती, फिर लौटते हुए पक्के महाल में कड़ाही का दूध पिएँगे और चाची के लिए पाव भर रबड़ी-मलाई का पुरवा लेंगे। उसके बाद चौक पे चम्पालाल की दुकान पे बैठ के पान घुलाएँगे। इधर-उधर गलचौर के बाद कोयले वाली अँगीठी पे सिंका ब्रेड-मक्खन खाकर चाय पीते हुए ठठेरी बाजार मोड़ पे पान बँधवाएँगे। फिर साढ़े बारह-एक बजे के आसपास घर आकर भूख के हिसाब से खाना खाकर सो जाएँगे। नौ-दस बजे उठेंगे। नहा-धोकर पूजा-पाठ, खाना-पीना करके आराम से अस्सी से पान खाते हुए साढ़े बारह बजे यहाँ पहुँचते हैं। पहले मेरी दुकान पर अखबार पढ़ते हैं फिर चाय पीकर दुकान लगाते हैं।"

"टाइम की कोई चिन्ता तो है नहीं। आलसीपन की हद है, हुंह! चाहे कैलाश हो या दफ्तरी, सब-के-सब कामचोर हैं।"

"नहीं सर, ऐसा नहीं है। दफ्तरी के पास इतने प्रेसवालों के ऑर्डर हैं लेकिन मजाल कभी लेट हो जाए! काम बढ़ जाए तो छुट्टी को भी और कभी तो पूरी रात भी काम करते हैं। कभी गाहक को तकलीफ नहीं देते।"

"हाँ-हाँ, वो तो देख ही रहा हूँ। अच्छा, मुझे देर हो रही है। क्लास लेनी है। शाम को आऊँगा। उसे बता देना।"

राजू को जेपी के ये बोल अच्छे नहीं लगे लेकिन वह चुप रहा।

शाम को जेपी सात बजे आए। कैलाश की दुकान अब भी बन्द थी। राजू सुबह से ही जेपी के व्यवहार से कुछ खिंचा हुआ था।

जैसे ही जेपी ने पूछा, उसने तपाक से कहा, "पता नहीं, कहाँ रह गए! हो सकता है, किसी बियाह-शादी में चले गए हों! हमको पता होता तो आपको जरूर बताते।"

जेपी चिढ़ गए। फिर वे दफ्तरी के दुकान के चबूतरे पर आए।

दफ्तरी अपने दो सहायकों के साथ मशीन पर व्यस्त थे। इशारे से कहा, 'जरा रुकिए,' फरमे को क्लैंप में कसकर रुके और बोले, "हाँ, अब बताइए।"

जेपी ने सारी बात बताने के बाद यह कह दिया, "पहले पता होता, कैलाश कामचोर है तो कपड़ा ही न देता।"

दफ्तरी ने ठहाका लगाया, "लीजिए, भला यहाँ सब लोग इनवरसिटी के मास्टरों को कामचोर कहते हैं और आप उलटा कैलसवा के पीछे पड़े हैं!"

जेपी गुस्सा पीकर रह गए। चिढ़े हुए बोले, "क्या कैलाश सभी के साथ ऐसा ही करता है?"

दफ्तरी बोले, "उ तो सबको एक तरह ही समझता है। बस, आपकी तरह परेशान होकर कोई कपड़ा लेने नहीं आता। आज दुकान बन्द है। दोपहर से आपको मिलाकर पाँच-छह लोग आए। दुकान बन्द देखे और चले गए। फिर बाद में आ जाएँगे। अरे कपड़ा ही है न, कोई राशन-पानी या दवाई-दरपन नहीं न है! आपकी तरह जाँच-पड़ताल भी किसी ने नहीं की।"

जेपी कुढ़ते हुए बोले, "तीन को देने को कहा था, आज चार बीत रहा है। तीन बार मैं आ चुका। सात को मुझे बाहर जाना है। इस बीच फिटिंग वगैरह भी देखने के लिए एक-दो दिन चाहिए। आखिर क्यों न गुस्सा करूँ? कोई फ्री में तो नहीं सिलवा रहा हूँ।"

दफ्तरी ने जेपी की तरफ बिना देखे कहा, "अरे, एक ही दिन तो लेट हुआ है! कोई बात नहीं, कल आ जाइएगा। नहीं तो किसी लड़के से कपड़ा भेजवा देंगे। और कैलास की सिलाई के बाद फिटिंग की जरूरत नहीं होती। चाय पीजिएगा?"

"नहीं, रहने दीजिए। कल आऊँगा शाम ठीक सात बजे। कैलाश को कहिएगा कि कल अगर कपड़ा नहीं मिला तो ठीक नहीं होगा।" और घर की ओर चल पड़े।

घर आकर पत्नी पर भी झुँझलाए और बच्चों को भी डाँटा।

अगली शाम जेपी ठीक साढ़े छह बजे कैलाश की दुकान पर आए। दुकान खुली थी। दिनचर्या के हिसाब से कैलाश और दफ्तरी, दोनों ही गायब थे। कारीगर से पूछा, "कैलाश कहाँ हैं?"

जब तक वह कुछ बोलता, दफ्तरी के सहायक ने किसी से फोन पे बात की और बोला, "बस, दस मिनट में आ रहे हैं उ लोग।"

जेपी बोले, "तुमने किससे बात की? वो तो फोन नहीं ले जाते?"

"जी, उ जिस घाट पे ई लोग भाँग छानते हैं, वहीं एक अपने दोस्त की पान की दुकान है। उसी से पूछे हैं। बस, आ ही रहे होंगे।"

जेपी थोड़े तनाव में इधर-उधर टहलते रहे।

लगभग पन्द्रह मिनट में कैलाश और दफ्तरी आते दिखे। कैलाश ने गीले गमछे को दुकान के बाहर एक खूँटी से टाँगा, और बोला, "नमस्कार डाक साहब।"

जेपी ने कहना शुरू किया, "क्या तरीका है तुम लोगों का? चौथी बार आया हूँ कपड़ा लेने। कभी तुम गायब तो कभी दुकान बन्द, सारा मूड खराब कर दिया। हाँ, वो मेरे कपड़े निकालो।"

कैलाश को यह व्यवहार बड़ा अजीब लगा। वे बाहर ही खड़े रहे और कारीगर को आवाज दी, "अबे भोला, तईं डाक साहब क कपड़ा निकाल त। ई ले कतरन। अबे रजुआ, एक ठे चाय दे त डाक साहब के।"

कारीगर काउंटर के ऊपर हैंगर में लगे कपड़ों की कतार में कुछ देर खोजता रहा। तब तक कैलाश की नजर उस पर पड़ी, "का भयल हो भोला? आगे वाली लाइट भी जला ल यार, कहीं दूसरे का मत निकाल लिहा।"

कारीगर ने लगभग दस मिनट खोजा, फिर पूरी तरह तैयार कपड़ों को छोड़कर अधसिले और काज-बटन-तुरपाई वाले कपड़ों में खोजबीन करता रहा। तब तक चाय भी खत्म हो गई।

कैलाश ने आवाज दी, "अबे मिलल कि नाही?"

भोला ने धीमे से कहा, "एही ठियाँ त रक्खल रहल, पता नहीं, कहाँ गायब हो गयल?"

कैलाश ने कुछ गुस्से में अपनी दुकान में रैक उठाकर प्रवेश किया, "जब ले हम न खोजब, ई लोग के एक ठे कपड़ा न देखाई। मोतियाबिन्द हो गयल हव इहाँ सबके। सूरदास का अवतार हउवन कुल सारे।" एक कारीगर को झिड़का, "अबे हट, ओहर से देखेन दे।"

वह कारीगर बाहर आ गया। जेपी भी भीतर की ओर देखने लगे। कुछ देर तक खोजने के बाद कैलाश ने अचानक एक दराज को खींचा।

जेपी सिंह के कटपीस वहीं के वहीं माप के बाद कतरन निकालने के समय वाली हालत में पड़े हुए थे। पैंट के पीस पर काटने के लिए चाक का निशान लगा हुआ था। कपड़े के दोनों पीस उठाते हुए जैसे ही कैलाश ने कहा, "कहो भोला, सियला नाहीं डाक साहब का कपड़वा? एनके आगरा जाए के रहल न भाषण देवे बदे।"

अब जेपी का रहा-सहा गुस्सा उबलकर बाहर आ गया। वे गुस्से से काँपने लगे, "ये क्या तरीका है? नशेड़ी-गँजेड़ी की दुकान पर मुझे आना ही नहीं था। धोखेबाज कहीं के! समझ क्या रखा है अपने-आपको? बड़ी-बड़ी बातें करा लो इन कामचोरों से। सारा टाइम खराब कर दिया मेरा। चार बार आया और ढोंग देखिए इन धोखेबाजों का, नौटंकी कर रहे हैं मेरे सामने! ये कारीगर कभी यहाँ कपड़ा खोज रहा है तो कभी वहाँ! भँगेड़ी कहीं के! लाओ, मेरा कपड़ा! दो इधर!"

कैलाश ने धीमे से कहा, "डाक साहब, गलती हो गई। कल दोपहर तक का मौका दे दीजिए।"

जेपी ने गुस्से में कहा, "एकदम चुप्प! एक शब्द नहीं बोलोगे तुम। न तो अपनी बात का मान रखना जानते हो, न ही समय की कीमत। गँवार हो, गँवार रहोगे। लाओ मेरा कपड़ा। तुम जैसे बहुत से दर्जी हैं गली-गली में।" और वे अपने कपड़े लेकर चले गए।

रास्ते में एक दर्जी को उन्होंने देना चाहा लेकिन कोई इतनी जल्दी सिलने को तैयार न था।

अगली सुबह वे विश्वविद्यालय जाने के लिए तैयार होकर नाश्ता कर ही रहे थे कि दरवाजे की घंटी बजी। पत्नी ने दरवाजा खोला। कैलाश अम्बा वस्त्रालय के पैकेट में एक जोड़ी पैंट-शर्ट लेकर खड़े थे।

नमस्कार करके जेपी की पत्नी को पैकेट थमाया, "मैडम, डाक साहब का आगरा जानेवाला कपड़ा सिल गया, वही देने आए हैं।"

पत्नी ने थोड़ा अचकचाकर कहा, "एक मिनट रुकिए, बुलाती हूँ," और भीतर लौटकर जैसे ही यह सूचना जेपी को दी, कैलाश साइकिल से अपनी दुकान की तरफ जा चुके थे।

जेपी ने तुरन्त पैकेट खोला। देखा, ठीक वही कपड़ा सिला हुआ है। उन्हें शक हुआ कि कहीं वे रात को गुस्से में अपना पैकेट भूल किसी और का तो नहीं उठा लाए? लेकिन जब रात वाला पैकेट खोला तो पैकेट और दोनों कपड़े एक जैसे ही थे।

पत्नी पर झुँझलाए, "तुमने मेरे बिना बाहर आए पैकेट क्यों लिया?"

पत्नी बोलीं, "मुझे क्या पता कि आपने किसको दिया है सिलने को। और लगा कि शायद दो सेट कपड़े हों! अपनी खीज मुझपे न उतारिए। दो दिन लेट क्या हुआ, आसमान सिर पे उठा रखा है।"

जेपी कुछ ठंडे पड़े। फिर कैलाश के हुलिये के बारे में पूछताछ की।

पत्नी ने जैसा बताया, उससे वे समझ गए, वह कैलाश ही था।

थोड़ी देर बाद वे कुछ हिचकिचाते हुए कैलाश की दुकान पर सिले हुए और बिना सिले अपने कटपीस के साथ पहुँचे। दफ्तरी की दुकान बन्द थी। राजू की दुकान पर दो-चार लोगों के साथ कैलाश अखबार पढ़ते हुए कुछ बतिया रहे थे। जेपी को आया देख कैलाश ने नमस्कार किया।

जेपी बोले, "कैलाश जी, ये क्या है?"

कैलाश ने बड़े ही शान्त भाव से उत्तर दिया, "अरे, कुछ नाहीं डाक साहब, कल आप बहुत गुस्से में थे। क्या करें, जिस दिन नाप लिये, उसी के अगले दिन वाली रात हमारे पड़ोसी रामप्रसाद शुक्ला को दिल का दौरा पड़ गया। उनको लेके सर सुन्दरलाल अस्पताल भागे हम लोग। दोपहर बाद उनका स्वर्गवास हो गया। शुक्लाजी बीएचयू में धर्मशास्त्र बिभाग में हेड भी रह चुके थे। बीस-बाईस साल हुए रिटायर हुए। शुक्लाइन परसाल गुजर गईं। दोनों लड़के बिदेश में रहते हैं। समझ लीजिए कि उनकी छत से हमारी छत लगी हुई है। लड़कों को फोन हुआ तो इंग्लैंड से बड़े लड़के के आने तक मिट्टी मुरदाघर में रखवाया गया। जिस दिन हमारी दुकान बन्द थी, उस दिन बड़का लड़का बाबतपुर आया। शाम को फिर रात में हरिश्चन्द्र घाट पे किरिया-करम हुआ। इस सबमें साला माइंड से उतर गया कि आपको आगरा जाना है शादी में। जब आप चले गए तो भोला ने बताया कि डाक साहब पर्ची नहीं ले गए हैं। उसमें कतरन लगी ही थी। मैंने लकी टेलर से पुछवाया भी कि डाक साहब आए थे कपड़ा लेके, तो उसने बताया कि हाँ, आए थे लेकिन जल्दी सियाना चाह रहे थे तो मैंने नहीं लिया। उसके बाद अम्बवा के यहाँ भोला को कतरन लेकर भेजे। नाप तो पता ही है। समझ लीजिए, इमरजेंसी लगाके बारह बजे तक कच्ची सिलाई हो चुकी थी। सुबह काज-बटन-तुरपाई-प्रेस, सब चकाचक। फिर आपके यहाँ मालकिन को दे आए। अब आप नाप लीजिए अगर फिटिंग में कोई कमी हो तो।"

जेपी यह सब सुनकर सिहर उठे। उन्हें जैसे काठ मार गया। कुछ बोलना चाहते थे लेकिन गला अवरुद्ध हो गया था। कुछ पल शान्त रहकर वे कैलाश से हाथ जोड़कर इतना ही कह सके, "कैलाश जी, मुझे माफ कर दीजिए। मैं बहुत छोटा आदमी हूँ, आपको पहचान नहीं पाया।" उनकी आँखें भर आईं। लाख सँभालने के बाद भी आत्मग्लानि के आँसू की दो बूँदें ढुलक पड़ीं।

कैलाश ने उनका हाथ अपने हाथ में ले लिया। "अरे क्या कर रहे हैं डाक साहब! गलती तो हमारी ही थी, लेकिन उधर शुक्ला जी क भी बिकेट गिर गया। उनके इलाज और किरिया-करम के चक्कर में दुकान आ नहीं पाए। बीच में एकाध बार आए भी तो रुके नहीं और ये भी दिमाग से उतर गया कि आपको किसी इंटरव्यू

में आगरा जाना है। अब हम लोग बुढ़ाने लगे हैं और इसके अलावा भोलेनाथ क बूटी जऊन न करावै," कहते हुए पास खड़े किसी व्यक्ति से बोले, "कहो गुरु, गलत कहत हई?"

उसने कहा, "नाहीं मरदे, एम्मन कइसन गलती? राजा काशी हव; हर हर महादेव!"

कैलाश ने भी दुहराया, "हर हर महादेव, हर हर महादेव!"

फिर कैलाश ने थोड़ा हँसते हुए कहा, "बैठिए डाक साहब। अभी आपका फिटिंग देखते हैं। कारीगर सब गायब हैं, देर तक काम किए हैं न।" फिर आवाज दी, "अबे राजू, तईं एक गिलास पानी दे और चाय बनाव डाक साहब बदे।"

जेपी इस नये जीवन-दर्शन को अवाक् होकर देखते रहे जो दुनियाभर के किसी दर्शनशास्त्र से परे था।

✿✿✿